# 로드 독스

옮긴이 | 최필원

캐나다 웨스턴 온타리오 대학에서 통계학을 전공했고, 현재는 전문번역가와 출판기획자로 활동 중이다. 장르문학 브랜드인 '모중석 스릴러 클럽'과 '메두사 컬렉션'을 기획했다. 옮긴 책으로는 존 그리샴의 『이노센트 맨』, 척 팔라닉의 『파이트 클럽』, 『질식』, 할런 코벤의 『단 한 번의 시선』, 제프리 디버의 『소녀의 무덤』, 데니스 루헤인의 『미스틱 리버』, 로버트 러들럼의 『본 아이덴티티』, 배리 기포드의 『스타호텔 584호실』을 비롯해 『폴링 엔젤』, 『디센트』, 『안녕, 내 사랑』 등이 있다.

# ROAD DOGS
by Elmore Leonard

Copyright © Elmore Leonard, Inc., 2009
Korean Translation Copyrights © Thatbook, 2010
All rights reserved.

Korean translation rights arranged with Elmore Leonard c/o The Wylie Agency(UK), Ltd. through Shin Won Agency., Seoul.

이 책의 한국어판 저작권은 신원 에이전시를 통해 저작권자와 독점 계약한 ㈜그책이 소유합니다.
신저작권법에 의해 한국 내에서 보호를 받는 저작물이므로 무단 전재와 복제, 전자출판 등을 금합니다.

# 로드 독스

엘모어 레너드 지음 | 최필원 옮김

ROADDOGS
ELMORE
LEONARD

# 01

그들은 폴리와 쿠바인을 밴의 뒷좌석에 태우고, 건 클럽의 팜 비치 카운티 구치소를 출발해 빨간 벽돌로 지어진 글레이즈 교도소로 데려갔다. 오키초비 호수 남쪽 끝에 자리한 오래된 시설이었다. 한 시간에 걸쳐 차를 타고 오는 동안 수갑과 족쇄로 묶인 두 사람은 한 마디도 하지 않았다.

탈옥 후 일주일 만에 다시 잡힌 폴리는 징역 삼십 년형을 채우기 위해 교도소로 돌아가게 됐다. 폴리는 디트로이트에서 뜨거운 밤을 함께 보냈던 여자를 생각하고 있었다. 바로 그 다음날 밤, 그녀는 38구경 시그 사우어로 그를 쐈다. 그리고 그를 다시 플로리다로 보내주었.

쿠바인은 쉰 살쯤 돼보이는 땅딸막한 남자였다. 염색한 머리칼을 꽁지머리로 묶어놓고 있었다. 2급 살인으로 스타크의 주립 교도소에서 오 년간 복역한 그는 나머지 이 년 반의 형기를 마저 채우기 위해 글레이즈로 호송되는 중이었다. 쿠바인은 한때 자신이 사랑했던 여자를 생각하고 있었다. 독심술을 구사할 줄 아는 여자.

ㅋㅋㅋ

그들은 식당으로 들어갔다. 스팀 테이블(요리를 담아 두는 금속제 보온 용기로, 스팀이 통한다—옮긴이)에서 마카로니 치즈와 핫도그를 먹을 만큼 퍼왔다. 흰 빵과 라이스 푸딩(우유, 쌀가루, 설탕으로 만드는 푸딩—옮긴이)과 퀴퀴한 냄새를 풍기는 커피도 있었다. 그들은 테이블에 나란히 앉았다. 반대편에 앉아 있는 죄수 세 명이 바쁘게 놀리던 손을 멈추었다.

폴리는 그들을 알고 있었다. 아리안 브라더후드 신나치주의 스킨헤드들(스킨헤드에서 파생돼 나온 지독한 인종 차별주의 집단—옮긴이). 그들 역시 글레이즈의 유명인사인 폴리를 알고 있었다. 지금껏 폴리가 턴 은행은 그 수를 헤아릴 수도 없을 만큼 많았다. 들어가서 돈을 챙겨 나오는 일. 그에게는 식은 죽 먹기였다. 물론 그렇게 자만하다가 덜미를 잡히기는 했지만. 엎친 데 덮친 격으로 그는 팜 비치 카운티 형사 법원의 악명 높은 판사, 맥시멈 밥에게 걸리고 말았다. 아무튼 백인 우월주의자들은 폴리를 한편으로 받아들여주었다. 이유는 단 하나, 그가 자신들만큼 하얀 피부를 가졌기 때문이었다. 하지만 그들은 그의 전설적인 이력에 깊은 인상을 받았다는 티를 거의 내지 않았다. 폴리가 앉자마자 그들의 입이 열렸다.

"맙소사, 저 친구 먹는 것 좀 봐. 잭, 여기 밥맛이 생각나서 다시 들어온 거야?"

"나가서 여자들이랑 재미 좀 봤어?"

"아닐걸. 이번엔 어떻게 잡혀 들어온 거지?"

"다리에 38구경으로 한 발 맞았다고 들었어, 잭. 그게 사실이야? 정말 여자가 쏜 총에 맞았어?"

"빌어먹을 연방 보안관이 배지를 보여주고 나서 이 친구 다리에 한 방 박아넣었대."

폴리는 식판에 수북이 쌓인 마카로니 치즈를 먹기 시작했다. 스킨헤드 얼간이들은 계속해서 산만한 의견들을 쏟아냈다. 이런 시달림이 앞으로 삼십 년간 쭉 이어지게 될 것이다. 브라더후드, 멕시칸 마피아, 누에스트라 파밀리아(북캘리포니아에서 주로 활동하는 멕시코계 범죄 조직—옮긴이),

그리고 몰려다니는 흑인 죄수들까지도 그를 조용히 내버려두지 않을 것이다. 식판을 들고 서 있으면 예외 없이 죄수들의 시선을 받게 될 것이고, 그러다가 거슬리는 놈들이 보이면 주저 없이 식판으로 그들의 머리를 후려칠 것이다. 자신도 그들만큼이나 거칠 게 없다는 걸 보여주기 위해서. 물론 좁은 독방에서 육십 일간 버텨낼 각오를 해야겠지만.

이제 그들은 쿠바인에게로 관심을 돌렸다.

"깜둥이는 우리 테이블에 앉을 수 없어."

그들이 폴리를 쳐다보았다.

"이 깜둥이 자식이 떡하니 버티고 있는데 밥이 넘어가, 잭?"

예전 같았으면 폴리는 바로 지금, 이 타이밍에 식판을 집어들고 그들을 차례로 후려쳤을 것이다. 아마 테이블에 둘러앉은 죄수들은 말없이 참고 있는 폴리를 지켜보며 어쩌다 그가 이렇게 변하게 됐는지 궁금해하고 있을 것이다.

대체 왜?

그가 온몸이 문신으로 덮인 세 명의 백인 우월주의자에게 말했다.

"이 친구는 스타크에서 왔어. 알아들어? 내가 호텔 구석구석을 보여주기로 했지. 구세주를 만나고 싶다고 하니 예배당 위치도 가르쳐줄 거고. 이 친구는 임사(臨死) 체험 비슷한 숙취도 느껴보고 싶다고 했어. 그래서 너희들 중 한 명을 찾아가 보라고 했지. 프루노(말린 자두, 건포도, 우유, 설탕을 혼합해 발효시킨 주스—옮긴이) 맛을 볼 수 있을 거라고 말이야. 하지만 너희들은 이 친구를 잘못 봤어. 이 친구는 흑인이 아니라 백 퍼센트 라틴계라고. 라 쿠카라차 출신(멕시코 출신임을 뜻한다—옮긴이) 말이야."

폴리가 세 얼간이를 차례로 쳐다보았다.

"차 차 차."

나중에 밖으로 나왔을 때 쿠바인이 폴리를 멈춰 세웠다.

"내 앞에서 꼭 그렇게 소개했어야 해?"

겁쟁이 땅딸보가 터프가이인 척하기는.

"저런 백인 우월주의자들과 함께 있을 땐 그냥 어벙한 척하는 게 상책이야. 저들이 널 웃긴 자식이라고 생각하게 만들어야 한다고. 저 친구들 웃는 거 봤지? 원래 웃음에 인색한 놈들이야. 저들의 행동 규범에 반하는 일이기 때문이지."

폴리와 쿤도의 첫 만남은 그렇게 이루어졌다.

ㅈ ㅈ ㅈ

쿤도는 교도소에서 자신과 말이 통하는 백인이 폴리뿐이라고 생각했다. 폴리는 이곳에서 주의해야 할 인물들은 물론, 수감 생활을 무난히 견디는 방법 또한 알고 있었다. 무엇보다 남의 일에 간섭하지 않는 게 중요했다. 쿤도는 하루 일과 중 폴리와 함께 뜰을 거니는 시간을 특히 좋아했다. 맞춰 입은 듯한 파란색 죄수복 차림을 하고 그에게 자신의 사연을 들려주는 것도 즐거운 일이었다.

러시아인을 총으로 쏴 죽이고 쿠바의 교도소에서 복역했던 이야기. 그는 러시아인의 여행 가방을 챙겼지만 그 속에 든 옷과 구두는 너무 커서 모두 내다 팔았다. 그리고 이십칠 년 전, 마리엘 난민 송출 사건(1980년 5월 쿠바가 마리엘 항을 개항하여 카스트로 정권 반대자들이 미국 플로리다로 입항한 사건—옮긴이) 때 플로리다로 오게 됐다. 피델 카스트로가 교도소 문을 활짝 열고 모든 죄수들을 '라 유마'로 휴가를 보냈을 때. 그는 미국을 그렇게 불렀다.

그는 자신이 저질러 온 수많은 범죄들에 대해서도 들려주었다. 그는 무장 강도에는 별 흥미가 없었다. 그보다는 한밤에 자동차 매매상에서 차를 훔치는 걸 즐겼다. 그는 캣 프린스라는 이름으로 게이 바(동성애자들이 출입하는 술집—옮긴이)에서 고고 댄스를 추었다. 표범 무늬 끈팬티 차림으로 얼굴에 고양이 수염까지 그려놓고 클럽의 레이디스 나이트 파티(여성은 할인 요금으로 어떤 행사든 참석할 수 있는 파티—옮긴이)를 뜨겁게 달구었다. 여자 손님들은 그의 팬티에 경쟁적으로 지폐를 쑤셔넣었다. "가슴이 어마어마하게 큰 중년 여자가 내게 그러더군. '토요일에 우리 집으로 와요. 남편이 하루 종일 집을 비울 거예요. 골프 치러 가거든요. 나랑 하루를 보내면 100달러 지폐 열 장을 줄게요.'"

그는 가슴과 복부에 총을 세 발 맞고 죽을 뻔했던 일도 들려주었다. 눈부신 황금색 빛을 가르며 천국으로 올라갈 수도 있었다고 했다. 그의 입에서는 피가 쏟아졌고, 심장은 희미하나마 뛰고 있었다. 구급대원들은 너무 늦기 전에 그를 잭슨 메모리얼 병원으로 긴급 후송했다. 그는 정확히 삼십사 일간 혼수상태에 빠져 있었다. 기적적으로 의식을 회복한 후에도 며칠간 의식이 없는 척하며 라틴계 간호사가 자신에 대해 주절대는 걸 귀담아들었다. 그의 결장은 13센티미터 짧아졌지만 다행히 회복됐다. 오랜만에 눈을 뜬 그는 자루걸레로 바닥을 닦고 있는 젊은 남자를 올려다보았다. 남자의 손에는 문신이 새겨져 있었다. 엄지와 검지 밑 부분에는 눈이 그려져 있었다. 그는 아바나 인근의 교도소, 콤비나도 델 에스테에서 그것과 비슷한 눈을 본 적이 있었다. 그가 남자에게 말했다. "당신도 마리엘 사건 때 왔죠? 네? 날 여기서 탈출시켜 준다면 동생과 내가 당신을 부자로 만들어 줄게요."

폴리가 말했다.

"침대에 수갑이 채워져 있는 줄 알았나 보지?"

"처음엔 그런지도 모른다고 생각했어. 당시 벌여놓은 일들이 좀 있었거든."

"경찰이 쏜 총에 맞았던 거야?"

"아니, 사우스 비치의 사진작가였어. 사우스 비치가 유명해지기 전이었지. 그는 재무성 비밀 검찰국 요원이었는데, 그 일을 그만두고 사진을 찍기 시작했어. 언젠가 95번 고가 고속도로에서 추락하는 사람을 포착한 적이 있었다더군. 조 라브라바는 그 사진을 잡지사에 팔고 유명해졌지."

"그가 왜 널 쐈지?"

"사실 내가 먼저 그를 쏘려고 했어. 난 그를 잘 알아. 좋은 사람이지. 하지만 날 덫에 빠뜨린 그 여자 때문에 교도소에 갈 순 없었어. 그 얼간이 경비랑 같이 말이야. 내가 그 얘긴 안 했었나? 아무튼 잽싸게 총을 뽑았는데 그 전직 비밀 요원이 한 발 빨랐어. 그가 세 발을 여기에 박아넣었지. 단추처럼 말이야. 그때 죽지 않은 건 정말 기적이었어."

쿤도가 능글맞은 미소를 흘렸다.

"어쨌든 난 아직 이렇게 살아 있어. 안 그래? 오히려 더 건강해졌다고. 몸무게도 쿠바를 떠났을 때랑 비슷하고 말이야. 내 몸무게가 얼마나 될 것 같아?"

쉰 살쯤 돼보이는 그는 키가 162센티미터 정도였고, 염색한 머리를 올백으로 넘겨 묶어놓았다.

"59킬로그램?"

"58킬로그램이야. 내가 어떻게 이런 몸무게를 꾸준히 유지할 수 있는지 알아? 여기서 나오는 빌어먹을 마카로니 치즈만 멀리해도 살이 찔 일이 없다고. 난 올바른 식습관을 가장 중요하게 여겨. 할리우드에서 매일 밤 놀러 다녔을 때도 그것만큼은 철칙처럼 지켰었지. 난 그 친구 도움으로 병원을 빠져나온 후에 곧장 로스앤젤레스로 향했어. 친구를 만나러 말이야. 알다시피 그때 거기는 코카인 천국이었지. 난 그저 마이애미에서 알고 지냈던 녀석을 찾아내기만 하면 됐어. 그 후로는 영화업계의 쿨한 사람들과 어울려 다녔지. 배우들, 감독들. 나랑 비슷한 타입이었어. 난 매일 그들과 파티를 벌였고, 덕분에 금세 유명인사가 될 수 있었지."

"그러다 체포됐다는 거지?"

"밀고자가 있었어. 할리우드엔 그런 놈들이 득실거린다고."

"네 영화업계 친구들 중 하나였어?"

"메이저급 스타였어. 하지만 그들은 끝내 그의 신원을 알려주지 않더군. 치안판사는 보석금을 200만 달러로 책정했고, 난 미국에 오자마자 60만 달러를 주고 산 집을 250만 달러에 팔아치워서 그걸 해결했지. 천장도 높고 방도 많은 집이었는데. 아무튼 난 또 다른 집을 90만 달러에 사들였어. 요즘 시세로 따지면 450만 달러는 족히 될걸. 그 두 집 모두 같은 운하에 있었어. 거의 서로 마주보고 있었지."

"할리우드에?"

"캘리포니아 베니스에. 세상에 그렇게 멋진 곳은 또 없을 거야. 쿨한 사람들로 득실거린다고."

"집은 왜 두 채나 필요했지?"

"한때는 집을 네 채나 가지고 있었다고. 잠자코 기다렸다가 집값이 엄청 뛰는 걸 보고 그중 두 채를 잽싸게 팔아치웠지. 그런데 플로리다가 내게 살인 혐의를 씌워 구금 연장 영장을 발부했다는 사실을 FBI 캘리포니아 지국에서 알아버렸어. 내가 마이애미 비치에 살 때 어떤 놈을 죽였다나?"

"그 병원 잡역부 말이야?"

"갑자기 그 친구를 떠올리다니 신기하군."

"왜 그를 믿지 못했지?"

"믿을 이유가 없었으니까. 난 그를 모르거든. 그들은 내가 바다에 나가 낚시를 하던 중에 그를 배 밖으로 떠밀었다고 했어."

"그를 먼저 쐈겠지?"

쿤도가 씨익 웃으며 고개를 저었다.

"보통 친구가 아니군. 어떻게 그런 걸 다 알지?"

⌐ ⌐ ⌐

"궁금한 게 있어. 내가 보기에 넌 세상 물정에 꽤 밝은 것 같아. 은행 강도치고는 머리도 좋은 편이고. 그런데 두 번이나 덜미가 잡혀 이곳으로 끌려왔어. 너처럼 똑똑한 사람이 여기서 삼십 년을 어떻게 버틸 수 있을까? 그런 생각 안 해봤어?"

폴리와 함께 뜰을 거닐며 쿤도가 말했다.

"염색약 트릭을 알아? 금전 출납계원이 은행 띠로 묶은 20달러 지폐 다발을 건네지. 그런데 그건 돈이 아니야. 은행을 나서는 순간 자동적으로 터지게 돼 있지. 문틀의 뭔가에 반응하는 거야. 레돈도 비치의 은행을 털고 나오는데 그게 터지더라고. 온몸이 빨간색 페인트로 범벅됐고, 지나가던 사람들은 전부 날 돌아봤어. 이십 년차 베테랑이 무너지는 건 한순간이더군. 난 그 염색약 덕분에 캘리포니아 롬폭 연방 교도소에서 칠 년을 보내야 했어. 출소날엔 포모나의 은행을 털었지. 자전거를 배울 때와도 같아. 넘어졌으면 곧바로 다시 올라타야 하잖아. 난 자신 있었어. 내 기량이 녹슬지 않았다는 걸 확인해 보고 싶었지. 난 포모나에서 6천 달러를 챙겨 나왔어. 그러고 나서 플로리다로 돌아왔지. 난 롬폭에 있을 때 내 아내, 아델과 이혼했거든. 알아보니 그녀의 사정이 꽤 딱하더라고. 그녀는 어메이징 에밀이라는 마술사의 조수로 일하고 있었어. 상자에 들어가 있다가 신호에 맞춰 뛰쳐나오는 따위의 일을 했지. 그런데 에밀 자식이 그녀를 자르고 다른 여자를 고용했어. 아델의 설명에 따르면 새로 들어온 여자는 훨씬 젊고 가슴도 크다더군. 난 그녀를 도우려고 레이크 워스의 은행을 털게 됐어. 그녀가 최소한 몇 달은 걱정 없이 지낼 수 있게 해주고 싶었거든. 난 은행을 나와서 세워둔 혼다에 올랐어. 당시 혼다는 미국에서 차 도둑들이 가장 선호하는 브랜드였지. 아무튼 딕시 고속도로로 들어가려고 좌회전 신호를 기다리고 있는데 갑자기 뒷차가 부릉부릉 페달을 밟으면서 조바심을 내더라고. 그가 뒤로 물러났다가 날 추월해 갔어. 타이어 밀리는 소리까지 내면서. 날 겁에 질린 노인네로 본 모양이야."

"넌 막 은행을 턴 후였잖아."

"그런데 그 친구가 날 필요 이상으로 자극하더라고."

"그래서 그 자식을 따라갔어?"

"필사적으로 그를 따라갔어. 그 차 운전석 옆으로 내 차를 바짝 가져가서 그를 노려봤지."

"킬러의 눈빛을 보여준 모양이군."

"맞아. 그런데 그 자식이 손가락을 펼쳐 보이더군. 난 핸들을 확 꺾어서 그 차 측면을 들이받았어. 그 충격에 그 차는 도로 밖으로 튕겨져 나가버렸지."

"나였으면 그 자식을 쏴버렸을 거야."

"내 차 타이어도 두 개나 펑크가 나버렸어. 차를 세우기가 무섭게 뒤에서 순찰차가 맹렬히 달려오더군. 경광등을 반짝거리면서 말이야."

"바로 그걸 로드 레이지(도로에서 운전 중 분통 터뜨리기—옮긴이)라고 하는 거야. 아무튼 놀랍군. 너처럼 냉정한 사람이 그렇게 이성을 잃었다는 게 말이야. 어떻게 된 일이었지?"

"집중력이 흐트러졌었어. 레돈도 비치에서 염색약으로 당하고 난 후 두 번 다시 미련하게 잡히지 않으리라 다짐했었지. 그런데 칠 년 만에 일을 벌이고 나서 이성을 잃어버린 거야. 내가 왜 그랬는지 알아? 왜냐하면 그 차를 몰던 놈이 나로 하여금 스스로를 겁쟁이라 여기게 만들었기 때문이야. 놈은 선글라스를 멋들어지게 쓰고, 차 지붕을 내려놓은 채로 신나게 달리기만 했을 뿐, 내가 방금 은행을 털고 나온 강도라는 사실을 전혀 눈치 채지 못했어. 그 자식을 보는 순간 어찌나 화가 치밀던지."

"넌 배짱 좋게 탈옥에 성공한 사람이야. 그 이상 뭘 더 증명해 보이려고 그러는 거지?"

"나가기만 하면 뭐해? 일주일 만에 다시 붙잡혀 왔는데."

"어쩔 수 없었잖아. 그 여자 연방 보안관이 널 쐈다면서. 그런데 그녀 얘긴 왜 안 들려주는 거지?"

캐런 시스코. 폴리는 그녀 이야기만큼은 누구에게도 들려주고 싶지 않았다. 그녀는 그에게 앞날을 생각해 보라고 했다. 하지만 삼십 년이라는 세월은 그저 막막하기만 할 뿐이었다.

쿤도는 폴리의 유죄 판결을 이해할 수 없었다.

"넌 은행 하나 털었다고 삼십 년을 받았어. 난 사람을 죽였는데도 칠 년 반을 받았고. 왜 항소하지 않는 거지?"

폴리는 당연히 항소했다. 하지만 법원이 지명한 변호사는 그에게 이길 확률이 거의 없다고 했다.

"지금이라도 항소할 수 있다면 그렇게 하겠어. 하지만 너무 오래 기다려야 한다면 또다시 탈옥을 시도하다가 총에 맞아 죽게 될 거야."

"똑똑한 여자 변호사가 네 인생을 어떻게 바꿔놓을 수 있는지 들려주지."

ㄱㄱㄱ

"플로리다 주 검사가 그러더군. 로스앤젤레스의 연방 법원이 날 이곳으로 넘겼다고. 여기선 내가 사형이나 가석방 없는 종신형을 받을 수 있으니까. 하지만 내가 고용한 여자 변호사가 그 진짜 이유를 들려줬어. 밀고자 보호 차원에서 로스앤젤레스가 그렇게 결단을 내린 거라더군. 아무튼 그런 유능한 변호사를 곁에 둘 수 있게 된 건 예수님과 성 바바라(중세 성인 중 하나로, 동정 순교자다—옮긴이)에게 고마워해야지."

"유명한 영화배우 하나를 마약 중독자로 만들어버렸다고 했지?"

"미스 메건은 그들이 그 배우의 TV 쇼를 좋아하기 때문이라고 했어. 악당들을 기소하기 위해 항상 최선을 다하는 성실한 검사 캐릭터를 연기하고 있거든. 너도 그녀를 만나봐. 미스 메건 노리스. 지금껏 그 여자만큼 똑똑한 변호사를 만나본 적이 없을걸. 그녀는 플로리다 주 검사가 현재까지 확보된 전문(傳聞) 증거만으로 날 기소할 수 없을 거라고 했어. 그가 날 다시 연안으로 돌려보내줄 거라나. 거기서 유죄 판결을 받으면 난 연방 교도소에서 이백구십오 개월간 썩게 될 거야. 그게 얼마나 긴 시간인지 알아? 내가 죽을 때까지도 끝나지 않을 시간이라고. 하지만 미스 메건은 그들이 밀고자를 포기하면서까지 날 원하지 않을 거라고 했어. 그 인기 배우 녀석 말이야. 그래서 그녀는 이곳 주 검사에게 물었어. '레이 씨를 원치 않는다고요? 그가 2급 모살로 칠 년의 형기를 성실하게 마친다 해도요?' 주 검사는 잠시 그 유혹에 흔들렸어. 하지만 끝내 이십오 년에서 종신형 사이를 고집했지. 미스 메건은 그에게 새 교도소가 들어온 연안에선 그게 가능하다고 했어. 바퀴벌레들이 득실대고 툭하면 변기가 막히는 감방에선 절대 안 된다고 말이야. 그녀는 칠 년에 육 개월을 더 붙여 제안했고, 받아들이든지 말든지 알아서 하라고 했어. 내게도 견딜 수 있겠느냐고 물었고. 난 이미 스타크에서 오 년을 버텨낸 후였어. 거기 주립 교도소가 꽉 차서 날 이곳 중급 경비 수준의 시설로 보낸 거야. 난 교도관들과도 잘 지냈고, 밀고자들을 협박하지도 않았거든. 설령 그랬다 해도 그들에겐 증거가 없어.

아무튼 난 삼 년에서 오 개월 모자란 기간을 놓고 고민해야 했지."

"머릿속이 많이 복잡했겠는데. 그래, 연방 정부가 어떤 조치를 내렸지?"

폴리가 말했다. 쿤도는 야릇한 미소를 흘리고 있었다.

"지금 이거야?"

"마음이 바뀌면 그들은 반드시 오 년 안에 날 법정에 세워야 해. 하지만 난 이미 이렇게 플로리다에서 복역 중이잖아. 더 이상 연방 정부의 조치에 신경 쓰지 않아도 된다고. 내가 이랬어. '육 년으로 합의를 볼 수도 있었지 않습니까. 그랬다면 지금쯤 출소를 앞두고 있었을 텐데.' 그러자 미스 메건이 이러더군. '칠 년 살고 나오게 된 걸 행운으로 생각해요. 그냥 나한테 고맙다고 인사하고 나서 성실히 복역하기만 하면 된다고요.'"

"그러니까 출소 후엔 완전한 자유인이 된다는 거지? 추방당할 염려도 없고?"

"추방된다 해도 피델이 우릴 받아주지 않을 거야."

"미국에 온 걸 후회하지 않아?"

"라 유마에 온 후로 좋은 일만 있었어. 이 나라 사법부가 빌어먹을 인질처럼 눈가리개를 쓰고 있다는 사실도 마음에 들고."

"미스 메건은 어떻게 만나게 됐지?"

"팜 비치 신문에서 그녀에 대해 읽었어. 전화를 했더니 날 보러 와주더군. 내게 수수료를 지불할 능력이 되는지 확인하고 싶었을 거야. 그녀는 내 상황이 마음에 든다고 했어. 충분히 협상할 수 있을 것 같다더군. 난 예수님과 성 바바라에게 항상 기도한다고 했어. 언제나 날 지켜주시는 분들이라고 말이지. 넌 기도해 본 적 있어?"

"그래, 있어. 가끔 그 덕을 보기도 하지."

"항소할 거야?"

"변호사가 내 편을 들어주지 않았다고 했잖아."

"내가 미스 메건을 소개해 줄게."

"수수료를 어떻게 내라고? 교도소 은행이라도 털까?"

"그런 거라면 염려 마. 일단 그녀부터 만나보라고. 그녀에게 날 어떻게 생각하는지도 물어봐. 나 같은 타입을 좋아하는지 알고 싶거든."

쿤도가 말했다.

# 02

 그들은 변호사 사무실에서 마주앉아 있었다. 폴리는 주석 재떨이를 밀어내고 서류가방을 테이블에 내려놓는 메건 노리스를 지켜보았다. 그는 그녀가 재판 필기록을 가져왔을 거라 생각했다. 하지만 그의 예상은 빗나갔다. 그녀는 법률 용지철을 꺼내들고 몇 분에 걸쳐 자신의 노트를 훑었다. 그녀의 손가락에는 반지가 끼워져 있지 않았고, 손톱에도 매니큐어가 칠해져 있지 않았다. 금발의 그녀는 검은색 정장 차림이었다. 폴리는 미스 메건이 비싼 변호사라는 사실을 대번에 알 수 있었다. 그는 그녀가 수수료가 얼마인지 알려준 후 지불할 능력이 있는지 물어올 거라 생각했다. 그 예상도 빗나갔다. 그녀는 곧바로 본론에 들어갔다.
 "잭, 판사가 당신에게 악감정을 가지고 있나요?"
 순간 폴리는 그녀가 유능한 변호사라는 걸 깨달을 수 있었다. 그를 대하는 그녀의 모습은 무척 편해 보였다.
 "아뇨. 원래 그런 사람입니다. 징역 삼십 년을 선고할 때도 전혀 진지해 보이지 않았죠. 그래서 사람들이 그를 맥시멈 밥이라고 부르는 겁니다."
 그는 그녀의 머리 스타일이 마음에 들었다. 그냥 대충 빗어 넘긴 머리는 한때 폴리의 가슴을 설레게 만들었던 CNN의 여성 앵커를 연상케 했다. 메건 노리스에게 홀린 그는 그 앵커의 이름을 끝내 떠올리지 못했다. 왠지 미스 메건에게는 항상 남자들이 꼬일 것 같았다. 아무리 봐도 땅딸막한 쿠바인과는 어울리지 않는 여자였다. 그는 그녀의 네크라인(윗옷의 목선―옮긴이)에 눈높이를 맞추고 틈날 때마다 블라우스 안을 흘끔흘끔 들여다보았다.

메건의 다음 질문.

"왜 그 덤프트럭보다 못한 변호사를 해고하지 않았죠? 당신이 이백 군데도 넘는 은행을 털었다는 증언에도 이의를 제기하지 않았더군요. 엄연한 피의자 인권 침해인데도 말이에요."

"그 친구가 자리에서 일어날 때마다 판사는 그에게 앉으라고 지시했습니다."

"그래서 이의 한 번 제기하지도 못해 보고 꿀 먹은 벙어리처럼 앉아만 있었던 거군요."

"건 클럽에 수감돼 있을 때 루 애덤스라는 FBI 요원이 날 찾아왔습니다. 자기랑 내가 공통점이 많다나요? 둘 다 뉴올리언스 출신이라는 것도 그렇고. 그에겐 수사 중인 은행 강도 사건 목록이 있었습니다. 하나씩 읽어줄 테니 그중 내가 턴 곳이 나오면 알려달라더군요. 내가 그랑 같은 빅 이지(뉴올리언스의 별칭―옮긴이) 출신이라 순순히 협조해 줄 거라 생각했던 모양입니다. 내가 아무리 애향심이 크다 해도 그건 좀 무리죠. 내가 속셈을 묻자 루 애덤스 특별 수사관이 흠칫 놀라더군요. 그는 내 도움으로 미해결 사건 중 몇 건이라도 종결짓고 싶다고 했습니다. 그래서 내가 그랬죠. '지금 날 가지고 노는 거 맞죠?' 그리고 입을 닫아버렸어요. 증인석에서 루는 내가 이백 곳도 넘는 은행을 털었다고 주장했습니다. 그 은행들의 이름도 줄줄 읊을 수 있다고 큰소리쳤죠. 변호사가 이의가 있다고 벌떡 일어났는데 이번에도 역시 맥시멈 밥은 받아들여주지 않았어요. 그가 이러더군요. '증인 얘기를 좀 더 들어봅시다. 꽤 흥미롭군요.' 그게 그의 스타일입니다. 밥 이솜 깁스 판사. 법원 밖에선 빅이라고도 불리지만 사실 그는 땅딸보예요."

"판사석에 쿠션을 깔아놓죠. 당신 얘기가 이 필기록 내용과 정확히 일치하는군요. 판사의 납득할 수 없는 태도와 FBI 요원의 황당한 상상력을 물고 늘어지면 충분히 뒤집을 수도 있을 것 같아요. 재심을 해보든지 새로운 조건으로 협상을 해보든지, 당신이 선택해요. 수수료는 당신 친구, 쿤도가 처리해 줄 거예요."

"그는 당신이 수수료로 얼마를 요구하는지 알려주지 않았습니다."

"요구하는 게 아니라 그렇게 받는 거예요. 이번 케이스는 만 5천 달러입니다. 하지만 다시 법정에 서는 건 피하는 게 좋을 것 같아요. 판결 지침에 따르면 삼십 년은 당신이 받을 수 있는 최고형이에요. 난 주 검사에게 협상을 제안할 거예요. 일단 형기를 최대한 줄여보고, 여의치 않으면 가석방을 포기하는 옵션도 생각해 봐야겠어요. 아마 제리도 이번 케이스에서 빈틈을 많이 봤을 거예요. 이변이 없는 한 우리 제안을 받아들여 줄 거라 믿어요. 그는 잔머리나 굴려대는 사람이 아니거든요. 특별한 이유도 없이 왜 당신에게 이런 불이익을 주려 하겠어요? 머지않아 그는 판사 자리를 노릴 거예요. 보나마나 그 뜻을 이룰 거고요."

"만 5천 달러씩이나 받는다고요? 이틀이면 끝날 일인데도?"

"이십 분 만에 끝낼 수도 있어요. 앞으로 이십칠 년간 더 버틸 각오가 돼 있다면요. 그 가치는 따져봤나요? 당신 친구에게 그 돈을 어떻게 갚을지가 걱정인 거죠? 나중에 그에게 코라도 꿰이면 어쩌나, 그런 고민 말이에요."

"사실 그런 걱정도 있긴 합니다."

"이 케이스가 마무리될 때쯤이면 그에게 3만 달러 이상 빚을 지게 될 거예요. 당신은 곧 탈옥 케이스 심리에 출두해야 해요. 교정국은 당신의 선고를 연장시키려 할 거고요. 하지만 이번 심리는 납치 혐의에만 초점이 맞춰지게 될 거예요. 연방 보안관을 인질로 잡고 있었다면서요?"

"캐런?"

그가 그녀의 이름을 입에 담아본 건 몇 개월 만의 일이었다.

폴리는 앉은 채로 허리를 곧게 폈다.

"캐런 시스코 연방 보안관. 그뿐 아니라, 디트로이트 검찰은 강도 미수와 살인 사건 몇 건에 대해서도 깊은 관심을 가지고 있어요. 어쩌면 북부에 올라가서 재판을 받게 될지도 몰라요."

"내가 디트로이트 법정에 서게 된다고요?"

"설마 예상하지 못했던 건 아니겠죠?"

"캐런이 날 쐈어요. 그런데 내가 왜 재판을 받아야 하는 겁니까?"

"그건 다음에 만나면 설명해 줄게요. 며칠 후에요. 먼저 캐런부터 만나봐야겠어요."

"그 문제라면 내가 지금 설명할 수 있어요. 난 그녀를 납치하지도 않았고, 인질로 잡고 있지도 않았습니다."

메건이 법률 용지철을 치우고 일어났다. 그녀의 표정은 꽤 밝았다.

"우선 캐런의 얘기부터 들어보자고요, 네? 그녀는 검찰 측 증인이에요. 펍코라는 부상당한 교도관도 만나봐야 하고요."

"아, 펍에 대해선 깜빡 잊고 있었습니다. 난 '보석(Jewel)'이라는 별명이 그에게 더 잘 어울린다고 생각했는데 다른 사람들은 펍(Pup)이 낫다고들 하더군요."

"당신이 그의 머리를 후려친 게 아니라면 다른 사람 짓이었겠죠. 우린 탈옥과 납치 심리부터 해결하고 나서 은행 강도 선고에 항소할 거예요. 협상이 가능한지 보자고요. 제리는 자신이 이 케이스로 재심에 들어가면 이길 가능성이 없다는 걸 알고 있을 거예요."

"그것부터 처리하는 건 어떻습니까? 강도 케이스 항소 말입니다."

"그건 내게 맡겨요."

↘↘↘

탈옥 케이스 심리가 시작되기 전 그들은 썰렁한 사무실에서 다시 미팅을 가졌다. 폴리가 가장 먼저 던진 질문은 바로 이거였다.
"캐런은 만나봤습니까?"
"캐런 얘기는 차차 들려줄게요."
메건이 말했다. 오늘 그녀는 고급 청바지와 짙은 남색 블레이저 코트 차림이었다.
"상고 법원에서 변호사를 지명해 줬군요."
메건이 자신의 노트를 빠르게 훑었다.
"그가 항소할 만큼의 가치가 없다고 했어요?"
"난 그의 얼굴도 보지 못했어요. 그는 반 페이지 분량의 편지 한 통만으로 내 항소 의지를 무시해 버렸어요."
"어째서 당신에겐 덤프트럭만도 못한 변호사들만 달라붙는 거죠? 이 변호사는 눈이 멀었거나 필기록을 들춰보지도 않았을 거예요. 하지만 걱정 말아요. 탈옥 당시 상황을 상세히 들려주겠어요? 당신이 어떻게 그 작전에 끼게 됐는지부터요."

그는 쥐새끼 같은 놈들이 예배당에서부터 주차장 울타리까지 터널을 파놓았다고 말했다.
"난 예배당에 앉아 묵주 기도를 읊고 있었어요. 고통의 신비 부분이었을 겁니다. 묵주 기도엔 환희의 신비라는 부분도 있어요."
"계속 얘기해요."
"그러고 있는데 갑자기 쥐새끼들이 기어 나오는 게 보였습니다. 난 터널을 파놓은 놈들을 그렇게 부릅니다. 아무튼 그들은 예배당 바닥으로 기어 올라와 날 붙잡고 먼저 나가라고 했습니다. 날 통해 교도관들의 반응을 살피고 나서 탈옥할지 여부를 결정하겠다나요?"

"거기 교도관이 있지 않았나요? 펍코 씨 말이에요."

"그랬죠. 그는 창밖으로 운동장에서 벌어지고 있는 풋볼 경기를 지켜보고 있었습니다. 가끔 플레이가 끝나도 넋 놓고 내다볼 때가 있었죠. 쥐새끼들은 펍 뒤로 몰래 다가가 큼직한 각목으로 펍의 머리를 후려쳤어요."

"그들이 각목을 지니고 있었나요?"

"예배당 공사가 한창이었을 때라 곳곳에 각목이 널려 있었죠. 아무튼 난 잽싸게 터널로 들어갔고, 쥐새끼 다섯 놈이 날 따라 나왔어요."

"그때 그냥 두 손을 번쩍 들고 항복할 순 없었나요?"

"그러려고 했어요."

폴리가 말했다. 그의 얼굴에는 '고통의 신비'에 어울리는 표정이 떠올랐다.

"하지만 바로 그때 캐런이 눈에 들어왔어요. 그녀가 자신의 차 트렁크에서 산탄총을 꺼내더라고요."

"자신의 눈앞에서 무슨 일이 벌어지고 있는지 깨달았나 보죠."

"그리고 곧바로 사이렌이 울렸습니다."

"당신이 항복 의사를 내보이기도 전에 말이죠?"

"네, 그래요."

폴리가 말했다. 그는 메건이 마음에 쏙 들었다.

"교도관들이 우리에게 총을 쏴대기 전에 나는 트렁크로 들어갔습니다."

"시스코 연방 보안관과 함께 말이죠?"

"네."

"그녀를 강제로 트렁크에 던져 넣은 거죠?"

"그녀가 트렁크로 들어가는 걸 도운 겁니다. 그때 난 이렇게 했어요. '아가씨, 이게 다 당신을 위해서 하는 일입니다.'"

"그녀에게 산탄총이 있었다면서요?"

"당황하면서 떨어뜨린 모양이에요. 하지만 38구경 시그 사우어는 지니고 있었습니다."

"법원이 당신이 캐런 시스코를 인질로 잡고 있었다고 판단하면 당신은 여기서 죽을 때까지 썩게 될 거예요. 난 캐런에게 인질로 잡힌 기분을 느꼈는지 물어봤어요. 그랬더니 그녀가 뭐라고 했는지 알아요?"

그는 답이 궁금했지만 두려움에 차마 묻지 못했다.

"캐런은 이렇게 대답했어요. '아뇨, 난 그의 주주(산비둘기—옮긴이)였어요.'"

"내가 잘 대해 줬죠."

폴리가 환한 미소를 지었다.

"그녀가 그 얘기도 하던가요?"

"당신이 그녀와 함께 트렁크에 들어간 후 말이죠."

"그거야 그녀가 총에 맞는 걸 보고 싶지 않아서 그랬죠."

"그렇게 차는 출발했지만…… 캐런은 끝내 자신이 납치됐다는 표현을 쓰지 않더군요."

"난 그녀를 위협하지 않았습니다. 그녀가 얘기하지 않던가요? 자신에게 시그 사우어가 있었다고 말이에요."

"그걸 쓸 기회를 엿보고 있었다고 했어요."

"처음엔 그랬겠죠. 우리가 진지한 대화를 시작하기 전에."

"트렁크 안에서 같이 몸을 밀착하고 있었다면……."

"그것도 칠흑 같은 어둠 속에서. 내게서 악취가 심하게 풍겼을 텐데 말이죠. 우린 영화 얘기를 많이 했어요. 우리가 처한 상황과 비슷한 내용의 영화들. 난 페이 더너웨이와 로버트 레드포드가 나오는 〈콘돌〉을 언급했어요. 그는 그녀의 아파트에 숨어 지냈죠. 어느 날 그는 부탁이 있다면서 들어달라고 해요. 그들이 만난 지 반나절 만에 동침을 하고 난 바로 다음 날 아침이죠. 그는 그녀에게 갈 데가 있다면서 좀 태워달라고 했고, 페이 더너웨이는……"

"'내가 언제 당신 부탁을 거절한 적 있었나요?'"

"당신도 그 영화를 봤군요."

"차가 멈췄을 때 그녀가 당신에게 총을 발사하긴 했죠."

"그녀는 신경과민 상태였어요."

"법원이 당신과 캐런 사이에 개인적인 감정이 있었다고 생각하게 되면 곤란해져요."

메건이 말했다. 그녀가 법률 용지철을 내려다보았다.

"그들은 누가 그 차를 몰았는지 물어볼 거예요."

"내 친구, 버디가 몰았습니다. 날 면회 왔다가 그렇게 된 거죠."

"한밤에요?"

"아뇨, 뭘 놓고 가려고 했어요."

"진술에 일관성이 없군요."

"그 친구에게 직접 물어보는 게 좋겠네요. 하지만 그는 지금 외국에 나가 있어요. 누나를 루르드로 데려간다더군요. 거기 가면 기적이 일어날지 모른다면서 말이죠."

"환자인가요?"

"알코올 중독자예요. 간에 이상이 생겨서 조심해야 한다더군요. 매일 화이트 와인을 두 병씩 들이켜 왔다나 봐요."

메건은 그를 응시했고, 폴리는 고개를 끄덕였다.

"아, 기억나요. 버디는 한 법률 사무소에서 파트타임으로 일했습니다. 보나마나 그들이 그에게 재판 관련 문서들을 전달해 달라고 부탁했을 겁니다. 죄수 하나가 교도소를 상대로 소송을 걸었거든요."

메건은 그 내용을 법률 용지철에 받아 적었다.

"그게 바로 캐런이 이곳에 온 이유였죠. 소환장 전달. 자, 이젠 그녀가 어떻게 당신으로부터 벗어날 수 있었는지 들려줘요."

"우린 도로변에 멈춰 섰어요. 난 그녀가 차를 몰고 도망치도록 내버려뒀고요. 어차피 그녀 차였으니까요."

"나중에 그녀는 당신을 찾아 디트로이트까지 올라갔어요. 경찰이 도착했을 때 왜 항복하지 않았나요?"

"다시 이곳으로 돌아와 삼십 년간 썩고 싶지 않았어요. 디트로이트에서 있었던 일들을 어떻게 설명해야 할지 모르겠습니다."

"캐런도 같은 얘길 하더군요."

메건은 다시 노트로 시선을 돌렸다.

"당신은 불법 침입과 무장 강도 혐의도 받았어요. 현장에선 세 명이 피살됐고요."

"두 명입니다. 화이트 보이 밥은 계단에서 발을 헛디디면서 실수로 방아쇠를 당겼어요. 재수 없게 자기 총에 맞아 머리가 날아가 버렸죠."

"나중에 디트로이트에서 소환되면 캐런은 진실을 말할 거예요."

"무엇에 대한 진실 말이죠?"

"왜 당신이 그곳에 있었는지."

"내가 거기서 뭘 하고 있었다고 하던가요?"

"경찰이 도착했을 때 당신은 양손에 권총을 하나씩 쥐고 있었어요. 그들은 당신을 사살하려 했지만 캐런이 먼저 나서서 당신의 허벅지에 총탄을 박아 넣었죠. 당신은 그녀 덕분에 목숨을 건질 수 있었던 거예요."

"덕분에 여기서 삼십 년간 다리를 절고 다닐 수 있게 됐죠."

"아직도 아픈가요?"

"쑤셔요."

"디트로이트의 킴 워시 검사와 통화를 해봤어요. 난 그녀에게 당신을 그토록 오랫동안 기다려줄 용의가 있느냐고 물었죠. 킴은 삼십 년이면 충분할 것 같다고 했어요. 굳이 당신을 불러들여 귀찮게 할 이유가 없다더군요. 그래서 그냥 접어버리기로 했대요."

"당신이 무슨 생각을 하고 있는지 알 것 같습니다. 디트로이트가 빠져버렸으니 이젠 형량을 최대한 줄일 수 있게 항소를 하려는 거죠?"

"그건 마지막에 할 거고요, 우선 탈옥과 납치 케이스 심리부터 처리해야 해요. 캐런은 그들의 증인이지만 그녀의 증언은 그들에게 아무 도움도 못 될 거예요. 우린 당신과 주주 사이에 아무 일도 없었다는 걸 분명히 해둘 겁니다. 그래야 그녀도 당신들이 함께 있었던 시간에 대해 언급하지 않을 테니까요. 그녀는 당신을 쐈고, 당신은 도망자였어요. 누구도 그녀가 당신의 목숨을 살리려 했다고 생각하지 않을 거예요."

"믿어지지 않더군요."

"난 당신이 법정에서 그녀와 말을 섞는 걸 원치 않아요. 알겠어요?"

폴리가 고개를 끄덕였다.

"믿어도 되겠죠?"

"아무 말도 안 할게요."

"우선 이 문제부터 처리하고 나서 최종 판결에 대한 항소를 시작할 거예요. 당신의 운명이 어떻게 결정 날지 지켜보자고요."

〉 〉 〉

 폴리는 캐런이 검찰 측 증인으로 불려나와 증인석에 앉은 후에야 비로소 그녀를 볼 수 있었다. 그들은 탈옥 케이스 심리를 위해 연방 법원에 출두해 있었다. 캐런이 그를 흘끔 돌아보았다. 그는 미소를 지었고, 그녀는 이내 고개를 돌렸다.

 메건은 그녀에게 어떻게 인질로 트렁크에 들어가게 됐는지 물었다.

 캐런은 교도관들이 울타리 밖의 모든 이에게 총을 쏴대기 시작했다고 대답했다.

 "그들은 내가 탈옥수들의 도주를 돕고 있다고 오해했어요. 폴리 씨는 날 보호하려 했고요."

 "하지만 그는 탈옥수였지 않습니까."

 검사가 말했다.

 "흉기로 위협하는 다른 탈옥수들에게 강제로 떠밀려 나왔을 뿐이에요. 그의 몸 군데군데에서 피가 흐르고 있었습니다."

 메건은 그녀에게 어떻게 도망쳐 나올 수 있었는지 물었다.

 "우린 고속도로에서 멈춰 섰고, 그는 내게 차를 돌려줬어요. 난 폴리 씨에게 자수할 생각인지 물었죠. 그는 그럴 거라고 했어요. 하지만 감방으로 들어가기 전에 몸부터 씻고 싶다더군요. 피와 진흙으로 범벅이 돼 있었거든요."

 캐런은 다시 그를 돌아보았다. 폴리도 그녀를 올려다보았다. 그녀가 그의 눈빛을 확인한 후 고개를 돌렸다.

 메건의 질문은 계속 이어졌다. 캐런은 디트로이트에서 폴리를 체포했던 일을 들려주었다.

 "그는 롬폭에서 알고 지낸 죄수가 무장 강도를 계획하고 있다는 소식을 들었어요. 폴리 씨는 그를 저지할 생각이었죠."

메건은 경찰에 신고하고 자수하면 되는 일을 왜 이렇게 복잡하게 만들었느냐고 물었다.

"잭 폴리는 그가 표적으로 삼은 강도 피해자도 알고 있었어요. 유명한 투자자인데 내부자 거래가 적발되는 바람에 롬폭에서 일 년 수감됐었죠. 난 폴리가 속죄를 위해 일을 벌였다고 생각해요. 자신이 천성적으로 좋은 사람이라는 걸 보여주기 위해서 말이죠."

그도 그녀의 얼굴을 살폈다. 그가 기억하고 있는 익숙한 눈빛.

주 검사가 캐런에게 물었다.

"디트로이트 사건 현장에 피살된 피해자가 있지 않았습니까? 당신도 그곳에 있었죠? 그때 이 '천성적으로 좋은 사람'이 킬러로 보이진 않던가요? 그곳에서 유일하게 살아 나온 사람인데도요?"

그때 메건이 불쑥 끼어들었다.

"디트로이트 사건 피해자들은 디트로이트 문제입니다. 나중에 관련된 문제로 의뢰인에게 면담을 신청할지도 모릅니다. 의뢰인은 이미 은행 강도죄로 삼십 년 형을 선고받고 복역 중입니다."

ㄱㄱㄱ

마침내 판사가 검사를 내려다보며 말했다.

"검찰 측 증인, 시스코 씨는 완전히 구속당한 상태에서 겪은 일을 증언했습니다. 범죄 의도는 없었던 것으로 판단되니 탈옥과 납치 혐의는 인정하지 않겠습니다. 사건을 기각합니다."

# 03

 폴리의 강도 유죄 판결이 취소된 다음날, 그들은 나란히 뜰을 거닐었다. 쿤도가 말했다.

 "믿어지지 않는군. 탈옥 혐의를 벗은 걸로도 모자라 삼십 년 형기를 달랑 몇 개월로 줄였다고? 말도 안 돼."

 그들은 예배당을 지나고 있었다.

 "여기서 쥐새끼들이 기도 중인 나랑 맞닥뜨리게 됐지."

 폴리가 말했다. 그들은 예배당을 쳐다보았다. 음산한 분위기의 빨간색 건물. 교도소 건물답게 예배당에서는 생기가 전혀 느껴지지 않았다. 그들은 왼쪽에 서 있는 감시 타워로 다가갔다.

 "저 위에서 총을 쏴댔어."

 폴리가 말했다. 폴리의 키는 쿤도보다 머리 하나 정도 컸다. 파란색 죄수복 차림의 머트와 제프가 그들을 쫄랑쫄랑 따라오고 있었다.

 "네가 그 캐런 시스코라는 여자의 목숨을 구했다고 협상이 잘 된 거야? 넌 그저 그녀를 트렁크에 던져 넣었을 뿐인데?"

 "삼십 년을 삼십 개월로 줄여줬다니까. 가석방 없이 이 년 반. 그게 딜 브레이커(양측이 의견 차이를 좁히지 못해 전체 협상을 결렬시키는 요인—옮긴이)가 될 뻔했어. 하지만 메건이 멋지게 처리해 줬지."

 "그럼 너랑 나랑 거의 비슷하게 출소하겠군. 네가 나보다 조금 먼저 나가게 될 거야. 항상 이렇게 재수가 좋아?"

"땅딸보 쿠바인이 도와주니 행운이 따라붙는 것 같은데."

폴리는 고마운 마음을 가지고 있긴 했지만 그렇다고 마음이 편한 것은 아니었다.

"돈은 갚을 거야. 시간이 좀 많이 걸리겠지만."

"5천 달러짜리 은행을 여섯 번 연속으로 털면 금방 갚을 수도 있겠지. 당연히 붙잡혀선 안 될 거고. 농담이야. 돈은 갚지 않아도 돼. 우린 친구잖아."

"그래도 갚고 싶어. 나중에 네가 빚 받으러 왔다고 불쑥 나타나면 곤란하니까."

"우린 친구잖아. 넌 교도소에서 내 인생 얘길 다 들어준 유일한 백인이야. 은행 강도로 살기엔 너무 똑똑하기도 하고. 너랑 미스 메건, 둘 다 머리가 좋아서 이렇게 좋은 결과가 나올 수 있었던 거야."

"그녀는 법정에서도 검사를 자극하는 톤을 쓰지 않았어. 그의 테이블을 지나면서 한 마디 던지면 그는 그냥 씨익 미소를 지을 뿐이었다고. 마치 두 사람이 한편인 것처럼 말이야. 그녀는 고개를 홱 젖히면서 흘러내린 머리를 올려 넘겼지만 단 한 번도 머리에 손을 대진 않더군."

"그런 쿨한 제스처가 먹힌다는 걸 아는 거지. 그녀 스타일이 어땠는지 기억을 더듬어보고 있는 중이야."

"뉴스 진행하는 폴라 잔이랑 비슷해. 특히 머리 스타일이 닮았지."

"그녀가 내 얘긴 안 했어?"

"누구? 폴라?"

"미스 메건 말이야."

"재밌을 것 같대."

"그래?"

"땅딸막한 라틴계 남자에게 관심이 있었으면 진작 추파를 던졌을 거라나?"

ㄱㄱㄱ

폴리는 매일 농구를 했다. 코트로 나온 흑인 죄수 아홉 명은 항상 동전을 던져 폴리를 차지할 팀을 결정했다. 그들은 욕을 입에 달고 살았고, 몸싸움도 거칠게 했다. 폴리는 상대를 속이는 몸놀림에 능했다. 등 뒤로 던지는 패스나 가볍게 던지는 점프 슛도 일품이었다. 쿤도도 매일 그의 활약을 지켜보았다.

폴리가 담배를 피우러 절뚝거리며 다가오자 쿤도가 말했다.

"어떻게 쉬지도 않고 그렇게 뛰어다닐 수 있지? 살만 조금 뺄 수 있다면 내가 수영장 인명 구조원으로 취직시켜 줄 수도 있어. 말리부에서 산타모니카와 베니스로 이어지는 해변에만 육백 명 이상의 인명 구조원이 활동하고 있다는 거 알아? 난 〈베이워치〉(캘리포니아 해변 해상 구조대의 삶을 다룬 미국의 인기 드라마―옮긴이) 제작진과 친분이 있어. 그래서 인명 구조원들에 대해 좀 알지. 원한다면 널 소개해 줄 수도 있어."

"여기서 살만 조금 빼면 되는 거야? 수영은 못해도 되고?"

"바로 그게 문제야. 네가 할 줄 아는 것이라고는 은행 터는 일밖에 없잖아. 그런데도 법정에서 앞으로는 절대 은행을 털지 않겠다고 맹세를 해?"

"아무도 그걸 묻지 않던데."

"네가 은행 하나 털고 만족할 친구가 아니라는 거 알아. 아마 백 군데를 털어도 성에 차지 않을걸."

"그 FBI 요원 있지? 루 애덤스. 그 친구도 같은 얘길 하더군. 증언을 마치고 내려오면서 나한테 이랬어. '출소하는 날부터 FBI가 당신을 감시할 겁니다. 죽을 때까지 하루도 빠지지 않고 우릴 보게 될 거라고요. 알아듣겠어요? 알겠으면 고개를 끄덕여봐요.'"

폴리의 입가에 미소가 머금어졌다.

"그게 웃겨? 그들이 널 매일 감시하겠다는데 그게 웃기냐고."

"자기가 반드시 그렇게 하겠다고 큰소리 치는 게 웃기잖아. 달랑 한 명을 감시하기 위해 따로 특별 팀을 만들겠다고? 불가능한 일이야. 안 그래?"

ㅋㅋㅋ

그는 쿤도에게 캐런 시스코에 대해 조금 들려주었다. 그는 앞으로 그녀를 다시 보지 못할 거라 확신했다. 그는 심리에서 그녀가 어떤 태도를 보였는지도 들려주었다. 법정에서 그녀는 단 한순간도 자신이 인질로 잡혀 있다는 느낌을 받지 않았다고 증언했다. 또한 무장한 상태로 그와 함께 다녔다고도 했다.

"내가 그녀의 목숨을 구하기 위해 트렁크에 태웠다고 믿고 있더군."

"교도관들이 널 겨누고 쏴댔잖아. 나라도 그렇게 생각하겠어."

폴리는 더 이상 깊이 들어가고 싶지 않았다. 그는 쿤도에게 법정에서 캐런과 한 마디도 나누지 못했다는 사실을 들려주었다.

"메건은 내게 캐런을 언제 처음 만났느냐고 물었어. 난 그녀가 트렁크에서 12게이지 산탄총을 꺼내들고 나한테 달려들었다고 했지."

폴리는 잠시 말을 멈추고 골똘한 생각에 잠겼다.

"하지만 우린 법정에서 서로에게 아무 말도 할 수 없었어."

"어째서?"

"메건은 우리 사이에 아무 감정도 없는 것처럼 행동하라고 했어."

"그래?"

"우리가 마지막으로 본 건 몇 달 전 디트로이트에서였어. 하지만 그녀는 증인석에 앉아서 날 몇 번 내려다봤을 뿐이야. 그래서 난 속으로 말했지. 그래, 이제 끝이야. 이게 바로 운명이라고."

"잠깐. 그럼 너랑 그 연방 보안관 사이에 무슨 감정이라도 있었다는 말이야?"

폴리가 그 얘기를 들려준 이유는 그것이 자신 인생의 하이라이트였기 때문이다. 인생 최고의 순간이었기 때문에.

"캐런과 난 디트로이트의 호텔에서 하룻밤을 함께 보냈어."

"맙소사, 그 여자 연방 보안관이랑 같이 침대에서 뒹굴었다고?"

"우린 같이 잤어. 그 외엔 할 게 없더라고."

"맙소사, 연방 보안관과 재미를 보다니."

"보안관 대리야. 그리고 그냥 재미를 본 게 아니라 사랑을 나눈 거라고. 우리 둘 다 같은 마음이었지만 미래가 밝지 않다는 건 진작 알고 있었어."

"하지만 살아 있는 동안은 그녤 잊지 않을 거잖아."

"바로 그 다음날, 그녀는 날 쐈어."

"이봐, 내 인생을 확 바꿔놓은 여자 얘길 들려줄게. 우리가 여길 나가기 전에 말이지."

쿤도가 말했다.

ㅋㅋㅋ

폴리의 출소가 몇 개월 남지 않았을 때 쿤도는 그에게 연안 지역으로 가보라며 캘리포니아의 베니스 비치를 추천했다.

"굉장한 쇼가 펼쳐질 거야. 문신 예술가, 점쟁이, 둘러앉아서 작은 북과

콩가와 주석 깡통을 두드려대는 드러머들. 아주 정신이 없을 정도라니까. 짐 모리슨이라고 알지? 도어스 말이야. 베니스에서 그가 즐겨 묵던 호텔엔 아직도 그의 유령이 살고 있대. 내가 가끔 얘기했던 돈나바로라는 여자 있지? 그녀도 언젠가 복도에서 그 유령을 본 적이 있다고 했어."

쿤도의 얼굴은 무척 진지했다. 그가 치아를 드러내며 씨익 웃었다.

"해변을 걷다 보면 비키니 입은 여자들이 달려오는데. 모두 쭉쭉빵빵이야. 롤러블레이드를 타고 인파 속을 누비고 다니지. 그녀들 몸매 감상하느라 남자들 눈이 아주 바빠진다고. 자, 이제 진짜 베니스에 대해 들려주지. 해변을 벗어나면 다양한 크기의 집들이 나와. 오래된 집, 새 집. 어떤 집은 너무 세련돼서 집 같아 보이지도 않아. 히피들 기억하지? 그들이 어땠는지, 기억 나? 항상 여유가 넘쳤잖아. 쿨하고. 바로 그런 사람들이 사는 집이야. 다 자란 히피들. 하나씩 특출한 재능이 있는 사람들 말이야. 화가도 있고. 거기엔 예술가들이 특히 많아. 영화에 나오는 사람들, 건축가들, 레스토랑 주인들. 스타가 아니면 그 동네에 살 수가 없어. 하지만 남들이 알아주든 말든 그들은 전혀 신경 쓰지 않는다고. 예고도 없이 해변에 고층 건물을 세워놓는 사람들이야. 해변을 나와 또 다른 해변으로 가는 사람들. 그들은 말이 많고, 와인을 즐기지. 어린 갱 단원들이 서로에게 으르렁대는 모습도 심심치 않게 볼 수 있어. 넌 그런 녀석들 다루는 법을 알잖아. 대마초나 코카인도 어렵지 않게 구할 수 있고. 원한다면 딜러들 연락처를 가르쳐줄게."

"기소됐을 때 재산을 몰수당하지 않았어?"

"그땐 재산이 없었지. 밑바닥부터 시작해서 돈을 좀 쥐게 됐고, 그걸로 집을 사들였어. 지금과 비교하면 엄청 싼 값이었지. 난 그 집들을 회계사, 몽크에게 양도했어. 우린 쿠바의 콤비나도 델 에스테에서 함께 복역했었거든. 그 친구는 회사 돈을 횡령해 쓰다가 걸려서 교도소로 오게 됐어. 하지만 몽크는 전혀 범죄자처럼 생기지 않았다고. 지능범 같아 보이지도 않아. 아주 잘생겼지만 많이 소심해. 콤비나도에선 항상 불안에 떨며 지냈었지. 다른 죄수들이 자신에게 여자 옷을 입히고, 빨간 립스틱을 발라놓을지 모른다면서 말이야. 강간하기 좋게끔. 난 교도관들에게 그 친구를 내 감방으로 넣어달라고 했어. 몽크는 고맙다는 말을 연발하며 질질 짜대더군."

"그 친구를 아내로 삼았단 얘기야?"

"가끔 내 시가를 내준 적은 있지만 난 남자랑 붙어먹는 데 별 관심이 없어. 난 교도관에게 마리화나와 럼주를 받아다 팔았지. 그렇게 손에 들어오는 돈은 몽크와 나눴고. 난 그 친구와 재미를 보고 싶어 하는 죄수들에게 자꾸 치근거렸다간 더 이상 술과 마리화나를 제공하지 않겠다고 했어. 그리고 피델이 우릴 석방했지. 난 몽크를 마이애미로 데려갔고, 해리 아르노 밑에서 일할 수 있게 해주었어. 스포츠 도박 사업을 하다가 은퇴하고 스트리퍼랑 결혼한 사람인데, 우스운 건 그녀가 무대에서도 안경을 쓰고 춤을 춘 유일한 스트리퍼였다는 사실이야. 하지만 난 거기서 총에 맞아 죽을 뻔했어. 그래서 우린 로스앤젤레스로 자리를 옮겼지."

"어딜 가든 몽크를 끌고 다녔군."

"그렇게 그는 내 사업 파트너가 돼버렸어. 그 친구는 돈을 써서 돈을 버는 방법을 알고 있거든."

"스포츠 도박 사업 같은 거?"

"그 사업에서 난 그저 익명의 동업자일 뿐이야. 법적으로 문제가 되면 몽크만 잡혀 들어가게 되는 거지. 그 친구는 회계사 출신이라 장부 정리에 능해. 계산기 두드리는 건 그 친구 장기라고. 손가락이 어떤 버튼을 누르는지조차 확인하지 않고 계산을 해나가더군. 우린 또 다른 사업도 하고 있어. 리오스 & 레이 투자회사. 번호 계정(이름 대신 번호로 등록하는 은행 계좌—옮긴이)을 쓰는 은행이라고 생각하면 이해가 쉬울 거야. 투자자들이 이름을 공개하지 않아도 되는 곳이지."

"진짜 은행이야? 스위스 은행 같은?"

"진짜 은행이냐고? 당연하지. 몽크는 그들 돈으로 채권과 부동산에 투자하고 있어. 난 이 안에서도 사업에 깊이 관여하고 있지. 물론 당국은 그 사실을 모르고 있고. 넌 은행을 털어 챙긴 돈에 대한 소득세를 낸 적 있어?"

"그래야 한다는 법은 없었는데."

"난 꼬박꼬박 내왔어. 단 한 번도 세금을 체납한 적이 없었다고. 우리 은행도 털고 싶겠지? 하지만 어떻게? 돈을 내놓으라고 협박할 금전 출납계원도 없는데. 몽크는 머지않아 현금이 찬밥 신세로 전락하는 시대가 올 거라고 했어. 그 친구는 전자 거래, 디지털 어쩌고 하는 것들을 빠삭하게 알고 있거든. 난 그 친구에게 돈 나바로도 지켜봐달라고 했어. 그녀에게 아무 일도 생기지 않도록 말이야."

"날 계속 깜짝 놀라게 하는군. 대체 돈은 또 누구지?"

"돈 나바로. 내 인생에서 빼놓을 수 없는 여자야."

◣ ◣ ◣

그는 지난 이 년간 폴리에게 자신의 과거를 전부 들려주었다. 하지만 단 한 번도 자신이 결혼했다는 사실을 언급한 적이 없었다. 쿤도는 그녀가 캘리포니아 베니스에 홀로 살고 있다는 걸 철저히 비밀에 붙여두고 싶다고 했다. 그래서 몽크에게 그녀를 잘 돌보도록 당부해 두었다나.

"몽크는 신뢰할 수 있어?"

"내가 왜 그 친구를 몽크라고 부르는 것 같아? 정말 수도사 같은 친구라고. 여자에겐 눈길 한 번 주지 않는 별종이야. 그건 그렇고, 난 선고를 받자마자 돈에게 전화를 걸어서 이렇게 말했어. '칠 년 동안만 성녀(聖女)처럼 살아줄 수 있겠어? 남자랑 노닥거리지 말고. 전 남자친구들을 우연히 만나도 그냥 모른 척해 줘. 괜히 차로 끌고 가지 말란 말이야. 날 봐서.' 돈은 칠 년이 아니라 그보다 더 오랜 세월도 참을 수 있다고 했어. 몽크와 함께가 아니면 외출도 하지 않겠다고 약속했고."

"그 친구가 경호원 역할도 하는 거야?"

"그 친구는 항상 무장을 하고 다녀. 그뿐 아니라, 그에겐 경호원 겸 운전사도 있다고. 여우처럼 생긴 녀석인데 커다란 더티 해리 권총을 지니고 다니지. 난 돈과 결혼한 지 사 개월 만에 이곳 플로리다로 끌려오게 됐어. 그녀를 처음 만난 건 할리우드 힐스의 한 파티에서였지. 돈은 타로 카드를 깔아놓고 점을 봐주고 있었는데 어느새 내 차례가 온 거야. 그녀는 한동안 아무 말도 안 하더라고. 난 그녀에게 뭐가 문제냐고 물었어. 그녀가 고개를 들고……."

"네가 긴 여정을 떠날 거라고 했어?"

"그걸 어떻게 알았지?"

"점쟁이들이 즐겨 쓰는 멘트잖아."

"일 년 안에 다시 플로리다로 돌아갈 거라고 했어. 난 그 이유를 물었고, 그녀는 자기도 모른다고 했지. 하지만 난 그녀가 알고 있으면서 거짓말을 한다는 걸 눈치 챌 수 있었어. 왜 그걸 숨겼던 걸까?"

폴리는 계속 입을 닫고 있었다.

"우린 함께 밖으로 나왔어. 난 돈을 베니스의 집으로 데려갔지. 벽마다 나와 영화배우가 함께 찍은 사진들이 줄줄이 걸린 하얀 집으로. 핑크색 집은 왠지 피하고 싶더라고. 아무튼 우린 그 집에서 사흘간 함께 지냈어. 집에 틀어박힌 채 서로 과거 이야기를 줄줄 털어놓았지. 뭐 아주 디테일한 내용은 아니었어. 그냥 기본적인 얘기만 나눴을 뿐이야. 어릴 적 차를 훔친 일과 캣 프린스로 분장하고 고고를 췄던 일도 들려주었어. 그녀는 날 쿨한 남자로 생각한 모양이야. 난 그녀에게 자신의 미래도 읽을 수 있는지 물었어. 그녀는 진짜 점쟁이라면 자신의 미래를 읽을 수 없다고 하더군. 만약 자기 미래를 읽을 수 있다는 점쟁이를 만나면 보나마나 사기꾼일 테니 조심하라던데. 그냥 카드를 넘기면 키 크고, 짙은 색 피부를 가진 낯선 이를 만나게 될 거라고만 나온다나. 우린 와인을 마셨고, 마리화나를 말아 피웠지. 내가 그녀에게 말했어. '그러니까 내가 다시 플로리다로 돌아갈 거란 말이죠?' 그녀는 여전히 그 이유를 들려주지 않더군. 그래서 난 집요하게 물고 늘어졌지. 결국 그녀는 내가 법정에서 살인 혐의로 재판을 받는 게 보였다고 했어. 이해가 돼? 내가 체포돼 플로리다로 보내지기 사 개월 전에 그랬었다고. 그래서 내가 돈에게 말했어. '아니, 내가 누굴 죽인다고요?' 그녀는 내가 어떤 남자랑 같이 대서양에 나가 낚시를 하게 될 거래."

"그 남자? 배에서 떨어져 익사했다는?"

"그의 여자친구는 그가 나랑 같이 나갔다가 돌아오지 않았다고 말하지. 난 그를 해변에 내려주었다고 말하고. 아무튼 돈이 사 개월 전에 내가 법정에 서게 될 거라고 예언했다는 사실이 중요해."

"결혼은 언제 한 거야?"

"바로 그 다음날 라스베이거스에서."

"그녀가 순순히 응했어? 네 집을 한 번 슥 둘러본 후에?"

"네가 그녈 몰라서 하는 소리야. 그녀는 진정한 인생 동반자를 찾기 위해 일생을 기다려왔다고 했어. 몇 년 더 기다리는 것쯤은 문제도 아니라더군. 그녀는 내 눈을 똑바로 쳐다보며 그런 얘길 했어."

"면회 온 적은 없고?"

"얘기했잖아. 여기 사람들이 그녀에 대해 아는 걸 원치 않는다고. 그녀는 면회 대신 사진을 찍어 보냈어. 가끔 누드 사진도 넣어 보냈고."

"정말?"

"내 관심이 꺼지지 않도록 하려는 거지. 그녈 데리고 은행에 가봐. 어느 직원이 흥분할 거고, 어느 직원이 차분할지 미리 알려줄 거야."

"이 음흉한 친구야. 그녀를 범행에 써먹으려고 하는 거지? 팀이 돼서 말이야."

"돈이 어떤 여자 얘길 들려줬어. 유령에게 겁탈을 당한다는 여잔데 숨겨놓은 보석이 많다나 봐. 문제는 그 위치를 까먹었다는 거지."

"네가 그 유령이야?"

"원한다면 그럴 수도 있지. 아니면 한밤중에 몰래 들어가 옷장을 뒤지든지."

"정말 그랬어?"

"아직. 그냥 어쩔까 생각 중이야. 돈은 유령을 쫓아내 그녀가 미치지 않도록 해줄 거야. 그리고 2만 달러를 챙기게 되지. 여자는 그렇게 다시 행복을 되찾게 되는 거야. 2만 달러를 받고 유명 배우에게 자신감을 되찾아줄 열쇠를 쥐어주는 것과도 다르지 않아."

"그러니까 부부가 함께 사람들을 위해 봉사하겠단 말이지?"

"그래서 사랑에 빠지게 된 거라고. 우린 둘 다 사람들을 행복하게 만드는 법을 알고 있어."

"가짜 점쟁이를 앞세운 사기극이로군."

"내가 재판 받는 걸 미리 예견했다니까 그러네."

"메건 노리스만큼이나 쿨해?"

"둘 다 쿨한 여자들이야. 각자 자신만의 매력이 있지. 미스 메건은 똑똑하고, 말을 잘해. 돈은 상대가 입을 열기도 전에 무슨 말이 나올지 알고 있고."

"세상을 보는 시각 차이는 클걸."

"내가 방금 얘기했잖아. 각자 나름의 매력이 있다고."

"메건은 내게 교도소에서 허비한 청춘이 아깝지 않느냐고 물었어. 날더러 왜 교도소 갱생 프로그램에 등록하지 않느냐고 했지. 사탕수수 재배하는 법도 배울 수 있다면서 말이야."

"밭에 불을 지르고, 사탕수수를 베고, 약을 써서 쥐를 잡아먹는 뱀들을 죽이라고? 말도 안 돼. 왜 신이 널 은행 강도로 만들었다는 얘길 안 했지?"

"그녀도 알고 있을 거야."

"넌 머리가 좋아, 잭. 원한다면 얼마든지 진지해질 수 있다고. 하지만 넌 전혀 그러고 싶어 하질 않아. 여기서 이렇게 썩고 있으면서도 불평 한 번 하지 않는다고. 나이 든 히피처럼 말이지. 하지만 이제 출소가 얼마 남지 않았어. 출소 후 계획은 세워둔 거야?"

"코스타리카에 대해 읽고 있어. 거기 내려가서 새 인생을 시작해 볼까 해."

"나중에 그런다는 얘기겠지? 난 네가 출소 후 제일 먼저 뭘 할지 궁금해."

"은행부터 턴다"

"거봐. 벌써부터 그런 생각을 하고 있잖아."

"내 생각이 아니라 네 생각 말이야."

"코스타리카는 어떻게 가려고?"

"결심만 서면 어떻게든 가지. 염려 말라고."

폴리가 말했다.

"교도서 문을 나가면서 그간 누리지 못했던 것들을 떠올리겠지? 고급 위스키를 들이키고, 여자들과 뜨거운 밤을 보낼 생각도 할 거야. 하지만 돈이 없다면 그런 걸 다 어떻게 해보겠어?"

"그 문제에 대해선 이미 생각해 뒀어."

쿤도는 그를 빤히 쳐다보았다. 그의 생각을 읽기 위해 그의 얼굴, 특히 눈을 똑바로 들여다보았다.

"생각해 뒀다고? 대체 어떻게 할 생각인데?"

# 04

 교도소에서 전화를 거는 건 보통 짜증스러운 일이 아니었다. 쿤도 뒤로 길게 줄을 선 얼간이들은 항상 돈에게 묻고 싶은 것들을 요란하게 지껄여 댔다. 그들은 그가 돈과 자주 통화를 한다는 사실을 알고 있었다. 그들 모두 그녀와의 통화를 원했다. 얼간이들은 그녀에게 전하라며 거친 입들을 함부로 놀렸다. 그게 딱 그들 수준이었다. 그가 돈에게 말했다.
 "이 친구들 때문에 골치 아파 죽겠어. 출소하면 자기들이 시키는 대로 해보라고 난리를 치고 있다고."
 "뭘 시켰는데요?"
 돈이 말했다.
 "당신 거기에 햄버거를 쑤셔넣고 먹어보라나?"
 "다른 제안은요?"
 그가 글레이즈로 오기 전, 스타크 주립 교도소에서 수감 생활을 시작한 지 얼마 지나지 않았을 때 그들이 나눈 대화 내용이었다. 언젠가 그는 돈과의 통화를 포기하고 몽크에게 연락한 적이 있었다. 쿤도는 그에게 이곳 교도관들 중 매수가 가능한 이들을 알아보라고 했다.
 "숨 쉴 공간이 좀 필요해."
 몽크는 인터넷으로 필요한 정보를 입수했고, 명단에 오른 교도관들에게 햄과 위스키를 한 상자씩 보냈다. 그들이 받아든, 쿤도의 서명이 들어간 카드에는 이런 글귀가 적혀 있었다. "건강이 좋지 않아 교도소 사무실에서 일할 수 있는 기회를 원합니다. 스페인어로 문서를 작성하는 일도 도와드릴 수 있습니다." 결국 쿤도에게는 수동 타자기와 돈에게 수신자 부담 전화를 마음껏 걸 수 있는 전화기가 주어졌다. 쿤도는 조용한 사무실 한쪽 구석에 앉아 수시로 돈과 통화를 했다. 그가 돈에게 물었다.

"성녀처럼 지내고 있겠지?"

"당연하죠."

돈이 말했다. 가끔 다른 답이 나오기도 했다. "당신, 내 사랑 아닌가요?" 아니면, "당신, 내 불멸의 사랑 아닌가요?"

쿤도는 성녀들은 절대 섹스를 하지 않는다고 믿었다.

"날 위해서 성녀처럼 살고 있다고 맹세해?"

"성녀처럼 살고 있다고 맹세해요."

"날 위해서?"

"네, 당신을 위해서."

"그렇게 얘길 해줘야 내가 안심하지."

그렇게 몇 분을 허비하고 난 후 돈은 언성을 높이지 않은 채 말했다.

"도대체 몇 번이나 얘기해야 믿겠어요? 그래요. 당신을 위해 성녀처럼 살고 있어요."

"당신 목소리 톤에 믿음이 안 가서 말이야."

"그러게 왜 매번 같은 말을 반복하게 만드는 거예요?"

그녀의 음성에서 서서히 짜증이 섞여 나오기 시작했다.

"앞으로는 성녀처럼 살고 있는지 묻지 말아요."

쿤도가 수감된 지 일 년도 채 지나지 않았을 때 돈이 했던 말이다.

"또 한 번 그런 질문을 들으면 그땐 그냥 끊어버릴 거예요. 당신이 전화를 걸어도 받지 않을 거고요. 멀리 도망쳐 버릴지도 몰라요. 그럼 당신은 영영 내 목소리를 듣지 못하게 될 거예요. 못 믿겠어요? 그럼 내가 성녀처럼 살고 있는지 다시 물어봐요. 해보라고요."

그는 그녀를 믿었다.

하지만 다른 곳도 아닌 베니스에서 어떻게 성녀처럼 살 수 있단 말인가? 멋지고 쿨한 남자들이 득실거리는 곳에서. 돈 나바로의 금발머리와 매력적인 초록색 눈에 끌리지 않을 남자는 세상에 없었다.

몽크도 그녀가 성녀처럼 살고 있다는 걸 확인해 주었다. 그는 그녀의 집에 남자 그림자 하나 얼씬한 적이 없다고 했다. 클럽에 가서도 남자들과 시시덕거린 적 없었고. 몽크는 그녀에게 조로라는 경호원을 붙여놓았다. 오래가지 않아 클럽의 모든 이들이 그녀가 누구인지 알게 됐고, 그녀는 종종 남자들의 점을 봐주고는 했다. 하지만 누구라도 돈을 집으로 데려가려 하면 몽크의 개인 경호원, 조로가 불쑥 끼어들어 코트 자락을 살짝 열고 커다란 더티 해리 권총을 드러내보였다.

쿤도는 그녀가 성녀처럼 살고 있다고 믿었다. 그녀와의 재회가 얼마 남지 않았다. 더 이상 그녀가 훤칠하고 잘생긴 백인 남자들과 시시덕거리는 모습을 상상하지 않아도 됐다.

✈ ✈ ✈

오늘 글레이즈에서 쿤도는 돈과 통화를 했다. 경호원을 뒤에 세워놓은 그가 그녀에게 말했다.

"잭 폴리가 오늘 아침에 출소했어."

"잘됐군요."

돈이 말했다.

"난 그를 마이애미로 보냈어. 아는 친구가 그에게 운전면허증과 선불 신용카드를 줄 거야. 그는 곧장 로스앤젤레스로 갈 거고, 당분간 내 핑크색 집에서 지내기로 했어. 감시하는 눈이 없다는 확신이 들 때까지. 집이 핑크색인 건 상관없다고 했어."

"핑크색 집엔 내가 살고 있잖아요."

"나도 알아. 일단은 흰색 집에서 지내라고 했어. 이 주 후 내가 출소하기 직전에 당신과 집을 바꾸게 될 거야."

"왜 그에게 잘해 주는 거죠?"

"그 친구가 턴 은행만 수백 곳이야. 난 그가 앞으로도 계속 그 일을 하고 싶어 할지 궁금해."

"그는 계속 하고 싶어 해요."

"그럴 수밖에 없는 상황이라서?"

"그건 나중에 얘기해 줄게요."

"난 그에게 당신에 대해 들려줬어. 당신이 독심술을 구사한다는 얘기도 했고. '그래?' 그러더니 내 말을 끝까지 유심히 듣던데."

"그는 당신 말을 믿지 않을 거예요. 내 알몸을 상상하지 말라고 한마디 해줄 때까지 말이죠."

"제발 그런 말은 하지 마. 그 친구가 음흉하게 구는 걸 상상하고 싶지 않다고. 당신과 폴리는 운하를 사이에 두고 이웃으로 지내게 될 거야. 그냥 그를 앉혀놓고 점이나 봐주면 돼."

"당신에게 그의 점괘를 들려달라는 얘기겠죠."

"그 친구 눈을 똑바로 들여다봐. 뭔가 흥미로운 게 보일지도 모른다고. 난 그에게 적지 않은 돈을 투자했어."

"그가 신용카드를 손에 넣고 나면 영영 못 보게 될지도 몰라요."

"면허증을 받으려면 최소한 이틀은 기다려야 해. 그리고 난 그 친구를 믿어. 도망치는 일은 절대 없을 거야. 잭 폴리는 내가 지금껏 만나본 죄수

중 가장 정직한 친구야. 가장 똑똑한 친구이기도 하고. 하지만 여기서 아이큐가 높다고 으스대는 놈들과는 확실히 다른 구석이 있어."

"다들 뭘 하는 사람들이죠?"

"법을 모르면 좀 아는 놈들을 잘 구슬려봐야지. 폴리는 상대가 누구든 능숙하게 다룰 줄 아는 친구야. 여기선 유명 인사로 통했다고. 존 딜린저(미국의 유명한 갱스터—옮긴이)보다도 많은 은행을 털었다는 사실을 믿을 수 있겠어? 게다가 그는 단 한 번도 총을 쏴본 적이 없다고. 그는 동료 죄수들에게 이런 얘길 했어. '내가 왜 그 점을 자랑스럽게 생각하는지 이해가 안 된다면 우린 대화가 불가능할 거야.'"

"그가 여자들을 어떻게 다루는지는 모르죠?"

돈이 말했다.

"그와 대화를 나누던 미스 메건의 몸에 소름이 돋았다더군."

"누가 그래요?"

"그 친구가. 그녀는 3만 달러 수수료를 청구하는 편지에서 그를 잭이라고 불렀어. 그가 탈옥했을 때 여자 연방 보안관이 그를 추적했었다더군. 그들은 호텔에서 만나 하룻밤을 보냈어. 바로 다음날 그녀는 그를 체포했고 말이야."

"농담이겠죠."

수화기에서 흘러나온 돈의 음성이 말했다.

"그뿐 아니라, 그녀는 법정에서 그가 좋은 사람이라고 입이 마르도록 칭찬을 늘어놓기까지 했어. 또 한 가지 신기한 건, 그에겐 아델이라는 전 부인이 있는데 아직도 사랑한다는 내용의 편지를 자주 보내왔다는 사실이야."

"날더러 그를 이용해 먹으라고요?"

"당신에겐 그런 능력이 있잖아. 심령술이나 ESP(초감각적 지각—옮긴이)

같은거 말이야. 폴리를 잘 조종해서 돈을 좀 벌어보자고."

"내겐 새 고객이 있어요. 베벌리 힐스에 사는 또 다른 미망인이에요."

"요즘도 미망인들 점이나 봐주며 살고 있는 거야?"

"그녀는 내 심령 하우스 파티에 왔다가 상담까지 받고 돌아갔어요. 그 동안은 마담 로사에게 점을 봤고."

"아, 나도 기억해. 그 집시의 여왕이라는 여자 말이지?"

"로사는 내 새 고객이 죽은 남편의 마법에 걸려 있다고 했대요. 그래서 진정한 사랑을 찾지 못하는 거라고 말이에요."

"마법이라니?"

"저주 말이에요. 마력. 내 고객은 마담 로사를 사기꾼으로 생각하지만 죽은 남편 때문에 일이 잘 풀리지 않는다고 믿고 있어요."

"정말 그게 가능해?"

"난 그런 유령들에 익숙해요."

"이제 그만 끊어야겠어. 이 빌어먹을 자식들이 자꾸 귀찮게 굴어서 말이야. 아무튼 폴리를 어떻게 요리할지 잘 생각해 봐."

"일단 한번 만나볼게요."

"마법으로 홀릴 수 있는지 알아보라고."

# 05

 머릿속에 잭 폴리라는 이름을 각인시켜 둔 FBI 요원, 루 애덤스는 글레이즈에 전화를 걸어 폴리의 출소 날짜와 시간을 확인했다. 그들은 잭 폴리를 오늘 오전 열 시에 내보낼 예정이라고 알려주었다. 루는 아홉 시가 조금 넘은 시간에 도착했다. 폴리가 어딘가로 새기 전에 그를 만나기 위해서였다. 루는 폴리가 이중문을 열고 나올 때까지 차에서 기다리고 있기로 했다. 폴리가 보이면 차에서 내려 그가 똑똑히 볼 수 있게 자신의 모습을 드러낼 생각이었다. 루는 자신과 눈이 마주치면 폴리가 걸음을 멈추고 삼십 개월 전에 자신이 들려준 말을 떠올리게 될 거라 믿었다. "당신이 출소하는 날부터 FBI는 당신을 그림자처럼 따라다닐 겁니다." 루가 그런 의미로 경고했을 때 그들은 법정에 출두해 있었다.
 루 애덤스의 웨스트 팜 지국 소속 동료들은 그가 폴리에게 사적 감정을 품고 있다고 생각했다. 루가 말했다.
 "알아. 법정에선 전혀 프로답게 보이지 않을 거야. 난 그 자식이 평범한 은행 강도가 아니라는 사실을 지적하고 싶었을 뿐이야. 하지만 그 과정에서 그만 이성을 잃고 말았지. 그 친구는 은행 수백 곳을 털었어. 여느 강도들과는 차원이 다르단 말이지. 혹시 그 친구보다 더 많이 은행을 턴 사람을 알고 있어? 아마 없을걸. 언론이 그 친구를 어떻게 다뤘는지 기억하지? 폴리와 그 예쁘장한 변호사 사진이 신문에 큼지막하게 실렸었잖아. 그 자식을 풀려나게 해준 여자 말이야. 그 친구가 그녀에게 몸으로 로비했다는데 10달러를 걸겠어. 어디서 그랬냐고? 그야 나도 모르지. 어쨌든 말쑥하게 생긴 스타 은행 강도잖아. 폴리를 기다리는 건 전문가의 책임이라고 봐야 해. 보나마나 지금쯤 어떤 작가가 폴리에 대한 책을 쓰고 있을 거야. 아마 이런 제목을 달고 나올걸. 스위트하트 밴디트. 우리가 그 친구에게 지어준 별명 말이지. 은행을 털 때 그는 금전 출납계원에게 '스위트하트, 가지고 있는 100달러, 50달러, 그리고 20달러 지폐를 전부 내놔요.'라고 적힌 쪽지를 내미는 걸로 유명하잖아. 어떤 서평가들은 말도 안 되는 해석으로 이 책을 칭송할 거고, 일반 독자들도 선한 이미지의 폴리에게 스위트하트라는 별명이 아주 잘 어울린다고 생각할 거야. 돈을 요구하면서도 상대를 협박하거나 겁을 준 적이 없었으니까. 그는 직원들에게 달랑 이렇게만 말했을 뿐이야. '최선을 다해 봐요.' 은행 직원이 기자에게 들려준 얘기도 가관이고. '정말입니다. 그는 정말 다정했어요. 돈을 챙긴 후에 고맙다며 내 손을 토닥여주기까지 했다니까요.' 윌리 서튼 알지? 윌리 서튼은 은행에 돈이 있어서 털게 됐다고 얘기하면서 유명해졌잖아. 윌리 서튼이 실제로 그런 말을 한 적이 없었다 해도 문제될 건 없어. 대중이 그렇다고 믿어주면 끝이니까. 아무튼 그 쿨한 한 마디 덕분에 윌리 서튼은 유명해졌어. 언론도 그를 좋아했고 말이야. 그들은 그가 200만 달러 이상의 수입을 올렸을 거라고 했어. 대단하지 않아? 만약 윌리 서튼이 인생의 절반을 교도소에서 보냈다면 200만 달러라는 거금을 어떻게 손에 넣을 수 있었겠어? 폴리가 그동안 위험을 무릅쓰고 수백 곳의 은행을 털어 챙긴 돈은 다 합쳐서 50만 달러쯤 될 거야. 교도소에서 보낸 십 년의 세월은 빼고. 그 정도면 나쁘지 않지. 폴리와 윌리 서튼, 둘 다 삼십 년 형을 선고받았고, 둘 다 터널을 파 탈옥한 경력이 있어. 두 사람의 공통점은 그것뿐이지."

존 딜린저는 루 애덤스가 가장 좋아하는 은행 강도였다. 그러다 잭 폴리로 바뀌었다. 그럴 수밖에 없었다. 그는 양심적이고, 말을 경솔하게 하지 않았으며, 너무나 손쉽게 범행을 벌여왔기 때문이다. 루가 윌리 서튼을 좋아하는 이유는 어디서든 그가 좋은 화젯거리를 제공해 주었기 때문이다. 게다가 그는 자신이 하지도 않은 말로 유명해지기까지 했다.

루는 일반 대중에게 묻고 싶었다.

"여러분은 딜린저, 잭 폴리 그리고 윌리 서튼에 대해 들어본 적 있으실 겁니다. 자, 이제 유명한 FBI 요원 세 명의 이름을 한번 대보시겠습니까?"

그는 사람들에게 J. 에드거 후버(정년이 없었던 FBI 종신 국장—옮긴이)의 이름을 슬쩍 들려줄 것이다. "악명 높은 인물이었죠. 자, 그럼 두 명을 더 떠올려보십시오. 엘리엇 네스는 좋아하십니까? 저도 그렇습니다. 하지만 그는 FBI가 아니었습니다. 멜빈 퍼비스는요? 아마 대부분 사람들이 '멜빈 누구라고?' 하는 반응을 보일 겁니다. 정말 개탄스러운 일이 아닐 수 없습니다. 극장을 나오는 존 딜린저에게 '두 손 번쩍 들어, 조니. 넌 포위됐어.'라고 말했던 요원이 바로 그였습니다. 딜린저는 도망쳤고, 멜빈은 끝내 방아쇠를 당기지 않았죠. 현장에 있던 요원 세 명이 딜린저를 쐈고, 그는 결국 덜미를 잡히고 말았습니다. 정확히 누가 그를 사살했는지는 밝혀지지 않았습니다. 같은 해, 1934년, 멜빈 퍼비스는 미국에서 가장 존경받는 인물로 선정됐습니다. 그 사실이 거슬린 후버는 멜빈 퍼비스에게 압력을 넣어 사직하게 만들었죠. 멜빈 퍼비스에게 크롬 도금된 45구경 권총을 작별 선물로 마련해 준 것은 그의 동료들이었습니다. 멜빈 퍼비스는 1960년, 바로 그 총으로 자신의 머리를 쏴 자살했습니다."

"바로 이게 문제라고. 멜빈 퍼비스가 누구지? 이게 말이나 돼? 법집행관들은 그토록 빨리 기억에서 잊혀지는데 악당들은 하루아침에 유명인사가 돼버리다니."

루 애덤스가 그의 동료들에게 말했다. 그는 은퇴 전에 어떻게 해서라도 대중의 주목을 꼭 한 번 받아보고 싶었다. 여기 좀 봐요. 좋은 쪽은 바로 나라고요. 내가 뭘 하는지 지켜봐주겠어요? 난 잭 폴리가 또다시 은행을 털 때까지 그를 감시할 겁니다. 정말이에요. 필요하다면 휴가도 낼 겁니다. 삼십 일이면 충분해요. 반드시 스위트하트를 내 손으로 잡아넣을 겁니다.

ㄱㄱㄱ

교도관 두 명이 문의 자물쇠를 풀고 폴리를 내보내주고 있었다. 루 애덤스는 운전석에서 허리를 곧게 폈다. 밖으로 나온 폴리는 돌아서서 교도관들에게 손을 흔들었다. 안녕, 친구들. 케케묵은 감정일랑 다 묻어버리자고. 스위트하트라는 별명에 걸맞은 행동이었다.

차에서 내린 루는 오전 여덟 시에 깨끗이 세차해 놓은 크라운 빅토리아의 오른쪽 앞 펜더에 몸을 기댄 채 팔짱을 꼈다. 사실 그는 오전 내내 그런 포즈로 서 있는 자신의 모습을 상상했다. 그는 행정 건물 옆 이중문을 응시했다. 그의 오른쪽으로는 차들이 울타리를 따라 줄지어 세워져 있었다. 폴리가 차들을 지나 루가 기다리고 있는 쪽으로 다가왔다. 30미터쯤 남겨놓은 지점에서 두 사람의 눈이 마주쳤다. 폴리의 걸음이 멈춰졌다. 폴리는 루를 쳐다보았고, 루는 미동도 없이 같은 포즈를 유지한 채 서 있었다. 루는 폴리의 머릿속을 훤히 꿰뚫어볼 수 있었다. 그가 속으로 말했다. 내가 뭐랬어? 약속대로 이렇게 왔다고. 어디로 가는진 모르겠지만 내가 태워줄까? 폴리가 한 손을 들었다. 루도 한 손을 들어 흔들었다. 두 프로의 신경전이 시작된 것이다.

그러나 폴리는 그를 보고 있지 않았다.

그의 시선은 전혀 다른 곳에 고정돼 있었다. 루가 그의 시선을 따라 고개를 돌렸다. 포드 에스코트 한 대가 그를 지나쳐 폴리에게로 달려갔다.

빨간색 에스코트 안에는 짙은 색 머리의 예쁘장한 여자가 타고 있었다. 서서히 속도를 줄이던 차가 폴리 앞에서 멈춰 섰다. 폴리는 다시 루를 향해 손을 흔들고 나서 에스코트에 올랐다. 이번에 루는 손을 들지 않았다. 그도 허둥지둥 차에 올랐다. 그의 뒤에서 에스코트가 방향을 틀고 있었다. 그는 서두르지 않았다. 미행은 그의 특기니까.

중요한 건 폴리가 그를 똑똑히 봤다는 사실이었다. 오늘 아침 루가 이곳에 나온 목적이 달성된 것이다. 폴리에게 전하는 무언의 메시지. 이제는 내가 얼마나 진지한지 알았지? 앞으로 네가 어딜 가든 내가 감시할 거야. 만약 폴리가 바짝 다가와 선다 해도 그는 똑같은 메시지를 들려줄 것이다. 물론 폴리는 그 말을 믿지 않을 것이다. 혼자서 24시간을 꼬박 그런다는 게 가능한 일인가?

하지만 루는 그걸 가능하게 만들 방법을 기어이 찾아내고야 말았다. 넌 역시 천재야. 그거 알아?

그는 포드 에스코트가 폴리의 전부인, 아델의 차라는 사실을 알고 있었다. 그녀는 그가 롬폭에서 썩고 있을 때 그와 이혼했다. 그런 그녀가 오늘 폴리를 태우러 직접 와준 것이었다. 폴리가 그녀를 무척 신뢰하고 있다는 뜻이었다. 허니, 출소날에 나 좀 태우러 와줄 수 있어? 당연하죠, 내 사랑. 그녀는 단 몇 마디만으로 어렵지 않게 홀릴 수 있는 타입이었다. 그의 사무실에는 타이츠 차림에 가슴이 커다랗게 나온 아델의 사진이 보관돼 있었다. 그녀가 어메이징 에밀이라는 마술사의 조수로 일했을 때 찍은 것이었다. 우리 안에서 사라지고, 톱으로 몸이 잘리는 트릭이 그녀의 전문이었다. 검은 머리칼, 순백색 피부, 170센티미터, 63킬로그램. 루의 전부인, 에디에 비해 조금 통통한 편이었다. 에디는 일 년 전 그와 갈라선 후 두 아이를 데리고 올랜도로 가버렸다. 에디는 그가 가족보다 일을 더 중요하게 여긴다며 불평했었다. 그는 집에 붙어 있을 때가 없었고, 모처럼 집에 있을 때도 아내와 말다툼만 벌였었다. 여자들이란. 하나같이 자기들이 만들어 낸 문제들만 한 아름 안고 살지. 그리고 그걸 해결해 주지 않으면 그냥 꺼지라고만 하고.

그는 폴리의 파일을 꺼내 아델의 주소를 확인했다. 마이애미 비치 콜린스 가 남쪽 끝. 그녀가 아직도 그곳에 살고 있는지는 알 길이 없었다. 그는 그곳에 들러 그녀와 폴리가 뭘 하는지 지켜볼 참이었다. 대충 짐작이 되긴 하지만. 막 출소한 사내가 가장 먼저 하려 드는 일이라고는 그것뿐일 테니까. 그녀는 아직도 그를 마음에 두고 있는 듯했다. 루는 폴리를 추적하는 동안 감시팀이 찍어온 그녀의 사진들을 여럿 봐왔다. 하지만 실물로는 딱 한 번 봤을 뿐이었다. 폴리의 첫 재판 때. 매력적인 그녀는 평결을 기다리며 초조한 얼굴로 애꿎은 손톱만 물어뜯고 있었다.

# 06

 

 그들은 고속도로를 따라 남쪽으로 향하고 있었다. 아델은 폴리에게 성대에 생긴 용종(인체 내 점막에 생기는 작은 덩어리―옮긴이)에 대해 들려주었다.
 "의사가 묻더군요. 요 근래 누군가에게 고함을 친 적이 있는지. 아니면, 노래를 많이 부른 적이 있었는지. 아무튼 앞으로는 언성을 높이거나 손이 닿지 않는 곳에 있는 사람에게 말을 걸 수도 없어요."
 아델은 고개를 돌렸고, 그들은 서로를 보며 환한 미소를 지었다.
 "그러니까 교도소 생활이 어땠는지, 동료 죄수들이 어땠는지 들려주고 싶다면 날 끌어안고 하는 수밖에 없어요."
 그녀가 손을 뻗어 그의 얼굴을 만졌다.
 "여전히 매력적이군요. 집에 가서 목이나 축이죠. 내가 뭣 좀 만들어볼 게요."
 폴리는 그녀의 머리를 쓸어내리다가 여름 드레스 밖으로 살짝 드러난 그녀의 맨 어깨에 손을 얹었다. 아델은 시속 110킬로미터로 에스코트를 몰아 나갔다. 고속도로를 벗어난 그들은 곧장 마이애미 비치로 향했다. 그는 그녀에게 쿠바인 갑부, 쿤도 레이에 대해 들려주었다. 웃기고 음흉한 친구라고.
 "그를 믿지 말아요."

쿤도가 항소심 변호사 수수료 3만 달러를 대신 내주었고, 신분증과 비행기 티켓 값으로 수천 달러를 부담해 주었다는 사실을 들려주기도 전에 터져 나온 말이었다.

"그를 진정한 친구로 생각해요?"

"난 그의 집에서 지내게 될 거야. 거기 머물면서 앞으로의 계획을 구상해 보려고. 난 코스타리카로 가볼까 생각 중이야."

"거기서 뭘 하려고요?"

"뭐라도 해야지. 낚시 사업을 하든지……. 모르겠어. 토지 개발, 부동산 쪽 일을 하게 될지도 몰라."

"코스타리카에 내려가 콘도를 팔겠다고요?"

"색다른 경험이 될 거야. 어차피 여기서는 할 일이 없으니까. 1층 주차장으로 들어가."

"머지않아 당신이 뭘 하게 될지 얘기해 줄까요?"

"별 일을 다 해봤지. 자동차 세일즈도 해봤어."

"훔친 차 팔아먹은 거 말인가요?"

"잔소리할 거야, 아니면, 나랑 좋은 시간 보낼 거야?"

그들은 아델이 살고 있는 노르망디 호텔 앞에 멈춰 섰다. 폴리는 아델의 차를 빌려 타고 마이애미 비치에서 얼마 떨어지지 않은 다니아로 갈 생각이었다. 그는 그곳에서 증명사진을 찍고 쿤도가 소개해 준 사람을 만나 위조된 운전면허증을 넘겨받아야 했다.

"뭘 하든지 차분하게 준비해 보는 건 어때요? 왜 이리 서두르는 거죠? 당신이 롬폭에 들어갔을 때 난 더 이상 못 참겠다면서 이혼을 요구했어요. 그때 당신이 이랬죠. '허니, 칠 년은 아무것도 아니야. 금방 지나갈 거라고.' 그런 얘기 했던 거 기억나요?"

아델이 말했다. 물론 그는 기억하고 있었다.

"그때 내가 뭐라고 했는지도 기억나고요?"

"출소 후 내가 몇 살이 될지 계산해 보라고 했지."

"그때 난 서른을 앞둔 상태였어요. 남편은 내 인생의 황금기에 교도소로 들어갔고요. 운전면허증이 필요해요? 그럼 몇 주만 기다려봐요. 당신은 전과자 입장에서 생각하는 게 습관이 됐기 때문에 정상적인 방법을 두고 편법을 쓰는 거예요. 당당히 정문으로 들어갈 수도 있는데 당신은 굳이 뒷문으로 몰래 들어가려 해요. 그건 아무리 노력해도 고쳐지지 않죠?"

"난 전과자처럼 생각하지 않아."

"아니라고요? 지난 십 년간 당신이 누구랑 어울렸는지 생각해 봐요. 부끄럽지도 않아요? 그가 당신에게 돈도 줬나요?"

"선불 신용카드를 주겠대."

"얼마나 든 카드인데요? 뭐 내가 신경 쓸 일은 아니지만."

"3천 달러. 공항에서 쓸 신분증도 천 달러를 들여 만들어줬어. 여길 벗어나면 정식으로 면허를 딸 거야."

"그가 모든 돈을 대줬다면 당신도 그걸 갚기 전까진 자유가 아니에요. 그걸 모르겠어요? 내 차를 빌릴 거라고 했죠? 26만 킬로미터 넘게 뛴 차예요. 난 이 달 말에 그걸 몰고 라스베이거스로 가야 해요. 엄마가 힐튼에 일자리를 잡아주셨거든요. 블랙잭 테이블에서 딜러로 일하게 됐어요. 엄마 남자친구가 거기 임원이세요. 엄마는 그에게 이렇게 얘기했어요. '거짓말은 하지 않겠어요, 시드. 난 영계가 아니에요. 이번 달에 마흔네 살 됐어요.' 엄마는 쉰다섯 살 때 그곳에서 일을 시작하셨어요. 시드에겐 내가 카드를 능숙하게 다룰 줄 안다고 말씀해 놓으셨더군요. 힌두 셔플(카드 무더기를 서로 올려놓으면서 섞는 기술—옮긴이), 더블 리프트(두 장의 카드를 한 장처럼 보여주는 기술—옮긴이), 글라이드(데크의 맨 아래 카드를 뽑는 척하면서 그 바로 위에 있는 카드를 뽑는 기술—옮긴이) 같은 건 식은 죽 먹기예요. 물론 거기선 이런 트릭을 쓸 일이 없겠지만."

아델과 폴리는 다시 서로를 쳐다보며 미소를 지었다. 그는 신기한 트릭을 연달아 선보이는 그녀의 손을 떠올려보았다.

"면허증은 없지만 내 낡은 차에 운을 맡겨보겠다는 거죠?"

폴리는 차에서 내려 아델이 앉아 있는 운전석 쪽으로 돌아갔다. 그녀가 내리자 그가 달려들어 키스를 퍼붓기 시작했다. 하지만 처음부터 격렬하게 혀를 밀어넣지는 않았다. 그는 미소를 지었다. 기분이 확 좋아지는 걸 느낄 수 있었다.

"뭐가 웃겨요?"

"교도소가 날 섹스광으로 만들어놓지 않았다는 게 확인되니 기분이 좋군."

"조금 거칠어도 상관없어요. 너무 지나치지만 않는다면."

"다시 돌아올 거야. 가는 중에 틈틈이 연락할 거야. 혹시 또 모르니까."

"혹시 또, 뭘 몰라요?"

"루 애덤스."

ㅋㅋㅋ

그는 많이 뒤처지지 않았다. 블록을 맴돌며 에스코트를 찾아보던 루는 노르망디 정문 앞 두 개의 주차금지 표지판 사이에 멈춰 섰다. 마지막으로 그가 이곳을 찾았던 건 벌써 사 년 전의 일이었다. 당시 건물 앞에는 노파들이 포치(지붕 딸린 현관—옮긴이) 아래에 줄지어 앉아 있었다. 하지만 지금은 보이지 않았다. 포치 자체가 사라져 버렸으니까. 몰라보게 화려해진 건물 외관은 꼭 기반암(基盤岩)으로 덮여 있는 것 같아 보였다. 노르망디가 콘도로 탈바꿈한 것이었다. 정문 안 한쪽 벽에는 우편함과 거주자 명단이 붙어 있었다. 아델 델리시 208호. A. 델리시나 A. 폴리가 아닌, 아델 델리시. 그녀는 결혼 전의 성을 사용하고 있었다.

더 이상 은행 강도의 아내로 살고 싶지 않았던 모양이지.

그런데 왜 그를 집으로 데려온 거지?

교도소에서 막 나온 사람을 매정하게 대할 수는 없었던 건가?

흠…… 루는 팔십 대로 보이는 노부부를 위해 문을 잡아주었다. 챙이 넓은 모자를 쓴 여자는 자그마한 멕시코산 강아지 한 마리를 끌고 나오는 중이었다. 강아지가 루를 물끄러미 올려다보았다. 그들은 짙은 색 양복에 넥타이를 맨 루를 흘끔 쳐다보았다. 그들은 곱슬머리를 단정하게 빗어 넘긴 그의 인상을 좋게 본 듯했다. 여자가 말했다.

"누굴 찾아왔죠? 내가 도와줄게요."

루는 브루클린 악센트를 대번에 감지할 수 있었다.

"카트리나(2005년 미국 남동부를 강타한 대형 허리케인—옮긴이)에 놀라 뉴올리언스에서 이곳으로 이사 오신 모양이군요. 그렇죠?"

여자는 깜짝 놀라며 그걸 어떻게 알았느냐고 물었다. 하지만 루는 못 들은 척 로비로 들어가 버렸다. 그는 노부부가 나갔는지 확인도 하지 않은 채 유리문을 놔버렸다. 그의 뒤에서 멕시코산 강아지가 깨갱거렸다. 외마디 비명에 가까운 소리였다. 하지만 루의 머릿속에는 온통 아델 델리시 생각뿐이었다. 그는 그녀의 사진들을 떠올려보았다. 그는 그녀를 나름 매력 있는 여자로 기억하고 있었다. 엘리베이터를 타고 2층으로 오르는 그는 그녀를 코앞에 두고 보게 됐다는 사실에 무척 들뜬 상태였다.

ㅋㅋㅋ

아델이 문을 열었다. 자신이 가장 아끼는 짧은 복숭아색 가운 차림이었다. 그녀는 하이힐을 신고 있었고, 덕분에 가뜩이나 긴 다리가 더 길어 보였다. 그녀는 보드카 마티니를 홀짝이며 옷을 갈아입던 중이었다. 보나마나 전남편과 오붓한 시간을 보낼 생각에 들떠 있었을 것이다. 충분히 이해할 수 있는 일이었다. 그들은 여전히 서로를 사랑했고, 앞으로도 그 마음은 흔들리지 않을 테니까.

문제는 불쑥 들이닥친 사람이 폴리가 아닌, FBI라는 사실이었다.

특별 수사관 루이스 애덤스가 FBI 신분증을 그녀 얼굴 앞으로 내밀어 보이며 말했다.

"아델 폴리, 맞죠?"

"그래요, 루. 아까 교도소에서 봤었죠? 잭이 차에 오르면서 알려줬어요. '저 친구가 바로 루 애덤스야.'"

아델이 귀엽게 어깨를 으쓱했다.

"여기까지 찾아올 줄은 몰랐어요. 잭이 여기 있을 거라 믿고 우릴 미행했나요? 그는 당신이 왜 자길 괴롭히는지 모르겠다고 했어요. 그건 나도 마찬가지고요. 하지만 이 말은 꼭 들려주고 싶어요. 당신은 지금 아까운 시간만 허비하고 있는 거예요. 잭 폴리는 더 이상 은행을 털지 않을 거라고 했다고요. 난 그를 믿어요."

"밤을 꼬박 새고 집에 돌아가면 내 아내, 에디가 어디 다녀왔느냐고 물었어요. 밤새도록 감시 업무를 봤다고 하니까 이러더군요. '왜 그 핑계를 또 안 대나 했어요.' 하지만 그녀의 느릿느릿하고 섹시한 말투는 듣기 좋았죠. 살짝 허스키한 그녀의 음성은 재니스 조플린과도 비슷했습니다. 난 아내에게 밤늦게 줄담배를 피우고, 버번위스키를 홀짝대는 습관 때문에 그런 거라고 했죠."

"감시 업무도 했었나요?"

"그럼요. 난 형사부의 조직 범죄 전담반에서 활동했습니다. 일주일에 육십 시간 이상씩 근무했었죠. 아내는 더 견디지 못하고 나가 버리더군요."

"당신의 야근 때문에 힘들었던 모양이군요. 혹시 그녀에게 남자친구가 있었던 건 아닐까요? 밤늦게 버번위스키를 즐겨 마셨고, 거기다 이름도 에디였다면서요? 당연히 남자친구가 있었겠죠. 아무튼 잭이 이곳에 없어서 유감이에요. 있었다면 당신이랑 오붓하게 이야기꽃을 피웠을 텐데."

"에디에겐 남자친구가 없었습니다."

"그것도 직접 확인해 봤나요?"

"나도 그럴 가능성을 떠올려 봤었거든요. 아무튼 난 폴리와 할 얘기가 없습니다. 난 그 친구의 일거수일투족을 유심히 지켜볼 겁니다. 내가 그럴 거라는 걸 그 친구도 알고 있고요. 그는 절대 내 시야를 벗어나지 못할 겁니다. 지금 이렇게 불쑥 나타난 건 당신과 할 얘기가 있기 때문입니다."

루의 시선이 그녀 너머를 훑기 시작했다.

"혹시……"

그때 전화벨이 울렸다.

"그의 행방을 알고 있다면"

전화벨.

"알려주시죠."

"누구 전화인지 보고 올게요. 실례합니다."

아델이 몸을 틀고 커피 탁자에 놓인 무선 전화기 앞으로 다가갔다. 아델은 전화벨이 몇 번 더 울릴 때까지 기다렸다가 응답했다.

"네?"

"뭐하고 있었어? 아하, 루가 찾아온 모양이군."

폴리였다.

"누구라고요? 아닌데요. 잘못 거셨습니다."

아델이 말했다.

"그가 눈치 챘을 거야. 난 상관없어. 그가 나랑 통화를 원한다면 그렇게 하지 뭐."

아델이 몸을 살짝 틀어 문간에 서 있는 루 애덤스에게 등을 보였다.

"날 보러 온 거래요."

"내가 없으니까 그냥 둘러댄 걸 거야. 내가 직접 얘기해야겠어. 지금 공항이고, 곧 떠날 거라고 말이야. 당신에겐 여기 볼일이 끝나면 연락할게. 신분증 위조가 거의 끝나가고 있어."

"당신과 통화를 마친 후에도 돌아가지 않고 날 귀찮게 굴면요? 난 지금 귀여운 란제리 차림이란 말이에요."

"그냥 머리가 좀 아프다고 해."

"당신은 전혀 변하지 않았군요."

그녀가 말했다. 그리고 루 애덤스에게 수화기를 넘겼다.

"당신 전화예요."

ㅈㅈㅈ

"정말 궁금합니다. 어째서 날 잡아 넣는 데만 혈안이 돼 있는 겁니까? 법정에서 말도 안 되는 소리를 지껄이다가 증언이 받아들여지지 않아서요? 난 이백 곳이 넘는 은행을 털지 않았습니다. 당신도 알잖아요."

"끝났습니까?"

루 애덤스의 음성이 말했다.

"그래서 화가 난 거잖아요. 재판이 당신 뜻대로 풀리지 않은 게 내 탓입니까? 그러게 그만 내려가보라는데 고함은 왜 질러서."

"이제 끝났습니까?"

"왜 날 괴롭히는 데 이토록 집착하는지 알고 싶습니다. 당신의 그 고집 때문입니까? 당신이 항상 옳아야 한다는 강박적인 생각 때문입니까? 이릴 바에야 그냥 맞장이나 한판 뜨는 게 어떻습니까? 원한다면 화가 풀릴 때까지 맞아줄 의향도 있습니다."

"주먹 대신 총으로 해보는 건 어떻습니까? 그게 낫겠는데요. 하지만 뭐 당신을 잡아 넣을 수 있다면 그것만으로 만족합니다."

"루, 난 은행을 털었을 뿐입니다. 물불을 가리지 않는 무법자가 아니라고요. 공공의 적도 아니고 말입니다. 어쨌든 유죄 판결을 받고 교도소에서 썩다 나오지 않았습니까. 왜 이렇게 날 잡아먹지 못해 안달인 겁니까?"

"그래서 이젠 뭘 하며 살겠다는 얘기죠? 세차라도 할 겁니까? 슈퍼마켓에서 봉지에 식료품 담아주는 일이라고 할 건가요? 궁금합니다. 어떤 계획이 있는지 말해 봐요."

"정신과 의사에게 상담을 받아보는 게 좋을 것 같군요. 당신이 왜 이렇게 됐는지 알아보고 싶지 않습니까?"

"난 그저 당신의 계획이 뭔지 물었을 뿐입니다."

"루, 여긴 공항입니다. 곧 이곳을 떠날 거라고요. 무슨 말인지 알아듣겠어요? 당신은 영영 날 보지 못할 겁니다. 그러니까 이제 바보짓 그만둬요."

"잭?"

폴리는 잠시 뜸을 들이며 흥분을 가라앉혔다.

"왜요?"

"내가 당신을 영영 찾아내지 못할 것 같습니까?"

"루, 난 원하는 곳이라면 어디든 갈 수 있어요."

"당신은 앞으로도 계속 은행을 털고 다닐 겁니다. 당신도, 나도 아는 사실입니다."

"아델을 바꿔요."

"당신이 어느 은행을 털고 나오든 난 밖에서 당신을 기다리고 있을 겁니다. 알래스카라도 상관없어요."

"아델을 바꾸라니까요."

↗↗↗

루는 아델에게 수화기를 넘겼다. 그녀는 돌아서서 전화를 받았다.

"네?"

그녀는 한동안 폴리의 말에 귀를 기울인 후 말했다.

"허니, 몸조심해요."

"아직도 그를 끔찍이 생각하는 모양이군요."

"물론이죠."

"하지만 그와 이혼한 건 다행이라고 생각하죠? 그는 또 은행을 털 거고, 다시 교도소로 돌아가게 될 테니까. 그는 절대 변하지 않을 겁니다. 당신도 알죠?"

"그럴지도 모르죠. 하지만 너무 안타까워요. 잭이 얼마나 좋은 사람인지 알려고 하지도 않다니. 여자들에게 인기가 좋은 걸 보면서도 그걸 모르겠어요?"

아델이 말했다. 그녀는 루의 팔뚝을 붙잡고 아직 열려 있는 현관문으로 이끌었다.

"여자들은 그가 은행 강도라는 사실을 알고 더 흥분하죠. 게다가 그는 잘생기기까지 했어요. 그건 당신도 인정할 거예요. 하지만 그가 주류 판매 면허점을 털고 다녔다고 하면 아마 다들 떨어져 나갈걸요. 아니면 겁을 집어먹거나."

"인정합니다. 일반 대중은 은행 강도라고 하면 무작정 아주 쿨한 사람일 거라 상상을 하죠. 대체 왜 그럴까요? 그들 열 명 중 아홉 명은 건달이나 부랑자입니다. 아니면, 자동차 할부금이 몇 달 밀린 사람이거나. 궁지에 몰린 사람들 말입니다."

루가 말했다.

그가 문간에 서서 아델을 돌아보았다.

"내가 궁금한 건 폴리가 어떤 신분증을 내밀고 공항 보안 심사대를 통과했는지입니다. 얼굴 사진은 어떤 걸 썼을지도 궁금하고요. 그가 어떻게 티켓을 구입했는지 알려줘요. 훔친 신용카드로 산 건가요?"

그가 그녀의 눈을 응시했다. 하이힐을 신은 그녀의 키는 그와 별로 차이가 나지 않았다. 그녀에게서는 좋은 향기가 풍겼다.

"난 그가 아직 이곳 주변에 머물러 있다는 걸 알고 있습니다. 아무래도 노르망디를 계속 감시해야 할 것 같습니다. 폴리가 마이애미 국제공항에서 어떤 비행기를 타고 어디로 떠났는지는 아는 공항 직원에게 부탁하면 확인할 수 있습니다. TV나 보면서 승객 명단에서 폴리의 이름이 떠오를 때까지 기다리면 되겠죠. 난 그 직원에게 FBI가 협조를 부탁하는 일이니까 특별히 더 신경 써서 폴리를 찾아보라고 할 겁니다. 미국 최고의 은행 강도라는 사실도 귀띔해 줄 거고요."

"그의 인생을 비참하게 만들어서 당신이 뭘 얻게 되는 거죠?"

"내가 진정으로 그의 인생을 비참하게 만들고 있다면 다행입니다."

"이젠 그만 해요. 그는 좋은 사람이에요."

"당신은 글레이즈 교도소에서 그를 태우고 왔습니다. 거기가 어떤 곳인가요? 좋은 사람들만 모아놓는 곳입니까? 그런가요? 폴리가 삼십 일 안에 또 다른 은행을 털 거라는 데 100달러를 걸겠습니다."

루가 씨익 웃으며 말했다.

"당신도 그가 그러지 않을 거라는 데 돈을 걸 수 있습니까?"

# 07

 집 안은 돈 나바로의 사진으로 도배돼 있었다. 거실에는 크게 확대한 사진들이 잔뜩 붙어 있었다. 그 어떤 사진에서도 돈의 미소는 볼 수 없었다. 그냥 차분한 모습일 뿐이었다. 검게 그린 눈을 살짝 덮은 금발머리가 꼭 파라오 같아 보였다. 찍은 지 칠 년도 더 됐을 것 같은 사진 속에서 점쟁이 돈이 폴리를 응시하고 있었다. 왠지 어딘가에서 그녀가 그를 지켜보고 있을 것만 같았다. 이집트인을 연상케 하는 그녀의 눈은 폴리에게 그를 훤히 꿰뚫어볼 수 있다는 말을 하고 있는 것 같았다. 교도소에서 받은 속옷 차림으로 어두운 방에 서 있던 폴리는 왠지 기분이 나빴다. 돈은 그에게 이런 말을 하는 듯했다. 난 당신을 볼 수 있어요, 잭. 그녀는 그의 이름까지 알고 있었다. 그가 그녀의 사진에 대고 말했다.
 "천만에요. 거짓말 말아요."
 사진 속 그녀는 계속 그를 응시했다.
 "정말 날 볼 수 있어요?"
 운하를 따라 산책하는 돈의 사진도 보였다. 문밖 테라스에서 찍은 사진, 그리고 2층 베란다의 콘크리트 계단에 서서 찍은 사진도 있었다. 폴리는 카메라를 든 채 그녀를 졸졸 따라다니는 쿤도의 모습을 상상해 보았다.
 "날 봐. 그래, 그거야. 바로 그거라고." 돈이 어깨너머로 그를 돌아보는 모습도 덩달아 떠올랐다.

쿤도의 흰색 집은 폭은 9미터밖에 되지 않았지만 뒤로 30미터쯤 이어졌다. 그 끝에 차고가 있었다. 쿤도가 돈을 폭스바겐 컨버터블 위에 앉혀놓고 사진을 찍은 곳이 여기군. 황갈색 캔버스 지붕이 달린 쿤도의 암녹색 폭스바겐은 십이 년이나 됐지만 멀쩡해 보였다. 어쩌면 그것은 그녀의 차인지도 몰랐다. 하지만 그렇다면 그 차를 왜 이곳에 세워둔 걸까? 그녀는 핑크색 집에 살고 있는데. 폴리는 베니스에 온 지 이틀째 되는 날 그 차를 처음 타보게 됐다.

첫날 그는 푸에르토리코산 럼주를 홀짝이며 안토니오 카를로스 조빔(보사노바의 아버지로 불리는 브라질의 음악가—옮긴이)의 곡을 감상했다. 그리고 쿤도의 킹 사이즈 침대에 누워 잠을 잤다.

3층에 자리한 침실 벽에는 돈의 그림이 걸려 있었다. 처음에 그는 실물 크기로 그려진 그녀를 알아보지 못했다. 사진과 달리 그림 속의 돈은 검은 머리에 눈 화장을 많이 하지 않아 훨씬 자연스러워 보였다.

그림 속 그녀는 같은 침대에 누워 그를 내려다보고 있었다. 알몸의 검은 머리 돈은 두 손을 양옆으로 늘어뜨리고 있었다. 그림은 침대 바로 옆에 걸려 있었다. 눈을 감아도 그녀가 아른거렸고, 아침에 눈을 떴을 때도 그녀가 가장 먼저 그를 맞아주었다. 그림 속 돈은 단 한순간도 그에게서 눈을 떼지 않았다.

수많은 사진들 속의 돈은 금발이었다.

다음날 그는 폭스바겐의 지붕을 열고 베니스 거리를 신나게 달렸다. 그는 얼굴을 감추고 다닐 마음이 없었다. 거리 곳곳에 수백만 달러에 달하는 저택들이 줄지어 서 있었다. 캘리포니아 연안 지역에서는 그 값의 4분의 1 수준으로 거래되는 집들이었다. 뭐 그런 건 아무래도 상관없었다. 쿤도에 의하면, 베니스의 모든 이가 이곳에 살고 있다는 이유만으로 무척 만족해한다고 했다. "그곳에선 부자든 아니든 모두가 일정 수준의 격을 갖추고 있어. 갱단원들만 빼고. 그들은 절대 주민 파티에 초대받지 못해." 폴리는 어디서도 갱단원을 볼 수 없었다. 그는 차를 세우고 앞뜰을 가르고 있는 보도를 거닐기 시작했다. 집집마다 독특한 아이디어로 꾸며진 뜰을 선보이고 있었다. 열대식물과 야자나무로 멋을 낸 뜰도 있고, 부겐빌레아(분꽃과의 열대 관목—옮긴이)를 잔뜩 심어놓은 뜰도 보였다.

다시 차에 오른 폴리는 링컨 대로를 달렸다. 얼마 가지 못해 그는 "로스, 저렴한 가격으로 멋지게 입으세요."라고 적힌 간판에 유혹당하고 말았다. 그는 선불 신용카드로 새 옷 몇 벌을 구입했다. 거의 십 년 만에 사서 입어보는 새 옷이었다. 색 바랜 리바이스 청바지, 흰색 티셔츠와 브리프, 테니스화, 두꺼운 면양말, 초록색 면 스웨터. 회색이 살짝 도는 흰색 드립드라이(짜지 않고 널어도 곧 마르는 천으로 만든 옷—옮긴이). 스포츠 코트는 수수했지만 69달러나 했다. 그는 코트에 어울리는 짙은 색 티셔츠 몇 장과 매끄러운 검은색 스포츠 셔츠 몇 장도 구입했다. 쇼핑을 마친 그는 링컨 대로를 빠져나와 랄프스 슈퍼마켓으로 향했다. 그곳에서는 목욕 용품, 샴푸, 피부 클리너 등을 구입했다. 샤워용 고무 슬리퍼도 잊지 않았다. 그는 글레이즈 교도소 샤워장에서도 늘 슬리퍼를 신고 몸을 씻었었다. 주류 판매 면허점에서는 잭 다니엘 네 병과 도스 에퀴스 맥주 한 상자, 그리고 오스트레일리아산 레드 와인 여섯 병을 샀다. 그는 송아지 가슴살 스테이크 네 덩어리, 휘티스 시리얼과 바나나, 오렌지, 사과, 치즈, 팝콘, 우유, 프랑스 빵, 그리고 진짜 버터도 구입했다. 그는 점원에게 스포츠 용품 파는 곳을 알려달라고 했다. 점원은 마리나 델 레이에 자리한 스포츠 샬레라는 곳을 가르쳐주었다. 그는 집으로 돌아가는 길에 그곳에 들러 농구공을 샀다. 농구공의 촉감이 마음에 들었다. 해변에는 농구 코트가 갖춰져 있었다. 그는 일몰 때 나가 땀을 좀 빼고 싶었다. 붉은 하늘이 수평선에 낮게 깔리기 시작할 때.

ㅋ ㅋ ㅋ

　언젠가 쿤도는 폴리에게 자신이 가지고 있는 차이스 쌍안경에 대해 들려준 적이 있었다. 그는 말을 타러 산타아니타에 갈 때마다 그것을 반드시 챙겼다고 했다. 3층집 지붕에 올라가 이웃들의 일상을 훔쳐볼 때도 유용하게 쓰였다나. "그걸로 현관 앞에 나와 앉아서 신문을 펼쳐든 이웃집 남자를 보면 신문 기사까지도 읽을 수 있을 정도야."
　폴리는 쌍안경을 들고 나와 집 주변을 유심히 살폈다. 사흘째 아무것도 안 하고 집에 틀어박혀 있는 그를 지켜보는 이는 어디에도 없었다. 내가 여기 와 있는 걸 아는 사람은 없겠지? 하지만 그 괴짜 FBI 요원은 조심할 필요가 있어. 언젠가는 날 찾아내고 말 테니까. 그냥 참고 있어야 하나? 루 애덤스가 이곳에 FBI 감시팀을 보낼 가능성은 없었다. 특히 은행 업무 시간 중에는. 그가 이 도시를 뜨는지 않는지 감시할 수도 없었다. 그들은 그렇게 한가한 사람들이 아니었다. 루가 정부 예산을 지원받아 감시팀을 만들 수 있을까? 누가 그를 위해 공짜로 일을 하겠다고 나설까? 젠장. 누구긴 누구야. 그에게 협조하지 않으면 교도소로 직행하게 될 불쌍한 범죄자들이겠지.
　그는 이보다 나은 아이디어를 떠올리지 못할 것이다. 조폭을 끌어들여 협조를 강요하는 방법. 어쩌면 루는 이미 이곳 어딘가에 진을 치고 폴리를 감시하고 있는지도 몰랐다.
　처음 사흘간 폴리는 차이스 쌍안경을 들고 지붕에 올라가 집 주변을 살폈다. 공사장 인부들, 정원일을 하는 땅딸막한 멕시코인 남자들. 하지만 걱정했던 감시팀은 그 어디에도 보이지 않았다.
　주변 살피기가 끝나면 그는 습관적으로 지난 팔 년간 돈이 혼자 틀어박혀 지내왔다는 핑크색 저택으로 시선을 돌렸다. 그는 앞뜰, 문밖 테라스,

그리고 관목 숲 사이로 살짝 드러난 창문을 차례로 살폈다. 하지만 그녀는 보이지 않았다. 그는 검은 머리의 돈 나바로가 뜰에 누워 일광욕을 즐기는 모습을 기대하고 있었다.

ㄱㄱㄱ

나흘째 날, 글레이즈에서 쿤도가 전화를 걸어왔다. 폴리가 지붕으로 올라가려던 찰나였다.

"직접 지내보니까 어때?"

폴리는 꿈에 그리던 집이라고 대답했다.

"마음에 들어? 응? 돈은 만나봤어?"

"아직. 그녀 사진이 몇 장이나 걸려 있는지 세보고 있었어. 물론 넌 알겠지?"

"수백 장은 될걸. 그녀만 앞에 있으면 손이 셔터에서 떨어지질 않더라고."

"서른일곱 장. 벽에 테이프로 대충 붙여놓은 것들은 빼고. 정말 대단하던데, 쿤도. 네가 할리우드의 친구들과 찍은 사진도 봤어. 그중 한두 명은 나도 아는 사람들이었고. 하지만 나머지는 전부 돈의 독사진뿐이던데."

"무드 샷들이지. 그녀의 다양한 무드를 담아보려고 한 거야."

"감상하다 보면 그녀가 사진 속에서 날 내다보고 있다는 느낌이 들더군."

"그래."

"정말로 날 응시하고 있는 것 같다니까."

"그래. 무슨 말인지 알아. 그녀도 네가 자신을 쳐다보고 있다는 걸 알 거야."

"칠 년 전 사진들인데도 말이지?"

"팔 년 가까이 됐지. 그게 바로 그녀의 재능이야. 그녀는 네가 거기 와 있는 걸 알고 있다고. 사진을 찍을 때마다 느끼는 거지만 그녀의 눈을 보면 그녀가 뭔가를 골똘히 생각하고 있다는 기분이 들어. 찍어놓은 사진 속 그녀의 눈을 들여다봐도 그렇고. 라스베이거스에서 돌아온 후로 찍은 것들이야. 아까 얘기했듯이 손이 카메라에서 떨어지지 않더라고. 난 사진 하나를 집어들고 물어봤어. '베이비, 이땐 무슨 생각을 하고 있었지?' 난 그녀가 인상을 찌푸리며 그걸 어떻게 기억하느냐고 반문하기를 기다렸어. 하지만 돈은 아무 생각도 하지 않았다더군. 그냥 나에 대한 사랑만 느끼고 있을 뿐이었대. 오랜 시간을 혼자 보내왔지만 그녀는 아직도 지조를 굳게 지키고 있어. 아직도 날 사랑하고 있다고. 그게 믿어져?"

아니, 믿어지지 않아.

"그 이상 뭘 더 바랄 수 있겠어? 그건 그렇고, 대체 언제부터 사진을 찍어대기 시작한 거야?"

폴리가 말했다.

"내 가슴에 총을 세 방 갈겼던 놈에 대해 들려준 적 있었지? 사진작가 말이야. 총알이 심장을 아슬아슬하게 비껴가는 바람에 구사일생으로 살았다고 했잖아. 교회에 모여 두 손을 높이 쳐든 흑인들. 공동묘지에서 비를 맞고 있는 사람들. 립스틱을 칠하는 유대인 노파. 그런 사진들을 찍고 다니던 놈이었지. 조 라브라바. 한때 재무성 비밀 검찰국 요원이었는데 그만두고 나와 유명한 사진작가가 됐어. 그 친구를 보고 난 생각했지. 하는 일이 고작 그거야? 매일 지겹도록 접하는 일상을 대충 찍어대기만 하면 유명해질 수 있어? 하지만 지금껏 내가 찍어댄 건 돈의 사진들뿐이야."

"그래도 꽤 봐줄 만하던데. 그녀 그림도 마음에 들고 말이야."

"무슨 그림?"

쿤도가 말했다. 순간 폴리는 자신이 실수를 했다는 걸 깨달을 수 있었다.

"오, 못 봤어?"

벌거벗은 검은 머리의 돈은 팔 년 전, 그리고 5천 킬로미터 떨어져 있는 쿤도와는 아무 상관이 없는 모양이었다.

그가 물었다.

"누가 그린 건데?"

"그야 나도 모르지. 예전에 한 번 그녀가 취미로 그림도 그린다고 하지 않았어?"

"글쎄. 그랬던 것 같기도 하고. 기억 안 나. 아무튼 잭, 네게 부탁할 게 있어. 내가 나갈 때까지 그녀 좀 지켜봐줘. 누가 그녀를 찾아오는지도 알아봐주고."

"그건 몽크가 하는 일이잖아. 여기 틀어박혀 있다 보면 그 친구가 찾아올 줄 알았는데 아직 못 봤어."

"몽크는 그녀에게 아무 문제도 없다고 했어. 항상 그 말만 반복한다고. '네, 돈은 아무 일 없어요.' 가끔 이렇게 나올 때도 있어. '당신이 너무 그립다고 전해 달래요.' 하지만 난 그녀가 정말 그랬을 거라고 믿지 않아."

"정확히 그런 말을 했는진 모르지만 아마 그런 내용일 거야."

"몽크가 돈이 한 말을 기억 못할 것 같아? 왜 그 친구를 감싸는 거지? 넌 그 친구를 모르잖아."

"네가 필요 이상으로 걱정하고 있는 것 같아서 그래. 출소도 얼마 안 남았는데 마음을 편히 먹으라고."

"그게 생각처럼 잘 안 돼. 자꾸 그녀가 뭘 하고 있을지 신경이 쓰인다고."

쿤도가 언성을 높였다.

"젠장, 알았어."

그가 통화 중인 자신을 지켜보는 누군가에게 말했다.

"빌어먹을 교도관들. 전화를 끊으라고 손으로 목을 긋는 제스처를 해보이잖아."

"내 말 들어. 흥분해서 도움 될 게 없다고. 알겠어? 출소하는 날까지 얌전히 있다 나오면 되는 거야."

"돈이 아직도 성녀처럼 살고 있는지 알고 싶어. 자기 그림 좀 그려달라고 어떤 화가 자식과 어울려 다니는 꼴은 정말 보고 싶지 않다고."

"그게 자화상이라고 생각하진 않아?"

"그녀는 그림을 그리지 않아, 잭. 그녀는 사람들 점만 봐줄 뿐이라고. 난 그녀가 성녀처럼 살고 있는지 궁금해. 아무 죄악도 범하지 않고, 순결한 처녀처럼 살고 있는지 알고 싶단 말이야. 우린 로드 독(항상 곁을 지켜주는 좋은 친구—옮긴이)이잖아. 무슨 일이 있어도 서로의 뒤를 봐주는 의리의 개들."

ㄱㄱㄱ

교도소 안에서는 짝을 이루어 다니는 게 관례였다. 패거리들에게는 각자의 암호와 문신이 있었다. 죄수들은 그들과 함께 하든지 저항하든지 선택해야 했다. 그곳 조폭들에게 잘못 보이면 교도소 일상 자체가 악몽으로 변할 수도 있었다. 언젠가 키가 150센티미터밖에 되지 않는 땅딸막한 죄수가 뜰을 거니는 폴리에게 다가온 적이 있었다. 들어온 지 얼마 되지 않은 애송이였다.

"뭘 봐, 이 자식아?"

"널 보고 있었어."

폴리가 말했다. 그리고 멀리서 지켜보고 있는 조폭들을 향해 고개를 끄덕여 신호를 보냈다. 그들이 다가와 애송이를 끌고 가며 폴리에게 무례하게 굴다가는 크게 후회하게 될 거라고 했다. 또한 글레이즈의 스타 죄수인 폴리는 존경받아 마땅하다고도 했다. 그 애송이와 달리, 돈 많은 캣 프린스, 쿤도는 아무 걱정이 없었다. 잭 폴리가 항상 그의 뒤를 봐주었기 때문이다.

"우린 사교적인 로드 독들이야. 너무 진지해지는 건 우리에게 어울리지 않는다고."

폴리가 말했다.

"네 생각은 전혀 중요하지 않아. 그보다는 다른 죄수들의 생각이 더 중요하지. 그들은 네가 실수하거나 어리석은 짓을 해도 내가 네 뒤를 봐주고 있다는 걸 알 거야. 넌 네 로드 독 덕분에 칼을 들고 눈엣가시들을 마음 편히 위협할 수 있게 된 거라고."

쿤도가 말했다.

"내가 언제 칼을 들고 설친 적 있었어?"

"그냥 로드 독이 뭔지 설명하는 거야. 만약 내가 어떤 놈에게 칼침을 놓아주러 간다면 너도 모른 척하진 않을 거잖아."

"언제 누구에게 칼침 놓아준 적 있었어? 넌 항상 칼 대신 돈으로 문제를 해결하잖아."

"난 지금 로드 독들의 행동 규범을 얘기하고 있는 거라고. 우리 로드 독들은 교도소 안이든 밖이든 끝까지 서로를 지켜줘야 해."

그렇게 항상 대기하고 있어야 한단 말이지? 폴리는 생각했다. 그가 삼십 년형에서 벗어날 수 있었던 것은 순전히 쿤도가 자신의 돈 3만 달러를 들여 메건을 소개해 주었기 때문이다. 아직까지도 폴리는 어째서 쿤도가 자신에게 그런 호의를 베풀었는지 이해하지 못하고 있었다. 폴리가 자신과 말이 통하는 유일한 백인 동료였기 때문에? 어쨌든 그는 폴리에게 자신의 미래를 걸었다. 그리고 이제는 출소할 때까지 자기 여자를 지켜봐 달라는 부탁을 하고 있었다. 출소 직후 그는 자신의 본색을 드러낼 게 분명했다. "날 위해 뭘 좀 해줘야겠어. 간단한 일이야. 이거 하나만 해주면 돼. 알았지?" 그는 그렇게 말할 것이다. 그리고 그 후로도 비슷한 요청은 꼬리를 물고 이어질 것이다.

폴리가 해야 할 일은 하나뿐이었다. 그의 그림자를 떨쳐내는 것. 돈의 성지인 이 집에서 나가야 했다. 사방이 돈의 사진으로 도배된 요상한 집에서.

하지만 침대에 누운 검은 머리 돈의 그림만큼은 폴리 마음에 쏙 들었다.

그는 캐런에게 연락해 볼까 생각했다. 당장 마이애미 연방 보안관 사무실에 전화를 걸어 그녀에게 보고 싶다는 말을 하고 싶었다. 그녀가 그에게 무엇을 원하든 그는 기꺼이 응해 줄 각오가 돼 있었다. 플로리다로 돌아와 달라든지, 자신의 옷을 거칠게 벗겨버린 후 침대로 던져달라든지. 그녀가 전화를 받으면 그는 이렇게 물어볼 참이었다. "혹시 내 주주가 맞나요?" 그러면 그녀는······.

그때 전화벨이 울렸다.

그는 커다란 침대에 누워 있는 돈의 그림을 응시하며 골똘한 생각에 잠겨 있었다. 욕정은 사랑의 일부일 수 있을까, 아니면 단순히 성적 흥분에 그치는 걸까.

전화벨이 다시 울렸다. 폴리는 누구의 전화인지 짐작할 수 있었다. 그가 수화기를 집어들고 말했다.

"돈? 그렇지 않아도 당신에게 전화를 하려던 참이었어요."

"설마 당신도 점쟁이는 아니겠죠?"

그녀가 말했다. 나지막하면서도 살짝 들떠 있는 음성이었다.

"당신이 맞아요, 잭. 이젠 만나서 얼굴 한번 봐야죠."

# 08

"내가 그쪽으로 갈게요. 마지막으로 다리를 건너가 본 게 벌써 몇 주 전이었어요. 내 사진들은 아직도 제자리에 잘 붙어 있죠? 쿤도는 내게 사진에 손을 대지 말라고 신신당부했어요. 난 그 집에서 한 달 살다가 이곳으로 이사하게 됐죠. 어딜 봐도 덕지덕지 붙은 내 얼굴들뿐이더라고요. 그것도 전부 금발 머리에 요상하게 눈 화장을 한 사진들. 그래서 난 핑크색 집으로 와버렸어요. 엄밀히 말하면 적갈색이지만 쿤도는 끝까지 핑크색이라고 우겨댔죠. 그는 핑크색 집에 살기엔 자신이 너무 남성적이라고 했어요. 아무튼 원한다면 지금 만나도 좋아요. 시간이 너무 이른가요? 난 아침에 잭 다니엘 한 잔 하는 걸 좋아해요."

돈이 말했다.

"내가 무슨 술을 사왔는지 맞춰볼 수 있어요?"

폴리가 말했다.

"멕시코 맥주를 사왔군요. 난 사워 매시(위스키 등의 증류에 사용되는 산성 맥아즙—옮긴이)를 더 좋아하지만."

"점쟁이가 맞군요. 아니면, 요 며칠 몰래 내 쓰레기통을 뒤져봤든지."

"사실 랄프스에서 쇼핑하는 당신을 몰래 지켜봤어요. 그래도 수상쩍게 보이고 싶진 않았던 모양이죠? 오랜만에 세상 밖으로 나온 전과자이니 오죽했겠어요. 난 당신의 제스처만 봐도 그걸 알 수 있어요, 잭. 당신이 이곳에서 첫날밤을 보냈을 때부터 당신에 대한 모든 것을 알고 있었다고요. 그

날 푸에르토리코산 럼주를 마시다 뻗어버렸죠? 물론 충분히 이해해요. 출소를 얼마나 자축하고 싶었겠어요. 난 당신이 숙취에서 완전히 벗어날 오늘쯤 내게 연락을 해올 거라고 생각했어요. 날 빨리 만나고 싶어 한다는 거 알아요. 하지만 당신은 아직 거리를 활보하거나 당당히 상점에 들어갈 마음의 준비가 돼 있지 않아요. 어쩌면 내가 당신의 자신감을 되찾게 도울 수 있을지도 몰라요."

"난 자신감을 잃은 적이 없습니다."

"그건 당신 생각이고요. 열두 시 반쯤 내가 그쪽으로 갈게요."

"머리 빗는 데 한 시간씩이나 걸리나요?"

"목욕도 해야 돼요. 당신에게 잘 보이고 싶거든요. 오늘은 우리 두 사람 모두에게 아주 중요한 날이 될 거예요, 잭."

ㄱㄱㄱ

그는 이른 오후의 미팅을 위해 운하에 걸쳐진 인도교를 건너오는 돈을 지켜보았다. 검은 머리의 그녀는 흰색 여름 드레스에 핑크색 하이힐 차림이었다. 그는 그녀의 머리 스타일이 마음에 들었다. 눈을 살짝 가린 앞머리, 그리고 어깨를 덮은 뒷머리. 원한다면 패션모델로도 충분히 성공할 수 있을 것 같았지만 그녀는 점쟁이의 길을 택했다.

그녀는 내밀어진 그의 손을 잡았고, 두 사람은 미소를 지었다. 하늘은 우중충한 회색을 띠고 있었지만 그런 건 아무래도 괜찮았다. 막 출소한 폴리에게는 아직까지 모든 게 아름다워 보였다. 그는 자신감에 넘치는 여자를 보며 연신 미소를 흘려댔다. 혼자 살고, 누드 포즈가 매혹적인 그녀는 그가 상상했던 그대로였다. 그가 말했다.

"자, 안으로 들어가죠."

그들은 주방으로 들어갔다. 돈이 말했다.

"냉장고 안을 보고 싶어요."

폴리는 얼음을 꺼내 마실 것을 준비하기 시작했다. 잭 다니엘과 소다수. 돈은 냉장고 문을 열고 스푼으로 차가운 제비콩과 양파를 차례로 맛보았다. 셀러리 줄기에 브리 치즈(프랑스산 하얗고 부드러운 치즈—옮긴이)를 살짝 발라 한 입 베어 물기도 했다. 그녀가 말했다.

"대화하기 좋은 곳을 알아요. 술이랑 얼음을 가지고 따라와요."

폴리는 돈의 리드를 묵묵히 따랐다.

3층 침실로 올라간 그들은 낮은 테이블을 에워싼 빨간색 가죽 의자에 앉았다. 맞은편 벽에는 그녀의 그림이 걸려 있었다. 그녀가 말했다.

"옷을 걸친 채 책을 보고 있는 그림도 있어요. 지미가 자기 사무실에 걸어놓았죠."

"난 누드화가 훨씬 좋습니다. 참, 쿤도에게 그림에 대해 언급했더니 무슨 그림인지 묻더군요."

"누드화라는 얘기도 했어요?"

"그냥 마음에 든다고만 했어요."

"그에겐 얘기하지 않았어요. 그의 집 지붕에 알몸으로 누워 있는 건 그가 강조하는 성녀가 할 일은 아니니까요."

"그는 누가 그렸는지 궁금해했어요."

"리틀 지미. 쿤도가 날 경호하라고 붙여놓은 사람이죠. 그는 지미를 몽크라고 불러요. 이십칠 년간 리틀 지미가 게이로 살아왔다고 믿고 있기 때문이죠. 사실 지미 자신도 무척 혼란스러워하고 있어요. 내겐 여자가 좋아지고 있다고 한 적이 있었고요."

폴리에게 잘 보이기 위해 목욕까지 하고 왔다는 그녀는 교도소 뜰에서 나 들을 법한 걸쭉한 말투를 가지고 있었다. 그가 말했다.

"쿤도는 몽크를 리틀 지미로 부른 적이 없습니다."

"그건 내가 붙여준 별명이에요. 그도 좋아하던데요."

"난 쿤도에게 당신이 직접 그린 자화상일 거라고 했어요."

그 말에 그녀가 미소를 지었다.

"좋은 아이디어인데요."

"하지만 믿지 않더군요. 그 말을 듣고 이러던데요. '그녀는 그림을 그리지 않아. 사람들 점만 봐줄 뿐이라고.'"

폴리가 쿤도 레이의 말투를 흉내 내며 말했다.

"말투가 똑같은데요. 손을 줘봐요. 이렇게…… 팔을 테이블에 걸쳐놓으면 돼요."

그녀는 그의 손가락과 손바닥을 유심히 훑기 시작했다.

"내색은 안 하지만 돈 때문에 아주 미칠 것 같죠? 당신이 뭘 해야 하는지 알아요? 은행 터는 것 말고."

그녀는 폴리의 손을 슬쩍 밀어냈다. 마치 그에 대해 모든 걸 알았다는 듯.

"어릴 때 바다로 나가고 싶었었죠?"

"해군에 자원입대 해볼까도 생각했었습니다."

"하지만 지금은 심해 낚시용 보트를 갖고 싶어 하고 있어요. 빌럭시에서 그 사업을 해볼까 생각 중이지 않나요?"

"코스타리카. 손금은 언제부터 봐주기 시작했습니까?"

"궁수자리 사람들은 탄생 천궁도의 중심에 있어요. 남다른 재능을 가지고 태어났기 때문이죠. 원한다면 날 돈 목사라고 좋아요. 난 텍사스 웨이코의 심령론자 총회에서 서품을 받은 목사예요. 그 전엔 네일 아티스트였었고요."

돈이 말했다. 그녀는 여전히 그를 응시한 채 술을 홀짝이고 있었다.

"난 미용 학원에 다녔어요. 그땐 정말 거친 인생을 살았었죠. 마약도 하고. 스트레스가 쌓이면 손톱이 빠질 때까지 이로 씹어대기도 했어요. 궁수자리인 내가 화성과 어울리다 보니 그렇게 된 거였죠. 난 정신을 차리고 면허받은 점쟁이가 됐어요. 천리안이기도 하고, 점성가이기도 하죠. 진정한 영매 말이에요. 난 꿈을 해석하고, 전생 회귀를 도울 수도 있어요. 당신 인생의 굵직한 이벤트들을 줄줄 읊는 건 어려운 일이 아니에요. 난 그것들의 의미까지 설명해 줄 수 있어요. 당신 인생의 여자에 대해서도 그렇고요. 당신을 집요하게 추격했던 연방 보안관. 당신은 그녀를 침대로 데려갔고…… 잠깐만요. 그리고 다음날 그녀가 당신을 쐈죠?"

돈의 눈은 그에게서 떨어지지 않고 있었다.

"쿤도가 들려줬나요?"

돈이 미소를 지었다.

"네, 그랬어요. 그녀 이름이 뭐였죠? 캐런 시스코? 꽤 독특한 캐릭터 같네요."

그의 주주. 하지만 지금 그는 캐런보다도 돈 나바로라는 여자에게 더 큰 흥미를 느끼고 있었다.

"최면도 거나요?"

"가끔요. 최면에 걸려보고 싶어요?"

"나한텐 먹히지 않을 겁니다."

"내가 한번 걸어보죠."

"소용없을 거예요."

"눈을 감아요, 잭. 너무 꽉 감진 말고요. 숨을 천천히 내쉬어요. 그렇게요…… 셋부터 거꾸로 셀 거예요. 알았죠? 서두르지 않을 테니 긴장하지 말아요. 셋, 잭. 당신의 근육이 긴장을 풀고, 온몸이 흐느적거리는 걸 느껴요. 둘, 나랑 같이 있으니 당신은 안전해요. 하고 싶은 말이 있으면 편하게 해도 돼요."

돈이 잠시 뜸을 들였다.

"그리고 하나. 준비됐나요, 잭?"

그녀가 테이블 너머로 그의 손을 잡았다. 그리고 그의 살을 살짝 꼬집었다.

"잭?"

"네?"

"손이 따끔했나요?"

"아뇨."

"나랑 대화할 마음 있어요? 네, 아니오로 대답해요."

"네."

"다시 교도소로 돌아가 볼까요? 쿤도 레이와 함께 지냈던 곳 말이에요. 네, 아니요."

"네."

"그를 신뢰하나요?"

돈은 대답을 기다렸다.

"아뇨."

그녀가 멈칫했다.

"그에게 재산이 많은 것 같나요, 잭? 네, 아니오."

"네."

"부동산, 그리고 리틀 지미와 함께 운영하는 투자 서비스. 알고 있었나요?"

"아뇨."

"리틀 지미가 그랑 스포츠 도박 사업을 하고 있다는 거 알아요?"

"아뇨."

"쿤도에게 은행 계좌가 있는지 알아요?"

폴리가 다시 우물거렸다. 돈이 잽싸게 말했다.

"그건 그냥 건너뛰죠. 그에게 국세청이 모르는 돈이 있다고 생각해요? 수입으로 신고하지 않은 돈 말이에요."

폴리가 고개를 돌리며 눈을 떴다. 돈을 빤히 쳐다보며 그가 말했다.

"보나마나 신고하지 않은 돈이 엄청나게 많을 겁니다. 당신 생각은 어때요?"

그녀가 미소를 지으며 고개를 저었다. 폴리도 씨익 웃어보였다. 그가 말했다.

"최면이 제대로 걸린 겁니까?"

그녀는 깨끗한 흰색 티셔츠 차림의 이웃집 은행 강도를 쳐다보았다. 그의 머리는 단정히 빗겨져 있었다.

"당신, 아주 교활한 사람이군요. 이제부턴 바짝 긴장해야겠는데요."

ㄱㄱㄱ

"돈 목사님, 지금 날더러 내 친구를 등쳐먹는 음모에 힘을 보태달라고 부탁하는 거 맞죠?"

"당신이 오는 걸 봤어요. 대번에, 이 사람이다, 했죠. 실제로 보니 내가 제대로 짚긴 했네요. 당신은 쿤도가 회수할 3만 달러를 노리고 있어요. 이 자까지 붙이면 액수는 두 배 가까이 늘어날 거예요. 당신은 그를 신뢰하지도, 존중하지도 않아요. 그저 그의 엄청난 재산에 혹해 그를 등쳐먹을 궁리만 하고 있을 뿐이죠."

맙소사, 점쟁이가 맞긴 하군.

"하지만 그의 재산은 전부 리틀 지미의 명의로 돼 있잖아요."

"그게 바로 내 다음 질문이에요. 어째서 리틀 지미는 쿤도의 집들을 팔고 도망치지 않는 걸까요?

"그건 당신이 알겠죠. 점쟁이니까."

"난 당신 생각이 궁금해요."

"리틀 지미는 쿤도 덕분에 항문이 찢기지 않았던 겁니다. 하루에도 여덟 번, 아홉 번씩 구해 줬다더군요."

"하지만 그건 이십칠 년 전 쿠바에서의 일이잖아요. 대체 리틀 지미는 왜 아직도 그에게 충성을 다하는 걸까요?"

"그가 충성을 다하는지 아닌지는 알 길이 없죠. 중요한 건 그가 모든 열쇠를 쥐고 있다는 사실입니다."

"그는 가끔 찾아와 〈새장 속의 광대〉(동성애를 주제로 한 브로드웨이 뮤지컬—옮긴이)의 주인공이 된 것처럼 설쳐대요. 하지만 쿤도 얘기만 나오면 바짝 긴장하더군요."

"그가 당신을 좋아하고 있죠?"

"아주 많이요."

"하지만 당신을 신뢰하진 않는다고요?"

"그냥 나랑 침대에서 뒹굴며 뭘 할지에 대해서만 주절대기 바빠요."

"그래요?"

"날 흥분시키려고 아주 발광을 한다니까요."

돈이 어깨를 으쓱한 후 술을 한 모금 넘겼다.

"아무튼 그는 쿤도의 돈에 대한 얘기만 나오면 입을 닫아버려요. 난 그에게 최면을 걸어놓고 투자 회사와 스포츠 도박 사업의 수익금 중 일부를 떼어먹진 않느냐고 물어봤어요. 그는 쿤도가 사업에 관련해 아는 게 거의 없다고 하더군요. 그래서 종종 돈에 손을 댄다고 했어요. 15만 달러를 빼내 중고 벤틀리를 산 적도 있다나요. 그래서 내가 말했어요. '기왕 사는 거 롤스로이스로 사지 그랬어요?' 그러자 그가 이러더군요. '나는 과시하는 건 즐기지 않습니다.' 하지만 그건 사실이 아니에요. 그는 잘난 척하길 은근히 좋아해요. 쿤도보다 몇 센티미터 높은 쿠반 힐(굽이 굵고 넓적한 구두—옮긴이)을 신고 다니는 것만 봐도 알 수 있죠. 난 그에게 몰래 집들을 팔고 도망칠 생각은 없는지 물었어요. 다 팔아치우면 700만 달러 정도를 손에 넣을 수 있거든요. 그는 절대 없다고 했어요. 그래서 난 그에게 핵심 질문을 던져봤죠. 어째서 쿤도 레이에게 충성하는지. 내가 말했어요. '정말 그를 사랑하는 건가요?' 그러자 그가 이러더군요. '그래요. 물론이에요.' 하지만 쿤도의 재산에 대해선 더 이상 물어볼 수가 없었어요. 내가 말했어요. '난 그의 아내로서 묻고 있는 거예요.' 하지만 그는 쿤도와 내가 정식으로 혼인한 사이가 아니라는 걸 알고 있어요."

"부부가 아니라고요?"

폴리가 흠칫 놀라며 말했다. 물론 그에게 나쁜 소식은 아니었다.

"서약을 했다고 들었는데요."

"호텔 방에서 콜라를 탄 럼주를 홀짝거리며 했던 거예요. 그는 중요한 건 서약 그 자체라고 했어요. 싸구려 양복 차림의 주례가 우리에게 서로를 영원히 사랑하겠느냐고 묻는 건 아무 의미가 없다나요."

"그와의 약속을 지키기 위해 팔 년을 기다려온 소감이 어때요?"

"무임승차하는 기분은 어떻죠? 그 여자 변호사는 당신에게 수수료 한 푼 물리지 않았어요. 당신은 그에 대한 모든 걸 알아내 버렸고요. 난 내 앞가림 정도는 하고 살아요, 잭. 단골 고객도 많고요. 쿤도가 말했어요. '내 집들을 돌봐줘. 일주일에 700달러씩 줄게.' 그래서 내가 이랬죠. '천 달러 주면 생각해 볼게요.' 그는 좋다고 했어요. 그래서 내가 말했어요. '집 한 채당 말이죠?' 그는 그렇다고 했어요."

"일 년에 10만 달러라. 나쁘지 않은데요. 그럭저럭 지내는 데엔 문제가 없었죠?"

"입만 살아 있는 것 같군요. 하긴 그게 당신 매력의 일부죠. 그래요. 주급 2천 달러는 나쁘지 않아요. 난 그 돈으로 리틀 지미와 경마를 했어요. 그가 꼭 따게 해주겠다고 약속했거든요."

"점쟁이가 누가 이길지도 맞추지 못하나요?"

"신기하죠?"

"우린 쿤도의 돈에 대해 얘기하고 있었어요. 당신은 그가 교도소에서 어떻게 지내고 있는지 묻지도 않는군요. 그에 대한 걱정은 전혀 없나요?"

"잭, 우리에게 시간이 얼마나 있죠? 보름쯤?"

돈이 축 처지는 음성으로 말했다.

"그는 다음 주말에 출소해요."

"날더러 그에 대해 걱정하지 않느냐고 물었죠? 그에겐 항상 붙어 다니는 경호원들이 있지 않나요? 귀엽게 콧수염을 기른 땅딸막한 라틴계 죄수들 말이에요."

"내가 그의 경호원 역할을 했었죠. 부르기만 하면 쪼르르 달려오는 친구들도 적지 않았고요. 아무도 그를 건드리려 하지 않았어요. 누구라도 자길 거슬리게 하면 산 채로 태워버릴 거라고 경고했거든요."

"죄수들이 그 말을 듣고 주눅 들던가요?"

"그는 쿠바에서 러시아인을 죽였어요. 병원 직원과 미니 아저씨라는 친구도 죽였고요."

폴리가 잠시 멈칫했다.

"아, 그리고 한 명 더 있습니다. 마리엘 난민 송출 사건 때 보트를 몰았던 선장. 쿤도는 그를 배 밖으로 떠밀어버렸어요. 죄수들 모두 그의 과거에 대해 알고 있었죠."

"그가 네 명이나 죽였다고요?"

돈이 말했다. 깜짝 놀랐다기보다는 생각이 깊어진 듯해 보였다.

"돈 목사님, 당신은 그 땅딸보 쿠바인보다 똑똑한 사람입니다. 당신이 그의 생각을 훤히 읽을 수 있다는 건 알지만……."

폴리가 말을 흐렸다.

"내가 당신보다 그에 대해 잘 모르고 있다는 얘기죠?"

그녀가 말했다.

"당신은 그의 머리가 어떻게 돌아가는지 모르고 있어요. 그에게도 나름의 재능이 있단 말입니다. 그는 범죄로 돈을 버는 데 천재예요. 그것도 엄청난 돈을. 교도소에 갇혀 있으면서도 항상 정상에 서 있는 이유죠. 마음 맞는 친구들을 자기 사람으로 만들고 죄수들을 홀리는 능력만큼은 정말 탁월해요."

"원하는 건 반드시 손에 넣고 마는 사람이죠."

"리틀 지미가 그를 위해 벌어오는 돈으로 말이죠? 쿤도 레이는 항상 모든 걸 지켜보고 있어요. 교도소 밖의 일들이 어떻게 돌아가는지 다 알고 있다고요. 리틀 지미는 자기가 차를 사려고 15만 달러를 횡령했다는 사실을 쿤도가 모를 거라고 했죠? 하지만 정말 그럴까요?"

"그래도 쿤도에겐 아직 리틀 지미가 필요해요."

"리틀 지미는 쿤도가 어떤 사람인지 잘 알고 있을 거예요. 그래서 리틀 지미 걱정은 안 할 겁니다. 그보다는 당신 걱정을 좀 해야겠어요, 돈 목사님."

"잭, 농담하지 말아요."

"당신은 이미 두 집을 샅샅이 뒤졌지만 숨겨놓은 돈을 찾지 못했어요."

"점쟁이는 나예요. 이 년 반 동안 그랑 어울려 다닌 이유가 뭐죠?"

"그가 재미있는 이야기를 많이 들려주더군요."

"자기 자신에 대해서 말이죠?"

"네. 아무튼 흥미진진하더군요."

"하지만 당신은 그를 신뢰하지 않잖아요."

그녀가 술을 한 모금 넘겼다.

"쿤도와 리틀 지미 얘긴 이따 계속하죠. 이렇게 멋지고, 흐린 날에 그런 얘기로 분위기를 가라앉힐 필요 없잖아요. 그냥 우리 얘기만 해봐요."

"우리의 융화성의 깊이를 재보자는 거죠?"

폴리가 미소를 지으며 말했다. 그는 그녀와의 대화를 무척 즐기고 있었다.

"아득한 옛일같이 느껴지죠? 당신이 알몸으로 여자와 뒹굴었던 때가 말이에요. 그녀가 옷을 벗는 걸 지켜보면서……."

돈이 말했다. 그녀의 눈빛이 꿈을 꾸듯 한층 부드러워져 있었다. 초점이 살짝 흐려진 그녀의 눈을 쳐다보면서 폴리는 그녀가 자신의 생각을 읽고 있을 거라 생각했다. 그녀가 눈을 깜빡이며 야릇한 표정을 지었다.

그녀가 말했다.

"정말 닷새밖에 안 됐어요?"

"거의 맞췄어요. 사실은 나흘밖에 안 됐습니다."

폴리가 말했다.

그는 그녀가 다시 머리를 굴려대는 모습을 지켜보았다. 내가 누구와 동침했는지를 맞춰보려는 건가? 내가 매춘부랑 뒹구는 모습이 떠오르기라도 했나? 아니야. 그녀가 정말 능력자라면 내가 플로리다를 떠나온 날 아침에 이혼한 아내랑 함께 있었다는 걸 맞출 수 있을 거야. 잠시 후 돈이 입을 열었다.

"드레스를 벗어야겠어요."

"속옷은요?"

"속옷은 안 입고 있어요."

ㄱㄱㄱ

폴리는 그저 정신 바짝 차리고 차분하게 분위기를 맞추기만 하면 됐다. 그녀를 처다보는 그의 얼굴에 환한 미소가 떠올랐다. 두 사람은 그렇게 침대에 올랐다. 폴리는 너무 준비된 모습을 보이고 싶지 않았다. 그래서 베니스 비치의 풍경을 억지로 떠올려보았다. 롤러블레이드를 타고 쌩쌩 달려 나가는 쭉쭉빵빵 여자들. 기대했던 만큼의 효과는 없었지만 그래도 상관없었다. 성격 급한 돈이 천둥처럼 그를 덮쳤다. 돈은 부담스러울 정도로 조바심을 부렸고, 폴리는 하는 수 없이 접근 방법을 달리해 보기로 했다. 아무래도 부드러운 시작은 어울릴 것 같지 않았다. 격정의 섹스를 마친 후 그들은 담배와 잭 다니엘 몇 모금으로 숨을 돌렸다. 정욕은 금세 되돌아왔고, 그들은 다시 침대에 누웠다. 두 사람은 서로에게서 한층 여유로워진 몸짓을 기대했다. 부드러운 키스와 미소. 하지만 몸이 맞닿음과 동시에 그들은 다시 열광에 빠져버리고 말았다. 호흡은 거칠어졌고, 땀은 사방으로 튀었다. 돈은 금방 숨이 끊어질 것처럼 신음을 토해냈지만 끝까지 선전했다. 폴리도 분위기에 취해 황홀한 시간을 보냈다. 그들은 결국 무승부로 일을 마쳤다. 폴리는 자신이 다시 사랑에 빠졌다는 착각에 사로잡혔다.

그는 그녀를 끌어안고 그녀의 머리와 귀에 키스를 퍼부었다. 살짝 벌어진 그녀의 입에서 가쁜 숨이 터져 나왔다. 순수해 보이는 그녀의 초록색 눈이 그를 유혹했고, 폴리는 보이지 않는 묘한 기운에 자신을 맡겼다. 그녀는 점쟁이에 천리안을 가지고 있었다. 잭 폴리 같은 전과자가 더 바랄 게 없는 최고의 상대였다. 하느님, 감사합니다. 그녀를 정복했으니 이제는 목표를 향해 거침없이 달려갈 일만 남은 셈이었다. 그녀가 눈을 떴다. 그녀는 다시 자신 본래의 모습으로 돌아와 있었다. 그들은 잠시 서로를 응시했다.

잠시 후, 그녀가 침대에서 내려가 욕실로 들어갔다. 그녀는 욕실 문을 활짝 열어놓은 채 변기에 앉아 미소를 지어보였다.
"괜찮았어요?"
"심장이 매처럼 솟구쳐 오르는 느낌이었습니다."
폴리가 말했다.
"당신도 아주 좋았어요. 깜짝 놀랐다고요."
돈이 말했다.

ㅋㅋㅋ

다시 침대로 돌아온 그녀가 담배를 물고 헤드보드에 몸을 기댔다. 폴리는 집어든 얼음으로 가슴을 문질렀다. 모든 게 만족스러운 순간이었다. 돈이 말했다.
"리틀 지미가 운영하는 은행에 대해선 들려주지 않던가요? 번호 계정으로만 거래가 가능한."
"자세히 얘기하진 않더군요. 그게 은행인진 몰랐어요."
"은행 맞아요, 잭."
"출소한 지 보름밖에 안 됐어요. 아직까진 순수하고 깨끗하단 말입니다. 그런 내게 은행을 털자고 제안을 하면 어떻게 합니까?"
그녀는 잠시 침묵을 지켰다. 그리고 조심스럽게 다시 입을 열었다.
"잭?"
그가 그녀 쪽으로 고개를 돌렸다.
"교도소에서 전화를 걸어온 쿤도가 가장 먼저 묻는 건 내가 성녀처럼 살고 있는지였어요. 쿤도는 성녀들이 섹스를 전혀 하지 않는다고 믿고 있어요. '날 위해 성녀처럼 살고 있어?' '네, 성녀처럼 살고 있어요.' '날 위해서?' '네, 당신을 위해서.' 참다 못한 난 그에게 또다시 날더러 성녀처럼 살고 있는지 물어보면 그를 떠날 거라고 했어요. 그제야 더 이상 그걸 묻지 않더군요. 하지만 당신의 출소를 하루 남겨두고 그가 전화를 걸어와 몇 년 만에 그걸 또 물었어요. 성녀처럼 살고 있느냐고. 그래서 내가 그랬죠. '지금까지 혼자 살고 있는 거 보면 몰라요? 칠 년 동안 당신만을 기다려왔다고요. 그런 내게 또 그걸 묻는 거예요?'"

"왜 당신을 못 믿는지 물어봤어요?"

"그건 물어볼 필요도 없어요. 그가 날 못 믿었다면 당신을 내게 보냈겠어요?"

"게다가 난 교도소를 막 나온 사람이고."

돈이 그를 쳐다보며 고개를 끄덕였다.

"대체 그는 무슨 생각을 하고 있는 걸까요?"

# 09

 루 애덤스는 로즈 가에 자리한 파이어하우스 바에서 로스앤젤레스 경찰국 조직 범죄 전담반 소속 형사를 만났다. 그는 한 경관의 장례식에서 론 데네웨스를 처음 만났다. 장례식이 끝난 후 두 사람은 맥주를 나누며 금세 친해졌다. 결심이 서자 루는 오랜만에 데네웨스의 명함을 꺼내들고 그에게 연락했다.

데네웨스가 말했다.

"한때 이곳은 소방서였어. 알고 있었는진 모르지만."

"그래?"

루 애덤스가 말했다. 그는 데네웨스가 쥐고 있는 전과 기록을 빨리 훑어보고 싶었다.

"가끔 골드 체육관에서 운동하는 덩치 큰 놈들이 와서 레드 불(에너지 드링크의 한 브랜드―옮긴이)을 홀짝이며 거울을 들여다보곤 하지. 알통 자랑도 하고."

"그 기록부터 볼 수 없을까?"

"자네가 왜 내게 연락했는지 모르겠어. 연방 프로그램만으로는 부족했던 거야? S.T.E.P. 거리 테러리즘 단속 및 방지. C.L.E.A.R. 지역사회 법집행 및 회복. H.E.A.T. 집행 및 표적화 강화. S.A.G.E. 총기 폭력에 대한 전략. 아니, 그건 S.A.G.V.였던가?"

"그래. 하지만 S-a-g-v는 단어가 안 되잖아. 빨리 그거나 보여달라고."
"그뿐 아니라 G.I.T.도 있잖아. 갱 임팩트 팀."

데네웨스가 말했다. 그가 루 애덤스에게 기록을 넘겼다.

"자네가 찾는 그 친구 기록은 맨 위에 있어. 갱 인터벤션 소속이지. 똑똑한 친구야. Y.B.U.라는 프로그램의 리더이기도 하고. 영 보이즈 유나이티드."

"잘생겼군."

루가 말했다. 그는 빈센트 샌도벌의 사진을 유심히 들여다보았다. 그냥 빈센트라 불리기도 하고, 티코, 엘 니뇨라는 별명으로도 불리는 그는 스물한 살에 키는 177센티미터, 몸무게는 73킬로그램이었다. 갈색 눈, 두건을 두른 머리, 흉악한 인상, 한쪽 귀에 걸린 귀걸이, 어릴 적 새긴 듯한 조직의 문신. 조직 범죄 전담반은 그를 중죄 모살 혐의로 네 차례 체포했고, 십대 후반에 유죄 판결을 한 번 받았었다. 일급 과실치사로 징역 삼 년.

"로스앤젤레스 지역에선 티코라는 이름으로 불리고 있어. 기록엔 그가 어디 출신인지 나와 있지 않더군. 내 생각엔 니카라과 쪽이 아닌가 싶지만 그 부분은 확인이 좀 필요해. 그리고 입국 허가증이 있을 가능성이 높아. 아니라면 진작 추방됐을 테니까."

"갱 인터벤션에서 무슨 일을 하지?"

"뭐 하는 일은 별로 없어. 십대 애들 모아놓고 착하게 사는 법을 가르친다나 봐. V-13이나 쇼어라인 크립스 같은 갱단과 어울리지 말라는 당부도 하고."

"티코 샌도벌이라. 그를 뭐라고 부르는 게 좋을까? 티코? 샌디?"

루 애덤스가 말했다.

ㄱㄱㄱ

"샌디, 수많은 후보가 있었지만 난 널 부관으로 골랐어. 그 후보들만 모아놔도 웬만한 감방 하나는 꽉 차버릴걸. 네가 양쪽 모두 가능하다는 얘길 듣고 내가 이랬지. '와우, 그 친구가 호모란 말이지?' 하지만 그게 아니라 네가 라틴계와 흑인, 모두를 자연스럽게 연기할 수 있다는 뜻이었더군. 듣기로는 중국인의 피도 살짝 섞여 있다던데, 전혀 그래보이진 않는군. 어머니는 어느 쪽이시지?"

"어느 쪽이시냐뇨?"

라틴아메리카 악센트였다.

"어디 출신이시냐고."

"아, 엄마는 아칸소의 웨스트 멤피스에서 오셨습니다."

거봐. 눈앞에서 금세 흑인으로 변해 버리잖아. 분위기에 따라 라틴계와 흑인 사이를 마음껏 오갈 수 있는 친구야. 루는 생각했다.

"론 데네웨스 형사에게 들었어. 갱 인터벤션 프로그램 덕분에 새 사람이 됐다며? 난 그렇게 믿고 싶어. 론이 그러더군. 그들이 라틴계와 흑인 갱단원들을 새 사람으로 만드는 데 온힘을 쏟고 있다고 말이야. 정말 그래?"

"사실입니다. 밸리에 다시 평화가 깃들 수 있도록 애쓰고 있죠."

티코가 말했다.

"샌디, 지금 나랑 장난하자는 거야?"

루가 말했다.

"네……?"

그들은 베니스 오크우드 공원 근처 브로드웨이에 자리한 노란색 목조 가옥의 일광욕실에 앉아 있었다. 티코는 그곳에서 예쁘장하게 생긴 흑인 여자와 함께 살고 있었다. 그는 그녀를 자신의 숙모라고 소개했다.

"날 우습게 봤다가는 이민국에 연락해 널 중앙아메리카로 쫓아버리라고 할 거야. 네 고향 니카라과로 말이야. 무슨 말인지 알아듣겠어?"

"네, 보스, 물론입니다."

줄무늬 두건을 머리에 두르고, 은 귀걸이를 걸쳐놓은 라틴계 청년은 무척 차분한 모습이었다.

"잭 폴리라는 사람을 알아?"

"모르는데요."

"미국에서 가장 유명한 은행 강도인데도 몰라? 그는 지난주에 플로리다 교도소에서 풀려났어. 나오자마자 위조 신분증을 구해 여길 떠버렸지."

"왜 그를 찾고 계신 거죠?"

"그는 또 다른 은행을 털 거야."

"그걸 어떻게 아시죠, 보스?"

"그게 그 친구 직업이거든. 은행 터는 거. 난 플로리다 교도소에 가서 그곳 죄수들을 만나봤어. 교도관과 행정부 직원들도 만나봤고. 그들 모두 같은 얘길 하더군. '잭 폴리요? 네, 쿤도 레이와 어울렸었죠. 로드 독이 돼서 서로 뒤를 봐주었습니다.' 그래서 쿤도가 그의 출소에 도움이 돼줬을 거라 믿게 된 거야. 그 쿠바인 친구를 알아? 그는 아직 수감돼 있지만 여기 어딘가에 집이 있다고 하더군. 집을 사들였다가 프리미엄 붙여 되파는 게 취미라고 했어. 그렇게 모은 재산이 꽤 된다던데."

"베니스에서…… 야 로 크레오."

"영어로 해. 그를 알아?"

"들어본 적은 있습니다."

"군청에 조회를 부탁해 봤어. 세금이 밀리거나 한 적은 없다더군. 하지만 한 투자회사의 공동 대표라는 사실은 알아냈어. 리오스 & 레이 금융 컨설턴트. 그 쿤도라는 친구 말이야, 대체 언제 숫자놀음 하는 걸 배웠을까?"

티코가 고개를 저었다.

"저도 모르겠습니다, 보스."

"그 친구는 플로리다에서 형기를 거의 다 채웠어. 캘리포니아에서 벌여 놓은 사업도 잘 굴러가고 있고. 티비 로스먼이라는 예쁘장한 아가씨랑 얘길 해봤어. 그녀를 알아? 아주 귀엽고 자그마한 여자야."

"본 적 있습니다."

"베니스 지역 신문 기자야. 기분 내킬 때마다 기사를 올린다나. 아무튼 난 그녀에게 제임스 리오스를 아느냐고 물었어. 그녀가 이러더군. '그 장부 계원 말이죠? 리틀 지미?' 그러면서 야릇한 미소를 지었어. 마치 그 말이 웃기기라도 한 것처럼 말이야. 샌디, 리틀 지미라는 친구는 알고 있어?"

루가 부관에게 물었다.

이번에는 티코가 야릇한 미소를 흘렸다.

"보스, 베니스에서 리틀 지미를 모르는 사람은 없습니다. 보통 캐릭터가 아니죠. 무슨 뜻인지 아시겠습니까, 보스?"

ㄱ ㄱ ㄱ

그 FBI 자식, 터프한 척하기는. 큰 실수 한 거야. 샌디, 지금 나랑 장난하자는 거야? 티코의 뇌리를 스치는 질문이 있었다. 혼자 불쑥 나타나서 뭘 어쩌자는 거지? 막 출소한 은행 강도를 감시하라고 내려보낸 건가? 그냥 해변에 앉아 여자 구경이나 실컷 하고 있을지도 모르는데? 아무튼 그 자식 한 명만 보냈다는 건 좀 이상한데.

한 명으로는 어림도 없었다. 그래서 그는 영 보이즈 유나이티드에서 조용히 지내고 있는 티코를 찾아온 것이다. 그 은행 강도를 대신 감시해 달라고. 그는 이렇게 말했다. "필요하다면 바지를 엉덩이 밑으로 내려 입는 똘마니들 몇 명을 불러서 도와달라고 하고. 사 곱하기 육은 이십사야. 흑인 네 명과 라틴계 네 명을 모아서 감시팀을 만들어봐. 각 그룹에서 한 명씩 뽑아 조를 만드는 거야. 그리고 그들을 각각 여섯 시간씩 돌리면 하루를 완전히 채울 수 있지. 할 수 있겠어? 못하겠다면 널 다시……." 뭐라고 했더라? "니카라과로 추방시켜 버릴 거야." 그는 티코가 어디 출신인지조차 모르고 있었다.

티코의 어머니, 셜린은 웨스트 멤피스 생활을 접고 연한 피부색의 라틴계 남자와 중앙아메리카로 훌쩍 떠나버렸다. 그렇게 티코가 태어났고, 그녀는 또 다른 연한 피부색의 남자를 인생의 파트너로 맞아들였다. 그는 마림바(실로폰과 비슷한 악기―옮긴이) 연주가로 유명했다. 그녀는 로스 파라도스라는 그의 밴드에서 노래를 부르기 시작했다. 셜린은 시에라로 이름을 바꾸고 산호세의 여러 클럽에서 활동하며 아프로 캐러비안 펑키 재즈 음악가로 이름을 떨쳤다. 그녀는 티코를 무척이나 사랑했다. 그에게 미국 흑인들의 리듬을 타는 법, 긴 머리를 모자와 두건으로 꾸미는 법, 그리고 어떤 반지와 귀걸이를 걸쳐야 하는지 등을 가르쳤다. 집에서 시에라는 영어를 썼다. 정식 영어와 길거리 영어. 자신의 가르침으로 아들이 거친 세상을 헤쳐 나갈 수 있도록. 그녀가 말했다. "네 자신을 믿어야 해. 넌 특별한 아이야. 명심해. 세상에 너 같은 사람은 또 없어. 그러니까 실수하지 말고 잘해." 그녀는 매일 그렇게 아이의 기를 세워주었다.

그 루 애덤스라는 사람은 큼직한 손과 단단한 체구를 가지고 있었고, 노골적으로 그 사실을 일깨우려 애썼다. 또한 세상에서 자신이 모르는 게 없다는 것처럼 건방을 떨어댔다. 벨트에 엄지손가락을 걸쳐놓고 쉴 새 없이 주절대다가 가끔씩 고개를 돌려 침을 뱉었다. 다시 고개를 원위치로 돌려놓은 후에도 입은 닫히지 않았다. 대체 그 은행 강도는 왜 찾고 있는 거지?

그를 붙잡아서 이름을 떨쳐보려고? 내가 한 번도 들어본 적이 없는데 뭐가 유명하다는 건지 모르겠군. 그건 그렇고, 왜 그가 쿤도 레이의 집에 머물고 있다고 생각하는 거지? 론 레인저(미국 TV, 영화 등의 서부극의 주인공—옮긴이)는 그 집이 쿤도가 아니라, 지미 리오스의 소유로 돼 있다고 했다.

"오, 그런가요?"

"기록을 살펴봤어. 제임스 리오스의 서명이 돼 있더군."

기록에 그렇게 돼 있다니 믿지 않을 이유가 없었다. 하지만 리틀 지미가 쿠바를 떠나는 순간부터 쿤도 레이 밑에서 일해 왔다면 그 집들이 쿤도의 소유라는 뜻일 텐데. 어째서 론 레인저는 그걸 모르는 거지? 운하의 고급 주택 두 채는 베니스에서 가장 비싼 집들이었다. 플로리다의 감방에 갇혀 지내는 신세라 해도 백만장자가 아니라면 소유할 수 없었다.

티코가 루 애덤스에게 말했다.

"그 일을 해드리면 얼마를 주시겠습니까?"

"넌 여기서 계속 붙어 살 수 있게 될 거야. 추방당할 일이 없게 해주지."

"그러니까 제가 협조하지 않으면 추방시키겠다는 말씀입니까?"

"내가 전화 한 통만 하면 끝날 일이야."

"같이 일할 놈들에게도 그렇게 얘기하면 되나요?"

"다들 불법 이민자들 아닌가?"

"모르겠습니다. 법원에서 심리가 진행되는 걸 지켜봐야 확인될 겁니다. 아마 몇 주 걸리겠죠."

"그게 확인될 때까지 넌 연방 구금 센터에서 지내게 될 거야."

"저도 압니다. 하지만 우릴 그렇게 잡아두면 그 은행 강도는 누가 감시합니까?"

"샌디, 또 나랑 장난하자는 거야? 내일 당장 추방되고 싶어?"

"제 출생지가 코스타리카라는 사실 알고 계십니까? 모르셨죠? 그렇죠?

제 어머니가 아칸소 출신이라는 건 알고 계십니까? 아마 알고 계셨다가 깜빡 잊으셨을 겁니다. 아무튼 전 미국 시민권자입니다. 여권도 있어요."

티코는 FBI 요원에게 잠시 머리를 굴릴 시간을 주었다. 요원은 여전히 진지해 보이려 애쓰고 있었다. 그는 딱한 요원을 돕고 싶었다.

"한번 해보겠습니다. 애들을 모아볼게요. 그 은행 강도가 교도소에서 썩고 있는 죄수의 집을 나서는지 감시하겠습니다. 하지만 문제는 그 친구가 이미 떠난 상태라는 겁니다. 지금 백만장자 죄수의 집엔 아무도 없다고요."

"상황 파악이 아직 안 된 것 같군. 네게 뭐가 떨어질지 궁금하지? 똘마니들에게 Y.B.U.가 적힌 티셔츠를 나눠줘. 조만간 널 보러 오는 어머니를 만날 수 있을 거야. 우린 그녀를 붙잡아놓을 마음이 없어. 그냥 엑스레이만 찍어볼 거라고. '건강은 괜찮아 보이는군요. 그런데 뱃속에 넣어둔 풍선들은 뭡니까?'"

루 애덤스가 고개를 돌려 티코를 쳐다보며 말했다.

"더 이상 날 자극하지 마."

# 10

"그는 다음 주말에 여기로 올 겁니다. 사우스 비치에서 며칠 신나게 놀다 올 생각이 아니라면요."

폴리가 말했다.

"아닐걸요. 그는 정확히 출소날에 나타날 거예요. 아침에 리틀 지미에게 전화해 볼게요. 당신이 날 유혹하지 않았다면 오늘 연락했을 거예요. 이런, 내 말투도 점점 당신을 닮아가네요. 안 그런가요? 이건 칭찬이에요. 당신이 뭐라고 했죠? 우리가 융화성의 깊이를 쟀다고 했나요? 내가 보기엔 당신은 그 작업의 달인 같아요, 잭."

돈이 말했다.

그들은 침대에 나란히 누워 있었다. 침실은 어둠에 묻혀 있었고, 두 사람이 함께한 날은 빠르게 저물어가고 있었다. 많이 지친 상태였지만 잠은 이루지 못했다.

"내가 달인 같다니 무슨 뜻이죠?"

"그건 중요하지 않아요. 중요한 건 우리가 서로를 찾아냈다는 사실이죠."

그도 동의하는 부분이었다. 가능성을 점치거나 어떠한 가정을 하지 않아도 돈이 옳다는 걸 알 수 있었다. 그들은 만났고, 누구도 그 사실을 부인할 수 없었다. 그녀 말처럼 그들은 서로를 찾아낸 것이다.

그녀는 옆으로 누워 그를 쳐다보고 있었다. 그녀의 한쪽 팔은 베개 밑에 깔려 있었다. 그는 그녀의 숨소리를 들을 수 있었다. 그는 그녀의 눈이 보고 싶어졌다. 그가 침대 옆 테이블로 손을 뻗어 라이터를 집어들었다. 그가 불을 켜자 반짝이는 그녀의 눈이 기다렸다는 듯 나타났다.

"백 퍼센트 확신하는 건가요?"

"그래요. 당신을 처음 본 순간 난 확신이 섰어요."

"같이 한탕 벌이자는 건가요?"

"나중에요. 우선 목표부터 잡아야죠."

"그가 출소하면 우린 만나기가 힘들어질 겁니다. 당신은 하루 종일 그와 붙어 지내야 할 거고요."

"동침. 지금 그 생각을 하고 있는 거죠? 그 부분에 대해서는 내가 할 수 있는 게 없어요. 그저 때를 기다릴 수밖에요."

"내일 도망치는 건 어때요? 차 지붕을 내리고 멕시코, 과테말라, 니카라과를 가로질러 코스타리카로 내려가는 거예요."

"난 폭스바겐을 훔치려고 팔 년을 기다려왔어요."

돈이 말했다. 그녀가 손끝으로 그의 입술을 더듬어나갔다.

"당신은 그를 땅딸보라고 부르고 있어요. 전혀 신뢰할 수 없는 당신의 감방 친구 말이에요. 그는 당신에게 투자한 돈이 있다면서 날더러 당신을 이용해 먹을 궁리를 해보라고 했어요. 그래서 난 당신을 죽은 남편이 귀찮게 군다는 여자의 진정한 사랑으로 써먹어볼까 생각했죠."

"어떻게 하는 건데요?"

"그냥 불쑥 나타나기만 하면 돼요."

폴리는 그녀를 빤히 쳐다보았다.

"늘 하는 일이에요. 돈 많고, 나이 든 여자들을 모아놓고 하우스 파티를 벌이는 거죠. 한 번에 여섯 명에서 여덟 명 정도 초대하는데 200달러씩 받고 그들 자신과 그들의 과거, 열망을 살펴봐주는 거예요. 죽은 배우자와 재회할 수 있게 도와주기도 하고요. 빈약한 가슴이 불만인 삐삐 마른 여자에게 최면을 걸어주기도 하죠."

"그게 가능해요?"

"시각화 테크닉을 쓰면 돼요. 난 그들에게 종이를 한 장씩 나눠주고 각자 원하는 걸 적으라고 해요. 그런 다음, 잘 접은 종이들을 걷죠. 물론 그들이 적어낸 내용은 열어보지 않아요. 그냥 여자들을 차례로 쳐다볼 뿐이죠. 수잔은 담배를 끊고 싶어 해요. 또 다른 여자는 살을 빼고 싶어 하고요. 그런 건 맞추기 쉬워요. 가장 눈에 띄는 희망 사항을 적어낸 건 다니엘르예요. 그녀는 죽은 남편이 더 이상 귀찮게 굴지 않았으면 좋겠대요."

"그건 어떻게 맞췄죠?"

"맞춘 게 아니에요. 난 그녀가 누군지 알고 있었어요. 남편이 죽기 전까지 영화배우로 활동했었죠. 남편은 영화 제작자였어요. 난 당신을 유령 전문가라고 소개할 생각이에요. 그녀는 당신에게 반해 버릴 거고, 그녀의 문제는 그렇게 해결되는 거죠. 음, 나쁘지 않은 계획인 것 같아요."

"날더러 유령 전문가를 하라고요?"

"당신이 영혼들을 잘 다룰 것 같아서요. 하지만 일단 쿤도에게 집중해 보죠. 난 당신이 그를 어떻게 생각하는지 알고 있어요. 당신은 그가 굉장히 교활한 사람이라는 걸 알아요. 하지만 그의 자신감, 그의 당당한 모습은 꽤 좋게 보고 있죠. 그래서 그를 등쳐먹을 계획을 별로 내켜하지 않는 거예요. 그가 영영 알지 못할 일이긴 하지만. 우린 밤에 도망칠 생각을 하고 있지만 당신은 그걸 비열한 짓으로 여기고 있어요. 한 번도 비열하게 일을 벌여본 적이 없어서 불편한 거죠? 당신은 그가 무슨 짓을 시킬지조차 감을 잡지 못하고 있어요. 안 그런가요?"

"맞는 것 같네요."

"은행 터는 건 이런 일과 많이 다른가요?"

"그건 상대와 얼굴을 마주하고 벌이는 일이거든요."

"금전 출납계원인가 말이죠? '스위트하트, 고액권으로만 담아서 넘겨요.' 그래서 하는 거 아닌가요? 돈 때문에? 스릴이 좋아서 하는 일은 분명 아닐 테고. 돈. 그게 당신의 유일한 범행 동기죠."

"그러니까 이걸 그냥 평범한 일로 여기라는 건가요?"

"바로 그거예요."

"그가 날 이용해 먹기 전에 그의 뒤통수를 치자?"

"쿤도가 어떤 사람인지 알잖아요. 그가 왜 당신에게 이 집을 내줬겠어요?"

폴리는 어떻게 일을 꾸며야 할지, 얼마를 목표로 삼아야 할지 아무 생각이 없었다. 그런 상세한 부분은 돈에게 맡기고 싶었다. 우선 동기부터 확실히 잡아놓아야 했다. 이제야 서로를 찾게 됐다는 돈의 말도 좀 더 깊이 생각해 볼 필요가 있었다. 그리고 폴리의 머릿속을 맴도는 또 한 가지 생각.

"나랑 사랑에 빠지게 된다는 여자 말이에요. 어떤 이름으로 활동했죠?"

"다니엘르 타이넌."

"그래요? 영화에서 본 적 있어요. 연기가 나쁘지 않던데요."

ㄱㄱㄱ

다음날 아침, 폴리는 쿤도의 쌍안경을 들고 지붕을 내려와 주방으로 들어갔다. 돈이 토스터에 식빵을 넣고 있었다. 그녀가 그를 돌아보았다.

"당신이 누굴 찾고 있는지 알아요?"

"낯선 사람들."

"모두가 낯선 사람들이긴 하죠."

그녀가 말했다. 돈은 "BORN TO HOWL(악 쓰러 태어났다)"라고 적힌 질은 남색 티셔츠와 자그마한 흰색 팬티만 걸치고 있었다. 집에서는 항상 그런 차림으로 다닌다고 했다. 아침식사를 준비하는 그녀의 모습이 그를 흥분시켰다.

"말쑥하게 이발하고 브룩스 브라더스 양복과 넥타이를 걸친 채로 운하를 따라 어슬렁어슬렁 걸어오는 남자가 있는지 보고 왔어요. 그런 사람이 있었으면 눈에 확 들어왔을 텐데."

폴리가 말했다.

"그는 혼자 움직일 사람이 아니에요. 그 부분에 대해선 생각해 보지 않았지만 원한다면 한번 알아볼게요."

그녀가 말했다.

"난 루 애덤스처럼 생각해 보려 노력 중이에요. FBI가 감시팀을 만들어 주지 않는다면 누가 그를 돕겠다고 달려들까요?"

"보나마나 나쁜 사람들이겠죠."

"나도 같은 생각을 했어요. 그가 믿고 의지할 수 있는 범죄자들. 목적지도 없이 어슬렁거린 혐의로 체포하겠다고 협박해서 도와줄 놈들을 끌어모으고 있을 겁니다."

"베니스엔 별의별 인간들이 다 있어요. 오크우드 레크리에이션 센터 농구 코트에선 마약도 살 수 있죠. 며칠 전에 경찰이 거길 덮쳐서 실적을 크게 올린 적이 있었어요."

돈이 토스터 안 식빵을 체크하며 말했다.

"당신도 거기서 마리화나를 사오나요?"

"배달해 주는 사람이 있어요."

"어떤 남자를 봤습니다. 라틴계인데 조폭 같았어요. 머리에 보라색 두건을 둘렀던데. 보라색은 두 갱단의 색을 섞어야 나오죠. 블러드의 빨간색과 크립스의 파란색. 그러니까 그 친구는 자신이 어느 쪽에도 속해 있지 않다는 걸 보여주고 있는 겁니다. 라틴계가 분명한데 골목에서 어린 흑인 놈들이랑 서성이고 있었습니다. 그게 무슨 뜻인지 이해가 됩니까? 그가 무슨 말을 했는진 몰라도 흑인 놈들이 아주 배꼽을 잡고 웃더군요. 뭐하는 놈들인지 궁금해요. 서로에게 총질을 해대야 하는 사이인데."

돈이 연기를 뿜어내는 새까만 토스트를 쓰레기통에 던져버렸다. 그녀가 말했다.

"인터벤션 소속들인지도 모르잖아요."

"그게 뭘 하는 사람들인데요?"

"갱단원들의 갱생을 돕는 일을 하고 있어요. 주목받길 좋아하는 사람들이죠."

"오늘 아침에 같은 사람이 운하를 따라 두 차례 걸어오는 걸 봤어요. 옆집 온실에서 가정부랑 몇 마디 나누더군요."

"내가 제일 좋아하는 온실이에요. 폭이 9미터에 달하고, 안엔 좁고 긴 수영장도 갖춰져 있어요."

돈이 말했다. 그녀가 식빵 두 장을 토스터에 넣었다.

"라틴계 남자가 가정부와 대화하는 걸 봤단 말이죠? 나중에 그녀를 찾아가 그가 누구인지 물어봤나요?"

"아는 친구 같았는데 확실하진 않다고 했어요. 그랬더니 그의 이름이 빈센트라고 가르쳐주더군요. 여기선 티코라는 별명으로 불린다나요."

"코스타리카 출신이기 때문이죠."

"영적 세계에서 메시지를 받은 모양이군요. 어디서 이런 음성이라도 들었습니까? '이봐, 돈? 알고 있었는진 모르지만 코스타리카에선 남자들을 티코, 여자들을 티카라고 불러. 알아두면 나중에 점쟁이가 됐을 때 써먹을 일이 있을 거야.'"

"난 코스타리카에 가본 적이 없어요. 아마 어딘가에서 티코와 티카에 대해 읽었을 거예요. 내 불쌍한 머릿속엔 별의별 게 다 들었죠. 평범한 것들부터 초자연적인 것들까지 마구 뒤섞여 있어요. 내가 그런 것들을 어떻게 알고 있는지 나조차도 가끔 깜짝 놀랄 때가 있다니까요. 아무튼 앞으론 코스타리카에서 온 티코를 주의 깊게 지켜보겠군요."

그녀가 토스터 쪽으로 몸을 틀며 말했다.

"그가 또 나타나면 가서 말을 걸어볼 겁니다."

폴리가 말했다.

그녀는 아까만큼 타지 않은 토스트를 꺼내며 어깨너머로 그를 돌아보았다.

"살짝 태운 토스트도 괜찮죠?"

"내 것은 내가 해먹을게요."

폴리가 말했다.

ㅅㅅㅅ

그가 다시 지붕에 올라갔을 때 멀리서 벤틀리 한 대가 다가오고 있었다. 폴리는 리틀 지미 리오스와 대면하기 전에 먼발치에서 그를 살펴보고 싶었다. 차는 차고 뒤편에 세워졌다. 경호원으로 보이는 선글라스 낀 라틴계 남자가 차에서 내려 주변을 살피다가 리틀 지미의 문을 열어주었다. 마침내 그가 암회색 벤틀리 뒷좌석에서 모습을 드러냈다.

하지만 리틀 지미는 폴리가 예상했던 모습과는 딴판이었다. 돈이 보여준 과거 사진 속 리틀 지미는 〈스카페이스〉에서 토니 몬타나 역을 맡아 인상적인 연기를 선보였던 알 파치노와 많이 닮았었다. 흰색 양복, 풀어헤친 셔츠 칼라, 토니와 같은 검은 머리. 하지만 오늘 리틀 지미는 전혀 다른 스타일이었다. 짙은 색 양복에 목까지 단추를 채운 셔츠, 착 달라붙는 통 좁은 바지, 그리고 쿠반 힐이 붙은 악어가죽 구두. 아무리 봐도 토니와 닮은 구석은 없었다.

폴리는 티셔츠에 새로 산 리바이스 청바지 차림이었다. 심플해 보이는 흰색 리복 운동화는 일 년 전쯤 아델이 보내준 것이었다. 그가 문밖 테라스로 나가자 집 옆으로 나 있는 보도를 따라 올라오고 있는 리틀 지미의 모습이 보였다. 경호원은 차에 남아 있었다. 돈이 달려가 리틀 지미의 입에 키스했다. 잠시 그의 눈을 빤히 들여다보던 그녀가 폴리 쪽으로 몸을 틀었다.

"잭, 이쪽은 내 친구, 리틀 지미예요. 가끔 몽크라는 별명으로 불리기도 하죠. 귀엽지 않나요? 머리에 염색을 했는데, 하긴 뭐 요즘 안 그런 사람 있나요? 이쪽은 잭 폴리예요. 미국 최고의 은행 강도죠. 지금은 은퇴했고, 앞으로 절대 은행을 털지 않을 거라고 맹세했어요."

이건 또 무슨 소리지? 폴리는 은퇴를 진지하게 생각하고 있었지만 그걸 맹세한 적은 없었다. 그가 지미 리오스 앞으로 다가갔다. 땅딸막한 남자는 두 손을 허리에 얹고 어설프게 자세를 취했다. 그의 어깨는 자연스럽게 늘어져 있었다. 그의 첫인상은 예상과 달리 나쁘지 않았다. 폴리는 일부러 그에게서 거슬리는 부분을 찾으려 애쓰고 싶지 않았다.

그가 말했다.

"지미, 돈이 당신 사진을 보여주더군요. 플로리다 시절 사진 말입니다. 그걸 보면서 내가 이랬죠. '맙소사, 완전히 토니 몬타나군요.'"

리틀 지미가 고개를 저었다. 마치 그 소리를 지겹도록 들어왔다는 듯. 그의 입가에 미소가 머금어졌다. 그런 말이 듣기 싫지 않다는 뜻이었다. 그가 이마로 흘러내린 숱 많은 검은 머리칼을 손으로 쓸어 올린 후 거북딱지 머리핀으로 고정시켜 놓았다. 어색하지만 그런대로 어울렸다. 폴리가 말했다.

"토니랑 닮았다는 소리, 이젠 좀 지겹죠?"

"그래요. 그때만 해도 모두가 토니 몬타나처럼 하고 다녔죠. 토니랑 전혀 닮지 않은 친구들까지 말입니다. 토니의 명대사, 기억합니까? '이 세상에서 내가 가진 거라고는 배짱과 의리뿐이야. 그 누굴 위해서도 절대 그걸 팔아먹지 않는다고. 알아들어?'"

"완전 똑같은데요. 진짜 토니를 보는 것 같습니다. 이 대사도 기억합니까? '내가 그 바퀴벌레들을 묻어버렸다고.' 그 영화를 몇 번이나 봤습니까?"

"그런 질문을 받을 때마다 스무 번 이상 봤다고 대답합니다. 실제로 그랬는지도 모르죠. 하지만 너무 많이 봐서 그런지 이젠 좀 지겨워졌습니다. 언제부터인가는 나 스스로에게 묻게 되더군요. 장난 아니었어? 왜 그 핑크 흉내를 내지 못해 안달이지? 그는 우둔한 놈이야. 자신에게 큰 문제가 있다는 것도 모르고 있다고."

돈은 마가리타를 만들겠다며 주방으로 들어갔다. 그녀가 집으로 들어가자 리틀 지미가 폴리를 돌아보았다.

"쿤도에 대해 들려줘요. 어떻게 지내고 있습니까?"

"똑같습니다. 다음 주말에 볼 수 있을 겁니다."

"그래요? 아직도 건강한가요?"

"불평하는 건 본 적이 없습니다."

"나에 대해선 뭐라고 하던가요? 말 잘 듣는 심복이라고 했나요?"

"당신 칭찬을 많이 하더군요. 그가 잘 챙겨주지 않나요? 그의 몸종이잖아요."

"그렇게 생각합니까? 내가 그의 몸종이라고 생각해요?"

"그건 내가 한 말이 아닙니다. 그의 표현이 그랬다는 겁니다. 쿤도는 당신이 그의 사업을 맡아 아주 잘 운영해 나가고 있다고 만족스러워했어요."

"날 잘 챙긴다고요? 그가 그러던가요? 내게 자기 사업을 맡겼대요? 이 일에 대해 아는 게 하나도 없는 사람이 정말 그런 말을 했다, 이거죠?"

"당신이 모든 걸 맡아 관리하고 있다면 보수도 많이 챙기지 않나요?"

"내가 받는 보수가 얼마인지 압니까?"

"전혀요. 하지만 그는 당신이 도박 수익에 몰래 손을 대온 사실을 알고 있을 겁니다. 그럼에도 그동안 모른 척 입을 닫아온 것이죠. 하지만 너무 신경 쓰지 말아요. 그는 아직도 당신을 끔찍하게 생각하고 있으니까요. 그는 당신을 백 퍼센트 신뢰하고 있어요. 시키는 거라면 뭐든 가리지 않고 처리해 놓는 성실함도 마음에 든다고 했고요."

"요금서 나오면 돈 내라는 말 외엔, 절대 떠나거나 자신에게 사기를 치면 안 된다고만 했을 뿐입니다. 나도 그러겠다고 피로 맹세했고요."

"피로 맹세?"

"우린 칼로 손을 그어 서로 맞댔습니다. 쿤도는 이제 우리가 하나가 됐다고 했어요. 가족이라는 거죠. 날더러 항상 충성하라고도 했습니다."

"충성하지 않으면요?"

"내게 좋지 않은 일이 생길 거라고 했습니다. 트럭에 치이거나 할지도 모른다고 말이죠."

아니면, 머리에 총을 맞게 되거나. 폴리는 생각했다. 그는 리틀 지미를 이끌고 주방으로 들어갔다. 돈은 마가리타를 잔에 따르고 있었다.

"마가리타를 만들려고 했는데 테킬라가 없더군요. 그래서 실버 불렛을 만들었어요. 리틀 지미가 제일 좋아하는 칵테일이죠. 새로 사귄 내 은행 강도 친구, 잭 폴리를 위해서 특별히 만들어봤어요."

"새로 사귄 친구가 아니라, 새로 만난 애인이겠죠. 안 그렇습니까? 아직까지 당신과 재미를 보지 않았다면 그는 내가 갖겠습니다."

리틀 지미가 말했다. 그가 폴리 쪽으로 잔을 살짝 들어보였다.

"건배."

폴리도 잔을 들었다. 그는 입맛을 다시다가 칵테일을 홀짝이는 리틀 지미를 지켜보았다. 금세 마티니를 비운 리틀 지미가 잔을 내려놓고 다시 폴리를 쳐다보았다.

"쿤도와는 항상 붙어 다녔습니까?"

"서로 다른 건물에 수감돼 있었습니다. 하지만 매일 뜰에 나와 함께 산책했죠."

"그에겐 누군가가 필요했을 겁니다. 그리고 마침 당신이 그의 곁에 있었고요."

"그의 엉덩이를 토닥여준 적이 딱 한 번 있습니다. 조깅을 시키기 위해서였죠. 그가 이러더군요. '조깅은 왜? 일생을 58킬로그램으로 살았는데.' 아무튼 교도소에서 쿤도와 난 꽤 가까운 사이였습니다."

"그리고 당신은 그에게 3만 달러를 빚졌죠. 하지만 그가 갚을 필요 없다고 했다면서요?"

"3만 달러 이상 지원받았죠. 하지만 당신 반응이 어땠는지는 그에게 얘기하지 않겠습니다. 왜냐고요? 당신을 탓할 일이 아니기 때문입니다."

"그는 당신 변호사 수수료를 처리해 놓으라고 했습니다. 또 무슨 당부를 했는지 알아요? 교도관들에게 쥐어줄 2,800달러도 준비하라더군요. 그가 스타크에서 오 년간 지내는 동안 난 선물 구입비로만 만 달러 이상을 썼습니다. 글레이즈의 재단사에게도 200달러를 보냈고요. 믿어집니까?"

"당연한 일 아닙니까? 교도소 안이나 밖이나 똑같습니다. 이해가 안 됩니까? 쿤도는 안에서 몰래 들여온 술을 팔아 돈을 벌었습니다. 그리고 그 돈을 야구 경기에 걸었죠. 하지만 교도소 밖 사업에도 소홀하지 않았습니다. 항상 부동산 시장을 주시하며 분주히 집을 사고 팔아댔죠."

폴리가 말했다. 리틀 지미가 발작이라도 일어난 듯한 표정을 지었다.

"그 빌어먹을 고고 댄서의 말을 믿습니까? 그가 사업, 부동산, 다양한 투자 기회에 대해 제대로 알고 있다고 생각해요? 그가 제대로 알고 있는 건 스포츠 도박 사업뿐입니다. 나이든 사람들이 전화로 베팅하는 거 말입니다. 기분으로는 그가 다시 마이애미로 돌아와 있는 것 같아요. 난 그에게 전화로 사업 보고를 합니다. 도박 사업은 이제 그만 하자고도 했죠. 라스베이거스, 그리고 온라인 카지노와 경쟁해선 절대 이길 수가 없기 때문입니다. 그보다는 해외 주식에 투자하고, 유로나 지켜보는 편이 훨씬 낫다고 했습니다. 내가 이랬죠. '이 아이디어는 어떻습니까?' 그러자 그가 진지한 얼굴로 뭐라고 했는지 압니까? '박쥐 잡아먹는 뱀을 본 적 있어?'"

"그가 영화배우들에게 코카인을 팔았었다면서요? 그런 사람을 어떻게 설득합니까?"

"그들이 왜 그를 법정에 세우지 않았는지 압니까?"

"그의 입을 막으려는 거였겠죠."

"그가 그러던가요? 아닙니다. 내 덜미만 잡을 거라면 그들은 망설일 이유가 전혀 없습니다. 배달은 내 담당이었거든요. 그가 배우들과 시시덕거릴 때 주방에서 마리화나를 말고 있었던 것도 나였고요. 그거 알아요? 그들은 얼마든지 날 잡아넣을 수 있었습니다. 하지만 그들에게 난 아무 가치가 없었어요. 그들은 나 때문에 쿤도와 마찰을 빚고 싶어 하지 않았던 겁니다. 게다가 그들에겐 쿤도의 유죄를 입증할 충분한 증거가 없었습니다. 그래서 그들은 그를 플로리다로 보냈죠. 그곳에서라면 그에게 종신형이나 사형이 내려질 거라 믿고서 말입니다."

"하지만 고작 칠 년 반 만에 풀려나오게 됐지 않습니까. 벌써 다음 주가 출소인데."

리틀 지미가 고개를 저었다.

"누가 그 여자 변호사를 데려온 것 같습니까? 5만 달러나 내고서요."

"메건 노리스."

"바로 그 여자 말입니다. 메건. 그녀는 재판 없이 협상을 해보겠다고 했습니다. 어차피 징역형을 선고받게 될 테니 마지막으로 발악이라도 해보고 싶다는 거였죠. 사실 그녀는 그에게 호감을 보이는 척만 했을 뿐입니다."

"내 변호도 그녀가 맡았습니다. 재판에서 이겨야겠다는 의지가 굉장하던데요."

폴리가 말했다. 그가 돈을 돌아보며 지미와 쿤도 사이에 있었던 피의 맹세에 대해 들려주었다.

"난 그에게 물어봤습니다. '만약 그가 충성 맹세를 어긴다면 어쩔 거야? 모든 계좌를 털어 도망치면 그땐 어쩔 거냐고.'"

"이 사람은 쿤도를 두려워하고 있어요. 그가 무섭게 쫓아올까 봐."

돈이 말했다.

"당연히 쫓아오겠죠. 그도 그럴 거라고 했고요."

리틀 지미가 말했다.

"그가 당신을 어떻게 할 거라 생각해요?"

폴리가 물었다.

"그는 날 죽일 겁니다. 분명히 그럴 거예요."

"지미는 그 점에 대해선 의심하지 않고 있어요."

돈이 말했다.

"그는 이미 여섯 명을 죽였습니다. 나 한 명 더 죽이는 건 문제도 아니죠."

지미가 말했다.

"여섯 명? 네 명이 아니고요?"

폴리가 말했다.

"스타크에 수감돼 있을 때 그는 자길 괴롭히는 죄수들을 죽인 적이 있습니다. 그들이 자고 있을 때 사람을 시켜 그들 감방에 불을 지르게 했죠. 그들은 화재로 타 죽었습니다. 감방에 갇힌 채 비명만 질러대다가 저세상으로 가버렸죠."

"그에게 들은 얘깁니까?"

"범인들을 누가 매수했을 거라 생각합니까? 교도소에서 그에게 많은 얘길 들었죠? 그가 했다는 모든 일은 바로 내가 한 것들입니다."

"그가 돌아오면 그 얘길 해봐요. 그동안 수고했으니 보수 좀 올려달라고 말이에요."

"내가 얘기해 볼게요. 자신이 상을 받아 마땅하다고 생각한다면 말이죠. 쿤도 앞에선 말을 조심해야 돼요. 어떤 말이든 입에서 나오는 순간 그의 아이디어가 돼버리니까요."

돈이 지미에게 말했다.

"그도 계좌 통지서를 볼 줄 압니다. 그가 알고 싶어 하는 건 자신에게 얼마가 있는지뿐이죠."

리틀 지미가 말했다.

"설마 그가 아둔하다고 생각하는 건 아니겠죠?"

폴리가 말했다. 그는 돈이 자신의 말을 들었을지 궁금했다.

"지미, 쿤도가 당신을 좋아한다는 거 알죠? 그래서 당신에게 충성을 요구하는 거예요. 함께 얼마나 오랜 세월을 함께 해왔는지 생각해 봐요. 거의 형제지간이나 다름없잖아요."

지미의 팔뚝에 손을 얹으며 돈이 나지막이 말했다.

그 말에 폴리가 멈칫했다. 대체 어쩔 작정이지?

"그는 당신에게 자신의 인생에서 중요한 역할을 해주길 바라고 있어요. 무슨 일이 있어도 절대 그의 곁을 떠나선 안 돼요. 그에게 진 빚을 생각해서라도 말이에요."

돈이 말했다.

"쿤도가 지미에게 빚을 진 게 있다고는 생각하지 않고요?"

폴리가 말했다.

돈이 흠칫 놀라며 그를 쳐다보았다.

"그래서 아까 쿤도에게 말을 잘 해보겠다고 했잖아요. 그때 내 얘기 안 듣고 뭐하고 있었죠?"

나지막하지만 날카로운 음성이었다.

"그냥 보수를 올려줘요. 그럼 이 친구도 더 이상 쿤도의 돈을 횡령하지 않을 겁니다. 보나마나 지미는 우리보다도 쿤도에 대해 더 많이 알고 있을 거예요. 어쩌면 그의 머릿속을 훤히 꿰뚫어보고 있는지도 모르고요."

폴리가 말했다. 그는 지미가 떠난 후 그녀와 진지하게 대화를 나눠보기로 했다.

ㄱㄱㄱ

그들은 마티니 한 주전자를 깨끗이 비웠다. 폴리는 지미를 부축하고 골목으로 나갔다. 경호원은 휘청이는 지미를 보고도 전혀 놀라는 기색이 없었다. 그들은 지미를 벤틀리에 태웠다. 폴리가 경호원에게 이름을 물었다.

남자가 말했다.

"조로라고 합니다."

그는 호리호리했고, 쿤도만큼이나 나이가 많아 보였다.

"검은 어디 있죠?"

"그 조로가 아닙니다."

"그래요?"

정장 코트의 단추를 풀어놓은 남자는 여우를 연상케 하는 갸름한 얼굴에 차분한 인상을 풍기고 있었다. 폴리가 말했다.

"난 지미가 좋아요. 당신이 그를 잘 돌봐줬으면 좋겠어요."

"물론입니다."

조로가 말했다.

"지니고 있는 총이 뭐죠? 글록?"

"가끔 글록을 차고 다닐 때도 있죠. 하지만 주로 콜트 파이선을 지니고 다닙니다."

"꽤 큰 총인데."

"모두가 인정하는 총이죠."

"지미 때문에 곤란할 때도 많지 않습니까?"

"리오스 씨는 사려가 깊은 분입니다. 책임감 있는 분이시죠."

"마약은 즐겨 합니까?"

"제가 잘 지켜보고 있습니다. 그 브루야(마녀를 뜻하는 스페인어—옮긴이), 돈과 함께 계실 땐 좀 하시죠."

"그녀를 좋아하지 않는 모양이군요."

조로가 어깨를 으쓱했다.

"하지만 지미는 존중하죠?"

"제게 해가 되는 일은 하지 않으시니까요."

"그에게 아무 일도 없기를 바랄 뿐입니다. 길을 건너다가 차에 치이거나 하는 불상사 말이죠."

폴리가 말했다.

"그런 일은 없을 겁니다."

조로가 셔츠 주머니에서 담배를 꺼내들었다.

"유명한 은행 강도라면서요?"

〉〉〉

폴리는 다시 집으로 들어갔다. 얼굴이 벌게진 그는 기분이 썩 좋지 않았다. 돈 때문이었다. 그는 그녀가 지미의 편에 서게 된 이유를 물어볼 참이었다. 그리고 그녀의 목소리 톤에 귀를 기울여보기로 했다. 아델을 비롯한 세상의 모든 여자들이 상대를 무시할 때 쓰는 톤과 같을 수도 있었다.

돈은 유리한 위치에 있었다. 점쟁이나 영매처럼 신비한 능력으로 상대를 홀릴 수 있기 때문이었다. 그녀는 원한다면 그 누구의 과거와 미래도 훤히 들여다볼 수 있다는 말로 상대를 흔들어놓았다. 조용한 집에 유령들을 풀어놓고 그들을 퇴치해 준다며 만 달러씩 받아 챙기기도 했다. 돈 많은 여자들을 상대로 그렇게 사기를 쳐대고 있었다. 보나마나 그녀는 사기가 아니라, 그들을 즐겁게 해주기 위함이라고 주장할 것이다. 실제로 그들은 기분이 한결 나아졌다고 호들갑 떨며 그녀에게 적지 않은 돈을 선뜻 쥐어주었다.

하지만 단 한 번이라도 그녀의 입장에 동의하지 않으면 그녀는 금세 언성을 높였다.

그때 내 얘기 안 듣고 뭐하고 있었죠?

어젯밤에, 중요한 건 우리가 서로를 찾아냈다는 사실이죠, 라고 얘기했던 바로 그 여자가 맞나?

그가 들어갔을 때 그녀는 여전히 주방에 남아 있었다. 폴리는 그녀의 목소리 톤에 집중하기로 했다. 여자들이 애써 차분한 척할 때 쓰는 톤. 그는 그녀와 리틀 지미 사이의 꿍꿍이속이 궁금했다. 그녀가 말했다.

"여전히 날 사랑하나요, 잭?"

전혀 예상치 못했던 질문이었다. 순간 그의 머릿속을 가득 메우고 있던 의심들이 깨끗이 지워져 버렸다. 그가 말했다.

"난 당신이 무슨 생각을 하고 있는지 감을 잡지 못하겠어요."

"미안해요, 잭. 내가 뭘 두려워하는지 알아요? 만약 우리가 지미를 끌어들인다면? 그에게 그는 좋은 사람이며, 아둔한 쿤도는 아는 게 하나도 없다고 사탕발림을 해놓는다면 말이에요. 지미는 두말 없이 계좌들을 깨끗이 정리해 줄 거예요. 당신도 그렇게 제안했었잖아요. 만약 그가 돈을 챙겨 달아난다면 우린 어떻게 될까요?"

"쿤도를 너무 얕잡아봐선 안 됩니다."

"당신 말이 맞아요. 그는 바보가 아니에요. 우리가 자길 등쳐먹으려 한다는 걸 금세 알아차릴 거라고요. 이런 표현 괜찮죠? 난 이게 너무 좋아요. 등쳐먹는다."

돈이 말했다. 그녀는 잠시 미소를 흘리다가 이내 진지함을 되찾았다.

"오해하지 말아요. 난 스릴을 위해 이 일을 꾸미려는 게 아니에요. 그런 싸구려 스릴은 인생에 아무런 도움도 되지 않거든요. 난 꽤 오래전부터 이 일을 계획해 왔어요."

그녀가 다시 미소를 지었다.

"나랑 같이 해볼래요, 잭?"

폴리는 대답하지 않았다. 그것은 오히려 그가 그녀에게 묻고 싶은 질문이었다.

"당신과 대화를 나누다 보니 느낌이 확 오더군요. 당신 같은 노련한 프로는 이런 일에 제격이에요."

듣기 좋은 말이었다. 하지만 노련한 프로라는 표현은 거슬렸다. 노련했으면 교도소를 들락거리지는 않았을 것이다.

"당신이 하자는 대로 하면 될 것 같아요."

"당신은 누군가를 등쳐먹어본 적이 없어서요?"

"잭, 장난하지 말아요. 네?"

"장난 그만 칠 테니까 당신도 내 생각 좀 그만 읽어요."

폴리가 환한 미소를 지었다. 이제야 파트너가 마음에 들었다.

그가 말했다.

"지미는 아직 준비되지 않았습니다. 너무 둔해요. 그 친구는 오랫동안 도박 수익을 횡령해 왔습니다. 하지만 아직 아무 일도 없었다며 마음을 놓아버렸어요. 그는 이제 끝장을 볼 각오를 하고 있을 겁니다. 그만큼 무모해졌다는 뜻이죠. 리틀 지미는 이제 무법자가 됐습니다. 존 딜린저와 다를 게 없단 말입니다. 그에겐 도움이 필요해요. 혼자서 머리를 굴려본들 아무 소용 없을 거라고요."

"정말 그렇게 생각해요?"

"그가 그걸 깨닫지 못하면 내가 지적해 줄 겁니다."

폴리가 말했다.

# 11

폴리가 목에 쌍안경을 건 채 지붕을 내려왔을 때 돈은 침대에 누워 있었다. 전화벨이 울리자 그녀의 눈이 번쩍 뜨였다. 폴리가 침대 옆 탁자에서 수화기를 집어들었다. 그녀가 그를 빤히 올려다보고 있었다. 응답한 그가 수신자 요금을 부담하겠다고 말한 후 잠시 기다렸다.

"쿤도, 어떻게 지냈어? 별일 없고?"

그는 한동안 상대의 말에 귀를 기울였다.

"오늘? 아니, 그녀를 못 봤어…… 저번에 찾아와서 자길 소개한 후로는 통 보이질 않는군."

폴리는 돈의 얼굴을 내려다보았다.

"아니, 집은 아직 바꾸지 않았어. 그녀는 준비가 덜 된 모양이야. 아직도 짐을 꾸리느라 정신이 없다고. 난 어제 그녀에게 연락해 별일이 없는지 물었어. 그녀는 따분해서 그림을 그리는 중이라고 하더군."

폴리는 잠시 쿤도의 말에 귀를 기울였다.

"그걸 내가 어떻게 알아? 난 그저 그녀가 한 말을 들려줄 뿐이라니까. 그 그림, 그녀가 직접 그린 거 맞대."

그 말에 돈의 표정이 살짝 일그러졌다. 내가 그랬어요?

"그래, 그런 것 같아. 그건 물어보지 못했어."

그는 다시 쿤도의 대꾸에 집중했다.

"그림 속에서 말이지? 그녀는 투피스 수영복을 걸치고 있어."

그녀에게서 떨어진 그의 시선이 멀리 돌아가 버렸다.

"가게는 가끔 들락거리지 않았을까? 달걀 같은 건 떨어지면 사러 가야 하잖아."

폴리는 그의 대꾸를 묵묵히 들어보았다.

"그걸 내가 어떻게 아느냐고. 그냥 그랬을 거라고만 했잖아…… 차라리 내가…… 쿤도, 내 말 좀 들어봐. 그녀가 집에 없다면 그건 근처 가게에서 쇼핑을 하고 있다는 뜻일 거야. 그렇게 생각하지 않아? 조금 더 기다렸다가 다시 걸어봐."

그가 다시 돈을 내려다보았다. 그녀는 혀끝으로 입술을 살짝 훑고 있었다.

"아니, 그녀는 딱 한 번 봤을 뿐이야…… 그래, 맞아. 그리고 통화도 한 번 했었고."

쿤도의 대꾸가 이어졌다.

"난 잘 지내고 있어. 매일 산책도 하고, 외식도 자주 해."

돈이 시트를 살짝 내리자 그녀의 한쪽 가슴이 드러났다. 그녀가 들릴락 말락 한 음성으로 물었다. 내가 누구죠?

폴리가 쿤도에게 말했다.

"네가 그걸 물어볼 줄 알았어. 사실 거기 이름이 기억나질 않아…… 아니, 하지만 그게 애벗 키니 가에 자리하고 있다는 건 확실해. 이봐, 쿤도, 이따가 그녀에게 다시 걸어봐. 그녀도 시장을 봐야 먹고 살 수 있을 거 아니야."

폴리는 다시 그의 말에 귀를 기울였다.

"잠깐만."

그가 수화기 송화구를 막아 쥐고 돈을 쳐다보았다.

"집으로 돌아가요. 서둘러야 해요. 나랑 통화를 마치면 곧바로 당신에게 전화를 걸 거예요."

"그에게 기다리라고 한 거 맞죠?"

"그는 이 집으로 먼저 걸었다가 응답이 없어서 당신 집으로 걸어본 모양이에요. 한 시간 전에요."

알몸의 그녀가 시트를 걷고 침실을 나갔다. 그는 집을 나서는 그녀를 보기 위해 앞쪽 여닫이창 앞으로 다가갔다. 그가 다시 수화기를 귀에 가져가 댔다.

"쿤도? 잠깐만 더 기다려줘."

그는 다시 송화구를 막아 쥐었다.

돈은 알몸에 가까운 차림에 69달러짜리 드립 드라이 스포츠 코트만 걸친 채 관목숲과 야자나무 사이로 난 보도를 달려가고 있었다. 햇빛을 받은 그녀의 맨다리가 매력적으로 느껴졌다. 그녀는 운하에 걸쳐진 인도교를 향해 빠르게 이동 중이었다. 한참 잘 달려 나가던 그녀가 갑자기 멈춰 서서 누군가와 대화를 시작했다. 폴리는 나무 숲 뒤로 몸을 숨긴 그가 누구인지 확인할 수 없었다. 폴리가 목에 걸고 있는 쌍안경으로 상황을 살펴보았다. 돈이 인도교로 올라가 뒤를 돌아보았다. 정체를 알 수 없는 남자도 다리에 올라 그녀를 지켜보고 있었다.

머리에 엷은 자주색 두건을 두른 티코였다.

폴리는 쌍안경을 내려놓고 다시 수화기를 귀로 가져갔다.

"쿤도, 집 앞에 누군가가 서 있어. 그가 보이긴 하지만 누구인진 모르겠어. 아깐 초인종도 눌렀는데…… 글쎄. 난 그의 정체가 궁금해."

돈은 운하를 완전히 건너간 후였다. 폴리는 다시 쌍안경을 들었다. 그녀는 쿤도의 핑크색 집을 향해 달리고 있었다. 잘 여며지지 않은 69달러짜리 스포츠 코트가 바람에 펄럭이는 게 보였다. 꼭 소녀처럼 뛰는군. 맨발로 달리는 그녀를 보며 폴리는 생각했다. 그가 쿤도에게 말했다.

"교도관에게 돈 좀 쥐어주고 나중에 다시 전화해 줘. 아직 할 말이 남아 있다면 말이지. 난 여기서 기다리고 있을 테니까……. 알아. 이해한다고. 네가 부자라는 사실을 행운으로 알아야 해. 쿤도? 이만 끊어야겠어. 화장실이 급해서 말이야. 응? 출소하면 보자고. 널 위해 파티를 준비할게. 돈에게는 케이크를 만들어놓으라고 할 거야……. 쿤도, 농담한 거야. 그냥 마가리타나 마시지 뭐. 어때? 나중에 얘기하자고."

폴리가 말했다. 맙소사. 그는 버튼을 눌러 전화를 끊었다.

창밖으로 인도교를 내려온 티코가 어슬렁거리며 다가오고 있는 게 보였다.

ㄱㄱㄱ

소녀처럼 달려 나가는 돈의 모습은 그의 뇌리에서 지워지지 않았다.

그는 바깥 계단을 내려가 안뜰로 들어갔다. 그리고 정문을 나와 보도로 향했다.

갑자기 디트로이트의 한 호텔 바에서 함께 술을 나눴던 캐런 시스코의 모습이 그의 머릿속에 떠올랐다. 테이블에 홀로 앉아 있는 모습. 캐런은 엘리베이터 안에서 깜빡이는 숫자판을 올려다보며 말했다. "서둘러요. 네? 이러다 바지가 다 젖겠다고요." 엘리베이터를 내려온 그녀는 복도를 내달려 자신의 방으로 향했다. 그녀를 따라잡은 폴리가 말했다. "꼭 남자처럼 뛰는군요." 그녀는 카드키를 꺼내 방문에 붙은 슬롯에 꽂으며 그를 돌아보았다. "내가 소녀처럼 뭘 할 수 있는지 보면 더 놀랄걸요."

돈이 집으로 들어온 후 처음으로 캐런 생각이 떠오른 순간이었다.

ㅋㅋㅋ

　폴리에게는 시간이 별로 없었다. 십 초 후면 티코가 도착할 것이다. 그는 운하를 등지고 서 있다가 티코가 자신을 스쳐지나갈 때까지 기다렸다. 그리고 타이밍에 맞춰 엷은 자주색 두건을 두른 남자의 어깨를 툭 밀었다. 울타리를 뚫고 경사면을 데굴데굴 굴러 내려간 티코가 폴리를 향해 다급하게 손을 뻗었다. 운하에 첨벙 빠져버린 그가 잠시 허우적대다가 허리 높이 물속에서 천천히 몸을 일으켰.
　폴리는 낮은 울타리를 넘어 들어가 벗어 쥔 두건으로 얼굴을 훔치는 티코를 지켜보았다. 티코가 폴리를 올려다보았다.
　"코스타리카에 대해 물어볼 게 있어. 난 그곳 인력 시장 상황에 대해 관심이 있거든. 아니, 관심이 있는 게 아니라 아주 궁금해. 일할 필요가 없는데 일자리를 찾는 사람은 없잖아. 안 그래? 난 그곳에 집을 짓는 데 들어가는 비용을 알고 싶어. 지리적 질문도 몇 개 있고. 혹시 화산 폭발 때문에 늘 불안해해야 하는 거 아니야? 활화산을 관광지로 만들어놓았다지? 그리고 그곳 최고의 해변이 어딘지도 궁금해. 태평양 쪽인가? 아무래도 그쪽이 더 북적일 것 같은데."
　폴리가 말했다.
　"내가 거기 출신인 줄 알아?"
　티코가 물에 잠긴 채 서서 말했다.
　"네가 티코잖아. 아니야? 그곳 땅을 사서 집을 지으면 문제가 생길 수도 있다고 들었어. 옥수수를 재배하고 사는 불법 점거자들 때문에 말이야."
　"프레카이스타. 그렇게 불리는 사람들이야. 그들이 당신 땅에 들어오면 변호사를 선임하면 돼. 하지만 불법 점거자들 대부분은 농부야. 코스타리카엔 외국인이 아주 많다고. 그들은 주로 해변이나 산에 들어가 살고 있어. 정말 거기로 갈 생각이야?"

"진지하게 생각 중이야. 은퇴 후에 내려갈까 해."

"은행 터는 일을 그만두면 말이지?"

그는 폴리에게 자신이 얼마나 쿨한지를 보여주려 하고 있었다.

"몇 년 살다 나왔지?"

"가석방 없이 삼 년."

"터프가이인 척하다가 잡혀 들어간 거지?"

"그들이 관심조차 보이지 않았던 살인 사건 때문이었어. 다행히 과실치사로 혐의가 축소됐지. 하긴, 나조차도 크게 신경 쓰지 않았던 사건이었어. 특히 그 '치사'라는 부분 말이야. 난 그 자식을 칼로 해치우지 않았어. 그냥 머리에 총을 한 방 갈겼을 뿐이라고."

"그의 돈을 강탈한 후에 말이지?"

"그 자식은 날 무시했어."

"이렇게 서로 얼굴을 익혔으니 안으로 들어가서 얘기하는 게 어때? 술이나 한 잔씩 하면서 루 애덤스에 대해 얘길 해보자고."

티코는 경사면을 뒤덮은 풀을 살피며 발 디딜 곳을 찾아보기 시작했다. 그가 다시 폴리에게 손을 뻗어 도움을 요청했다. 폴리는 그에게 혼자 알아서 올라오라고 했다.

"왜 날 떠민 거지?"

"그런 질문을 할 줄 알았어. 특별한 이유는 없었어. 그냥 순간적인 충동 때문이었을 뿐이야. 넌 그 허세꾼이랑 같이 일하고 있지? 루 애덤스 말이야."

"당신이 무슨 말을 하려는 건지 알 것 같군."

폴리는 속으로 중얼거렸다. 그래. 네 추측이 맞았어. 하지만 그를 신뢰해선 안 돼. 그가 무슨 말을 지껄여대든. 다 거짓말이니까. 축축한 셔츠 차림으로 앉혀놓는 거야. 타월을 가져다 줘도 좋겠지. 아니야. 아무것도 내놓지 마. 폴리는 운하 가장자리로 다가가 한 손을 내밀었다. 그리고 술은 어떤 걸로 하겠는지 물었다.

↘ ↘ ↘

티코는 상관없다고 했다.

그는 은행 강도가 어떤 술을 가져올지 궁금했다. 보나마나 미국산 맥주일 거라 생각했다. 하지만 그가 안뜰 테이블로 가져온 것은 잭 다니엘 한 병과 얼음이 담긴 접시였다. 은행 강도는 티코에게 이른 시간이라 부담스러우면 올드 넘버 7을 치우겠다고 했다. 티코는 위스키 병에 붙은 "올드 넘버 7"이라는 라벨을 보고 나서야 그가 무슨 말을 하는지 이해할 수 있었다. 은행 강도가 작은 잔에 술을 따르며 말했다.

"루 애덤스에 대해 얘기해 봐. 그 친구 미친 거 맞지?"

"조금."

티코가 말했다. 그는 샤워 매시를 홀짝이고 나서 자신의 잔을 다시 채워주는 은행 강도를 지켜보았다.

"그는 내가 출소하고 나서 한 달 안에 또 다른 은행을 털 거라고 장담했어. 전부인으로부터 들었지. 난 그녀에게 그와 내기를 했느냐고 물었어. 그랬더니 그녀가 뭐라고 했는지 알아? '그럴 수 없었어요.' 그래서 내가 그랬지. '당신이 아직 날 사랑하는 줄 알았는데.' 너도 쿤도 레이가 누군지 알고 있지? 이 집 주인 말이야."

"들어본 적 있어. 아직도 수감 중이지?"

"다음 주면 출소야. 그는 내가 앞으로도 은행을 털고 다닐 거라고 했어. 내가 할 줄 아는 건 그것밖에 없다면서 말이야."

티코는 은행 강도에 대한 경계를 조금씩 풀어나갔다.

"루 애덤스는 삼십 일 안에 당신을 체포하고 명예롭게 은퇴하겠다고 했어."

"다음에 그를 만나게 되면 과연 그렇게 할 수 있을지 나랑 내기하자고 전해 줘. 지금부터 삼십 일. 100달러를 걸지. 이 문제에 대해 할 말이 있으면 날 보러 오라고 해."

폴리는 담배를 꺼내 물고 불을 붙였다. 테이블에는 티코의 젖은 담뱃갑이 놓여 있었다. 폴리는 자신의 담뱃갑을 그의 앞으로 밀어냈다. 티코는 담뱃갑을 집어들고 라벨을 읽었다.

"버지니아 슬림, 라이트, 멘톨? 이런 걸 피우나?"

"슬림이 어때서?"

"그냥 좀 웃겨서 말이야."

"돈이 피우는 거야. 아까 보니까 다리에서 그녀랑 얘길 하던데. 그녀는 어디로 갔지?"

"자기 집으로. 어떤 남자 코트를 걸치고 있던데."

티코가 말했다. 그는 폴리의 반응을 기다렸다.

"루 애덤스에게 걸려들기 전부터 그녀를 알았었어?"

"그녀를 안 지 한 달쯤 됐어. 소문만 들어오다가 베니스 부두에서 산책하고 있던 그녀를 처음 만났었지. 그래, 아까 만나서 대화를 나눴어."

"점을 봐주던가?"

"내 손을 잡고 나에 대해 들려주더군. 내가 뭘 좋아하는지. 내 과거 이야기도 들려줬고……."

"내가 차를 몰고 로터리 은행을 그냥 지나쳐 가버린다면?"

폴리가 말했다.

"응?"

티코가 말했다. 그는 은행 강도가 돈 나바로에 대해 별 흥미를 보이지 않고 있다는 사실에 흠칫 놀랐다.

"당신이 폭스바겐에 오르는 순간 난 루 애덤스에게 전화를 걸어 알릴 거야."

"아무도 날 못 봤다면?"

"영 보이즈 유나이티드 놈들이 사방에 널려 있어. 베니스 대로와 델 가에도 진을 치고 있고. 차를 몰고 운하를 빠져 나오면 반드시 그곳을 지나게 돼 있거든. 그건 그렇고, 왜 그가 당신을 못 잡아먹어 안달인 거지?"

"그건 그가 설명해 줄 거야. 날 잡아 가두는 게 자기 임무이기 때문이겠지. 하지만 감시팀을 운영하려면 돈이 많이 들 텐데. 너랑 네 친구들에게 보수를 줄 만큼 형편이 넉넉한 사람도 아니잖아."

"자길 돕지 않으면 날 추방하겠대."

"단지 그 이유 때문이야?"

"못 믿겠어?"

"분명 다른 이유가 또 있을 거야. 그게 아니면 넌 그냥 그를 무시해 버렸겠지. 루가 보수를 챙겨주지 못하면 분명 감시 체계 어딘가에 빈틈이 있을 거야. 어쩌면 이 집이 바로 그 빈틈인지도 모르고. 하지만 그가 날 체포해 갈 때까지 넌 여길 쳐들어오지 못할 거야. 그는 날 원하지만 네가 원하는 것에 대해선 아무 신경도 안 쓸 거라고."

"당신이 날 얼마나 잘 안다고 그런 소릴 하지? 내가 뭘 원하는지 알긴 해?"

"당연히 돈을 원하겠지. 교도소에서 너 같은 놈들을 수천 명 봤었다고. 네가 알고 싶어 하는 건 한탕거리가 어디 있는지, 그걸로 얼마나 챙길 수 있는지뿐이잖아."

"루 애덤스가 내게 줄 돈이 없어서 나중에 여길 털 수 있는 기회를 줄 거라는 거야? 널 체포한 후에?"

티코가 말했다. 그가 다시 술을 홀짝였다. 은행 강도와의 술자리를 은근히 즐기고 있는 눈치였다. 그가 말했다.

"당신 보스, 쿤도 레이는? 그와는 어떻게 얘기가 돼 있지?"

"내가 그 친구 밑에서 일하고 있다고 생각하는 거야?"

"루 애덤스는 쿤도가 대준 돈 때문에 당신이 풀려났다고 했어. 변호사 수수료까지 대줬다고 하던데. 그는 당신이 쿤도 레이에게 큰 빚을 지고 있고, 그래서 그가 시키는 대로 뭐든 할 거라고 했어."

"그 말을 믿어?"

"이백 곳도 넘는 은행을 턴 강도라면 누구 밑에 들어가 일할 이유가 없겠지. 정확히 몇 군데나 털었는지 가르쳐줄 수 있어?"

"백스물일곱."

"같은 곳을 두 번 이상 턴 적도 있고?"

"몇 곳 있지. 언젠가 로스앤젤레스의 한 은행을 털러 들어갔다가 예전에 한 번 왔던 곳이라는 사실을 깨달았어. 카운터 앞에 다가가 섰는데 금전 출납계원의 얼굴이 눈에 익더라고. 예쁘장한 흑인 여직원이었지. 카운터엔 그녀의 명판이 붙어 있었어. 그녀도 날 알아보는 눈치더군. 내가 말했어. '모니크, 난 그냥 20달러 지폐를 잔돈으로 교환하러 왔을 뿐이에요.'"

"정말 그랬어?"

"아무 부드러운 음성으로. '모니크……?'"

"그녀가 뭐라고 했지?"

"아무 말도 안 했어. 그냥 조용히 100달러와 50달러 지폐 다발들을 카운터에 쌓기 시작하더군. 나랑 눈도 맞추지 않은 채로 말이야. 그녀가 내 말을 이해하지 못했던 건지, 아니면 경보기 버튼을 누르고 날 카운터에 붙잡아두기 위해 돈을 꺼냈던 건지, 둘 중 하나였겠지."

"그래서 돈을 챙겼어?"

"왠지 그래야 할 것 같았어. 돈다발이 은행 띠로 묶여 있어서 주머니에 쑤셔 넣기도 편하더군. 내가 말했어. '잔돈이 좀 필요했는데 고마워요, 모니크.'"

"그 말 듣고 그녀가 웃지 않았어?"

"날 똑바로 쳐다보지도 못했다니까. 난 그녀의 손을 가볍게 토닥여줬어."

"굉장히 흥분했겠군."

"난 정문으로 향하면서 카운터를 돌아봤어. 그제야 그녀가 날 지켜보고 있더군. 그녀는 차분해 보였어. 비명을 지르거나 난리를 부리지도 않았고. 그때 그녈 보면서 내가 무슨 생각을 했는지 알아? 왠지 그녀가 내게 손을 흔들어줄 것만 같았어. 하지만 끝내 손을 올리지 않더군. 난 5,250달러를 챙겨들고 은행을 나왔어. 고마워, 모니크. 하지만 그 상황을 어떻게 설명해야 하지? 내가 훔친 건가? 그녀가 선물한 게 아니고? 난 아직도 그걸 어떻게 받아들여야 할지 모르겠어."

"정말 쿨한 일인데. 백스물일곱 개 은행을 털었다는 사실 자체도 쿨하지만. 당신에게 경의를 표하고 싶을 정도야. 내가 태어나서 지금까지 턴 은행이 몇 곳인지 알아? 셋. 달랑 세 곳 털었을 뿐이야."

"지금부턴 따분해질 거야."

"당신도 그랬나?"

"따분하지만 그럴 때일수록 눈을 더 크게 떠야 해."

이제 그는 코스타리카에 대해 얘기하기 시작했다.

"여건만 된다면 내일 당장이라도 거기 내려가겠다고 나설 미국인이 얼마나 많을 것 같아? 아마 백만 명은 넘을걸. 대체 왜 넌 약속의 땅을 떠나 이곳으로 왔지?"

"산호세는 로스앤젤레스가 아니야. 누구라도 거길 떠나려고 안달들이라고."

"여기서 사는 데 문젠 없고?"

"그럭저럭 사는 거지 뭐. 당신도 알잖아."

"나랑 바꿔볼래? 난 그동안 코스타리카에 대한 책을 많이 읽어왔어. 더 이상 혁명도 없고, 군대도 없다던데. 중앙아메리카의 스위스라고나 할까."

ㅋㅋㅋ

"살긴 좋은 곳이지. 돈만 충분히 있다면. 여기서 넉넉히 살았다면 거기서 큰 집과 하인들을 누리면서 살 수 있어. 왜? 돈 좀 벌고 나서 내려가게?"

은행 강도가 버지니아 슬림을 피우며 미소를 지었다.

"하지만 너무 따분해서 더 이상 은행을 털지 않을 거라며? 그럼 돈은 어떻게 모을 작정이지?"

은행 강도가 어깨를 으쓱이며 잔을 집어들고 술을 한 모금 넘겼다.

"내가 무슨 꿍꿍이속인지 궁금하지?"

"이렇게 은행 강도끼리 만나 여유롭게 대화를 나누는 것도 나쁘지 않은데."

티코가 말했다. 그는 잭 폴리도 같은 기분일지 궁금했다.

폴리는 아주 잠깐 미소를 흘렸을 뿐 별 반응을 보이지 않았다.

"우린 같은 처지야. 그것만 알고 있으면 돼."

"그래. 출소한 지 얼마나 됐다고 벌써부터 한탕거리를 찾고 있는 것도 똑같고. 어쩌면 당신 친구, 쿤도 레이는 당신을 위해 뭔가 준비해 둔 게 있을지도 몰라."

"난 출소한 지 얼마 안 됐어. 게다가 널 알게 된 것도 삼십 분이 안 됐고."

"그래서?"

"내 계획을 들려주기엔 아직 너무 이르다는 거지. 내가 너에 대해 아는 거라고는 말이야, 티코. 네가 허풍쟁이라는 사실뿐이야. 그것도 아주 노련한 허풍쟁이. 넌 한 번도 은행을 털어본 적이 없지? 안 그래?"

"꼭 한번 해보고 싶었어. 이런 갈망은 그냥 무시해 버려도 돼?"

티코가 순진해 보이는 표정을 지었다.

"나한텐 아무 의미도 없어. 말만으로는 내 신뢰를 얻을 수 없다고. 하지만 들어보니 돈 나바로와는 꽤 가까운 사이 같군."

"가까운 사이는 맞아."

"돈이 너에 대해 좋은 얘길 많이 하던데. 그래서 한번 만나봐야겠다 생각했지."

폴리가 말했다. 그가 턱으로 운하를 가리켰다.

티코가 운하 쪽으로 시선을 돌렸다. 운하 반대편에서 낮은 울타리를 따라 인도교로 다가오고 있는 돈의 모습이 보였다. 그녀는 셔츠와 청바지 차림이었고 팔에는 흐느적거리는 코트가 걸쳐져 있었다. 티코가 말했다.

"아, 이젠 내 주장이 맞는지 확인해 보려고? 그녀에게 우리가 친구가 맞는지 물어볼 거지? 내가 그녀와 그렇고 그런 사이가 맞는지 말이야. 하지만 우린 그런 사이가 아니었어."

"흥분하지 마, 티코."

폴리가 말했다.

# 12

정문으로 들어온 돈이 말했다.

"일찍부터 술판을 벌였군요. 난 커피 먼저 마셨으면 하는데."

"그가 전화를 해왔나요?"

폴리가 말했다.

"지금까지 그와 통화했어요. 내가 어디 갔었는지 설명해 줬죠."

"그가 걱정을 많이 했을 겁니다."

"커다란 밀짚 해변 모자를 찾아야 해요. 랄프스에 다녀와야 하거든요. 그에게 쇼핑을 해놓겠다고 했어요."

"이번에도 성녀처럼 살고 있는지 묻던가요?"

"오늘은 아니에요. 가서 컵을 가져올게요. 참, 난 티코의 과거를 들여다봤어요. 전생을 알아본 거죠."

돈이 티코를 돌아보았다.

"내 안내 정령이 천육백 년 전의 당신을 알았던 영혼을 불러냈어요. 상상이 되는진 모르겠지만. 다녀올게요."

돈이 말했다.

"들었지? 허풍이 아니라니까. 돈은 내 전생을 알아봐주려 했어. 천육백 년 전에 내가 누구였는지를."

티코가 말했다.

"어딜 봐야 할지 그녀가 어떻게 알아?"

"안내 정령이 도와준다잖아. 당신 과거는 안 봐줬어?"

"1963년 이전의 과거는 보이지 않는다더군. 처음엔 내가 잭 케네디였는지도 모른다고 했어. 가끔 내 허리가 말썽인 걸 맞추면서 말이지. 하지만 내가 전생에 미국 대통령이었는지는 모르겠다고 했어."

"하지만 정말 대통령이었는지도 모르잖아. 안 그래?"

"그랬는지도 모르지."

폴리가 말했다.

"그녀는 내가 전생에 과테말라의 마야인이었다고 했어. 난 그녀에게 코스타리카에서 왔다고 했지. 그녀는 그 정도면 거의 맞춘 걸로 봐야 하지 않느냐고 하더군. 아무튼 당시 내 이름을 알지 못해 과거를 좀 더 자세히 들여다보지 못했대."

티코가 말했다. 그는 불안해하는 표정을 짓고 있었다.

"하지만 왠지 그녀가 곧 내 궁금증을 속 시원히 풀어줄 것만 같아."

그들은 슬림을 뻐끔대고, 위스키를 홀짝이며 돈 나바로를 기다렸다. 커피잔을 컨 채 나타난 그녀가 안뜰 테이블로 다가와 빈자리에 앉았다. 그녀가 말했다.

"오, 내 슬림 한 대 피울래요?"

그녀가 순진한 표정을 지어 보였다. 티코는 이미 피웠다고 했다. 장난인 걸 모르나 보군. 아직도 이 여자가 어떤 사람인지 모르는 모양이야. 폴리는 생각했다. 방해꾼들만 아니었다면 그들은 아직도 알몸으로 침대에서 뒹굴고 있었을 것이다. 그녀가 티코에게 말했다.

"당신은 마야 고전기, 그러니까 400년 전후에 살았던 것 같아요. 당신은 신왕의 아들이에요. '불이 태어나다'의 아들. 정말이에요. 그게 그의 이름이에요. 불이 태어나다. 티코, 당신의 이름은 '창 던지는 재규어'였어요.

아주 유명한 전사였죠."

"창 던지는 재규어."

티코가 고개를 끄덕이며 말했다.

"당신 여자친구는 신전으로 끌려갔어요. 신에게 제물로 바쳐지게 됐죠. 그들은 그녀의 미모에 깜짝 놀라게 될 거예요. 하지만 당신이 대신 제물이 되겠다면 그녀를 구할 수 있어요. 그녀 대신 당신 심장을 내놓을 수 있다면 말이에요."

"그녀 이름은 뭔데요?"

폴리가 물었다.

뜻밖의 질문에 돈이 머뭇거렸다. 그녀는 잽싸게 머리를 굴려대기 시작했다.

"이건 어때요? 창 던지는 전사의 연인."

돈은 잠시 폴리를 빤히 쳐다보았다. 그리고 다시 상황 정리에 들어갔다. 그녀가 말했다.

"내가 어떤 영혼과 접촉해 봤는지 알아요? 창 던지는 재규어의 여자친구의 영혼이었어요. 반대편 사람들은 그녀를 하트라고 부르죠. 본명은 무자비한 처녀. 그녀에게 벌어진 일들을 생각하면 그게 얼마나 적절한 이름인지 알 수 있겠죠. 그녀는 죽어서 안내 정령이 됐어요. 티코, 그녀는 당신을 겁쟁이라고 불렀어요. 사실 당신이 제물로 바쳐질 가능성은 제로에 가까웠거든요. 당신은 불이 태어나다의 아들이에요. 유명하고, 용감하고, 잘생긴 전사죠. 특히 깃털과 각종 장신구들을 붙여놓은 머리 장식물은 당신의 위엄을 몇 배 높여주는 역할을 해요. 하트는 그 머리 장식물이 굉장히 무겁다고 했어요. 그것 때문에 목에 이상이 생겼다더군요. 아무튼 당신은 자신의 목숨을 구하기 위해 하트가 제물로 바쳐지는 걸 지켜봤어요. 그녀를 대신해 제물로 나서지 않은 게 후회되지 않나요, 티코?"

"그러니까 내 여자친구가 처녀였다는 말이죠? 내가 그녀랑 얼마나 오래 사귄 거죠? 하루? 이틀? 그럴 대신해 날 희생시키기엔 그녀를 너무 몰랐을 겁니다."

티코가 말했다.

"그녀를 구할 마음이 전혀 없단 말인가요?"

"그녀를 잘 알지도 못하는데요. 뭐 얼굴 한 번 보고 나면 생각이 바뀔지도 모르죠."

"하트가 그러더군요. 당신이 올바른 선택을 하지 않자 신은 진노했고, 당신을 벌레로 환생시켜 버렸다고 말이에요. 그래서 당신의 전생을 들여다보는 데 애로가 있었던 거예요."

돈이 말했다.

"그녀가 정확히 어떤 벌레였다고 얘기하지 않던가요?"

폴리가 말했다.

"그런 얘긴 없었어요. 그냥 티코가 죽고 나서 벌레로 환생했다고만 했어요. 스스로 속죄하지 않으면 영원히 그 비참한 운명에서 헤어날 수 없을 거라고도 했고요."

돈이 그의 시선을 피하며 말했다.

"속죄를 어떻게 해야 하는데요?"

"누군가를 살리기 위해 자신의 목숨을 내놓아야 한다나요."

돈이 티코를 돌아보며 말했다.

"정말요?"

티코가 말했다.

"때가 오면 알 거예요. 당신이 지금보다 나은 삶을 살 수 있는 유일한 방법이에요."

"아, 어렵군요."

"집에 가서 생각해 봐요. 영영 벌레로 살 것인지."

"파리채로 맞든지, 짓밟히든지."

티코는 혼란스러워하고 있었다. 그는 돌아가서 무슨 생각을 해야 할지 모르겠다고 했다. 돈은 마음을 비우고 채널을 열어놓으라고 조언했다. 생각을 완전히 비웠을 때야 비로소 안내 정령과의 접촉이 이루어질 수 있을 거라고.

폴리가 말했다.

"어쩌면 네 여자친구, 무자비한 처녀가 직접 찾아올지도 몰라."

티코가 돌아가자 폴리가 다시 입을 열었다.

"어차피 당신이 얘기해 주기 전까진 자기가 벌레였다는 걸 몰랐을 텐데 그걸 굳이 들려줄 필요가 있었습니까?"

"분위기에 휩쓸렸어요."

"난 당신이 일부러 그를 속이려는 줄 알았어요."

"내가 왜요?"

"글쎄요. 그럼 그를 이용해 먹을 수도 있을 테니까요."

"내가 그 얘길 지어냈다는 걸 알잖아요. 가서 샤워할래요?"

돈이 그를 돌아보며 말했다.

ㄱㄱㄱ

그녀와 함께 비누거품을 뒤집어쓴 폴리가 말했다.

"잊지 말아요. 그림 속 당신의 몸에 수영복을 그려 넣어야 해요."

돈은 리틀 지미가 알아서 해놓을 거라고 했다.

"그가 작업을 마치고 나서 그림을 가져갔어요."

폴리는 아예 물감을 사와서 여기저기 찍어 바르는 게 나을지도 모르겠다고 했다. 그리고 그녀에게 무슨 색이 좋겠는지 물었다.

돈이 말했다.

"음…… 검은색?"

그녀가 번들거리는 팔을 그의 목에 걸쳤다. 그녀는 그의 입에 키스하며 그건 지미에게 물어보는 게 좋겠다고 했다. 그녀가 말했다.

"준비됐어요?"

그녀가 멈칫했다.

"잭, 샤워하면서 신발은 왜 신고 있죠?"

ㅋㅋㅋ

그들은 타월만 두른 채로 침대에 누워 있었다.

돈이 말했다.

"당신에게 쿤도가 전화로 한 말을 들려주려고 했었어요. 하지만 그 얘길 했다간 이렇게 오붓한 샤워는 포기해야 할 것 같았어요. 그들은 그를 일주일 일찍 출소시키기로 했대요. 그는 금요일에 도착할 거예요. 모레에."

"그런데 그 친구는 왜 내게 아무 말도 안 했을까요? 아까 나랑 통화했을 때 말입니다. 난 그를 붙잡아놓느라고 별의별 수작을 다 부렸어요. 당신이 내 69달러짜리 드립 드라이 스포츠 코트만 걸치고 집으로 돌아갈 때까지 시간을 끌었다고요. 그런데 왜 내게 일찍 풀려난다는 얘길 안 했는지 모르겠군요."

"조금 취한 것 같군요. 안 그런가요?"

"아깐 좀 그랬죠."

"잭, 우리에겐 사십팔 시간밖에 남지 않았어요. 뭔가 새롭고 미친 짓을 꾸며봐야 한다고요. 내가 당신 위에 올라타는 것처럼 말이에요."

"내게 귀띔해 주지 않은 이유가 있을 겁니다."

"내게 먼저 알려주고 싶었겠죠. 그는 당신을 좋아해요, 잭, 하지만 당신과 함께 침대 위를 뒹굴진 않는다고요. 그의 출소가 앞당겨졌다면 우리도 빨리 일을 마치고 떠나야죠."

일.

폴리는 눈을 감았다.

우리도 빨리 일을 마치고? 그 일이 뭔데? 어떻게 마칠 건데? 은행을 털러 가는 것도 아니잖아. 우리가 아니라 너야. 복잡할 거 없어. 일이 어떻게 진행돼 가는지 알고 있긴 한 거야? 네가 지금 무슨 짓을 하고 있는지 아느냐고. 누가 누구인지도 다 알아? 최소한 기본적인 건 알고 있어야 하잖아. 우리도 일을 빨리 마치고. 그녀는 왜 손톱을 깨물지 않는 거지? 대체 창 던지는 재규어, 티코는 왜 끌어들이려는 거지? 왜 쿤도는 예정보다 일찍 출소한다는 걸 알려주지 않은 거지? 왜 흥분하면서 친구인 내게 제일 먼저 알려주지 않은 거지? 어째서 처음 만난 이 여자와 일 얘기를 나눴을 때 이상한 낌새를 눈치 채지 못했던 거지? 왜 좀 더 정신을 똑바로 차리지 못했던 거냐고. 눈을 믿어선 안 돼. 보이는 게 전부가 아니야.

그가 눈을 떴다.

돈은 담배를 피우고 있었다.

"공항으로 그를 마중 나가야 하나요?"

"글레이즈의 친구가 알아서 한대요. 로스앤젤레스에 사는 사람인데 그가 쿤도를 여기까지 태워줄 거라고 했어요."

"글레이즈엔 그의 친구가 없습니다."

"아무튼 누군가가 우리 부담을 줄여준다니 다행이죠."

그녀가 담배를 문 채 그를 돌아보았다. 폴리의 입에서 긴 담배연기가 뿜어져 나왔다.

"좀 더 쉴래요?"

## 13

폴리는 리틀 지미에게 전화를 걸어 쿤도가 도착하기 전에 문제의 그림을 고쳐놓으라고 했다. 침실로 들어온 그는 벽에 걸린 알몸의 돈을 들여다보고 있었다.

"내가 여기 들어온 날부터 침실에 걸려 있었습니다."

폴리가 말했다.

리틀 지미는 서두를 거 없다고 했다. 어차피 쿤도의 출소날까지는 일주일이나 남아 있으니까.

"내일 도착할 겁니다. 출소날이 앞당겨졌어요."

그 말에 지미가 깜짝 놀랐다. 그는 왜 아무도 그 얘기를 해주지 않았느냐고 했다.

"한 삼 분이면 충분하겠죠? 그냥 대충 덧칠만 할 거라면 일 분이면 끝날 겁니다. 뭐 원한다면 원피스 수영복을 근사하게 그려 넣어도 좋고요."

리틀 지미는 폴리에게 지금 빌어먹을 수영복 얘기나 하고 있을 때가 아니라고 했다. 그는 왜 아무도 쿤도가 일찍 출소한다는 사실을 알려주지 않았느냐고 물었다.

"내가 그쪽으로 갈게요. 사무실 구경이나 시켜줘요. 당신이 무슨 일을 하며 사는지 보여달라고요."

폴리가 말했다.

ㄱㄱㄱ

 십 년 전, 쿤도는 지미에게 윈드워드의 3층 건물을 사들여 필요한 부분을 수리해 놓으라고 지시했다. 그 건물은 해변으로부터 한 블록 떨어진 곳에 자리하고 있었다. 한때 그 건물은 유스 호스텔이었다. 지미는 그곳 벽을 전부 부수고 모든 걸 새로 꾸며놓았다. 2층에는 그의 사무실이, 3층에는 그의 아파트가 자리하게 됐다. 널찍한 그의 아파트는 아르데코(1920~30년대를 풍미했던 장식미술―옮긴이) 양식으로 꾸며져 있었다. 다양한 색상, 그리고 둥근 모서리들. 3층에는 조로를 위한 방까지 마련돼 있었다. 그는 그곳에 살며 지미의 하인 노릇을 톡톡히 했다. 1층에는 정면에 세련된 빨간색과 흰색 줄무늬 차양을 단, 대니스 베니스라는 카페가 들어와 있었다. 지미는 그곳에서 매일 점심을 해결했다.

 폴리는 지미가 기다리고 있는 2층으로 올라갔다. 그는 옅은 회색 페인트로 칠해진 자신의 사무실로 폴리를 안내했다. 그 어디에도 정신을 사납게 하는 색상이 보이지 않았다. 두 개의 벽에 걸린 베니스 해변의 사진들도 전부 흑백이었다. 산책로를 거니는 관광객들, 거리의 연주자들, 드러머들, 부랑자들. 지미의 대리석 책상 뒤편의 벽에는 아무것도 걸려 있지 않았다. 그저 못이 만들어놓은 구멍 몇 개만이 보일 뿐이었다.

 "돈의 그림을 걸어두었던 자리죠? 어깨너머로 흘끔흘끔 돌아봤겠군요."

 폴리가 말했다.

 와이셔츠 차림의 리틀 지미가 검은색 벨벳 의자로 다가가 앉았다. 접은 소매에는 검은색 보석이 붙어 있었다. 그가 말했다.

 "그녀는 내 인생에서 벗어난 지 오랩니다. 이제 그녀와는 아무 연결고리도 남지 않았습니다. 그가 곧 출소한다고 하니 정리를 확실히 해둬야죠.

안 그렇습니까? 난 그녀에게 매달 정해진 돈을 내주기만 하면 됩니다. 그녀 그림은 가져가서 없애버려요."

"그는 이미 그림에 대해 알고 있습니다."

"당신이 얘기했나요?"

"그림 속에서 그녀가 수영복을 걸치고 있다고 했습니다."

"맙소사. 내겐 물감이 없습니다. 빨리 가서 사와야겠군요. 이따 집으로 가져가겠습니다."

"그녀는 정숙한 분위기가 풍겼으면 좋겠다고 했어요. 물론 가능하다면."

지미가 자리에서 벌떡 일어났다. 뭘 해야 할지 몰라 잠시 주춤하던 그는 대리석 책상 끝으로 다가갔다. 책상에는 아무것도 놓여 있지 않았다.

"쿤도가 어제 아침에 전화를 걸어왔습니다. 난 침대에서 자고 있었죠. 그가 이러더군요. '차를 도난당했다고?' 난 그에게 그게 무슨 소리냐고 물었습니다. 차는 건물 뒤에 얌전히 세워져 있었거든요. 조로도 항상 지켜보고 있고. 그가 말했어요. '오, 그래? 다시 가서 봐.' 난 아래층으로 내려가 봤어요. 빌어먹을 차가 사라졌더군요. 내가 자고 있을 때 누군가가 훔쳐간 겁니다. 내 벤틀리를 말입니다. 조로는 아무 소리 못 들었다며 고개를 젓더군요. 난 쿤도에게 어떻게 된 일이냐고 물었습니다. 그는 20만 달러만 내면 차를 가져올 수 있다고 했어요. 그가 이러더군요. '네 계좌에서 가져와야 해. 리오스 & 레이 투자회사나 스포츠 도박 계좌에서 말고.' 그의 지시에 따라 관리되는 다른 계좌도 안 된다고 했습니다. 교도관들에게 뇌물 줄 때 쓰는 계좌 말이죠."

"당신이 그의 돈을 횡령해 왔다는 걸 알게 된 모양이군요."

"난 그에게 20만 달러를 마련할 길이 없다고 했습니다. 그는 앞으로 일 년간 보수를 주지 않겠다더군요."

"그 정도로 끝내겠다니 다행이네요. 당신이 아직 쓸모 있는 모양입니다."

"또 한 번 그랬다가는 다른 장부계원을 찾아보겠답니다. 맙소사, 내가 부동산과 투자회사만 관리하는 줄 아는 모양입니다. 번호 계정 관리만으로도 벅차 죽겠는데. 그는 그런 일들에 대해 아는 게 거의 없습니다."

"내가 얘기했죠? 쿤도는 바보가 아닙니다. 계산엔 좀 약하지만 계정 잔액에 대해선 아주 빠삭하죠. 대체 횡령은 언제부터 해온 겁니까?"

"가끔 손을 댔을 뿐이에요. 액수도 많지 않았습니다."

"이번엔 액수가 좀 컸던 것 같은데요. 누군가가 그에게 일러바친 걸 보니."

폴리는 의자에 앉아 담배에 불을 붙였다. 지미는 대리석 책상의 서랍에서 재떨이를 꺼내 건넸다.

"그 친구를 의심해 보진 않았습니까?"

"그게 무슨 소립니까?"

"조로가 당신 차를 슬쩍하진 않았을까요?"

"이게 웃깁니까? 이 일 때문에 난 죽을 수도 있단 말입니다."

"당신 상황을 두 가지로 정리할 수 있습니다. 쿤도는 당신을 좋아합니다, 지미. 그래서 좋을 때나 나쁠 때나 당신을 항상 곁에 두었던 거죠."

"그는 무척 언짢아 할 겁니다. 이성을 잃고 말 거예요. 그건 마약 사업을 벌였을 때 일이었습니다. 그는 흥분을 가라앉히는 데 날 이용할 거예요. 콤비나도 델 에스테에서도, 라 유마에 처음 왔을 때도 그는 날 그렇게 이용했어요."

"이제 그 일은 돈 나바로가 해줄 겁니다. 당신은 그를 위해 일만 하면 됩니다. 그의 격노가 두렵다면 허튼 수작 부리지 말아요. 당신이 다시 그의 돈에 손을 댔다가는……."

"두 번 다시 그런 일 없을 거라고 약속했습니다."

"아니면, 다른 방법으로 그를 엿 먹인다면……."

"그가 날 가만두지 않겠죠."

"그는 당신을 너무 좋아해요. 당신을 죽이거나 하진 않을 겁니다, 지미. 차문으로 당신 손가락을 찍어버릴 순 있겠지만요. 왼손을 말입니다. 그래야 멀쩡한 오른손으로 계산기를 두드릴 수 있을 테니까요."

폴리가 말했다.

"맙소사……."

"아니면 호세 칸세코(메이저리그에서 활약했던 강타자―옮긴이)의 방망이로 당신 다리를 부러뜨리거나요. 그는 인정하지 않겠지만 당신을 필요로 한다는 건 분명합니다. 그의 노예로 살아도 좋다면 계속 곁에 남아 그의 거만함을 견디면 되겠죠. 지미, 이번엔 다른 각도에서 한 번 볼까요? 모든 계좌에서 현금화시킬 수 있는 돈을 수표로 써서 코스타리카의 은행에 입금시키는 겁니다. 내가 그곳 수도, 산호세에 있는 은행 이름을 가르쳐줄게요. 그리고 온라인으로 돈을 보내는 방법도. 아니면, 그냥 내 계좌로 보내요. 내가 대신 보관해 줄 테니까. 태평양 연안에 봐둔 곳이 있어요. 곧 내려가게 될 것 같습니다."

"온라인으로 이체하는 법은 알고 있습니다."

"어떤 계좌에서 슬쩍한 돈으로 벤틀리를 샀습니까?"

"뇌물로 찔러줄 돈을 관리하는 계좌였습니다. 난 지시에 따라 그 돈을 다른 계좌들로 이체시켜 왔죠."

지미가 책상 뒤 의자로 돌아갔다. 하지만 앉지는 않았다.

"우리가 같이 술을 마실 때 당신이 그랬죠. 내가 그의 처사에 큰 불만을 품고 있는 것 같다고 말입니다. 왜 계좌의 돈을 전부 챙겨 달아나지 않느냐고 했었죠? 기억납니까?"

"당신이 그런다고 해도 난 당신을 탓하지 않을 겁니다."

"얼마를 원합니까?"

"내가 어떻게 이 액수를 떠올리게 됐는진 알려줄 수 없습니다. 그냥 250만 달러 이상만 챙겼으면 합니다."

"액수가 너무 큰데요."

리틀 지미가 말했다. 그가 잠시 눈을 감았다가 다시 떴다.

"네 개의 계좌를 전부 털어도 60만 달러밖에 안 될 겁니다. 잘하면 65만 달러까지 만들 순 있을 거예요."

"그게 전붑니까? 꽤 오랫동안 온갖 방법으로 돈을 벌어들였잖아요."

"수표로 쓸 수 있는 액수는 그 정도입니다."

"보통 예금 계좌는 없고요?"

"하나 있는데 그것까지 합한 액수입니다. 이봐요, 난 이미 교도소에 한 번 다녀온 사람입니다. 어떤 일이라도 불법으론 할 수 없어요. 또다시 잡혀 들어가고 싶지 않습니다."

"당신에게 불법 행위를 주문하고 있는 게 아닙니다. 그럼 합법적이지만 약간의 조작을 필요로 하는 일은 어떻습니까?"

"뭘 하든 쿤도가 알아낼 겁니다. 그는 날 죽이지 않을 거예요. 하지만 당신 말대로 야구 방망이로 내 다리를 부러뜨려놓을 겁니다."

"루이빌 슬러거(야구용품 제조 전문 업체—옮긴이)."

폴리가 말했다. 빌어먹을. 그가 담배를 재떨이에 비벼 끈 후 자리에서 일어났다.

"그럼 고치고 나서 가져올 거죠?"

"퇴근 후에요."

폴리는 지미를 빤히 쳐다보았다. 지미는 의자 등받이에 손을 얹어놓고 있었다.

"당신은 공짜로 집들을 소유하게 됐습니다. 누구에게 발목 잡힐 염려도 없고요. 그는 당신을 신뢰한다는 얘길 자주 했습니다."

"날더러 그의 집을 팔아치우라는 얘깁니까? 쿤도가 길바닥에 나앉게 될 텐데도요?"

"길바닥이 아니라 운하 바닥이겠죠. 아닙니다. 집을 팔아치우라는 얘기가 아니에요. 그걸로 융자를 받아보자는 겁니다. 아마 몇백만 달러는 타낼 수 있을걸요."

"미쳤군요."

지미가 말했다. 그는 의자에 앉아 악어가죽 구두를 신은 발을 책상에 걸쳐놓았다. 잠시 후, 다시 다리를 내린 그가 책상 앞으로 몸을 기울이며 문으로 향하는 폴리에게 말했다.

"돈을 어디에 숨겨놔야 그가 찾지 못할까요? 그 돈으로 대출금 갚았다고 둘러대면 믿어줄까요?"

"그건 당신이 알아서 해요."

폴리가 말했다. 그리고 쌩하니 밖으로 나가버렸다.

# 14

 그들은 이른 오후에 집을 바꾸었다. 폴리는 옷을 담은 흰색 집의 담요를 어깨에 메고 핑크색 집으로 갔다. 그리고 돈의 옷을 옮겨주느라 인도교를 다섯 번이나 더 오르내렸다. 그녀에게는 옷이 엄청나게 많았다. 보수적인 정장부터 헤픈 여자 스타일의 옷들까지. 그는 맵시 나는 드레스가 가득 담긴 비닐봉지를 침대에 내려놓았다. 욕실을 나온 돈은 흰색과 담홍색 기모노 차림이었다.

"그게 다예요?"

"네."

"오늘밤은 우리가 함께 보낼 수 있는 마지막 밤이에요. 이제야 당신이 확 좋아지려고 하는데."

돈이 말했다.

"그가 내일 몇 시에 도착하죠?"

돈이 손목시계를 들여다보았다.

"지금쯤 마이애미를 출발한 노스웨스트 310편을 타고 날아오는 중일 거예요. 당장 할 일도 없고, 지금 할래요, 아니면 이따 밤에 할래요?"

그녀가 미소를 지으며 말했다.

"당신 생각을 읽어주면 화낼 건가요?"

"아뇨. 말해 봐요."

"당신은 궁금해하고 있어요. 왜 지금도 하고, 이따가도 하면 안 되는지."

사실이었다. 하지만 그의 머릿속에는 또 다른 생각도 들어 있었다. 말쑥하게 차려입은 채 썰렁한 사무실에 앉아 있을 리틀 지미. 베니스의 구석구석을 담은 흑백 사진들. 닫아놓은 노트북 컴퓨터만 덩그러니 놓인 대리석 책상. 지미는 차분히 앉아 머리를 굴려대고 있을 것이다. 보나마나. 그렇게 겁이 많아서 어떻게 쿤도로부터 벗어날 수 있을지. 그에게는 격려가 필요했다. 따뜻한 격려의 말.

그를 찾아갔을 때 폴리가 말했다.

"수백만 달러를 관리하는 일을 하면서 어떻게 책상이 이토록 깨끗할 수 있습니까?"

"옆 사무실에 세 개의 모니터를 동시에 쓰는 젊은 친구가 있습니다. 뉴욕과 도쿄의 증권거래소 상황을 실시간으로 확인하죠. 막대 그래프, 도표, 스프레드시트…… 그는 스무 살입니다. 알고 싶은 게 있으면 그레고리에게 물어보면 되죠."

지미가 말했다.

"할 거예요, 안 할 거예요?"

돈이 다시 손목시계를 들여다보며 말했다.

"벌써 두 시 반이나 됐어요. 할 거면 빨리 하자고요."

돈이 침대에 놓인 옷 봉지를 끌어내렸다.

"그럼 최대한 빨리 끝내볼까요?"

"당신 좋을 대로 해요, 잭."

ㄱㄱㄱ

네 시 십 분, 쿤도는 닷지 오픈트럭을 타고 나타났다. 폴리의 예상보다 하루 빨리 도착한 것이었다. 팔 년간 떠나 있었던 집으로 돌아온 그는 빨래를 하거나 화초에 물을 주거나 차를 마시며 독서를 하는 돈의 모습을 기대했을 것이다. 어쩌면 잭 폴리와 신나게 침대 위를 뒹구는 그녀의 모습을 예상했는지도 몰랐다.

오픈트럭을 몰고 온 마이크 네시라는 남자는 체구가 컸다. 키는 193센티미터, 몸무게는 109킬로미터쯤 돼보였다. 그는 백인 우월주의자였지만, 일당 500달러에 쿤도의 경호원으로 일하게 됐다. 공항에서 쿤도는 100달러 지폐 다섯 장을 꺼내 그중 석 장을 네시에게 건넸다. 그리고 나머지 두 장은 자신의 주머니에 넣었다.

"나머지는 네가 하는 거 봐서 마저 줄 거야."

마이크 네시는 땅딸막한 쿠바인을 응시했다. 그가 말했다.

"돈이 있는 걸 확인했으니 됐어."

마이크 네시의 검은색 티셔츠 소매는 잘려 있었고, 드러난 팔뚝에는 문신들이 실룩대고 있었다. 한쪽 어깨에는 십자가, 이두근에는 피 흘리는 예수, 반대쪽 이두근에는 스와스티카(옛 독일 나치스의 어금꺾쇠 십자 표지—옮긴이). 공항을 출발해 베니스로 향하는 동안 트럭의 이중 파이프에서는 요란한 소음이 쉴 새 없이 뿜어져 나왔다. 네시가 말했다.

"내 345마력짜리 헤미 엔진이 헛기침을 하는 소리야."

"내 트랜스 앰도 이런 소리를 내지. 검은색인데 유리까지 새까맣게 코팅해 놨어. 그 색이 어찌나 짙은지 도로 표지판 내다보기도 쉽지 않다니까. 하지만 난 그 차가 아주 마음에 들어. 공회전 중에 들어보면 짐승의 으르렁거림처럼 느껴지지. 액셀러레이터를 밟으면 으르렁거림은 울부짖음으로 변하고 말이야."

"그게 언제였지? 옛날에 그랬다는 거야?"

쿤도가 네시를 빤히 쳐다보았다. 민머리. 진흙색 턱수염. 어깨부터 팔꿈

치까지 이어지는 파란색과 빨간색의 십자가.

"쿠바를 떠나와선 본격적으로 돈을 벌기 시작했어. 그래야 너 같은 놈들을 고용해 마음껏 부려먹을 수 있을 테니까."

네시가 그를 흘긋 쳐다보았다.

"그러니까 날더러 어떤 자식을 감시해 달라, 이거지? 당신이 원할 땐 가서 손도 좀 봐주고."

"그가 꼼짝 못하도록 한 곳에 묶어둬야 해."

"그 은행 강도라는 친구 말이야?"

"교도소에서 나랑 삼 년간 같이 지냈던 놈이야. 폴리. 좋은 친구지. 그는 지저분한 일에 더 이상 엮이고 싶지 않아 해. 아마 일하는 데 애로 사항은 없을 거야."

"나도 폴리에 대해 많이 들었어."

"이백 곳도 넘는 은행을 턴 전설적인 친구야. 한마디로, 전문가라고. 그는 매일 면도를 하지, 하지만 머리를 밀거나 하진 않아. 늘 깔끔하게 하고 다니고, 몸뚱이 어디에도 신성을 모독하는 문신을 새겨놓지 않았어."

마이크 네시가 그를 쳐다보았다.

"멍든 눈이 퉁퉁 붓는 걸 원치 않는다면 말조심하는 게 좋을 거야."

"나한테 존중받고 싶어? 일당은 500달러여야 하고? 하지만 난 그 둘 모두를 해줄 의무가 없어."

쿤도가 말했다.

"오랜만에 자유를 맛보니 흥분되는 모양이군. 그런 기분은 곧 걷힐 거야. 그 전에 당신도 빨리 자리를 잡아야지."

"넌 내가 시키는 대로만 하면 돼. 그럼 아무 문제도 없을 거야."

"내가 폴리를 감시하는 동안 당신은 뭘 할 거지?"

"그건 나중에 보면 알아."

쿤도가 말했다.

〉〉〉

폴리는 주방에서 맥주를 홀짝이고 있었다. 청바지 차림의 그는 맨발이었고, 셔츠는 걸치고 있지 않았다.

돈은 위층에서 샤워를 하고 있었다.

그가 병을 기울이고 맥주를 시원하게 들이키고 있을 때 벽돌담이 둘러진 뜰을 가로질러오는 쿤도의 모습이 보였다. 쿤도는 2층 창문을 올려다보고 있었다. 그를 뒤따르는 촌뜨기 나치주의자는 두꺼운 팔을 늘어뜨린 채 쿤도 너머로 열린 문간을 바라보았다. 폴리는 문간으로 나갔다.

"벌써 온 거야? 내일 온다고 했잖아."

쿤도가 다가와 폴리를 끌어안았다. 아리안 브라더후드 멤버는 폴리를 응시하고 있었다.

"내 드림 걸은 어디 있지?"

"누구? 돈?"

폴리가 말했다. 늘 그랬듯 대화는 농담으로 시작됐다.

"위에 있을 거야. 오늘에야 짐을 바꿨거든. 아마 짐 정리 하느라 정신이 없을걸."

그림 문제로 마음 졸이고 있는지도 모르고.

쿤도는 주방으로 들어갔다. 폴리가 말했다.

"잠깐."

쿤도가 걸음을 멈추고 그를 돌아보았다.

"팔 년 동안 못 본 아내를 만나고 올 테니까, 넌 여기서 기다리고 있어. 얘긴 이따 하자고."

쿤도는 주방과 복도를 지나 계단으로 향했다.

폴리는 그림에 대해 신경 쓰지 않기로 했다. 이미 전화로 쿤도에게 얘기해 놓았으니 그냥 봤다는 사실만 시인하면 될 일이었다. 그는 마음을 비우고 촌뜨기를 돌아보았다.

"난 잭 폴리야."

"네가 누구인지 알아. 너랑 롬폭에서 지낸 친구가 있어. 그 친구는 너랑 말을 섞는 게 꽤 즐거웠다고 했지. 내가 물었어. '무슨 얘길 나눴는데?' 그가 이러더군. '당연히 은행 터는 얘기지 뭐겠어?' 그는 네 농구 실력이 장난이 아니라는 얘기도 했어. 난 네가 내 수비는 절대 뚫지 못할 거라고 했고. 난 텍사스 헌츠빌에서 농구로 이름을 떨친 적이 있거든."

마이크 네시가 말했다.

"롬폭에 있다는 그 친구, 혹시 조니 에번스 아니야?"

"맞아. 업타운 조니. 아니, 다운타운 조니였던가? 아무튼 그 친구가 맞아. 머리를 많이 길렀고, 음악 일을 했지. 서점 시 낭송회에서 배경음악으로 테너 색소폰을 연주하기도 했고. 그가 연주하는 거 본 적 있어?"

"기억에 없는데. 롬폭 시절 그는 록 밴드를 만들려고 했었지. 하지만 너희 브라더후드 멤버들이 반대해서 무산됐어. 나치 데스 메탈(폭력, 악마의 이미지를 상징하는 템포 빠른 메탈록—옮긴이)만 연주할 거라면 허락하겠다고 하더군."

"그래. 그는 출소 후 머리를 더 길렀어. 지금은 디트로이트의 하울링 디아블로스라는 밴드에서 활동하고 있지. 언젠가 키드 락과 함께 공연한 적도 있었다고. 그가 〈이유 없는 악마〉로 유명해지기 전에 말이야. 얼마 전에 또 다른 곡이 크게 히트를 쳤지. 〈로큰롤 예수〉라고…… 들어봤어?"

"아니."

"디아블로스는 아직도 모터 시티(디트로이트의 속칭—옮긴이)의 그런지

록(시애틀에서 유래한 시끄러운 록 음악의 일종—옮긴이) 클럽에서 왕성히 활동하고 있어. 그 친구들 공연을 보면 리퍼(마리화나를 넣은 궐련—옮긴이) 생각이 간절해질걸. 샐비어를 씹거나 피우면서 들어도 좋고. 물론 한번 웃음이 터지면 절대 멈출 수 없다는 게 문제이긴 하지만."

"저 땅딸보 쿠바인과는 왜 붙어 다니는 거야?"

"널 감시하는 게 내 일이거든."

"내가 뭘 할까 봐 감시한다는 거지?"

"그건 모르고."

"저 친구는 예고도 없이 하루 일찍 돌아왔어."

"그는 오늘 출소한다는 걸 진작부터 알고 있었어. 널 깜짝 놀라게 해주고 싶었다나. 아무튼 놀란 건 사실이잖아. 안 그래?"

그가 폴리 너머를 쳐다보았다.

"저기 아내랑 나오는군."

ㄱㄱㄱ

그들은 팔짱을 끼고 있었다.

돈은 여전히 흰색과 담홍색 기모노를 걸치고 있었다. 폴리는 문간을 향해 걸음을 옮겨 나가기 시작했다. 주방을 가로질러 나오던 쿤도가 쥐고 있는 맥주병을 살짝 들어 폴리를 멈춰 세웠다. 쿤도의 다른 손은 돈의 팔뚝에 얹어져 있었다. 그는 돈과 어깨를 맞댄 채였고, 폴리를 응시하는 그녀의 눈에서는 기운이 느껴지지 않았다.

"그림 보고 왔어?"

폴리가 말했다.

"봤어. 너도 매일 밤 침대에 누워 올려다봤겠지? 그녀가 수영복 차림이라고 했잖아."

쿤도가 말했다.

"네가 어떻게 생각할지 몰랐어."

"진실을 얘기했다면 말이지? 네가 그 방에 들어갈 때마다 내 벌거벗은 아내를 신나게 구경했겠구나, 생각했겠지. 내가 돈에게 말했어. '이 그림에 대해선 아무 얘기가 없었잖아.' 그녀는 날 깜짝 놀라게 해주고 싶었다더군. 그래서 내가 이랬지. '그래? 그런데 왜 하필 이 방에 걸어둬서 내 친구 잭 폴리를 흥분시킨 거지? 그렇게 벗은 몸을 보여주면 그 친구가 이상한 마음을 품지 않겠어?' 그랬더니 그녀가 이렇게 대꾸했어. '오, 아니에요. 당신을 놀라게 해주려고 오늘 가져와 걸어놓은 거예요.' 그래, 하지만 잭 폴리는 이 그림에 대해 잘 알고 있던데. 마치 오랫동안 이걸 봐오기라도 한 듯이."

"솔직히 얘기해서 홀딱 반하긴 했어. 물론 예술작품으로서 말이지."

폴리가 말했다.

"그 그림이 아주 마음에 드는 모양이군. 그런 거야? 아주 실물처럼 그려졌지? 뭐가 가장 마음에 들었어? 가슴? 아니면, 거기? 내 아내의 알몸을 그려놓은 게 누군지 알아?"

"리틀 지미. 그러니까 아무 걱정 하지 말아요."

돈이 말했다.

쿤도가 반걸음 물러나서 돈을 똑바로 쳐다보았다.

"맞아. 몽크가 그렸다면 아무 걱정 할 게 없겠지. 내 친구에게 당신 알몸을 드러내 보이는 건 별로 신경 쓰이지 않아. 하지만 알몸으로 유혹하면 그가 넘어올 거라고 생각했을까 봐 그래. 그렇다면 크게 실망할 것 같다고."

쿤도가 폴리를 돌아보았다.

"난 이 사람에게 성녀처럼 살았느냐고 물었어. 이 사람 대답이, '오, 그럼요. 당신을 위해 항상 그렇게 살았죠.' 하지만 그런 사람이 자신의 누드화를 내 친구가 쓰는 침실에 아무 생각 없이 걸어놓았다는 게 아직도 이해가 안 돼."

"그런 게 아니야. 난 그걸 이상한 눈으로 보지 않았다고."

폴리가 말했다.

"네가 그랬다는 얘기가 아니야, 잭. 네가 그런 인간이 아니라는 거 알아. 너라면 이상한 마음이 들기 전에 칼로 네 물건을 잘라내 버리겠지. 간통은 네 스타일이 아니잖아. 안 그래?"

쿤도가 말했다.

폴리는 경직된 자세로 서 있었다. 그의 뒤에서는 마이크 네시가 뜨거운 콧김을 뿜어대고 있었다. 촌뜨기 나치주의자가 말했다.

"움직이지 마. 죽고 싶지 않으면."

"쿤도……."

폴리가 말했다.

"이게 다 내 잘못이라고? 내가 이 사람을 너무 오래 기다리게 했다고? 너처럼 잘생긴 남자를 여기로 보낸 게 실수였다고? 그래, 내 탓도 아주 없진 않겠지. 하지만 이 사람은 내게 거짓말을 했어, 잭. 성녀처럼 살고 있다는 사람이 이런 짓을 벌이고 다녔다고. 그럼 이제 내가 어떻게 해야겠어? 글레이즈 시절 기억해, 잭? 날 대신해 마리화나를 팔아주던 놈이 있었지? 기계로 완벽하게 말아 들여온 것들 말이야. 그거 한 개비를 킹 사이즈 담배 한 갑씩 받고 팔았었잖아. 하지만 그 친구는 담배 대신 돈을 받아 챙기기 시작했어. 내가 그를 불러 말했지. '넌 그걸 팔아 재미를 보는 것 같은데, 난 아무것도 챙긴 게 없어.' 그 자식은 팔아오라고 쥐어 보낸 마리화나를 아무렇지도 않게 피워대고 있더군. 내가 말했어. '이봐, 받아온 담배 다

내놔.' 그는 알았으니 아무 걱정 말라고 했어. 아무 걱정 말라고? 고맙군."

쿤도가 말했다. 그가 돈에게서 손을 뗐다. 그런 다음, 주방 테이블 한쪽 끝에 놓인 나무 블록에서 작은 과도를 뽑아들었다. 그는 다시 돈의 팔뚝을 붙잡았다. 칼은 이제 그의 오른손에 쥐어져 있었다.

"내가 왜 걱정을 하겠어? 난 한 녀석에게 돈을 좀 쥐어주고 그 친구를 뜰로 끌어내라고 했지. '안녕, 친구?' 손으로 그 친구의 어깨를 이렇게 붙잡고……."

쿤도가 돈의 어깨에 손을 얹었다.

"복부에 칼을 박아 넣어버렸어. 이렇게."

쿤도가 말했다. 작은 과도를 안에 숨긴 그의 주먹이 돈의 복부에 깊숙이 파고들었다. 돈이 복부를 움켜쥐며 앞으로 고꾸라졌다. 그녀의 이마가 타일 깔린 바닥에 부딪쳤다.

쿤도가 과도를 들어 보이며 폴리에게 말했다.

"그 자식은 날 등쳐먹은 대가를 톡톡히 치렀어. 목숨은 건졌지만 그 후로는 잔머리를 굴리지 않게 됐지."

쿤도가 과도를 허공으로 휙 던져 올린 후 돈을 내려다보았다. 크게 원을 그리며 떨어진 과도는 주방 테이블에 꽂혔다.

"칼에 피가 묻었나? 아니지. 난 이 여자를 그냥 한 번 후려쳤을 뿐이야. 남편이라면 필요할 때마다 적절한 방법으로 아내를 벌할 수 있어야지. 좋아. 이걸로 이 여자가 한 짓을 용서하겠어. 이젠 서로 사랑하며 살기만 하면 돼. 오늘 이 불미스러운 일은 잊어버리고 말이야."

그가 폴리를 돌아보았다.

"너도 우리가 행복해지길 바라지?"

폴리는 자신이 무엇을 바라는지, 무슨 말을 해야 하는지 몰랐다. 맙소사. 꼭 마네킹이 돼버린 기분이야. 쿤도는 그의 대꾸를 별로 기다리는 것 같지 않았다. 쿤도가 돈을 부축해 일으키고, 그녀의 어깨를 감싸 안았다. 두 사람은 뒤도 돌아보지 않은 채 복도를 걸어 들어갔다.

마이크 네시가 말했다.

"죄인과 성인의 차이가 뭔지 알아?"

"늙은 주머니쥐."

폴리가 말했다. 깊은 생각이 필요 없는 질문이었다.

"한 명은 용서받고, 나머지 한 명은 그러지 못한다는 거야. 내가 보니 그녀가 널 유혹했던 것 같진 않던데. 난 네가 이미 그녀와 재미를 봤다는 걸 대번에 알아차릴 수 있었어. 그래서 쿤도에게 아무 말 못했겠지. 네가 무슨 말을 할 수 있었겠어? '그래, 젠장, 내가 그녀랑 같이 잔 건 사실이야. 하지만 정말 그럴 마음은 없었다고.' 이렇게? 난 그를 화나게 만든 그림을 아직 보지 못했어. 문제는 그가 이곳에 도착하기도 전에, 그러니까, 그 문제의 그림을 보기도 전에 흥분해 있었다는 사실이야. 마치 그 그림을 보지 않고도 네가 그녀랑 재미를 봤다는 사실을 알고 있었다는 듯이 말이지. 그는 이미 이 문제를 어떻게 처리할지 결정을 내려놓은 상태였어. 땅딸막한 친구가 화를 내니 아주 귀엽더군. 내가 그에게 말했어. '내가 폴리를 감시하는 동안 당신은 뭘 할 거지?' 그랬더니 그가 이러더군. '그건 나중에 보면 알아.' 자기가 무슨 터프가이라도 되는 것처럼 말이지. 아마 그때 이런 쇼를 벌여야겠다고 결심했을걸. 그녀를 칼로 찌르는 척해서 우리를 놀라게 할 생각을 말이야. 그냥 펀치만 날릴 거였으면서."

네시가 말했다.

"그는 날 시험한 거였어. 그녀를 때리고 나서 내가 어떤 반응을 보이는지 살펴보려는 속셈이었다고."

폴리가 말했다.

"네가 그에게 달려들었다면 내가 널 쓰러뜨렸을 거야. 보나마나 내 발에 목이 짓이겨졌겠지. 내가 할 일이 이걸로 끝난 건지 모르겠군. 뭐 그건 네가 앞으로 뭘 하느냐에 달려 있겠지. 여길 떠날 거라면 내가 가는 데까지 태워줄게. 여기 남을 거라면 아마 나도 여기서 지내게 될 거야. 혹시 농구공 있어? 가끔 나랑 붙어보는 건 어때?"

"그녈 두고 떠나지 않을 거야."

"그럼 그녈 데리고 떠나면 되잖아. 그녀가 여기 남고 싶다고 하면, 그럴 것 같지만, 쿤도가 보지 않을 때 굿바이 키스 살짝 해주고 떠나고."

폴리는 지금껏 이토록 유머 감각이 좋은 스킨헤드를 만나본 적이 없었다.

"네 문제는 그녀가 아니잖아. 그녀의 접근을 차단하는 건 쿤도라고. 솔직히 나도 그에게 충성하고 싶은 마음은 없어. 아까 그가 사람을 시켜 자길 등쳐먹은 놈을 혼내줬다고 했던 말 기억해? 그가 얘기한 놈은 브라더후드의 멤버야. 원한다면 내가 쿤도를 없애 줄 수도 있어. 물론 공짜는 아니야. 협상해 보겠어?"

네시가 말했다.

# 15

그는 그녀를 이끌고 침실로 올라갔다. 그들은 사랑을 나누었고, 늦은 오후에도 함께 침대 위를 뒹굴었다. 첫 섹스 때 쿤도는 그녀를 잡아먹을 듯 달려들었다. 그녀는 자신의 첫 경험을 떠올렸다. 남자친구 아버지의 뷰익 뒷좌석. 그녀의 귀를 간질이는 그의 숨소리. 그리고 일 분 만에 끝나버린 정사. 그녀는 그의 이름을 기억하지 못했다. 학교 최고의 인기남. 그녀가 기억하는 건 자신이 그에게 했던 말뿐이었다. "그게 다야? 끝난 거야?"

다시 그녀를 덮쳤을 때 쿤도는 두 팔로 상체를 받친 채 말했다.

"불쌍한 당신 배에 자극을 주지 않으려고 애쓰는 중이야."

돈은 자신을 짓누르는 그의 무게와 자신의 불쌍한 배는 아무런 상관이 없다고 믿었다. 쿤도는 그저 그녀의 얼굴을 빤히 내려다보며 그녀의 감정을 읽어보려 애쓰고 있을 뿐이었다.

"베이비 걸, 지금 우는 거야?"

이게 눈물이 아니면 뭐겠어? 돈은 십이 초 안에 눈물을 만들어 자신의 눈을 촉촉이 만들 수 있는 신기한 능력을 가지고 있었다. 슬픈 미소와 눈물만 준비되면 언제든 비탄 속에 싹을 틔운 희망을 연기해 보일 수 있었다. 잠시 후면 그녀는 타이밍에 맞춰 가쁜 숨을 몰아쉬면서 귀엽게 신음을 토할 것이다. 이제는 방귀를 뀌어 분위기를 가라앉히는 일만 피하면 됐다. 그녀에게 첫 섹스는 전투 준비에 불과했다. 두 번째 섹스를 위해 땅딸보에게 쉴 틈을 줘야 했다. 그녀는 그에게 평생 잊을 수 없는 경험을 제공해 주는 것으로 아까 있었던 일을 그의 기억에서 지워내고 싶었다.

솔직히 그녀도 나쁘지만은 않았다. 비록 몸은 땅딸막했지만 그의 물건은 꽤 튼실한 편이었다. 게다가 허리를 다루는 테크닉도 괜찮았다. 그녀는 그에게서 지배자 역할을 덜어내주고 싶었다. 그냥 어린 남녀가 침대 위에서 뒹굴며 신나게 논다고 생각하면 기분이 좋아질 것 같았다.

만약 그가 폴리의 외모를 가졌다면, 어떤 면에서든 폴리를 연상케 한다면 그녀는 어떠한 음흉한 생각도 품으려 하지 않았을 것이다. 그녀는 폴리에게 기분 좋게 만들어주겠다고 했고, 그는 항상 기분이 좋다고 했다. 그것은 사실인지도 몰랐다. 그는 특별히 무슨 역할을 맡으려고 애쓰지 않았다. 그냥 자기 자신의 역할에만 충실했을 뿐이다. 바로 그 순간 그녀는 폴리가 그간의 상대들과는 확실히 다르다는 걸 깨달을 수 있었다. 문제는 그가 쿤도에게 사기를 쳐 몇백만 달러 챙겨보자는 그녀의 음흉한 계획에 별 관심을 보이지 않는다는 사실이었다.

땅딸보도 아주 봐줄 수 없을 정도는 아니었다. 나사가 풀린 듯하지만 자세히 보면 늘 자신감에 차 있다는 걸 알 수 있었다. 그녀는 거들먹거리는 그의 걸음걸이가 좋았다. 활기가 느껴지는 그의 움직임이 좋았다. 키가 작은 건 유감이었다. 그녀는 여생을 아파트에 갇혀 지내고 싶지 않았다. 그녀는 폴리가 자신을 창녀처럼 다루는 쿤도에게 고함이라도 쳐줄 줄 알았다. 어떻게든 자신의 감정을 표현해 줄 거라 생각했다. 하지만 그는 쿤도에게 완전히 제압되고 말았다. 솔직히 쿤도의 예리함은 그녀를 놀라게 하기에 충분했다. 그는 자신이 떠나 있었던 지난 팔 년간 그녀가 누군가를 침대로 끌어들였다는 걸 알고 있었고, 그에 대한 조치를 완벽하게 구상해 둔 상태였다. 문제의 그림은 그의 눈을 의심하게 만들었다. 그는 아내의 누드화를 신나게 감상했을 폴리에게도 크게 실망했을 것이다.

하지만 쿤도는 교도소 동지 어쩌고 하며 뜻밖의 반응을 보여주었다. 유혹이 있으면 폴리는 머뭇거림 없이 자신의 물건을 떼어 그것을 물리쳐 버릴 거라나? 그 말을 들은 폴리는 어이가 없다는 표정을 지었다. 내가?

갑자기 집에 남자가 많아지니 정신이 없었다. 그녀는 복부에 난 멍이 곧 선명한 색을 띠어주기를 바랐다. 그렇게 되면 알몸으로 집 안을 맴돌며 땅딸보에게 죄책감을 한아름 안겨줄 수 있을 테니까. 하지만 그녀는 그때 일을 절대 입에 담아선 안 되었다. 불평해서도, 설명하려 해서도 안 되었다. 헨리 포드 2세(포드 자동차의 재창업을 성공시킨 창업 2세 기업가—옮긴이)가 남긴 명언처럼.

그들은 알몸으로 침대에 누워 있었다. 쿤도는 역겨운 냄새를 풍기는 쿠바산 시가를 피우며 코냑이 담긴 잔을 살살 흔들고 있었다. 돈은 그에게 찰싹 붙은 채 콜린스 버번위스키로 목을 축이는 중이었다.

그녀가 말했다.

"허니, 조심하지 않으면 릭키에게 쏟겠어요."

흐느적거릴 때는 릭키, 섹스를 위해 단단해졌을 때는 리카르도였다. 쿤도는 그녀가 자신의 물건에 붙여준 별명을 무척 좋아했다. 시가를 문 채 그가 뭔가를 얘기했다. 영어인 듯했지만 아닐 수도 있었다. 돈이 말했다.

"화끈거리면 그걸 가라앉히게 내가 뭐라도 해야겠죠?"

그는 기분이 굉장히 좋아보였다. 자신의 퍼포먼스가 마음에 들었던 모양이었다. 그녀가 술을 한 모금 넘기고 잔을 침대 옆 탁자에 내려놓은 후 담배에 불을 붙였다.

"그림에 대해선 까맣게 잊고 있었어요."

돈이 말했다.

쿤도는 정면을 응시한 채 가느다란 시가를 빨아댔다. 그가 말했다.

"그래?"

"난 다른 집에서 지냈어요. 이 방에 딱 한 번 들어와 봤는데 바로 저 그림을 걸어놓기 위해서였죠. 난 그 사람이, 이름이 뭐죠? 폴리. 그가 와 있는지도 몰랐어요. 그림이 여기 걸려 있다는 사실도 깜빡 잊고 있었고요. 지미는 그걸 해변으로 가지고 나가 팔 거라고 했어요. 돈을 꽤 쳐서 받을 수 있을 거라나요? 내가 말했어요. '미쳤어요? 이건 내 달링에게 줄 선물이란 말이에요. 그래서 당신이 그려준 거였잖아요. 잊었어요?' 난 지미에게 당신을 깜짝 놀라게 해주고 싶다고 했어요. 그랬는데 그 사람이…… 이름이? 폴리. 그가 당신과 통화하면서 그 얘길 한 거였죠. 그는 지미에게 그림 속 내게 수영복을 입히라고 했어요."

"당신의 알몸을 보고 그 친구가 뭐라고 했지?"

"폴리가요? 그의 첫마디는 바로 이거였어요. '이게 당신입니까?' 난 당연히 아니라고 했죠. 하지만 그는 믿지 않는 눈치였어요. 그가 말했어요. '침대에 누운 이웃집 여자인 줄 알았습니다.' 난 그림을 떼어와 당신이 돌아올 때까지 보관해 두고 싶었어요. 그런데 폴리는 그냥 놔두라고 하더군요. 어차피 며칠 있으면 당신이 나올 거라면서 말이죠. 그가 말했어요. '이게 당신이 아니라도 쿤도는 마음에 들어 할 겁니다.'"

쿤도가 고개를 돌려 돈을 쳐다보았다. 그가 물고 있는 시가의 끝이 그녀를 가리켰다.

"그가 정말 그랬어? 잭 폴리가?"

"그는 저 그림이 당신을 위한 선물이라는 걸 알고 있었어요. 내가 그에게 설명해 주기 전에 이미 알고 있었다니까요. 난 그를 흥분시키려고 그림을 이 방에 걸어놓지 않았어요. 맹세할 수 있어요. 그는 당신 친구잖아요. 그는 당신이라면 깜빡 죽는다고요."

돈이 말했다.

"내가 저 그림 때문에 바보 됐잖아. 어쨌든 당신을 용서했으니 더 설명하지 않아도 돼. 난 당신의 자연스러운 검은 머리가 좋아. 나바로라는 이름과도 잘 어울리잖아. 안 그래? 골빈 금발 머리보다 훨씬 낫다고. 이 이상 더 원할 것도 없겠어."

"난 당신을 원해요. 난 당신이 날 사랑해 주고, 믿어주길 원해요."

돈이 말했다. 그녀는 자신에게 신뢰가 생기지 않으면 당장 내쫓아도 상관없다고 얘기하고 싶었다. 쫓겨나면 바다로 나가 최대한 멀리 헤엄쳐 나갈 거라고. 그리고 영영 돌아오지 않을 거라고. 어쩌면 그는 그 말을 듣고 나서 이렇게 나올지도 몰랐다. "오, 나가서 수영하고 싶어?" 그렇게 되면 그녀는 다시 그에게 사랑을 듬뿍 발라줘야 할 거고. 그것은 생각보다 고된 일이었다.

그는 다시 코냑이 담긴 잔을 살살 흔들다가 최대한 집어넣은 허리에 살짝 갖다 댔다. 돈이 음흉한 미소를 흘리며 말했다.

"꼬마 릭키에게 몇 방울 흘리려는 거죠? 아닌가요? 꽤 화끈거릴 텐데."

"아주 화끈거릴 거야. 하지만 당신이 알아서 잠재워주겠지 뭐."

돈은 담배를 재떨이에 비벼 끄고 다시 쿤도 쪽으로 몸을 틀었다. 그녀는 여전히 음흉한 미소를 흘리고 있었다.

"물론이죠. 하지만 그렇게 되면 꼬마 릭키에겐 작별을 고해야 할지도 몰라요."

쿤도는 그 말이 마음에 드는지 실실거렸다.

"그럼 앞으론 어떻게 되는 거지?"

"정말 모르겠어요?"

돈이 말했다. 그녀는 일부러 눈을 크게 뜨고 흠칫 놀라는 척 연기했다. 그래야 하는 자신이 비참하게 느껴졌지만 어쩔 수 없는 일이었다.

"당신이 말해 봐."

"꼬마 릭키가 사라지면 마치 기다렸다는 듯 외눈박이 리카르도가 불쑥 나타날 거예요."

돈이 작업을 준비하며 말했다.

"웃겨 죽겠군."

그렇게서라도 당신을 죽일 수 있다면 얼마나 좋겠어? 맙소사, 폴리가 무슨 생각을 품고 있는지 계속 궁금해하면서 이 땅딸보를 즐겁게 해줘야 한다니.

ㄱㄱㄱ

폴리는 운하 너머 쿤도의 핑크색 집에 들어와 있었다. 방들의 배치부터 시작해서 모든 게 익숙지 않았다. 게다가 아직 2층은 구경도 못한 상태였다. 마이크 네시가 그의 일거수일투족을 지켜보고 있었다. 대머리 촌뜨기는 그와 함께 거실에 앉아 있었다. 갈색 벽에 연한 색을 띠고 있는 의자와 소파들. 인테리어는 나쁘지 않았다. 폴리는 옅은 노란색의 커다란 의자에 앉아 있었고, 마이크 네시는 소파에 앉아 투명한 병에 담긴 맥주를 홀짝이고 있었다. 그들 사이에는 유리로 덮인 테이블이 놓여 있었다. 마이크 네시는 폴리에게 신세 한탄을 해대는 중이었다. 마음이 약해져 사람들의 지시를 받으며 살기 전까지는 괜찮은 인생이었다나? 어느새 그는 네 번째 병을 비워가고 있었다.

폴리는 잭 다니엘 두 잔을 걸친 상태였다. 곧 침묵이 찾아들 것이다. 폴리는 이 얼간이에게 할 말이 없었다. 그냥 그의 주절거림에 귀 기울이는 척하면서 자신의 상황을 되짚어볼 뿐이었다. 나는 지금 여기서 뭘 하고 있는 걸까? 여기서 얼마나 오래 머물러야 하나? 돈의 처지도 헤아려야 하나? 그녀와 함께 일을 꾸밀 준비는 됐고? 나는 아직도 선한 사람인가?

그는 십 년 전 자신의 상황이 그리웠다. 두 번에 걸쳐 교도소 신세를 지기 전. 하지만 과거로 돌아갈 수는 없었다. 그냥 앞만 보고 달려갈 뿐이었다. 그는 여전히 같은 사람이었다. 나이와는 상관없는 일이었다. 그는 그것을 전혀 문제로 여기지 않았다. 쿤도는 쿤도이지만 예전과는 살짝 달라진 모습이었다. 그는 조금 더 기다렸다가 돈과 의논해 보기로 했다.

마이크 네시는 테이블의 타원형 가장자리에 발을 얹어놓은 상태였다. 폴리는 끝 부분이 금속으로 처리된 그의 작업용 부츠를 흘끔 쳐다보며 말했다.

"마이크, 그 발 좀 내려놔 주겠어?"

하마터면 그는 '부탁한다'는 말까지 할 뻔했다. 다행히 너무 늦기 전에 마음을 돌릴 수 있었다.

"내가 발을 올리든 말든 네가 무슨 상관이야? 네 집도 아니잖아."

"네 고용주의 집이야."

이렇게까지 얘기했으니 말을 듣겠지.

"쿤도는 내가 이러거나 말거나 상관 안 해."

"그래. 하지만 내가 상관하거든. 빨리 발 내려놔."

폴리가 말했다. 네시는 못 들은 척 맥주만 마셔댔다.

"대체 그 부츠는 왜 신고 있는 거지?"

폴리는 그것이 스킨헤드들의 무기라는 걸 알고 있었다.

"이걸 신고 있어야 발이 편해."

"발 내리라고 했잖아."

"싫다면 어쩔 건데? 폭력이라도 쓸 건가?"

그가 주위를 돌아보았다.

"저기 놋쇠 촛대가 있어. 어디 가져와 보시지."

"우리가 여기서 왜 주먹다짐을 해야 하는 거지?"

폴리가 말했다.

"주먹이 싫다면 칼이나 야구 방망이를 써도 좋아."

"난 왜 그래야 하는지 이유를 묻고 있는 거잖아. 난 너랑 싸우고 싶지 않아. 그건 머리를 벽에 찧어대는 거랑 다르지 않을 테니까. 인생의 기본적 진실에 대한 의견이 서로 다른 게 문제인 것 같아. 난 너랑 언쟁을 벌이고 싶지 않아. 네게 폭력을 쓰고 싶지도 않고. 그냥 테이블에서 발만 내려주면 되는 거라고."

"네 머리가 어디 붙어 있는진 모르지만 네가 일어나는 순간 이 부츠의 용도를 확실히 알게 될 거야."

"아니면 해변에 나가 농구나 한 게임 하고 오는 것도 방법이겠지. 내기 농구도 좋고."

ㄱㄱㄱ

그들은 마이크 네시의 오픈트럭을 타고 코트로 향했다. 스킨헤드 촌뜨기는 태평양을 물들인 노을을 내다보며 해변에 도착하면 많이 어두울 거라고 했다. 농구공을 무릎에 얹어놓은 폴리는 한 게임 정도는 문제 없을 거라고 했다. 그가 말했다.

"코트 중앙에서 점프 슛을 쏘든지 골대까지 돌진하든지 좋을 대로 해. 심판이 없다고 기회가 보일 때마다 반칙할 생각일랑 말고. 알아듣겠지?"

폴리가 야릇한 미소를 지어 보였다. 농담일 수도 있고, 아닐 수도 있다는 뜻이었다.

마이크 네시가 말했다.

"그게 룰이야? 셔츠를 잡아도 안 되고, 발을 밟아도 안 된다고? 농구라는 건 공을 림에 집어넣어야 이기는 스포츠잖아. 수비는 그걸 필사적으로 막아야 하고. 안 그래? 그게 바로 농구잖아. 하지만 심판이 없는데 룰이 왜 필요하지? 응? 그냥 21점 먼저 내는 사람이 이기는 걸로 하자고. 점당 100달러씩. 괜찮지? 이기는 사람이 총액을 가져가기로 하자고."

폴리는 그에게 흑인들을 상대로 게임을 해본 적이 있는지 물었다. 마이크 네시는 단 한 번도 없다고 대답했다.

"깜둥이들은 실력 과시에만 신경을 쓰지. 코트 어디서든 골을 넣을 수 있다면서 깝죽거리기만 하잖아. 하지만 우리 백인들은 공을 들고 골대를 향해 돌진하는 스타일이지."

그들은 코트로 올라가 가볍게 점프슛을 날리며 몸을 풀었다. 폴리는 시도한 장거리 슛의 절반을 골인시켰다. 마이크 네시는 큼직한 손으로 공을 드리블하며 달려 나가다가 슛을 쐈다. 그들은 동전을 던져 공격 순서를 정했다. 폴리가 먼저 공을 몰고 들어가 3점 슛을 성공시켰다. 마이크 네시의 손이 그의 얼굴로 달려들었지만 수비는 엉성하기 짝이 없었다.

마이크 네시가 굼뜬 동작으로 점프 슛을 시도했지만 골은 들어가지 않았다.

이번에는 폴리가 공을 잡고 머리를 흔들어 페인트 모션을 취한 후 골대를 향해 돌진해 나갔다. 네시가 손을 뻗어 폴리의 바지 뒷주머니를 붙잡고 홱 당겼다. 그 바람에 폴리는 공을 놓치고 말았다.

네시가 흘러나온 공을 잽싸게 집어들었다. 폴리는 육중한 스킨헤드가 맹렬히 돌진해 올 공간을 충분히 내주었다. 그리고 그에게 바짝 붙은 채 덩크슛을 시도하는 네시와 함께 허공으로 떠올랐다. 폴리는 백보드를 후려칠 듯 손을 뻗었다가 이내 네시의 손목을 움켜잡았다. 그런 다음, 그의 손목을 금속 림에 힘껏 내리찍었다. 네시가 비명을 지르며 코트 바닥으로 추락했다. 폴리도 그의 위로 떨어졌다. 네시는 콘크리트 바닥에 어깨를 심하게 찧고 말았다. 그의 팔은 몸에 짓이겨졌다. 그는 다시 비명을 질렀다.

콘크리트 바닥에 뻗어버린 그가 폴리를 올려다보았다.

"팔이 부러졌어."

"내가 그런 게 아니야. 네가 부러뜨린 거라고."

"쇄골도 부러진 것 같아."

"어깨가 빠졌을 거야. 팔을 줘봐. 내가 다시 끼워줄게."

"만지지 마."

나치주의자 네시가 부러진 팔을 감싸 쥐며 말했다. 언뜻 봐도 심각해 보이는 부상이었다.

그는 흥분을 가라앉히기 위해 심호흡을 시작했다. 복합 골절이 분명한 그의 왼쪽 팔은 배에 얹어졌다. 마이크 네시는 극심한 통증이 느껴지는 어깨를 움직이지 않으려 애쓰고 있었다.

그가 폴리에게 말했다.

"맙소사, 대체 어떤 놈들이랑 어울려서 농구를 해온 거지?"

"심판도 없고, 룰도 없다면서? 그러니 너도 할 말 없을 거 아니야."

폴리가 말했다. 모처럼 개운한 기분이 찾아들었다. 예전의 자신의 모습을 되찾은 것 같아 흐뭇해졌다. 어쩌면 자신을 되돌아보는 예전 모습의 새로운 버전인지도 몰랐다.

그가 마이크 네시에게 말했다.

"이젠 널 어떻게 할까?"

# 16

 그날 저녁, 폴리는 쿤도와 함께 흰색 집 거실에 앉아 있었다. 램프 불빛을 받은 돈의 사진들이 삼면의 벽에서 그들을 지켜보고 있었다. 쿤도가 그를 끌어안으며 말했다.
 "우리가 해냈어. 이렇게 자유의 몸이 돼서 재회하게 됐다고. 안에선 늘 이 순간만을 꿈꿨었잖아. 이젠 우리 마음대로 뭐든 할 수 있게 됐어."
 그들은 폴리가 랄프스에서 사온 오스트레일리아산 레드 와인이 담긴 잔을 들고 건배했다. 쿤도가 말했다.
 "마이크 네시 그 자식은 어떻게 됐지?"
 "UCLA 병원으로 데려가야 했어. 산타모니카에 있는 병원 알지? 농구하다가 부상을 좀 입었거든."
 폴리가 말했다.
 쿤도가 이를 드러내고 씨익 웃었다.
 "네 페인트 모션에 속았나 보군. 널 놓치지 않으려고 허둥대다가 발목이라도 삐끗한 거야?"
 "생각보다 부상이 좀 심해서 한동안 보기 힘들 거야. 한 두어 달쯤."
 쿤도는 더 이상 미소를 흘리지 않았다. 그가 말했다.
 "내가 더 이상 그를 필요로 하지 않을 거라고 판단한 모양이지?"
 "더 이상은. 그 친구 주차 티켓과 병원비 청구서는 네게 줄게. 그에겐 고용주인 네가 알아서 처리해 줄 거라고 얘기해 놨어. 브라더후드 같은 백인 우월주의 그룹 멤버들도 보험 혜택을 받을 수 있는지 물어봤는데 아마 힘들 거라고 하더군."

그 말에 쿤도가 다시 씨익 웃었다.

"여전히 입만 살았군. 삼십 년을 선고받고 풀이 죽었을 땐 말이 없더니만 풀려나니 다시 말이 많아졌는데. 물론 예전만큼 시끄럽진 않지만. 미스 메건이 아니었으면 어쩔 뻔했어? 아무튼 난 네가 어떻게 나올지 몰라 그 얼간이 자식을 고용한 거였다고."

"넌 애초부터 그녀에게 손찌검할 생각이었잖아. 아무 상관도 없는 빌어먹을 그림 하나 때문에. 넌 돈을 폭행하고 나서 그녀를 용서할 생각이었어. 모든 게 쇼였다는 걸 내가 모를 줄 알아? 대체 그녀가 뭘 잘못했다고 용서를 한다는 거지?"

"그 얘긴 하지 말자고. 난 그널 용서했고, 그렇게 묻어두면 되는 일이야. 더 이상 그 얘긴 꺼내지 마. 알았지? 아예 그런 생각조차 하지 말라고. 생각이 많아지면 좋을 게 없으니까."

"돈은 좀 어때? 괜찮은 거야?"

"기분이 많이 나아졌어. 유머 감각도 원래대로 돌아온 것 같고, 내게 사랑도 많이 주고 있지. 모든 게 정상으로 돌아갔으니까 염려 마. 그보단 네가 뭘 걱정하는지 얘기해 보라고."

"그 백인 우월주의자를 어떻게 할 건지 말해 봐. 네시 말이야."

"그 친구, 운전은 할 수 있는 상태야?"

"모르겠어. 두 팔 모두 깁스를 했다면 힘들지 않을까?"

"맙소사. 대체 그에게 무슨 짓을 해놓은 거지?"

쿤도가 말했다. 하지만 진심으로 그를 걱정하는 눈치는 아니었다.

"그 친구에 대해선 아무 걱정도 안 돼. 그냥 해고해 버릴 거야. 병원비도 알아서 처리하게 할 거고. 그건 그렇고, 돈이 좋은 아이디어가 있다고 했어. 어떻게 하면 널 자신의 촌극에 끼워줄 수 있을지에 대한 아이디어 말이야."

"그녀는 그걸 촌극이라고 부르는 모양이지?"

"그녀의 사기극. 여자의 죽은 남편의 유령을 쫓아내 주고 거금을 뜯어내는 거야."

"나도 들었어."

"유령 전문가는 내가 연기하기로 돼 있었는데 네가 더 자연스러울 것 같다더군. 잘생겨서 의뢰해 온 여자가 대번에 빠져들 거라나. 아마 마냥 행복해하며 부담스러운 액수도 기꺼이 받아들일 거래."

"그런 다음엔? 그녈 다시 보지 않아도 돼?"

"그 여자? 당연하지. 그걸로 끝이야."

"다시 원점으로 돌아가는 거군."

"그래. 아마 너 때문에 오랫동안 비탄에 빠지게 될걸."

"몇 살인데?"

"몰라. 중년일걸. 마음 약해지면 이런 사기도 못 친다고. 그녀에겐 주체하기 힘들 정도로 돈이 많아."

"하지만 나 때문에 비탄에 잠길 거라며?"

"그럴지도 모르지. 하지만 금세 다른 남자를 찾을 수 있을 거야. 일단 돈이 많으니까. 아마 파리 떼처럼 남자들이 꼬일걸."

"예전에도 돈이랑 이런 일을 벌인 적 있었어?"

"어제까지만 해도 교도소에서 썩고 있었잖아. 잊었어? 그냥 얘기만 해 왔을 뿐이야. 쿠바인가 푸에르토리코에서 온 여자였는데 난 유령 전문가인 척하면서 돈을 뜯어내려 했었어. 산테리아(아프리카 기원의 쿠바 종교—옮긴이) 어쩌고 하면서 말이지. 하지만 이번 여자는 키가 크고 돈이 엄청

많다더군. 돈의 설명에 의하면."

"그러니까 그녀에게 호감을 산 후 그냥 사라지기만 하면 된다는 거지?"

"그녀가 네게 반할지 아닐진 모르는 일이야. 어쩌면 네가 돌아오지 않기를 바랄지도 모르고."

"내가 그녀와 오붓한 시간을 함께 보낸 후에 말이야?"

"넌 자신감이 너무 많은 게 문제야. 어떻게 네가 그녀의 마음을 훔칠 수 있을 거라고 장담할 수 있지?"

폴리는 말없이 어깨를 으쓱했다.

"그런 사람이 이혼은 왜 당한 거야?"

"이혼은 당했지만 그녀는 아직도 날 사랑하고 있다고."

"여자에게 제대로 버림받아 봐야 정신을 차릴 것 같군."

"여자에게 버림받아 본 적 있어?"

"딱 한 번. 열다섯 살 때. 그녀 집안 남자가 우리가 만나는 걸 반대했었지."

"그녀 아버지가?"

"아니, 그녀 남편."

"아무튼 이젠 내가 널 위해 조연을 맡아야 한다는 거지?"

"물론 네가 기꺼이 응해 준다면. 넌 내 말을 잘 듣고 있다가 깊은 생각을 필요로 하는 대꾸를 툭툭 던져줘. 그래서 내가 널 좋아하는 거야. 나로 하여금 머리를 쓰게 만들어주니까. 너랑 같이 일하게 돼서 기분이 좋아. 넌 항상 내 기분을 좋게 했었지."

쿤도가 고개를 끄덕이며 말했다.

폴리도 고개를 끄덕였다. 젠장.

그는 생각했다. 빨리 여길 벗어나야겠어.

ㅋㅋㅋ

그는 폭스바겐을 몰고 랄프스로 향했다. 잭 다니엘과 맥주 한 상자를 사 오기 위해서였다. 위스키는 앞으로 사흘간 아껴 마셔야 했다. 같이 마실 사람이 있다면 한두 병 더 필요할 것이다. 돈이나 쿤도나 티코가 예고 없이 들르게 된다면. 아니면, 루 애덤스가 불쑥 나타나든지. 그와도 나눌 얘기가 있었다. 어쩌면 폴리가 먼저 나서서 그를 찾아봐야 할지도 몰랐다. 애덤스를 만나면 곧 떠나겠지만 목적지는 알려줄 수 없다고 할 참이었다. 솔직히 폴리 자신도 어디로 가야 할지 결정하지 못한 상태였다. 어쩌면 그냥 플로리다로 돌아갈 거라고 대충 둘러댈지도 몰랐다.

폴리는 잭 다니엘 세 병을 구입했다. 올드 넘버 7 한 잔 어때요? 어느새 자신의 집에 돌아온 듯한 편안함이 찾아들었다.

ㅋㅋㅋ

출소한 지 사흘째 되던 날 쿤도는 인도교를 건너와 폴리와 함께 술을 마셨다. 그는 폴리에게 돈의 메모를 전달했다. 메모에는 유령을 관찰하고 다루는 방법이 적혀 있었다.

"그것만 있으면 넌 유령 전문가가 될 수 있어."

"유령이 있다고 믿어?"

폴리가 말했다.

"죽으면 몸뚱이는 끝이지만 영혼은 영원히 살게 되지. 영혼은 빛을 향해 올라가게 돼 있어. 빌어먹을 조 라브라바가 날 세 번 쐈을 때 나도 그 빛을 봤어. 빛을 따라 올라가지 않은 영혼은 이승에 남아 우리와 접촉을 시도하거나 고약하게 심술을 부리지. 유령에겐 우릴 압도할 힘이 없어. 우린 그저 겁먹은 모습만 보이지 않으면 된다고."

쿤도가 말했다.

"유령이 네 집에 살고 있을지도 모른다는 생각 안 해봤어?"

"그 메모나 읽어봐. 나보다 더 많은 걸 알게 될 테니까."

"그래서 유령을 믿는다는 거야, 안 믿는다는 거야?"

"찾아보면 있긴 할 거야."

"어떻게 찾아야 하는데?"

"돈의 메모를 읽어보라니까. 전문가처럼 행동하려면 그거 적힌 내용을 달달 외워놔야 할 거야. 참, 그 백인 우월주의자 얼간이는 집으로 돌아갔어. 웨스트사이드 가 어딘가에 살고 있다나 봐. 나중에 깁스를 풀게 되면 네게 복수하러 돌아올 거라나."

"깁스는 한쪽만 했어?"

"부러진 쪽엔 깁스를 했고, 다른 쪽 팔은 어깨가 움직이지 않도록 몸에 고정시켜 놨더라고. 나중에 너랑 마주치면 총을 제대로 쥐고 쏴야 할 테니 앞으로 항상 한 손을 셔츠 앞으로 꺼내놓겠다고 했어."

"그때쯤이면 난 이미 여길 뜨고 없을 텐데도?"

"그게 무슨 소리야?"

쿤도가 상체를 바짝 세우며 미간을 찌푸렸다. 그가 폴리에게 말했다.

"편히 지낼 수 있는 집이 여기 있는데 어딜 간다는 거야? 공짜로 쓸 수 있는 천장 높고 아늑한 방이 널렸잖아. 이제 우리 둘 다 출소했으니 마음껏 즐길 일만 남았다고. 이 일만 잘 풀려서 돈이 좀 들어오면 기분이 한결 나아질 거야."

"나이 든 여자를 등쳐먹는 일은 별로 하고 싶지가 않아서 말이야."

"그럼 또 은행을 털겠다는 거야?"

"그것도 한동안 내키지 않았어. 무슨 징크스에 걸렸는지 의욕이 나질 않았다고. 하지만 이젠 극복이 된 것 같아. 이따 오후에 나가서 5천 달러쯤 챙겨올 수도 있겠지만 예전 같은 스릴은 없을 거야. 난 뭔가 화끈한 일을 벌여보고 싶어."

"화끈한 강도질?"

"아니, 합법적으로 벌일 수 있는 일."

"내가 총을 줄게. 조로가 내 총을 보관하고 있어. 총을 들고 가서 은행을 터는 거야. 어때? 아마 색다른 기분을 느끼게 될걸. 하지만 총을 지니고 있다가 체포되면 큰일이야. 형량이 굉장히 무거울 거라고. 그래서 이번 일이 더 매력 있다는 거야. 유령에 홀린 그 여자만 잘 요리하면 5만 달러를 손에 넣을 수 있어. 그 돈은 반반씩 나누면 되고. 그 여자 마음을 다치게 할까 봐 걱정이야? 비록 아주 잠시 동안이겠지만 그녀를 행복하게 해주는 일이기도 하잖아. 아마 그녀도 너처럼 멋진 남자와 침대에서 뒹굴게 될 줄 상상도 못했을걸. 잘 해봐. 2만 5천 달러를 거저먹는 일이라고. 어려울 거 없잖아."

쿤도가 말했다.

ㄱㄱㄱ

쿤도가 출소한 지 나흘째 되던 날 아침, 확 바뀐 돈이 폴리를 찾아왔다. 그녀는 황갈색 운동복과 테니스화 차림으로 문간에 나타나 미소를 짓고 있었다.

"유령 전문가 역할을 무리 없이 소화할 수 있을 만큼 준비가 됐는지 궁금해서 왔어요."

돈이 운하 쪽으로 시선을 돌렸다.

"난 당신이 뭘 묻고 싶어 하는지 알고 있어요. 유령들이 왜 항상 섬뜩하게 묘사되는지가 궁금한 거죠? 살아 있을 땐 전혀 그렇지 않았을 사람들이. 죽었다고 성격이 바뀌는 것도 아닌데 말이죠. 그냥 그들을 두려워하지만 않으면 돼요. 두려움을 내비치면 그들은 더 신나서 날뛰거든요."

그녀가 다시 미소를 지었다.

"포옹도 안 하고, 입도 안 맞출 겁니까?"

폴리가 말했다.

돈은 움직이지 않았다. 그녀가 말했다.

"잭."

그녀는 다시 운하 쪽을 흘끔 살폈다. 그가 다가가 그녀의 팔뚝을 붙잡고 안으로 잡아끌었다. 그가 문을 닫자마자 두 사람은 기다렸다는 듯 서로에게 달려들어 격렬한 키스를 퍼붓기 시작했다. 그녀가 그의 가슴에 손을 얹었고, 폴리는 그녀를 놓아주었다.

"여긴 우리밖에 없어요. 그가 이 집을 지켜보고 있다 해도 안에서 벌어지는 일까지 들여다볼 순 없을 거예요."

"걸리면 무슨 일이 벌어지게 될지 당신도 알잖아요."

돈이 고개를 저었다.

"이건 너무 위험해요. 안심해도 된다는 확신이 들 때가 가장 위험한 법이라고요. 그건 그렇고, 내가 준 메모는 읽어봤어요?"

"아주 꼼꼼히 봤습니다."

"집 안에 유령이 산다는 건 어떻게 확인할 수 있죠?"

"시험인가요?"

"당신이 얼마나 잘 외워뒀는지 확인해 보고 싶어요."

"집으로 들어서자마자 영혼을 느낄 수 있습니다. 집의 물건들이 제멋대로 움직이고, 책꽂이에 책들이 거꾸로 꽂혀 있고, 익숙한 향기가 풍긴다는 설명을 듣지 않고도 유령이 안에 들어와 있다는 걸 알 수 있어요."

"잘했어요. 연습을 많이 한 모양이네요."

"유령을 탐지하는 기술은 심령 탐정 자격증을 따고 나서 이십 년간 갈고 닦아왔죠."

"아니에요. 당신은 비교(秘敎)에 통달한 지 이십 년 된 거예요. 술 한 잔 따라줄래요? 버번 있으면요. 자제력을 잃고 싶지 않아요."

"당신에게 자제력이 있다는 건 처음 알았는데요."

"그녀와 얘기할 때 아무 이야기나 막 지어내지 말아요. 내가 그녀에게 들려준 이야기와 차이가 있으면 곤란하니까요. 난 어제 그녀를 만나 유령 전문가인 심령 탐정을 데려오겠다고 했어요. 하루나 이틀 후에 미팅이 잡힐 거예요."

그는 그녀를 유심히 지켜보았다. 확 달라진 돈은 지극히 사무적이던 예전의 모습 그대로 돌아가 있었다.

"그가 또 괴롭히지 않던가요?"

"배에 멍이 들었어요. 자주색으로."

그가 그녀의 얼굴을 살며시 매만졌다.

"보여줘요."

"잭, 난 다시 시작하고 싶지 않아요."

그녀의 눈에서는 어떠한 감정도 읽히지 않았다. 그의 손이 그녀의 어깨에서 떨어졌다. 그는 면 재킷에 덮인 그녀의 팔을 살살 쓰다듬다가 손을 뗐다.

"난 준비됐어요. 다니엘르 타이넌. 아직도 배우로 활동 중인가요?"

"몇 편 만들고 나서 은퇴했어요. 그리고 다니엘르 카르마노스 부인이 돼버렸죠. 피터 카르마노스라는 할리우드 제작자와 결혼했거든요. 작년에 그녀가 출연한 영화 하나가 히트를 기록했는데 그게 바로 〈다시 태어나다〉였죠. 번개에 맞은 스트리퍼가 텔레비전 텐트 쇼의 신앙 치료사로 변한다는 내용이에요. 환자에게 손을 얹고 하늘을 올려다보며 이렇게 울부짖죠. '주님, 이 불쌍한 아이의 말더듬을 고쳐주세요.' 그럼 소녀는 다니엘르를 쳐다보면서 말해요. '주주주님을 찬양합니다.' 텐트에 모여든 인파는 일제히 함성을 질러대죠."

"난 그 영화를 못 봤어요. 그래서 어떻게 되죠?"

"나도 못 봤어요. 나중에 DVD를 빌려올게요. 결혼한 지 몇 년 되지 않았을 때 피터는 그 영화의 속편, 〈또다시 태어나다〉 세트에서 심장마비로 숨졌어요. 다니엘르는 서른다섯의 나이로 미망인이 돼버리고 말았죠. 그것도 아주 돈 많은 미망인."

"나이가 그것밖에 안 됐어요? 그보다 훨씬 늙었을 줄 알았는데."

"요즘 관리를 통 안 해서 아주 볼만해졌어요. 오랫동안 우울증에 시달려 왔대요. 인생의 황금기에 괜찮은 남자를 찾지 못해 몸이 달아 있더군요."

"돈이 그렇게 많은데 남자친구가 없다고요?"

"원한다면 남자는 얼마든지 꼬실 수 있어요. 그 집시 사기꾼은 피터 카르마노스가 저승에서 그녀에게 나쁜 마법을 걸어놨다고 했고, 다니엘르는 그 말을 믿고 있죠. 그녀는 진정한 사랑을 찾고 싶어 해요. 그게 뭔진 모르겠지만."

"그래서 당신이 그녀에게 집 안에 그의 유령이 살고 있다고 했군요. 그녀는 그 말을 덜컥 믿어버렸고."

"일을 더 흥미롭게 만들고 싶어서 그랬어요. 그리고 당신이 불쑥 나타났죠. 난 당신을 유령 전문가 겸 그녀의 진정한 사랑으로 만들면 되겠다고 생각했어요."

"정말 서른다섯밖에 안 됐어요?"

"피터가 사망한 팔 개월 전엔 그랬어요. 그 후로 그녀는 극심한 우울증에 빠져들었죠. 요즘도 어두운 방에 앉아 무슨 소리라도 들려오길 기다린다더군요. 아니면 어떤 움직임이라도 느껴지든지. 갑자기 흔들의자가 흔들리기 시작하거나, 열린 문이 닫히거나 하는 움직임."

"이상한 현상을 많이 보는 모양이군요."

"그냥 환영을 보는 것이겠죠. 사실 그녀는 무척 지적이에요. 그녀 자신도 그걸 알고 있고요."

"그녀 집에 유령이 있을 수도 있다고 생각해요?"

"바로 그걸 확인해 보려는 거예요. 거기서 유령이 발견되든 안 되든 당신은 열심히 유령을 쫓는 척해야 해요."

"그런 의식에 대해선 당신이 잘 알잖아요. 왜 직접 하지 않으려는 거죠? 대충 연기 좀 하고 나서 청구서를 보내면 될 텐데."

"여기서 가장 중요한 부분은 바로 진정한 사랑이에요. 바로 당신 말이에요, 잭. 당신은 그저 그녀만 유혹하면 돼요. 10만 달러는 족히 뽑아낼 수 있을 거예요."

"쿤도는 5만 달러를 얘기하던데요."

"그는 다니엘르가 어떤 여자인지 몰라요. 아무튼 그녀가 첫눈에 당신과 사랑에 빠질 수 있게만 해줘요. 나한테 했던 것처럼 말이에요."

"그때 당신은 흥분 상태였잖아요."

"그녀도 마찬가지일 거예요. 만약 그녀 취향이 나랑 비슷하다면 20만 달러를 청구해도 기꺼이 받아들일걸요. 당신도 그녀가 마음에 들 거예요. 그녀의 집도 마음에 들 거고요. 집은 비벌리 힐스에 있어요."

"20만 달러는 우리끼리 나눠 갖는 건가요?"

"수입이 5만 달러 이상이면 쿤도에게 일부를 떼어줘야 해요."

그녀가 잠시 머뭇거렸다.

"물론 그에게 비밀로 해두면 문제 될 게 없겠죠. 옷을 신경 써서 챙겨 입고 가야 해요. 진지하고 수수한 옷차림이 좋을 거예요. 유령 사냥꾼처럼 보이려면 말이죠. 알았어요? 그리고 훈증 용기도 잊지 말고요. 다니엘르는 오늘 저녁에 만나러 갈 거예요."

ㄱㄱㄱ

정오를 몇 분 남겨두고 있을 때 돈은 스케줄대로 운동을 시작했다. 그녀는 일주일에 나흘은 조깅을 했다. 운동 중인 누군가가 다가오면 그녀는 뛰기 시작한다. 보폭을 점점 넓히면서. 그녀가 뒤집어쓴 헤드폰에서는 프리텐더스의 〈다시 체인 갱으로 돌아가서(Back on the Chain Gang)〉가 요란하게 흘러나온다.

오늘 그녀는 오션 프런트 워크를 따라 브리즈 가를 향해 달렸다. 바다를 등지고 내륙 쪽으로 향하자 브로드웨이가 나타났고, 거기서 조금 더 나아가니 오크우드 파크 북쪽 끝에 자리한 티코와 숙모가 사는 노란색 방갈로(베란다가 붙은 간단한 목조 단층집—옮긴이)가 나타났다. 4킬로미터쯤 되는 거리를 삼십 분 만에 주파한 것이다. 티코의 집에 도착했을 때 그녀는 땀으로 흠뻑 젖어 있었다.

그는 돈에게 숙모 집이 다른 곳에서는 10만 달러도 채 되지 않을 거라고 했다. 하지만 베니스에서는 75만 달러 이상을 호가한다고 귀띔해주었다. 그의 숙모는 하루에 18달러어치의 담배를 피워댄다고 했다. 한 갑에 600달러씩 하는 비싼 담배였다. 언젠가 그는 트럭에서 뉴포트 두 상자를 훔쳐 틸리에게 선물했다. 티코는 마지막 한 개비가 사라지기 전에 그녀가 세상을 하직해 주기를 빌었다. 그렇게 되면 그는 곧바로 집을 팔고 베니스를 영원히 떠날 생각이었다.

문이 열렸다. 돈이 말했다.

"틸리는 나갔나요?"

"두 시간 후에 돌아올 거예요. 50달러를 쥐어주고 버스 정거장으로 보냈거든요. 아마 할리우드 파크를 둘러보고 올 겁니다. 그건 그렇고, 오늘은 무슨 역을 맡아줄까요? 미스터 지가부(흑인을 뜻하는 속어—옮긴이)? 아니면, 라 쿠카라차? 루 애덤스는 라틴계 사람들을 그렇게 부르죠. 숙모를 위해 지가부 노릇은 이미 해봤습니다. 땀에 젖은 모습이 꽤 매력적이군요. 냄새도 나쁘지 않고."

티코가 미소를 흘리며 말했다.

돈은 운동복 상의를 벗었다. 티코가 그녀에게 목욕 수건을 건네고 반라 상태로 땀을 닦는 그녀를 지켜보았다. 티코가 말했다.

"아래는 안 닦을 건가요? 그냥 두면 냄새 날 텐데."

"큰 잔에 얼음물 좀 따라와요."

그가 주방에서 물을 가지고 나왔을 때 돈의 운동복 바지는 이미 바닥을 뒹굴고 있었다. 그녀는 하체의 땀을 닦고 있는 중이었다. 그녀가 물을 마신 후 말했다.

"한 잔 더 부탁해요."

두 번째 잔은 앉아서 비워냈다. 티코는 그녀의 순백색 피부를 황홀한 눈으로 쳐다보았다. 흥분한 그가 말했다.

"한 시간 이십 분쯤 남았어요. 서둘러야 한다고요."

"나한테 얘기 안 한 거 있죠? 살인죄로 체포된 일 말이에요."

"네 번 잡혀 들어가서 세 번 풀려나왔죠. 유죄 판결 받았던 사건은 얘기했을 텐데. 나머지 두 사건도 비슷했어요. 갱단에 들어가면 보스의 지시에 따라 누군가를 쥐도 새도 모르게 없애버려야 할 때가 있습니다. 그렇게 스스로를 증명해 보이는 거죠. 언젠가 다른 조직과 전쟁이 벌어졌고, 그 과정에서 난 한 녀석을 죽였습니다."

"흑인? 아니면, 라틴계?"

"라틴계였어요. 그때 난 흑인 갱단에 소속돼 있었죠. 조직원들 전부 체포됐지만 증거 불충분으로 풀려났어요."

"운 좋게 체포되지 않았던 적도 있죠?"

"당신에게도 들려줬을 텐데요. 삭스 5번가에서 일하는 놈이 내가 고른 양복을 안 팔겠다는 겁니다. 열여섯 살 때였는데, 거기서 본 짙은 회색 핀스트라이프(가는 세로줄 무늬―옮긴이) 양복을 꼭 사고 싶었어요."

"그가 왜 안 팔겠다고 하던가요?"

"내가 빼빼 마른 깜둥이 꼬마라서 팔 수가 없다나요. 내가 돈이 어디서 났는지도 알 수 없다고 했고요. 그때 돈으로 600달러쯤 했던 것 같은데."

"정말요?"

"난 집에서 총을 가져와 비벌리 힐스로 갔어요. 윌셔에 있는 삭스로 말이죠. 내가 그 점원에게 말했어요. '양복 팔 거야, 안 팔 거야?' 그는 안 팔겠다면서 당장 꺼지지 않으면 경비를 부르겠다고 했습니다. 그래서 내가 그랬죠. '내가 뭘 가져왔는지 알아?' 난 그에게 발터 PPK 380을 보여줬어요. 기가 막히게 멋진 총이죠."

"오, 나한테 맡겨놨던 바로 그 총 말이군요."

돈이 흠칫 놀라는 투로 말했다.

"바로 그거예요. 아무튼 난 삭스 점원에게 양복을 가방에 담으라고 했어요. 그러고 나서 총구에 소음 장치를 끼웠죠. 양복만큼이나 비싼 총입니다. 600달러 주고 샀으니까요. 아무튼 그 자식은 겁에 질린 눈으로 내가 그 멋진 총에 소음 장치를 끼우는 걸 지켜봤어요. 그가 이러더군요. '재단사에게 먼저 맡겨 몸에 맞춰야 하지 않겠습니까?' 그래서 내가 그랬죠. '됐어. 그건 숙모한테 부탁하면 돼.' 난 그 삭스 점원 머리에 총을 한 방 갈기고 나와버렸어요."

"목격자는 없었고요."

"우리 둘밖에 없었어요."

"운이 좋았군요."

"쿨하다고 생각하지 않아요? 열여섯 살짜리가 그러고 다녔다는 게 말이에요."

돈이 의자에서 일어나 티코 샌도벌의 목에 팔을 걸쳤다. 그녀는 지금껏 그처럼 쿨한 남자를 만나본 적이 없다고 말했다.

"내가 그 은행 강도 놈보다도 쿨한가요?"

"은행 강도라뇨? 누구 말이죠?"

# 17

 사악한 유령에 홀린 여자에게 공인된 심령 탐정이 무슨 말을 해줘야 하지? 돈이 소개를 마치자 폴리가 카르마노스 부인에게 말했다.
 "〈영 프랑켄슈타인〉에 나왔던 진 와일더를 기억하십니까? 성의 문을 쳐다보며 그가 이런 말을 하죠. '이 노커(문 두드리는 고리쇠. 여성의 가슴을 의미하는 속어로도 쓰임—옮긴이)를 좀 봐!' 그러자 테리 가르가 이렇게 대꾸하지 않습니까. '감사합니다, 박사님.'"
 다니엘르는 희미하게 미소를 지어보였다. 적어도 폴리에게는 그렇게 느껴졌다. 그녀는 술이나 마약에 취해 있는 듯한 모습이었다.
 "이 집 노커도 똑같이 생겼더군요. 현관문 고리쇠 말입니다."
 폴리가 말했다.
 쿤도가 빌려준 사브를 타고 이곳으로 오는 동안 돈은 다니엘르 카르마노스가 마약과 과음을 절대 하지 않는다고 귀띔해 주었었다. 그저 무기력하고 절망에 찬 모습을 보일 뿐이라고. 하지만 불쑥불쑥 나타나는 유령에 대해 물으면 예민하게 반응한다나? 특히 그녀 남편의 영혼에 대해 물어보면 더 그렇다고 했다. 그래서 피터가 그녀에게 무엇을 주문했는지를 물을 때는 각별히 주의하라고 조언했다.
 그들은 현관 복도에 서 있었다. 다니엘르는 검은색 캐시미어 스웨터, 청바지, 굽 낮고 레이스 달린 은색 구두 차림이었다. 적당히 흐트러진 그녀의 금발 머리는 왠지 인기 스타였던 그녀의 신분과 잘 어울리는 것 같았다. 우울증에 걸려 있다고는 하지만 폴리의 눈에는 꽤 우아해 보였다. 그녀는 거실로 그들을 안내했다. 램프가 켜진 공간에는 황갈색과 빨간색 가구들이 보기 좋게 배치돼 있었다. 의자와 소파 위에는 다양한 색의 쿠션이 여럿 놓여 있었다.

다니엘르를 따라 들어가며 폴리가 말했다.

"그 영화에 나오는 마티 펠드먼은 기억하십니까? 눈이 툭 튀어나온 캐릭터 있지 않습니까. 기차에서 내린 그들에게 그가 얘기하죠. '이쪽으로 이렇게 오십시오.' 그러자 진과 테리 가르가 허리 굽은 마티를 흉내 내면서 발을 질질 끌기 시작하죠."

돈이 그를 살짝 흘겨보았다. 지금 뭐하는 거예요?

다니엘르가 미소를 지으며 그를 돌아보았다. 이번에는 확실한 미소였다. 긴장이 서서히 풀려가고 있다는 뜻이었다.

그가 말했다..

"카르마노스 부인, 두려우십니까?"

"당연하죠."

"뭐가 두려우십니까?"

그녀는 대답 없이 돈을 돌아보았다.

"피터의 영혼이 다니엘르를 괴롭혀 왔어요. 사실 그가 측은하기도 해요."

돈이 말했다. 그녀가 다니엘르를 돌아보았다.

"그의 입장을 이해해 보고 싶어요. 당신은 그의 인생 동반자였어요. 그는 당신이 다른 사람에게 홀리는 걸 보고 싶어 하지 않을 거예요. 하지만 그렇다고 이렇게 나오는 건 심하죠."

그녀가 폴리를 돌아보았다.

"그와의 접촉을 성공해야 할 텐데 말이에요."

"우선 그 친구부터 찾아봐야죠. 돈, 당신은 주위를 살피면서 그의 흔적을 찾아보도록 해요. 그를 불러내는 건 내가 할 테니까요. 일단 카르마노스 부인과 잠시 얘길 나눠봐야겠어요."

그가 말했다.

"박사님, 필요한 정보는 이미 다 입수됐어요."

"일처리가 아주 확실하군요. 하지만 이 문제를 내 관점에서 들여다볼 필요가 있습니다. 내 의견을 듣기 위해 날 부른 게 아니었나요? 카르마노스 부인과 얘기 좀 나누고 있을 테니까 당신은 그의 흔적을 찾아보도록 해요. 이 집은 영적 정화가 필요한 것 같습니다. 이따 차에서 훈증 용기를 꺼내야겠어요. 당신이 가져와준다면 고맙고요, 돈. 난 카르마노스 부인과 상담을 진행하면서 힙노고기아(각성에서 수면으로 진행하는 과도기의 상태—옮긴이)가 문제인지 확인해 볼 생각입니다."

그 말에 돈이 멈칫했다. 마치 순간적으로 할 말을 잊었다는 듯. 그녀는 마지못해 알았다고 했다.

그가 밖으로 나가는 그녀의 등에 대고 말했다.

"고마워요."

그가 다니엘르를 돌아보았다.

"그가 주로 어디서 나타나죠?"

"사방에서요."

"당신이 있는 곳이라면 어디든 나타나는 모양이군요."

"네."

"항상 당신과 함께 있나요?"

"아뇨. 항상은 아니에요."

"꿈에서도 그가 보입니까?"

"거의 매일 밤 보는 것 같아요. 꿈처럼 나타나긴 하지만 꿈과는 좀 달라요."

"나타나서 당신을 괴롭히나요?"

"고함을 많이 지르더군요. 살아 있을 땐 한 번도 그런 적이 없었는데. 그가 나타날 것 같으면 난 잠을 참고 깨어 있으려고 애써요."

"잠을 참는다고요?"

"결국엔 잠에 빠져들긴 하지만요."

"브라운-브라운이라는 약이 있습니다. 아프리카에서 주로 쓰이죠. 코카인과 화약을 섞은 겁니다. 그걸 먹으면 감각이 둔해지고, 며칠 동안 잠에 빠져들지 않죠."

"저도 좀 얻을 수 있을까요?"

"처방해 드리기가 좀 그렇습니다. 그냥 부인의 심란한 상태를 알고 나니 그 약이 떠올랐을 뿐입니다."

폴리 박사가 말했다.

ㄱㄱㄱ

다니엘르는 그를 2층에 자리한 침실로 데리고 갔다. 그녀에 의하면 피터가 바로 그곳에서 가장 위협적인 모습을 보인다고 했다. 폴리는 이불을 뒤집어쓴 채 침대에 누워 있는 그녀의 모습을 상상해 보았다. 그리고 그녀 남편의 유령이 이불을 벗겨내려 낑낑대는 모습도. 매력적인 미망인은 남편의 유령으로부터 자유로워지기를, 그리고 진정한 사랑을 찾을 수 있기를 갈망하고 있었다. 뭐가 문제지? 남자라면 사방에 깔렸는데. 그냥 가볍게 노닥거리기 좋은 남자도 있고, 오랫동안 진지하게 사귀기에 무난한 남자도 있고. 피터만 사라져주면 그녀는 아무나 침대로 끌어들일 수 있을 것이다. 잘 찾아보면 진정한 사랑도 여럿 눈에 띌 것이다. 열린 마음을 가졌고, 심각한 결점이 없는 사람들. 아델과 달리 말싸움에서 밀릴 때마다 "더 이상 이 얘긴 하고 싶지 않아요."라고 툭 뱉어버리지 않는 사람들. 어쩌면 아델의 결점은 그의 생각처럼 심각한 게 아니었는지도 몰랐다. 그들은 오 분간 아무 말도 하지 않았다. 침대는 정리돼 있지 않았고, 베개가 놓인 곳까지 끌어올려진 이불 위에는 잠옷이 뒹굴고 있었다. 그녀가 누워 있다 일어난 곳은 아직도 옴폭 들어가 있었다. 그는 잠옷 차림의 그녀를 상상해 보았다. 허벅지는 아델처럼 통통하지 않을 것이다. 그렇다고 아델의 허벅지가 매력적이지 않다는 건 아니었다. 아델의 허벅지는 한번 적응되면 헤어나기 힘들 만큼 섹시했다. 다니엘르는 게임 보드가 새겨진 테이블 앞으로 그를 이끌었다. 테이블 위에는 체스 말들이 가지런히 놓여 있었다.

"체스 둘 줄 아십니까?"

"가끔 두곤 했었어요. 피터는 체스의 명수였지만 전 별로 좋아하지 않았어요."

"저게 그의 흔들의자인가요?"

사진 속 케네디 대통령이 불편한 허리를 착 붙이고 앉았던 것과 비슷하게 생긴 흔들의자였다.

"이게 바로 그 악명 높은 흔들의자예요. 피터의 심판석."

"움직이려는 것 같은데요."

폴리는 자연산 원목 의자를 응시했다. 의자는 분명히 움직이고 있었다. 흔들림은 점점 뚜렷해져 갔다.

"어떻게 하셨죠?"

"제가 흔든 거라고 생각하세요? 피터가 하는 거라니까요. 자기가 이곳에 있다는 걸 알려주고 있는 거예요. 보나마나 오늘밤에도 나타나 불경한 짓을 했다면서 절 괴롭혀댈 거라고요."

폴리는 당혹스러웠다. 혼자 움직이는 의자. 정말 유령일까? 다니엘르는 전혀 동요하지 않았다. 스푼 구부리는 친구도 있었지? 폴리는 그런 것들에 큰 관심이 없었다. 하지만 방금 자신의 눈으로 똑똑히 본 현상에 대해서는 돈에게 꼭 물어볼 생각이었다. 다니엘르는 집에서 벌어지는 어떠한 기현상에도 놀라지 않을 것 같았다.

"떠난 영혼이 이승에 남는 이유는 외롭기 때문입니다. 그리고 자신이 아직 곁에 머물러 있다는 사실을 알려주기 위해서이기도 하고요. 어쩌면 부인께 전하고 싶은 메시지가 있기 때문인지도 모릅니다."

"피터의 메시지가 뭔지 아세요? 정숙해라. 창녀처럼 살지 마라. 사실 전 피터가 세상을 뜬 후 데이트다운 데이트를 해본 적이 없어요. 그런데도 그는 절 창녀라고 부른다고요."

"남자들과 시시덕거리지 말라던가요?"

"아주 지겨워 죽겠어요. 다른 사람 만날 생각은 아예 품지도 말라더군요. 아무리 발버둥쳐도 자길 벗어날 수 없을 거라나요? 그 부분에 대해선 굉장히 완강해요."

"그가 꿈에도 나온다고 하셨죠?"

"꿈보다 훨씬 실감이 나요. 깨어 있는 듯한 느낌이랄까."

"움직이실 순 있고요?"

"쉽진 않아요."

"뭔가가 부인의 몸을 붙잡고 있는 듯한 느낌인가요?"

"네. 공황 상태나 다름없어요."

"그게 바로 힙노고기아입니다."

폴리가 말했다. 돈의 메모에서 봤던 바로 그 단어였다.

"자신이 꿈을 꾸고 있는지 깨어 있는지 구분이 안 되는 상태를 의미합니다. 부인께선 자신이 죽은 남편의 영혼에 홀려 있고, 거기에 대해 아무

조치도 취할 수 없어 난처하신 거죠?"

폴리가 진지한 얼굴로 그녀의 눈을 빤히 들여다보았다.

"바로 그거예요. 박사님께서 그를 막아주실 수 있나요? 제발 절 좀 내버려둬 달라고 말씀해 주실 수 있어요?"

"그와 대화가 가능하십니까?"

폴리가 여전히 흔들리고 있는 의자를 내려다보았다. 움직임은 많이 줄어들어 있었다.

"물론 그가 같은 공간에 있다면 말입니다."

"전 그에게 미안하다고 했어요. 제가 방을 나가면 그도 절 졸졸 따라와요. 그에게 제 솔직한 마음을 어떻게 전해야 할지 모르겠어요. 그는 제가 정숙하게 지내고 있다는 걸 알고 있어요. 하지만 지금 당장은 아니더라도 서서히 제 인생을 찾아가야 하지 않겠어요? 그게 그렇게 잘못된 일인가요?"

"물론 아닙니다."

폴리가 말했다. 그는 슬픈 미소를 적절히 흘리고 있었다.

"제2의 천성이라 할 수 있는 본능에 충실하겠다는 건데 누가 뭐라고 할 수 있겠습니까? 지극히 자연스러운 일인걸요. 느낌과 이성이 하는 얘길 잘 들어보세요. 그것들이 부인을 올바른 길로 인도해 줄 겁니다."

그가 들어봐도 그럴 듯한 말이었다. 마치 돈이 그의 머릿속에 들어와 있기라도 한 듯했다.

"하지만 전 두려워요. 지금껏 사후 세계가 있을 거라고는 생각하지 못했어요. 하지만 지금은 그 안에 살고 있는 듯한 기분까지 들어요. 미스 나바로, 돈이 말씀드렸을 거예요. 그녀는 피터가 사악한 몽마(夢魔)로 변한 것 같아 두렵다고 했어요."

그럼 여자는 마녀겠군. 폴리는 속으로 정리했다.

"피터는 자신의 악의가 이치에 닿는다고 생각하고 있을 겁니다. 왜냐하면 남편께선 아직도 부인을 끔찍이 사랑하고 계시기 때문이죠. 부인께서 주무실 때 남편이 덮친 적은 없었습니까?"

폴리가 말했다.

"그렇게 섹스를 했느냐고요? 아뇨. 그런 적은 없었어요. 움직이지 못할 땐 몸이 마비된 기분이 들죠. 그는 절 그렇게 짓눌러대며 재혼은 꿈도 꾸지 말라고 경고해요. 전 그럴 생각이 전혀 없다고 얘기해요. 실제로 재혼을 진지하게 생각해 본 적도 없고요. 하지만 그는 절 믿어주지 않아요. 그래서 제게 사악한 마법을 걸어놓았죠. 전문가들은 이걸 어떻게 부르는진 모르겠지만 전 저주에 걸린 게 분명해요."

집시 여인의 저주.

"마담 로사를 만나보셨죠? 피터에 대해 상담을 하셨고, 그녀는 그가 부인에게 저주를 걸어놓았다고 주장했다죠? 왜 그녀 주장을 믿으시는 겁니까?"

"그게 사실이니까요. 실제로 제게 일어나고 있는 일이에요. 이젠 정말 돌아버릴 것 같다고요. 흥분해서 죄송해요, 박사님. 원래 이렇진 않은데. 박사님, 전 너무 혼란스러워요. 의지할 데도 없고요. 이 문제를 어떻게 풀어야 할지 모르겠어요."

"그가 부인을 괴롭히기 시작한 건 마담 로사를 만나보시기 전인가요, 아니면 그 후인가요?"

"처음으로 나타나 내 머릿속을 훤히 들여다보는 척했던 건 장례식장에서였어요. 모두가 떠났고, 저 혼자 장례식장의 관 옆에 앉아 있었죠."

"거기서 구슬프게 울고 계셨겠군요."

"울기도 했고, 제 남은 삶에 대해서도 진지하게 생각해 봤어요. 아무 대책 없이 살다가는 아까운 인생을 허비하게 될 것 같더라고요."

오늘 저녁 처음으로 폴리는 다니엘르 카르마노스가 자신을 어떻게 생각하고 있을지 궁금해졌다. 길게 늘어뜨린 스포츠 코트와 깨끗한 청바지, 단추를 몇 개 푼 검은색 셔츠, 그리고 벼룩시장에서 집어온 것 같은, 발끝이 살짝 말려 올라간 낡은 카우보이 부츠 차림의 유령 전문가. 폴리는 그런 옷차림이 상대에게 자신감 넘치고, 사람 좋은 인상을 줄 수 있다고 믿었다. 안녕하십니까. 전 폴리 박사입니다. 하지만 그냥 닥이라고 불러주십시오. 적당히 보수적인 유령 사냥꾼이라고나 할까?

"마담 로사를 처음 만나보셨을 때 얘기를 듣고 싶습니다."

"그가 세상을 떠난 지 몇 달 지났을 때였어요."

"그녀에게 피터가 집요하게 달라붙으면서 부인을 괴롭힌다고 하셨습니까?"

"로사도 대번에 그걸 꿰뚫어봤어요. 그녀가 대뜸 묻더군요. '가끔 숨이 막히실 때가 있죠? 안 그런가요?'"

"그가 무척 그립긴 하지만 그래도 자꾸 이승에 출몰해서 귀찮게 하는 건 싫으신 거죠?"

"절 좀 내버려뒀으면 좋겠어요. 남은 삶을 검은 상복만 입고 징징 짜대고 싶진 않다고요. 평생 검은색 드레스만 걸치고 다닐 순 없어요."

"그래서 남편에게 부인의 입장을 알아듣게 설명하고 싶으신 건가요?"

"전 마음속 깊은 곳에 그를 영원히 담아둘 거예요. 그가 많이 그리운 것도 사실이고요. 하지만 여생을 비탄에 잠겨 살 순 없는 일이에요. 전 워리비즈(긴장을 풀기 위해 손으로 만지작거리는 염주—옮긴이)를 조몰락거리며 징징대는 그리스 여자들과는 다르다고요."

"그에게 그 얘길 하셨나요?"

"아직 못했어요. 하지만 곧 할 거예요."

"뭣 하러 시간을 끄십니까? 그에게 허락부터 받으시려고요?"

그녀는 대답하지 않았다. 그녀의 시선은 움직임을 멈춘 흔들의자로 돌아가 있었다.

다니엘르가 물었다.

"어떻게 하신 거죠?"

# 18

어젯밤 집으로 돌아오는 길에 돈이 말했다.

"앞으로 내게 자질구레한 일을 시키고 싶을 땐 미리 귀띔해 줘요. 그래야 내가 집 청소 따윈 하지 않는다는 얘길 해줄 수 있을 테니까요. 아무리 그게 영적인 목적을 위해서라고 해도 말이에요."

"그걸 듣고 설쳐대는 나 자신을 상상할 수가 없더군요."

폴리가 말했다.

돈은 폴리에게 카르마노스의 집 창문을 전부 열어놓은 후 말린 샐비어가 담긴 훈증 용기를 들고 집안 구석구석을 훑으라고 했었다.

"그렇게 집에서 정체된 에너지를 뽑아내는 거예요."

그런 다음, 폴리는 유령에게 추방 명령을 읊어야 했다. "부정적인 에너지와 책임 있는 유령들은 썩 물러가라." 그는 향을 뿌리는 복사(服事)처럼 훈증 용기를 살랑살랑 흔들고 다녔다. 폴리가 가장 힘들어했던 건 주문을 읊는 일과 큰 소리로 유령에게 말을 거는 일이었다.

"중세부터 용인돼 온 방식이에요."

선셋 대로를 타고 405번 고속도로를 향해 달려 나가면서 돈이 말했다. 그녀의 목소리 톤에는 우월감이 살짝 묻어 있었다. 핸들을 잡은 모습만 봐도 돈이 얼마나 짜증을 내고 있는지 알 수 있었다. 지레를 써도 그녀의 손을 핸들에서 떼어낼 수 없을 것 같았다. 두 사람은 한동안 말이 없었다. 그녀는 어둠에 묻힌 폴리에게 가벼운 눈길 한 번 주지 않았다.

그는 돈에게 흔들의자에 대해 들려주었다.

"그래서요?"

"누가 한 거죠?"

"누가 한 것 같은데요?"

"그녀는 피터가 자신이 왔다는 걸 알리는 거라고 했어요."

"아니면 그 딱하고, 돈 많은 미망인인지도 모르죠."

"그녀는 자기가 그걸 움직이게 한다고 생각하냐고 내게 묻더군요."

"이런 생각은 안 해봤어요? 그녀가 움직이게 하는 거고, 그녀 자신조차 그 사실을 모른다고 말이에요. 그녀의 정신 상태는 어떤 것 같나요?"

"피터가 자신을 비참하게 만들고 있다고 확신하고 있어요. 난 그녀에게 본인 입장을 분명히 전달하라고 했죠. 그럼 그도 알아듣고 떠날 거라고 말이에요. 그녀는 내가 의자의 흔들림을 멈췄다고 믿고 있어요."

"그래서 뭐라고 했죠?"

"난 그냥 그렇게 믿도록 내버려뒀어요."

"잘했어요. 기대 이상인데요."

돈이 말했다. 그녀는 여전히 그를 돌아보지 않고 있었다.

"측은하더군요. 그녀가 스스로에게 그러고 있는 걸 보니."

"에너지가 어디서 발산돼 나오는지는 중요하지 않아요. 당신은 그저 그녀를 구제해 주기만 하면 되는 거예요."

"글쎄요, 모르겠어요."

"왜요? 당신의 매력이 아직 제 기능을 못하고 있어서요?"

"그냥 그녀를 속여야 한다는 게 마음에 걸려요."

"그럼 자신 있다는 뜻이기도 하겠군요. 역시 잘 될 줄 알았다니까요. 하지만 당신은 여전히 비천한 은행 강도일 뿐이에요. 자신감이 지나치면 문제가 될 수 있어요. 허풍은 금물이에요."

돈이 말했다.

왜 갑자기 이렇게 나오는 거지?

며칠 전 그를 놀려댔던 그녀는 눈에 사랑을 가득 담고 있었다. 그런 그녀의 모습을 보며 폴리는 무척 황홀해했었다. 폴리와 점쟁이는 그렇게 서로를 찾았고, 함께 일을 꾸몄다. 지금 돌이켜보면 이치에 닿지 않는 부분이 조금 있었지만 그는 여전히 궁금했다. 그리고 돈이 어떤 생각을 품고 있는지 듣고 싶었다.

그녀가 말했다.

"열한 시 반이에요. 상스러운 쿤도 레이, 내 난쟁이 애인은 지금쯤 발끝으로 서서 날 기다리고 있을 거예요."

폴리는 대꾸하지 않았다. 며칠 전이었다면 그 말을 듣고 피식 웃음이 나왔을 텐데.

ㄱㄱㄱ

다음날 아침 열 시 반, 확 달라진 돈이 그에게 전화를 걸어왔다.

"잭, 나 때문에 깬 거라면 미안해요. 쿤도가 아침 먹으러 오래요. 이미 먹었으면 커피 마시러 건너와요. 에스프레소를 만들어놓을게요."

돈의 음성은 경쾌했다. 쿤도가 가까이 있는 모양이었다. 그녀가 말했다.

"참, 다니엘르 카르마노스가 전화를 걸어왔어요. 당신 주소를 묻더군요. 감사 카드를 보내고 싶다나요? 문제 해결에 큰 도움이 돼줘서 고맙대요. 우리가 다녀간 후로 피터를 보지 못했다는군요."

"난 그저 그에게 자신의 입장을 똑 부러지게 전달하라고만 했을 뿐인데요."

"그녀가 당신 조언대로 그에게 제발 좀 꺼지라고 했던 모양이에요. 잠깐만요."

돈이 잠시 쿤도와 얘기를 나눴다.

"쿤도가 당신이 정말 피터에게 꺼지라고 했는지 묻는데요. 유령과 대화하는 당신 모습이 상상이 안 된다는군요. 난 잭은 걱정할 필요가 없다고 했어요. 적당히 교활하고 똑똑하니까. 난 다니엘르에게 당신이 운하 건너에 살고 있으니 언제든 내킬 때 찾아가 보라고 했어요. 남자 생각이 아주 간절할 때 말이죠. 그녀가 이러더군요. '오, 정말 그래도 되나요?' 난 당신이 항상 집에 있다고 했어요. 집에 틀어박혀 유령의 흔적을 확인하는 방법에 관한 책을 집필 중이라고 둘러댔죠. 목욕 중에 유령이 자신을 지켜보고 있다는 걸 어떻게 확인할 수 있는지, 뭐 그런 내용 말이에요. 잭, 이번 일을 좀 더 끌어보는 게 좋을 것 같은데 어떻게 생각해요? 유령을 쫓아내는 일이 너무 쉬워 보여도 안 되잖아요. 나중에 또 다니엘르의 집에 가게 되면 그땐 피터를 발견한 척해야겠어요. 그리고 그와 대화도 좀 나눠봤으면 하고요. 잠깐만요. 쿤도가 바꿔달래요."

"건너올 거야?"

"아침은 이미 두 시간 전에 먹었어."

"더 이상 교도소 스케줄대로 살지 않는 모양이군. 이봐, 내가 이 여자에게 뭐라고 했는지 알아? 네가 빌어먹을 유령과 대하는 모습이 상상이 안 된다고 했어."

"지금껏 살아오면서 누군가에게 '썩 물러가라' 하고 명령한 적이 없었으니 그럴 만도 하지."

"물론 그런 식으론 안 했겠지. 하지만 '썩 꺼지지 못해?', 뭐 이랬던 적은 있었을 거 아니야. 그건 그렇고, 그 카르마노스라는 여자는 어떤 것 같았어?"

"사람은 좋아 보이던데."

"참한 게 딱 네 타입이지? 난 네 일에 참견하고 싶지 않아. 네 사생활엔 관심 없다고. 그 여자랑 뭘 하든……."

"그러니까 나도 네 일에 신경 끊으라고? 대체 하고 싶은 말이 뭐야? 듣고 나서 마음에 안 들면 그냥 무시해 버려도 돼?"

"뭐? 그게 무슨 소리야? 내가 뭘 원하는지도 너한테 들려주면 안 돼? 대체 내 말을 어떻게 이해한 거지?"

"내가 오해했어. 미안해. 곧 건너갈게."

그는 그녀가 뭔가 심상치 않은 일을 꾸미고 있을 거라고 확신했다. 돈. 돈은 쿤도에게 잭이 적당히 교활하다고 했다. 거기다 똑똑하기까지 하다고. 그녀는 어젯밤 일로 여전히 화가 나 있는 게 분명했다.

그는 그들의 집으로 전화를 걸었다. 돈이 응답하자 그가 말했다.

"에스프레소는 그냥 둬요. 난 산책 나갈 겁니다."

"좀이 쑤시나요, 잭?"

그녀가 말했다.

집을 나온 그는 델 가를 향해 걸어 나갔다. 좁고, 구불구불한 그 길은 네 개의 운하에 골고루 걸쳐져 있었다. 그는 무작정 걷다 보면 거리를 서성이고 있는 티코와 마주칠지도 모른다고 생각했다. 물 위로 걸쳐진 다리 위에 두 형체가 서 있는 게 그의 눈에 들어왔다. 낮은 콘크리트 벽에 몸을 기댄 한 명은 넥타이를 옆으로 길게 늘어뜨리고 있었다. 폴리는 그게 루 애덤스라는 걸 알 수 있었다. 루가 벽에서 몸을 떼고, 한 손을 들어보였다. 폴리는 그와 함께 서 있는 남자의 정체를 알지 못했다. 그 또 다른 남자는 스포츠 셔츠 차림에 선글라스를 쓰고 있었다. 긴장이 풀린 상태인지 그의 두 손은 바지 주머니에 깊이 쑤셔 넣어져 있었다. 그에게서는 왠지 형사 냄새가 풍기는 것 같았다. 그런 건 아무래도 상관없었다. 폴리는 계단을 오르기 시작했다. 루 애덤스는 다시 몸을 콘크리트 벽에 붙이고 어깨너머로 폴리를 돌아보았다. 날 기다리고 있는 거야. 내가 다가가면 저 친구는 호기심때문일 거라고 생각하겠지. 폴리는 생각했다.

물론 그는 루 애덤스가 여기서 무엇을 하고 있는지 궁금했다. 그래서 폴리는 그에게 다가가 보았다.

ㄱㄱㄱ

루가 허리를 펴고 폴리를 돌아보았다.

"잭, 이쪽은 론 데네웨스야. 삼십 년간 로스앤젤레스 경찰국에 몸담았었고, 은퇴한 지는 얼마 안 됐어. 론 덕분에 티코를 임시 부관으로 둘 수 있게 됐지. 아무튼 날 많이 도와주고 있어."

"처음 보는군."

데네웨스가 말했다. 그는 폴리에게 악수를 청하지도 않았다.

"네 기사는 많이 읽어봤어. 흥미롭더군. 앙골라 시절 기사부터 샅샅이 훑어봤어. 그 지옥 같은 곳에서 어떻게 이십이 개월을 버틸 수 있었지? 컬리 삼촌의 차를 타고 가다가 체포된 게 처음이었던가?"

"론이 내 집필을 도와주고 있어. 필요한 자료를 대신 살펴봐주고 있지. 덕분에 난 네 첫 성찬식 이후의 모든 정보를 손에 넣을 수 있었다고."

루가 말했다.

"책을 쓰고 있다고?"

폴리가 말했다.

"내가 얘기하지 않았던가? 티코에겐 얘기했는데. 난 네 젊은 시절과 교도소 시절 이야기를 속속들이 알고 있어. 지금 네가 무슨 꿍꿍이셈인지도 물론 알고 있고."

데네웨스가 음흉한 미소를 흘렸다.

"루는 네가 마지막으로 걸려 들어가는 날을 기다리고 있어."

"맞아. 이 나라 역사상 가장 악명 높았던 은행 강도가 사회로부터 영원히 격리되는 날을 기다리고 있지."

루가 말했다.

"은행 강도에 대한 책을 쓰고 있는 거야?"

폴리가 말했다.

"다른 케이스들도 다루긴 했지만 엄밀히 말하면 너에 관한 책이라고 할 수 있어."

"탈고는 됐고?"

"현재 500페이지까지 진행됐어."

"난 이 친구에게 페이지수를 적어놓으라고 했어. 원고가 바람에 흩날리면 큰일이잖아."

데네웨스가 말했다.

"그건 탈고 후에 사람을 시키면 돼. 그녀가 깔끔하게 타이프도 쳐줄 거고. 여백에 주석도 많이 달아놨어."

루가 말했다.

"그녀에게 한 행씩 띄어 타이프 하라고 지시하는 거 잊지 마."

데네웨스가 말했다.

"그게 나에 관한 책이라고?"

폴리가 말했다.

"넌 세상 누구보다도 많은 은행을 털었던 사람이야. 안 그래? 내가 탈고할 때쯤이면 넌 아마 역사상 가장 유명한 은행 강도가 돼 있을 거야. 난 널 존 딜린저와 윌리 서튼 같은 인물들과 비교해 놓을 거거든."

"윌리 서튼? 농담이겠지?"

"아직까진 그가 너보다 유명하긴 해. 하지만 이 책만 나오면 싹 달라질 거야. 그러니 염려 말라고. 에이전트도 윌리를 넣는 게 좋겠다고 했어."

"에이전트도 있어?"

"잭, 에이전트가 없으면 아무 소용 없다는 거 몰라? 작가들이 잘 알지도 못하는 범죄 이야기를 써서 팔아치우는 것도 다 에이전트 덕분이야. 내 에이전트는 예전에 무명작가가 쓴 책을 내놓고 영화사들의 입찰을 부추긴 적도 있었어. 출판 사업에서 쓰는 건 별로 중요하지 않아. 파는 게 중요하지."

"그러니까 나에 대한 책을 쓰고 있다는 거지? 은행 강도로서의 내 생애에 대한 책을?"

"아마 네가 저지르고 다닌 범죄에 초점을 맞추게 될 거야. 기왕이면 결말이 아주 화끈했으면 좋겠는데."

"하지만 넌 내 인생에 대해 아는 게 거의 없잖아."

"그건 네 생각이고. 나한텐 네 전과 기록이 있어."

"거기엔 내 개인적인 이야기가 담겨 있지 않을걸. 예를 들면, 낚싯배 임대업을 하고 싶었지만 어찌 하다 보니 삼촌 밑에 들어가 운전을 하게 된 사연 같은 거 말이지. 컬리 삼촌이 이십칠 년간 교도소에서 살았고, 자선 병원에서 세상을 떠났다는 사실은 알고 있어? 원한다면 결국 덜미를 잡혔을 때 어떤 기분이 들었는지도 가르쳐줄 수 있어. 난 평생 잡히지 않고 그렇게 살 수 있을 줄 알았지. 루, 어릴 땐 누구나 실수할 가능성을 굳이 떠올려보지 않잖아."

폴리가 고개를 저으며 말했다.

"교도소에서 좋은 교훈을 얻어 나온 모양이군."

"삼십 년을 선고받았을 때 정신이 번쩍 들더라고."

"하지만 후회하기엔 좀 늦었잖아. 안 그래? 책에 그 내용을 덧붙여야겠군. 결말부에 말이야. 내가 어떻게 널 연방 교도소에 처넣을 수 있었는지 설명하고 나서."

"루, 네가 실패자 세상을 떠나게 되면 널 추모하는 의미로 은행 하나를 털게. 금전 출납계원에게 이렇게 말할 거야. '스위트하트, 이건 멍청하지만 나름 헌신적이었던 루 애덤스 특별 수사관을 위해 벌이게 된 일이에요.'"

"잭, 은행이 아니라면…… 잠깐. 생각 좀 해보고. 넌 지금 몇 건의 살인 사건의 배후에 있는 쿠바인 전과자의 집에서 손님으로 대접받고 있어. 그 친구, 이 바닥에선 거물로 알려져 있던데."

루가 말했다. 그가 론 데네웨스를 흘끔 돌아보았다.

"잭에게 네가 어젯밤에 뭘 했는지 들려줘."

"난 널 미행했었어. 그 점쟁이랑 비벌리 힐스로 들어가던데. 카르마노스 부인의 집이었지? 그녀 남편은 지난 겨울에 세상을 떠났고, 덕분에 그녀는 돈벼락을 맞게 됐어. 베네딕트 캐니언 근처에 자리한 저택에 사는데 한때 그 집엔…… 루, 그 배우 이름이 뭐지?"

론 데네웨스가 말했다.

"잉그리드 버그만. 론은 네가 사기를 치고 다닌다고 믿고 있어. 불쌍한 여자들을 등쳐먹는 일 말이야. 그녀에게서 돈을 뜯어내고 도망칠 생각이 없나? 하지만 난 여전히 믿어지지가 않더라고. 넌 잭 폴리잖아. 네가 할 줄 아는 건 은행 터는 일뿐이라고. 본능에 충실해야지."

ㄱㄱㄱ

욕실 변기 위에서 전화벨이 울렸다. 폴리는 지금껏 이토록 물이 빨리 내려가는 변기를 본 적이 없었다. 비데 양옆으로는 조명이 하나씩 붙어 있었다. 샤워를 마치고 나온 폴리가 수건으로 몸을 말리며 벽에 붙은 수화기를 집어들었다.

다니엘르 카르마노스는 인사도 하지 않았다.

"집에 계시는군요. 아까 전화했을 땐……."

폴리는 한 시간 정도 산책을 하고 들어왔다고 했다. 그리고 8킬로미터쯤 걷다 온 것 같다고 덧붙였다. 다니엘르는 산책보다는 달리는 게 더 좋다고 했다. 폴리가 말했다.

"조깅 말인가요?"

그녀는 조깅이 아니라 뛴다고 했다. 매일 10킬로미터씩.

"그래서 그런 몸매 유지가 가능한 거였군요. 물론 식습관에도 무척 신경 쓰시겠죠?"

"오, 그냥 슬쩍 보기만 하셨는데도 그걸 아시는군요."

그녀는 그에게 호감을 사기 위해 애쓰고 있었다.

"나바로 씨에게 들었습니다."

"그녀가 당신에게 볼일이 있으면 언제든 찾아가 보라고 하더군요. 하지만 아무 때나 찾아가 하시는 일을 방해하고 싶지 않았어요. 책을 쓰고 계신다고 들었는데."

책. 루 애덤스처럼. 그는 루가 정말로 그 책을 집필 중인지 궁금했다. 에이전트가 있다는 주장도 곧이 믿어지지 않았다. 그가 다니엘르에게 말했다.

"요즘엔 유령 퇴치에 신경 쓰느라 집필은 잘 못하고 있습니다. 그건 그렇고, 좀 어떠십니까?"

"사실 그것 때문에 뵙고 싶은 거였어요. 잠깐 들러도 될까요? 시간 괜찮으시다면."

"아무 때나 괜찮습니다."

"지금 차에 있어요. 몇 분 후에 도착할 거예요."

ㄱㄱㄱ

그들은 장식용 쿠션이 몇 개 놓인 소파에 앉아 있었다. 유리로 덮인 테이블에는 레드 와인이 놓여 있었다. 다니엘르가 와인을 홀짝이며 말했다.
"음."

젖은 머리를 빗어 넘긴 폴리도 기분이 괜찮았다. 그녀에게서는 캐스웰 메이시 넘버 6의 향이 은은하게 풍겼다. 폴리는 한껏 무르익은 분위기가 좋았다. 하지만 서두르고 싶지는 않았다. 그는 팔 개월간 미망인으로 살아온 다니엘르의 리드를 따르기로 했다.

"리처드 긴던이라고, 친한 예술가가 있어요. 그에게 일 년쯤 기다렸다가 연애를 시작하는 게 좋겠느냐고 물어봤어요. 리처드가 이러더군요. '혹시 시칠리아에서 왔어요?' 전 아니라고 했어요. 하지만 피터를 빨리 쫓아내지 못하면 구세계 미망인들처럼 비참해질 거라고 했어요."

그녀가 잔을 살짝 들어 보였다.

"그리고 박사님이 그를 쫓아내 주셨죠. 어떻게 하셨는진 모르지만 아무튼 정말 대단하세요."

"절 유심히 지켜보셨던 것 같은데 아니었나요?"

그가 말했다. 폴리는 초자연적 현상이 어쩌고, 영혼과의 접촉이 어쩌고 하는 유치한 얘기를 늘어놓으려 하다가 생각을 바꾸었다.

"부인께서 그의 유령을 머릿속에서 쫓아내셨기 때문에 가능했던 일입니다."

"제가 했다고요?"

그녀가 말했다. 의심 섞인 톤이었지만 특별히 그 문제에 신경을 쓰는 것 같지는 않았다.

폴리는 도박을 해보기로 했다. 그가 그녀를 똑바로 쳐다보며 말했다.

"본인에게 저주가 걸려 있는 척하기가 귀찮아지신 거 아닌가요?"

그녀는 흠칫 놀라는 모습이었다. 하지만 이내 미소를 되찾았다.

"알고 계셨군요. 아니에요. 전 여전히 그 저주에 대한 아이디어가 마음에 들어요. 금세 지쳐버린 건 마담 로사였죠. 그녀는 자신의 교회에 만 달러를 내면 집시들을 불러 절 위해 기도하게 해주겠다고 했어요. 그러면 사악한 마법으로부터 헤어 나올 수 있다나요? 전 로사를 돌려보내고, 계속 저주와 피터의 유령에 시달리며 살았어요. 전 그의 할머니를 떠올리며 필요할 때마다 겁에 질린 어린 소녀 연기를 능청스럽게 해왔죠. 저한테 화나셨죠?"

거봐. 쉽잖아. 이 여자, 볼수록 마음에 드는데. 폴리는 살짝 미소를 지었다.

"돈에게 들었는데 박사님께서 저희 집을 위해 영적 정화를 해주겠다고 하셨다면서요? 전 그녀에게 집은 깨끗하다고 했어요. 피터도 더 이상 절 괴롭히지 않고요. 그녀는 박사님께 말씀드려 본다고 했어요."

다니엘르가 다시 잔을 들었다.

"저희 집 좀 정화시켜 주시겠어요?"

그녀가 잔 너머로 그를 쳐다보았다.

"아무 때나 원하실 때 해드리겠습니다. 하지만 창문은 닦아드릴 수 없습니다."

폴리가 말했다. 그 말에 그녀가 흠칫 놀랐다.

"박사님은 이 문제에 대해 별로 진지하지 않으시군요. 돈은 무척 진지하던데."

"그녀는 점쟁이지 않습니까."

"사실 좀 무섭긴 해요. 보이지 않는 세상의 현실을 얘기하잖아요. 우리보다 훨씬 높은 진동 주파수 안에 존재하는 세상 말이에요. 기온이 항상 25도로 유지되고, 벌레는 없으며, 애완동물만 우리와 함께 살 수 있는 세상. 이 세상의 모든 것은 진동으로 이루어져 있어요. 박사님도, 저도 마찬가지죠. 알고 계셨나요?"

"몰랐습니다."

"천국이 있다고 믿으세요?"

"너무 늦지 않게 내 인생을 바꾼 것에 대한 보상이 분명히 있을 거라고 믿습니다."

"이 문제는 박사님이 돈과 잘 상의해서 처리해 주세요. 그녀에게 제가 그동안 연기를 해왔다고 전해 주시고요. 하지만 수수료는 섭섭지 않게 지급할 생각이에요. 박사님께서 계속 도와주셔도 상관없어요. 물론 피터를 쫓아주신 데에 대한 수수료는 챙겨드릴 겁니다. 다시 말씀드리지만 정말 대단하셨어요. 그런데 정말 초자연적 현상은 다루지 않으시나요?"

폴리는 그렇다고 대답한 후 바지 주머니에서 수표장을 꺼내드는 그녀를 지켜보았다. 그가 말했다.

"그 서비스는 무료입니다. 피터가 보지 못했기를 바라야죠."

그녀가 테이블 위로 몸을 숙이고 수표를 써나갔다.

"진심으로 드리는 말씀입니다. 저도 처음 해보는 일이었어요. 당연히 무료로 해드려야죠."

그녀는 미소를 짓지도, 그의 말을 듣고 있는 것 같지도 않았다. 그는 서명한 수표를 테이블에 엎어놓는 그녀를 지켜보았다.

"당신 분야가 오컬트가 아니라면 뭐가 당신 분야죠?"

그는 그녀의 표정을 유심히 살폈다.

"난 은행 강도예요."

그녀의 입술이 살짝 벌어졌다.

"거짓말 말아요."

쿠션에 묻힌 그녀가 허리를 폈다.

"믿을 수 없어요."

"믿어요."

그들은 서로를 빤히 쳐다보았다.

"난 세상 그 누구보다도 많은 은행을······."

"네······."

"털어봤어요."

"윌리 서튼보다도요?"

"윌리 서튼, 맙소사."

"당신을 믿어요."

그제야 실감이 나는 모양이었다.

"몇 곳이나 털어봤죠?"

"백스물일곱 곳. 아마 앞으로는 은행을 털 일이 없을 겁니다. 장담은 못하겠지만."

"놀랍군요."

"한 가지 물어볼게요. 흔들의자는 어떻게 움직이게 한 겁니까?"

"내가 움직이게 한 게 아니었어요. 당신이······ 당신이 한 게 아니었나요?"

ㄱㄱㄱ

그들은 오스트레일리아산 레드 와인을 한 잔씩 더 따라 마셨다. 다니엘르는 돈에게 흔들의자에 대해 물어봐야 할지를 놓고 고민하고 있었다. 폴리는 와인 대신 잭 다니엘을 마시면 분위기가 한층 더 무르익지 않을까 궁금했다. 아니야. 조급하게 굴지 마. 그는 생각했다.

"돈은 당신이 흔들의자를 움직이게 만들었을 거라고 했어요. 무의식중에 말이죠."

"내가 그걸 어떻게 할 수 있겠어요?"

"그야 나도 모르죠."

"하지만 내가 모든 걸 꾸며냈다는 건 사실이에요. 피터는 내게 한 번도 고함을 친 적이 없었어요."

"그가 의자를 흔드는 거라고 했잖아요."

"나도 설명할 수 없는 일이었기 때문이에요."

"어쩌면 정말로 그가 흔든 것이었는지도 모르죠."

"그게 가능하다고 생각해요?"

"그건 알 수 없죠. 그 문제에 대해선 더 이상 신경 쓰고 싶지 않아요."

"당신이 옳아요. 피터도 입버릇처럼 이런 얘길 했었죠. '어차피 손 놓고 있을 수밖에 없는 일이라면 쿨하게 잊어버려.' 앞으로는 그냥 대니라고 불러줘요. 이젠 공모자 관계가 됐으니까."

그녀가 손목시계를 들여다보았다.

"이만 가봐야겠어요. 변호사를 만나러 가야 하거든요. 벌써 몇 번째인지 모르겠어요."

그는 그녀와 함께 집 뒤편으로 나갔다. 그곳에는 그녀의 흰색 메르세데스 컨버터블이 세워져 있었다.

그녀가 말했다.

"집안 정화시키는 건 아무때나 와서 해도 돼요. 아니면, 그냥 풀에서 같이 수영이나 해요. 다이키리(럼주, 라임 주스, 설탕, 얼음을 넣은 칵테일—옮긴이) 마시면서. 뭘 제일 좋아하죠?"

사실 폴리는 지금껏 다이키리를 마셔본 적이 없었다.

"파인애플."

"음, 나도요."

"전직 은행 강도와 어울려도 괜찮겠어요?"

"글쎄요. 당신이 처음이라 잘 모르겠는데요."

대니가 말했다.

그녀가 손을 뻗어 그의 볼에 살며시 얹었다.

"당신은 냄새가 참 좋아요."

그녀가 그의 입에 키스했다. 그리고 미소를 지으며 자신의 메르세데스에 오른 후 곧장 비벌리 힐스로 출발했다.

순간 그는 테이블에 놓여 있는 수표를 생각했다. 그녀에게 돌려주고 싶었지만 이미 늦어버렸다. 그는 수표를 써나가는 그녀를 지켜보며 공모의 보수가 과연 얼마나 될까 궁금했다. 그녀는 분명 그의 협조를 원하고 있었다.

그래. 자기가 수영이나 하자고 전과자를 집으로 불러들였다는 사실을 깨달을 때까지 두고 보는 거야. 이상한 점은 그녀가 그에게 교도소에 대해 묻지 않았다는 것이었다. 그는 왠지 앞으로 그녀를 다시 보게 될 일이 없을 것 같았다. 그녀는 곧 제정신을 되찾게 될 테니까. 내가 지금 저런 남자랑 뭘 하고 있는 거지? 그는 그녀에게 수표를 돌려보내거나 그냥 찢어버릴 것이다.

그는 주방을 지나 거실로 들어갔다. 돈이 소파에 앉아 그를 기다리고 있었다. 그녀의 손에는 수표가 쥐어져 있었다. 그녀가 테이블 반대편에 앉은 폴리와 자신의 손에 쥐어진 수표를 번갈아 쳐다보았다.

"이게 우리가 거둔 실적인가요?"

"별로 성에 차지 않는 모양이군요."

"왜 받았죠? 우리가 생각해 둔 액수가 있었잖아요."

"그녀가 수표를 쓰길래 막으려고 했어요."

"아무튼 이걸로는 많이 부족해요."

"얼마짜린데요?"

"그것도 확인 안 했어요?"

"그녀는 급한 볼일이 있다면서 허둥지둥 여길 떠났어요."

"혹시 내게 수표 얘길 하지 않으려고 했던 건 아닌가요?"

"원한다면 당신이 가져요."

"이걸로는 많이 부족하다니까요. 이젠 어쩔 거죠? 그녀가 아직도 당신 매력에 빠져 허우적대고 있나요?"

"집에 와서 정화를 해달라더군요."

"그럼 그렇게 해요. 하지만 그 전에 그녀가 당신에게 완전히 빠져들도록 해야 돼요, 잭. 그래야 우리가 원하는 걸 손에 넣을 수 있다고요."

돈이 수표를 쥔 채 소파에서 일어났다.

"쿤도에게 당신이 유령 전문가 행세를 하면서 얼마를 벌어왔는지 들려줘야겠어요."

"얼마짜리 수표죠?"

"만 달러. 뭐 계약금이라고 해두죠."

"삼십 분 일해서 이만큼 벌어본 적 있어요?"

"십 분 만에 만 달러를 벌어본 적도 있어요, 잭. 그래서 내가 이 일의 총지휘를 맡고 있는 거라고요."

그녀는 수표와 함께 돌아갔다.

만 달러. 그는 무료라고 했지만 대니는 이미 수표를 써나가는 중이었다. 폴리는 기껏해야 200달러쯤 될 거라 생각했다. 아무리 많이 적어도 500달러를 넘지 않을 것으로 예상했다. 그녀는 그가 유령 전문가가 아니라는 걸 알고 있었다. 내가 가서 집을 정화시켜 주면 그녀는 과연 얼마나 내놓을까? 아니, 거꾸로 생각해 볼까? 내가 왜 그녀에게서 돈을 뜯어내야 하지? 내가 뭔데? 그녀의 연인이라도 돼? 내가 그녀 노리개야? 바로 그거였다. 노리개. 그녀에게 수표를 돌려준다면 유령 사업도 그것으로 끝이었다. 그리고 두 번 다시 그녀를 보는 일이 없을 것이다.

하지만 그는 그녀를 다시 보고 싶었다.
물론 수표까지 챙길 수 있다면 금상첨화일 것이다.

# 19

"안에 있을 때 난 출소하자마자 두 시간 거리에 있는 사우스 비치로 달려갈 생각을 했었어. 거길 가야 되찾은 자유를 실감할 수 있을 것 같았거든. 우리가 안에서 얘기했던 일들은 며칠 안에 후딱 끝내놓고 말이야. 클럽의 여자들은 저기 쿨한 남자가 누구냐고 서로에게 묻겠지. 영화배우인가? 해변에 나가보면 가슴도 가리지 않은 채 다니는 여자들도 볼 수 있어. 스스로 자랑스럽게 여기지 않으면 그렇게 벗고 다니진 않을 거야. 아무튼 빅토리아 시크릿(유명한 속옷 브랜드—옮긴이) 카탈로그에서나 볼 법한 늘씬한 여자들이 널려 있어서 눈을 어디 둬야 할지 모를 정도라고. 하지만 사우스 비치에 들르지 않고 곧장 이곳으로 올 생각도 했었어. 다시 캣 프린스로 변신해 고고를 즐길 것인가, 아니면, 내 여자가 기다리는 집으로 향할 것인가. 고민 끝에 집으로 곧장 와버렸지."

쿤도가 말했다.

"네가 자랑꾼이 아니라서?"

폴리가 말했다.

"유혹을 뿌리치기가 힘들었어. 나 없는 동안 바람을 피웠잖아. 그렇게 복수하고 싶긴 했어."

폴리는 대꾸하지 않았다.

"하긴, 팔 년 동안 수절하는 게 쉬운 일은 아니겠지. 특히 그녀처럼 남자를 밝히는 여자들에겐 말이야."

"의외로 꿋꿋이 견디는 여자도 적지 않을걸."

"그래. 하지만 그들에겐 남자랑 뒹구는 거 말고 다른 취미가 분명 있을 거야. 뭐 아무래도 상관없어. 난 이미 충분히 평화롭거든."

쿤도가 말했다. 가늘고 긴 샴페인 잔을 가슴에 얹은 채 안락의자에 앉아 있는 그가 기지개를 켰다.

"이렇게 누워서 별들을 올려다보면 아주 좋아. 밤마다 별이 쏟아지지. 눈엔 보이지 않지만 저 위 별들 너머 어딘가에 분명 천국이 있을 거야. 응급실의 그 빌어먹을 놈들만 아니었어도 지금쯤 거기 올라가 있을 텐데 말이야. 천국에 오르면 지구를 내려다보며 이런 생각을 하게 될 거야. 오, 저런 곳을 벗어나게 돼서 정말 다행이군."

"네가 죽으면 천국에 갈 수 있을 것 같아?"

"당연하지. 하마터면 거기 올라갈 뻔했었다니까."

"몇 명을 죽였다며?"

"그래서 뭐? 자기 보존이라는 말 못 들어봤어? 그들은 모두 날 죽이려고 했던 놈들이라고. 여기 돈이 있는데 내가 왜 클럽에 가거나 해변에 나가 벗은 여자들을 구경하겠어? 집에 있으면 돈이 뭐든 다 해주는데. 마리화나도 예쁘게 말아준다고. 리틀 지미보다도 솜씨가 좋아. 일반적으로 게이들이 마리화나를 깔끔하게 잘 만다는 거 알지?"

"일반적으로."

"하지만 그녀는 요리를 통 안 해."

"그녀에게 그것까지 바랐던 거야?"

"그녀에게 왜 요리를 하지 않느냐고 물었지. 그녀는 그럴 시간이 있으면 나랑 더 붙어 있겠대."

"나라면 더 이상 불평하지 않겠어."

"그녀는 날 너무 사랑해. 사람을 지치게 만들 정도라고. 그건 그렇고, 그 정신 나간 부자 미망인은 어떻게 됐어? 아직도 남편 유령에게 시달리고 있대?"

"그동안 변화가 좀 있었어. 돈에겐 얘기하지 않았지만 카르마노스 부인은 오늘 오후에 날 찾아와 모든 걸 털어놓았어. 너무 심심해서 장난을 쳐 본 거라더군. 마담 로사랑 얘길 나누다가 이런 아이디어를 떠올렸다나? 아무튼 그래서 지금껏 저주에 걸린 척 연기를 해왔던 거야."

"잠깐, 그러니까 그녀가 유령 어쩌고 하는 소동을 꾸며낸 거라고?"

"모든 게 다 거짓말이었어. 난 눈치로 그걸 알아냈고, 그녀 입을 통해 확인할 수 있었지."

"그걸 어떻게 눈치 챘지?"

"그냥 추측한 게 맞아떨어진 거야. 한동안 즐거웠지만 앞으로 서로 잘 지내려면 모든 걸 털어놓을 수밖에 없었다나?"

"그래서 앞으로는 그녀랑 어울려볼 거야?"

"그냥 친구처럼 지내고 싶대."

"물론 그렇겠지. 하지만 돈에겐 알리지 않았다고?"

쿤도가 말했다.

"오늘 아침부터 보이지 않던데."

쿤도가 의자를 밀어내고 일어났다. 맨발로 타일 바닥을 디딘 그는 여전히 샴페인 잔을 들고 있었다. 그가 말했다.

"돈은 카르마노스 부인에게 저주가 걸려 있다고 했어. 어쩌면 그녀 정신상태가 정상이 아닐지도 모른다고도 했고. 어쨌든 좋은 여자 같아. 약간 소심한 부분도 있다지? 남편이 엄청난 유산을 남기고 죽었으니 이젠 새 남자를 찾아보려 할 거야."

"아닐걸. 그녀는 나만 원한다면 계속 그 장난을 이어갈 마음도 있다고 했어. 하지만 그런다고 내가 얼마나 뽑아낼 수 있을까?"

폴리가 말했다.

"그녀를 잘 구워삶아 봐."

"그녀의 노리개가 돼서 말이야?"

"아니면, 종마로 돌변한 황소처럼. 농담이야. 난 점쟁이보다 널 잘 알고 있어. 그 변호사, 미스 메건보다도. 네가 아는 그 누구보다도."

쿤도가 말했다.

"정말 그렇게 생각해?"

폴리가 말했다.

"넌 내 친구야."

쿤도가 말했다. 그가 어깨를 으쓱한 후 샴페인을 한 모금 넘겼다.

"내가 눈을 똑바로 쳐다보면서 이런 얘길 할 수 있는 사람은 이 세상에 너 하나뿐이야."

"푸르딩딩한 죄수복 차림으로 교도소 뜰을 주름잡았던 로드 독들. 거기서 지내면서 서로 얼굴을 붉혔던 적이 한 번도 없었던 것 같아."

"언쟁을 벌여도 늘 웃음을 잃지 않았었지. 내가 구라 치지 말라고 하면 넌 가서 엿이나 먹으라고 했고. 그렇게 삼 년을 함께 보냈잖아."

"난 네가 같이 벌일 일에 대해 얘기할 줄 알았어. 그렇게 해서 메건에게 들어간 3만 달러를 갚으라고 난리칠 줄 알았다고."

"이봐, 내가 얘기했잖아."

쿤도가 언짢아하는 표정을 지었다.

"네게 원하는 건 없어. 내가 대신 돈을 내준 건 네가 교도소에서 삼십 년간 썩는 걸 원치 않았기 때문이야. 돈이 널 부추겨 유령 사냥을 떠났을 때도 난 그냥 지켜만 봤어. 넌 그저 그녀 비위만 맞춰주려는 것뿐이니까. 하지만 돈에게 카르마노스 부인에 대해 잘못 짚었다는 얘길 어떻게 들려주지? 그 말 듣고 흥분해서 내 집을 초토화시켜 놓을지도 모른다고. 돈은 자신이 틀렸다는 얘길 못 견뎌 하거든."

"그래도 얘긴 해봐야지."

ㅋㅋㅋ

그들과 함께 별을 보러 나온 돈은 검은색 긴 드레스 차림이었고, 귀에는 진주 귀걸이를 걸고 있었다.

"오늘 저녁은 나가서 먹는 줄 알았는데요."

"이따 준비되면."

쿤도가 말했다. 안락의자에 앉은 그가 다시 기지개를 켰다.

"우린 중요한 얘길 하고 있었어."

폴리가 그녀의 잔에 샴페인을 따라주었다. 그녀가 테이블로 다가와 그의 옆자리에 앉았다.

"대니 문제를 어떻게 처리해야 할지 알았어요. 우선 유령 퇴치부터 해주고, 폴리 박사님, 우리 모두의 희망, 잭 박사님이 대니에게 피터를 설득해 보도록 부추기는 거예요. 그의 귀가 솔깃해질 만한 얘기로 말이죠. 그는 물고기자리예요. 커트 코베인(미국 그런지 록 그룹, 너바나의 보컬이자 기타리스트—옮긴이)과 알베르트 아인슈타인도 물고기자리고요. 대니는 황소자리예요. 조지 클루니와 리버라치(미국의 전설적인 피아노 연주가—옮긴이)도 그렇고."

돈이 말했다.

"이블 크니블(미국의 전설적인 스턴트맨—옮긴이)은 왜 천칭자리죠? 그가 분별 있는 사람이기 때문인가요?"

폴리가 말했다.

"잭 박사님께서 자신의 별자리에 대해 읽으셨다고 거기에 대한 모든 걸 다 아신다는 착각에 빠지신 것 같군요. 난 대니에게 나중에 벌어질 일들이 지금 이 순간을 되돌아보게 만들어줄 거라고 얘기할 거예요. 자신이 옳은 선택을 했다는 사실에 기뻐하게 될 거라고도 얘기할 거고요. 그녀의 지배 행성인 금성이 그녀의 감정을 휘저어놓고 있어요. 로맨스는 손에 잡힐 만큼 가까이 와 있고요. 그녀는 잭 박사의 출현을 무척 반기고 있어요. 난 그녀에게 사랑을 걸고 도박하는 건 전혀 무모한 일이 아니라고 얘기해 줄 거예요."

"또 시작됐네요. 또 트럼펫 소리가 들려오고 있어요……."

폴리가 말했다.

별들에게서 떨어진 쿤도의 시선이 폴리에게로 돌아갔다.

"그게 무슨 소리지?"

"노래 가사예요."

돈이 말했다. 그녀가 다시 폴리를 돌아보았다.

"그녀가 로맨틱한 무드에 빠졌다고 판단되면 그녀에게 더 이상 피터에 대해 걱정하지 말라고 해요. 피터는 〈또다시 태어나다〉를 제작하는 스튜디오에서 어슬렁거리고 있다고 말이에요. 혹시 그렇게 얘기했나요?"

폴리는 고개를 저었다.

"피터는 물고기자리예요. 꿈의 궁(宮)이죠. 그는 감정적이고 상상력이 풍부하지만, 그 작품에 대한 그들의 결정에 따라야 할 거예요. 대니 카르마노스는 출연하지 않는다고 하니 그들은 신앙 치료사 역을 맡아줄 배우를 새로 뽑아야 하겠죠. 하지만 대니는 별로 개의치 않고 있어요. 왜 그런지 알아요?"

돈이 말했다.

"사랑을 걸고 도박을 할 거니까?"

폴리가 말했다.

"네, 바로 그거예요. 이젠 우리의 잭 박사님이 그녀에게 동감의 뜻을 전할 차례예요."

돈이 말했다. 그녀는 입을 닫았고, 침묵은 길게 이어졌다.

ㅋㅋㅋ

쿤도는 폴리가 그녀에게 새로운 소식을 들려주기를 기다렸다. 폴리는 적절한 표현을 찾아 한동안 시간을 끌다가 어렵게 입을 열었다.

"당신이 원하는 대로 일이 풀릴 것 같진 않아요. 카르마노스 부인에게 내가 은행을 털고 다닌다고 털어놨거든요."

돈은 그를 빤히 쳐다보며 본론을 기다렸다.

"그래서요?"

"그녀가 먼저 모든 게 자신이 꾸민 일이었다고 고백했어요. 남편 유령 따윈 없었다더군요. 모든 게 거짓말이었대요."

돈은 미동도 하지 않았다. 그녀가 잠시 침묵을 지키다가 다시 입을 열었다.

"정말이에요?"

그녀는 담배를 꺼내 물고 불을 붙였다.

"그녀가 배우라는 사실을 잊어선 안 되죠."

폴리가 말했다.

"그녀에 대해선 내가 당신보다 더 잘 알아요, 잭 박사님."

"아무튼 그녀가 다 꾸며낸 일이랍니다."

"피터가 그녀를 괴롭혀 왔다는 것도요? 언젠가 그가 잠들어 있는 그녀를 덮쳤다는 것도?"

"그녀도 그 얘길 언급했어요."

"자기가 꾸며낸 일이라는 걸 어떻게 얘기하던가요? 그냥 덤덤하게 털어놨어요? '내가 당신들을 가지고 놀았다는 거 정말 몰랐어요?' 이러던가요?"

폴리는 입을 닫고 돈의 말에 묵묵히 귀를 기울였다.

"고백할 게 있다면서 찾아왔어요? 그동안 거짓말을 해왔다고요? 아니면 당신이 자백을 부추긴 건가요?"

돈이 담배를 빨고 길게 연기를 뿜으며 말했다.

"모험을 해봤습니다. 무작정 저주에 걸린 척하며 지내기가 지겹지 않느냐고 물어봤죠."

폴리가 말했다.

"그녀가 연기를 하고 있다는 걸 눈치 챘었나요?"

"왠지 그런 의심이 들더군요."

"그녀가 순순히 시인하던가요?"

"우울증에 걸린 사람처럼 있다가 갑자기 환히 미소를 짓더군요. 그녀가 말했어요. '알고 계셨군요.' 그녀는 오히려 홀가분해했어요."

"사랑하는 남편이 죽었는데 다니엘르는 그의 유령이 괴롭힌다며 장난을 쳐왔던 거군요."

폴리는 아무 말도 하고 싶지 않았다. 그녀와 언쟁을 벌여서 득이 될 건 없었다.

"그녀는 여생을 비탄에 잠긴 미망인인 척하며 살고 싶지 않다고 했어요. 타고난 유머 감각을 겸비했지만 미망인으로서 우스갯소리 한 번 편히 할 수 없는 게 힘들었다나요?"

"가정부들이 그녀 행동을 이상하게 여기긴 했어요. 그녀는 그들에게 집에 유령이 살고 있다고 했고, 그들은 덜컥 겁에 질려버렸죠. 그들은 필리핀인들이에요."

"돈, 모든 건 카르마노스 부인이 꾸며낸 일이었어요. 그녀가 솔직히 털어놨다고요. 죽은 남편과 접촉해 왔다는 주장도 다 거짓말이었어요. 내가 아는 건 딱 거기까지예요."

"흔들의자가 움직인 것도 다 연기였고요?"

폴리가 잠시 주저했다.

"그건 또 다른 문제예요."

"그녀가 의자의 움직임을 멈추게 했나요?"

"그녀는 오히려 내가 그랬는지 묻더군요."

"그럼 대체 누가 빌어먹을 의자를 가지고 장난을 쳤다는 거죠, 잭 박사님? 당신도 두 눈으로 똑똑히 봤잖아요."

"글쎄요."

"의심 가는 사람도 없고요?"

"맙소사."

쿤도가 말했다. 그가 안락의자를 박차고 일어나 돈을 내려다보았다.

"점쟁이인 당신이 그걸 모르면 대체 누가 알겠어? 아직도 상황 파악이 안 돼?"

"상황 파악이라뇨? 잭 박사님이 유령 전문가로 활동하고 싶지 않대요? 훈증 용기 흔들면서 다니는 일이 재미없대요?"

"이 친구는 그런 일에 전혀 흥미가 없어. 잭은 은행 강도야. 사기꾼이 아니라고. 이젠 이 친구를 내버려둬."

"그럴게요. 하지만 누가 흔들의자를 움직이게 만들었는지는 꼭 들어야겠어요."

"이 친구는 누가 빌어먹을 의자를 움직였는지에도 아무 관심이 없어. 그냥 어쩌다 보니 생긴 일일 뿐이라고. 의자는 자기 혼자 움직였고, 그 이유를 아는 사람은 아무도 없어. 그 일에 신경 쓰는 사람도 없고. 알았어?"

잠시 침묵이 흘렀다.

돈이 일어나자 쿤도가 말했다.

"어디 가는 거야? 저녁 준비하러?"

그가 폴리를 돌아보았다. 폴리는 맥 풀린 미소를 힘겹게 지어 보였다.

"저녁에 외식하기로 했잖아요. 그래서 옷까지 이렇게 차려입고 나온 거라고요. 내일 저녁엔 직접 만들어줄게요. 뭐든 주문만 해요. 잭 박사님도 초대하고요."

돈이 말했다.

"내가 원하는 건 뭐든 괜찮다고? 그럼 카마로네스 알 아히요(새우로 만든 쿠바식 구이 요리―옮긴이)도 되나?"

쿤도가 말했다.

"오늘 밤엔 쿠바 레스토랑에 가서 먹어요. 내일 저녁엔 깜짝 놀랄 만한 요리를 만들어줄게요. 그럼 됐죠? 머리 좀 빗고 올 테니 잠깐만 기다려요."

그녀가 자리를 뜨자 폴리와 쿤도는 서로를 쳐다보았다. 쿤도의 눈이 가늘어졌다.

"대체 왜 저러는 거지?"

"글쎄. 혹시 우리 먹을 음식에 독이라도 넣으려는 거 아닐까?"

폴리가 말했다.

ㄱㄱㄱ

돈은 아이라이너를 집어들고 욕실 거울을 들여다보았다. 눈꺼풀을 조심스레 칠해 나가던 그녀가 갑자기 화장을 멈추고 아이라이너를 세면대 가장자리에 내려놓았다. 그녀의 시선은 거울 속 자신의 반영에서 떨어지지 않고 있었다.

남자들이 뭉쳐 그녀에게 맞서고 있었다. 그들은 어쩔 수 없는 교도소 동지였다. 남자들만이 이해할 수 있는 세계. 그 안에서는 어떤 여자도 남자보다 크고 강해질 수 없었다. 남자들은 보스였고, 보스는 항상 옳았다. 그녀는 처음부터 그걸 우려했었다. 그들의 끈끈한 동지애. 부디 폴리만큼은 쿤도와 다르기를 바랐지만 남자들의 천성은 어쩔 수 없는 모양이었다. 사내아이가 태어나면 간호사는 어머니 뱃속을 빠져나온 아이를 번쩍 안고 분만실 안의 모두에게 그가 사내라는 사실을 알린다. 부디 그가 함께 일하는 빌어먹을 의사들처럼 거만하고 오만하게 자라지 않기를 진심으로 바라면서. 쿤도는 항상 폴리의 동의를 이끌어내기 위해 애쓴다. 절대 그녀의 의견을 묻는 법이 없다. 그녀가 거울을 들여다보며 말했다.

"나쁜 자식."

폴리는 쿤도를 등쳐먹을 마음이 없는 것 같았다. 그의 재산에 별 관심이 없는 것 같았다. 그는 이제 교도소 동지와 똘똘 뭉쳐 또 다른 일을 꾸미고 있었다. 거울 속 돈이 말했다.

"캣 프린스에게 얼마나 더 헌신해야 하지? 맙소사. 팔 년을 기다린 대가가 고작 이거야?"

이제는 그녀 스스로 살 길을 찾아봐야 했다.

거울 속 여자는 자신감에 차 있었다. 그녀가 말했다.

"못할 것도 없지 뭐."

그래. 어차피 그 많은 돈을 관리하는 건 그 두 사람이 아니니까.

금고 열쇠는 리틀 지미가 가지고 있었다. 그는 쿤도 계좌의 지불인이었고, 쿤도가 가진 집들의 실제 주인이었다. 그에게 없는 것은 진짜 사내처럼 일을 벌일 만한 배짱이었다. 게다가 그는 그녀를 사랑했다. 항상 그녀와 함께 침대를 뒹굴 기회만 호시탐탐 노리고 있었다. 소파나 텔레비전 세트 위에서도 가능하다고 했다. 그를 볼 때마다 돈은 포르노 영화의 한 장면을 떠올렸다. 담배를 꺼내 문 여자가 자신을 덮친 식료품 배달부에게 말한다. "당신이 날 먹는 동안 난 담배 한 대 피울게요."

돈이 다시 아이라이너를 집어들고 거울을 응시했다.

"잠깐. 무드를 좀 더 끌어올려 볼까? 화장먹을 써야겠어."

검은색 화장먹. 그녀는 이국적인 분위기 연출을 위해 아이라이너가 그려진 눈꺼풀에 화장먹을 발라나갔다. 아이라이너로는 아래 눈꺼풀을 칠했다. 쿤도를 위해 포즈를 잡았을 때 이후 처음으로 이집트인 스타일의 눈화장이 완성됐다. 하트셉수트(이집트 18왕조 제5대 여왕—옮긴이)의 눈을 가진 금발의 파라오로 변신을 마친 것이었다.

유명한 강신술사, 말린 로클리어는 돈에게 최면을 걸어 3,500년 전 그녀가 파라오의 딸로서 파라오의 자리에 앉았던 하트셉수트였다는 충격적인 이야기를 들려주었다. 그 기원전 캐릭터는 남자 통치자처럼 카트라는 터번과 셴디트라는 킬트 스커트를 걸치고 다녔고, 왕과 같은 가짜 턱수염을 붙이고 다녔다. 그녀는 나일 강 상하류 남자들의 반발에도 아랑곳하지 않고 기원전 1458년, 죽음을 맞을 때까지 홀로 외롭게 싸웠다.

"그게 바로 너야."

돈이 거울 속 자신에게 말했다. 만약 네가 파라오이고, 미천한 상형문자 조각가 두 놈이 짜증나게 군다면…… 넌 어떻게 할 거야?

# 20

다음날, 그들은 다시 그녀를 짜증나게 했다. 그녀가 모처럼 아침식사를 준비하고 있을 때 폴리가 찾아왔다. 쿤도는 빌어먹을 달걀이 너무 무르고, 커피는 물처럼 싱겁다고 투덜댔다. 돈이 말했다.

"그럼 전문 요리사를 고용하든지요, 구두쇠 아저씨."

그것은 사내다움에 집착하는 땅딸보 쿠바인 남자에게 모욕감을 주기 위한 소심한 공격이었다. 폴리가 들어왔고, 쿤도는 그에게 앉아서 물 탄 커피나 나눠 마시자고 했다. 폴리는 고맙지만 사양하겠다고 했다. 그냥 수표를 가지러 왔을 뿐이라고.

돈이 말했다.

"수표라뇨?"

"당신이 가져간 만 달러짜리 수표 있지 않습니까."

"배서해 주려고요?"

"그녀에게 돌려줄 겁니다."

"그널 상담해 준 난 아무 대가도 못 챙기는 건가요?"

폴리가 주방 테이블에 앉아 있는 쿤도를 돌아보았다.

"그녀는 단 한 번도 자기가 연기를 해왔다는 얘길 하지 않았어요. 난 잭 박사 당신보다 그녀와 함께 보낸 시간이 많다고요."

그녀는 초반부터 자신이 너무 앞서간다는 생각에 뒤로 살짝 물러나 보기로 했다. 그녀의 말이 더 많아지기 전에 쿤도가 나섰다. 그가 말했다.

"수표 돌려줘."

"비록 실패로 끝났지만 그녀를 위해 시간을 엄청 쏟았다고요."

"수표 돌려주라니까."

"이젠 잭 박사님이 시키는 대로 할 건가 보죠?"

"그렇게 부르지 마. 가서 달걀이나 뒤집으라고. 수표도 가져오고."

"내가 직접 찢어버릴까요?"

그녀가 폴리에게 말했다.

"얘기했잖아요. 그녀에게 돌려줄 겁니다."

"그렇게 하면 그녀랑 재미를 볼 수 있을 것 같아요?"

"맙소사."

쿤도가 말했다. 그가 두 손을 테이블을 짚고 일어났다.

돈은 주걱을 내려놓고 밖으로 나가버렸다.

ㄱㄱㄱ

"그녀가 만 달러를 탐내고 있는 모양이야."

폴리가 말했다.

"네가 가져가. 그럼 나한테 용돈 받아 쓰지 않아도 되잖아. 어젯밤 그녀는 남자의 유령이 그 집에 살고 있다고 주장했어. 카르마노스 여자가 모든 걸 꾸며냈든 아니든. 그래서 내가 듣기 좋게 얘기했어. '허니, 제발 닥쳐주겠어?' 난 교도소에서 팔 년을 지내는 동안 하루도 빠짐없이 그녀 꿈을 꿨었어. 그런데 막상 출소하고 집으로 돌아오니까 아예 내 아내라도 된 것처럼 행동하더군."

쿤도가 말했다.

"내가 상관할 일은 아니지만 나라면 네 집들을 그녀 명의로 돌리지 않겠어."

"그녀에게 무슨 소리라도 들었어?"

"아니. 하지만 그녀는 그걸 은근히 바라고 있을 거야."

"내 집들은 리틀 지미가 계속 관리하게 될 거야."

"그녀가 그에게 너무 가까이 접근하지 못하도록 해야 돼."

"어젯밤 하도 말이 많길래 따귀를 한 대 올려붙였어. 내 손이 다 얼얼할 정도였지. 미안한 마음이 살짝 들더군. 그래서 앞으로는 손찌검 하지 않도록 노력해 보겠다고 약속했어. 내가 왜 그런 얘길 했을까, 지금 엄청 후회 중이야."

ㅋㅋㅋ

주방으로 돌아온 그녀가 폴리에게 반으로 접은 수표를 넘겼다. 그 과정에서 그녀의 손끝이 그의 손에 살짝 닿았다. 그녀는 미소를 짓고 있었다. 어느새 항상 옳기만 한 여자에서 초록색 눈 주변을 검게 칠해 놓은 소녀로 변해 있었다. 사진 속에서 그런 그녀의 모습을 봤던 기억이 있었다. 진지한 의도를 품었지만 마냥 즐거워 보이는 모습.

"그 돈으로 쿤도에게 새 옷 몇 벌 사주려 했었어요. 파티 때 입히려고요. 사실 난 큰 파티를 계획하고 있어요. 운하 주변에 사는 모든 이웃을 초대해야죠. 코스튬 파티(모든 참가자들이 변장을 하고 참석하는 파티—옮긴이)가 될 거예요. 가면을 써야 참석할 수 있죠. 어차피 다들 모르는 사람들일 테니 그런 건 아무래도 상관없어요. 베니스 최고의 파티가 될 거예요. 장소는 옥상으로 정해 놨고요."

"코스튬 파티? 거기서도 이집트 여자 분장을 하려고? 옥상에서 파티를 열었다가 추락 사고라도 발생하면 어쩌려고 그래?"

"가장자리에 화려한 초롱을 달아놓으면 돼요. 안전선처럼 말이죠."

돈이 말했다. 그녀가 폴리를 돌아보았다.

"어떻게 생각해요?"

"마스크 쓴 주정꾼들이 옥상을 어슬렁거리는 거 말인가요?"

"굳이 옥상이 아니어도 돼요. 아래서 하죠 뭐. 중요한 건 쿤도의 귀환을 축하하는 일이니까."

"당신이 원해서 하는 거니까 당신 돈으로 준비해."

"이 얘긴 나중에 해요. 참, 오늘 저녁은 내가 직접 준비할 거예요. 당신도 와서 같이 먹어요, 잭. 리틀 지미도 불렀어요. 오, 서빙과 뒷정리는 티코에게 부탁해 뒀어요."

돈이 말했다. 그녀가 다시 폴리를 돌아보았다.

"나중에 대니를 만나러 갈 거죠?"

"같이 점심 먹기로 했어요."

"그녀 집에서요?"

"비벌리 힐스의 한 레스토랑에서요."

"그럼 저녁 시간에 맞춰 못 올 수도 있겠네요."

"맙소사. 이 친구가 수표를 갖든 그녀에게 돌려주고 같이 동침을 하든 상관 좀 하지 마. 이 친구 돈이니까 마음대로 해도 되는 거라고. 찢어버려도 되고, 거지에게 적선해도 돼. 그러니까 이젠 신경 끊어. 부탁이야."

폴리는 쿤도에게 고맙다고 한 후 차를 빌려달라고 했다.

"가져가. 난 어디 나갈 일 없으니까."

"대니를 태우려고요?"

돈이 말했다.

"네. 집으로 데리러 가려고요."

폴리가 말했다.

"그 폭스바겐을 보고 무슨 생각을 할까요? 앞 범퍼에 차고 페인트도 묻어 있는데."

돈이 말했다.

"그만 하라니까."

쿤도가 말했다.

"내 달링이 차를 넣고 빼면서 차고 벽을 종종 긁어놓거든요. 출소 후엔 하루에 두 차례씩 꾸준히 긁고 있고요. 대니가 그 차를 보면 분명 이럴 거예요. '잭, 그냥 내 캐딜락으로 가죠.' 그리고 십이 년 된 폭스바겐을 타고 갈 수 없는 황당한 이유를 늘어놓을 거예요."

"그녀가 캐딜락을 몰고 다닌다는 건 어떻게 알죠?"

"잭, 내가 그런 것도 모를 줄 알았어요?"

ㄱㄱㄱ

그녀가 말했다.

"잭, 그냥 내 CTS 타고 가면 안 될까요?"

괜찮은지를 묻는 그녀에게서는 돈보다 훨씬 많은 배려심이 묻어나왔다.

"주차 담당 직원이 내 차 번호를 알거든요. 차를 신경 써서 봐줄 거예요."

"그러죠."

폴리가 말했다. 사실 그는 CTS가 뭔지, 왜 그걸 타고 가야 하는지 알지 못했다.

돈이 옳았다. CTS는 캐딜락이었다. 폴리는 차의 내부가 마음에 들었다. 특히 계기반에 붙은 작은 스크린이 그의 시선을 확 잡아끌었다. 그가 말했다.

"운전 중에 영화도 볼 수 있습니까?"

다니엘르는 비디오 스크린은 뒷좌석에 붙어 있다고 했다. 계기반의 스크린은 컴퓨터라고 했고. 목적지를 입력하면 가는 길을 가르쳐주고 스테레오에서 무슨 곡이 흘러나오는지 알려주기도 한다나? 폴리가 말했다.

"그래요?"

그에게는 마냥 신기할 뿐이었다. 그는 비벌리 힐스 분위기에 맞춰 선글라스와 드립 드라이 스포츠 재킷, 그리고 검은색 티셔츠로 한껏 멋을 부린 상태였다. 그는 자신의 스타일이 꽤 마음에 들었다. 다니엘르는 허리춤 낮은 청바지와 흰색 남자 와이셔츠 차림이었다. 셔츠 뒷자락을 묶어 살짝 태운 복부와 배꼽이 드러나도록 해놓았다.

"일광욕을 좋아하는 모양이군요."

"혼자 풀 옆에 누워 비탄에 잠겨 있는 척하죠. 하지만 당신 덕분에 나 자신을 어느 정도 되찾은 것 같아요."

다니엘르가 말했다.

"내가 한 일이 없는데요."

그녀가 그를 쳐다보았다.

"정말 그렇게 생각해요?"

"난 선셋 마르키나 비벌리 윌셔 같은 곳으로 갔으면 해요. 너무 북적이는 곳은 별로예요."

"거긴 호텔이잖아요."

"점심식사도 할 수 있어요, 잭. 사실 스파고도 생각했어요."

그녀가 밀짚가방에서 휴대폰을 꺼내들었다.

"볼프강이 있으면 테이블을 내줄 거예요. 아침에 예약을 하려고 했는데 애들이 너무 정신없게 굴어서 깜빡했어요. 아시아에서 입양한 쌍둥이 자매가 있거든요. 애들이 손으로 입을 막고 손가락으로 위를 가리켰어요. 피터의 유령이 내는 소리를 들었다나요?"

그녀가 휴대폰의 버튼을 누르고 말했다.

"안녕하세요. 대니 카르마노스예요. 볼프강 있으면 바꿔주세요."

그녀가 잠시 상대의 말에 귀를 기울였다.

"저런, 아쉽군요. 그가 들어오면 전해 주세요. 미국에서 으뜸가는 은행 강도를 만나볼 수 있는 기회를 놓쳤다고 말이에요."

그녀가 전화를 끊었다.

"아이비에 연락해 볼게요."

"날 아는 사람은 많지 않을 겁니다."

폴리가 말했다. 그가 코트 주머니에서 반으로 접힌 수표를 꺼내 들었다. 돈이 그에게 넘겨준 그대로였다.

"이거 받아요. 마음만 고맙게 받을게요. 이걸 받을 만큼의 서비스를 제공하지 못한 것 같아서요."

그녀가 폴리를 한동안 응시했다. 그리고 잠시 베네딕트 캐니언을 돌아보았다가 다시 그를 쳐다보았다. 그들은 말없이 선셋 대로를 가로질러 캐니언의 남쪽을 향해 달려 나가고 있었다.

폴리가 다시 입을 열었다.

"당신이 수표를 쓰는 걸 보고······."

그녀가 그의 말을 끊었다.

"쉬, 아무 말 말아요. 생각할 게 좀 있거든요."

"점심은 어디서 먹을 거죠?"

그녀는 대답하지 않았다. 그들은 비벌리 힐스의 가장 북적이는 동네에 들어설 때까지 입을 열지 않았다. 리틀 산타모니카에서 윌셔 가까지는 길이 무척 막혔다. 길게 늘어선 상점과 레스토랑을 지나쳐 달려 나가며 다니엘르가 말했다.

"방금 스파고를 지나쳤어요."

그녀가 왼쪽으로 방향을 틀었다.

"그보다 더 좋은 곳이 떠올랐어요."

차는 다시 방향을 틀고 비벌리 가의 남쪽으로 향하기 시작했다.

"메뉴도 좋고, 위치도 완벽해요. 이탈리아 음식 좋아하죠?"

"이탈리아 음식 싫어하는 사람은 세상에 없죠."

"저기 왼쪽에 보이네요. 피콜로 파라디소. 저곳에선 내가 제일 좋아하는 이탈리아 와인도 맛볼 수 있어요. 아마로네. 노베르토라고, 저기 급사장이 있는데 날 무척 좋아하는 것 같아요."

그녀는 레스토랑 맞은편에 자리한 비벌리 힐스 중앙은행 옆 주차장으로 들어갔다. 그녀는 폴리에게 중앙은행에 계좌를 가지고 있는 이유를 들려주었다.

"피콜로에서 에이전트와 미팅을 가졌어요. 그는 내 대리인이 되고 싶다면서 내가 그를 선택해야 하는 이유를 조목조목 설명해 주겠다고 했죠. 도착해 보니 그가 보이지 않더군요. 나도 늦었는데 그는 나보다 더 늦었어요. 난 자리를 잡고 앉아 에이전트를 기다렸죠. 그러다가 여기 와서 당좌예금 계좌를 열었어요. 스파고 맞은편의 시티은행에도 계좌가 하나 있고요. 아무튼 다시 피콜로로 돌아가 보니 에이전트가 물을 홀짝이며 날 기다리고 있더군요. 내가 말했어요. '시드니, 내가 너무 늦었죠? 미안해요.' 그러자 시드니가 이러더군요. '대니, 당신을 위해서라면 밤새도록 기다릴 수도 있어요.' 할리우드에선 누구도 기다리는 입장이 되고 싶어 하지 않아요."

차에서 내린 그들은 길을 건너 피콜로로 향했다. 보도에는 빈 테이블 세 개가 놓여 있었다. 그녀가 말했다.

"지난번에 여기 왔을 때 누굴 봤는지 알아요? 빌리 볼드윈(미국의 영화배우. 알렉 볼드윈과 형제 사이―옮긴이)."

"정말요?"

폴리가 말했다.

"점심 먹고 은행에 가서 당신 계좌를 만들어야겠어요. 오래 걸리지 않을 거예요."

그들은 얇게 썬 소시지를 곁들인 리조토(버터에 쌀을 넣고 살짝 볶은 후 뜨거운 육수를 부어 만드는 이탈리아 요리―옮긴이), 그리고 시금치 퓨레(채소와 고기를 데쳐서 거른 것으로 수프 등을 만듦―옮긴이)와 페스토(이탈리아 음식 소스의 하나―옮긴이)를 곁들인 리조토를 각각 주문해 먹었다. 물론 아마로네 한 병도 빼놓지 않았다.

ㄱㄱㄱ

조깅을 핑계로 집을 나온 돈은 티코의 집으로 향했다. 집으로 들어서기가 무섭게 그녀가 상의를 벗었다. 티코가 타월을 들고 다가와 뒤에서 그녀를 끌어안았다. 그녀에게 젊고 의욕적인 그는 완벽한 상대였다. 잘 빠진 몸매의 그는 항상 여자에 굶주려 있었다. 그녀가 말했다.

"당신을 너무 원하지만…… 우리에겐 시간이 별로 없어요. 오늘이 바로 거사일이에요."

"오늘밤 말인가요?"

그녀의 들린 두 팔 밑으로 타월을 둘러주며 티코가 말했다.

"이젠 이 문제를 어떻게 접근해야 할지 생각해 봐야 해요. 총을 앞세우고 들어갈지, 아니면 얌전히 해치울지. 진지하게 고민해 봤지만 너무 단순한 방법은 안 될 것 같더라고요. 다시 검토해 본 또 다른 계획이 있어요. 어려울 건 없지만 결점이 하나 있죠."

돈이 말했다.

"우린 뭘 하는 거죠?"

티코가 말했다.

함께 침대 위를 뒹굴면서 수많은 아이디어를 들려주었지만 그는 여전히 아무것도 모르고 있었다.

"티코, 우리가 뭘 원하는지 알긴 해요?"

"그럼요. 쿤도의 돈을 원하는 거잖아요. 당연히 알죠. 어떻게 처리할지 생각해 뒀어요?"

"우선 우린 그의 돈을 다 챙기진 않을 거예요. 그냥 충분한 정도면 돼요."

"그러니까 어떻게 할 거냐고요."

"문득 떠오른 생각인데……."

"최면에 걸린 상태에서요?"

"그냥 불쑥 찾아든 생각이에요. 그동안 완벽한 방법을 구상하느라 너무 힘들었어요. 신경도 예민해졌고요."

"네, 아무래도 그런 큰돈을 몰래 뽑아내는 일이 쉽진 않겠죠. 아무리 상대가 아둔한 노인네라 해도."

"난 그를 노인네라고 부른 적이 없어요. 당신에겐 늙어 보이겠지만 실제로는 별로 늙지 않았어요. 얼마나 치밀한 사람인데요. 돈과 계좌 관리를 전문가에게 맡겨놨어요. 재산 관리에 대해선 굉장히 철저하다고요. 신뢰할 사람이 알아서 챙겨주니 운이 좋죠."

"어떤 계획이 떠올랐는지 말해 봐요."

타월에 덮인 그녀가 몸을 틀어 그를 쳐다보았다.

"믿을 수가 없군요. 이 중요한 문제를 두고 다른 생각만 해왔다니."

그가 하얀 치아를 드러내며 씨익 웃었다.

"솔직히 당신이 얼마나 진지한지 몰랐어요. 난 이런 일들에 경험이 많지만 당신은 지금껏 누구 물건에 손 한 번 대본 적이 없잖아요."

자신이 남자라는 사실을 슬쩍 강조하는 또 한 명.

"오늘밤 우린 리틀 지미를 쿤도로부터 떼어낼 거예요. 우선 그것부터 확실히 해둬야 해요."

돈이 말했다.

"네."

"쿤도가 눈치 채지 못하도록 조심해야 돼요."

그 말에 그가 다시 미소를 지으며 고개를 끄덕였다. 그가 그녀의 눈을 쳐다보며 말했다.

"당신 계획이 뭔지 알 것 같아요."

"전혀 믿지 못하겠는데요."

돈이 말했다.

ㄱㄱㄱ

"최소한 와인 두 병은 나눠 마셔야 이게 당신 것이라는 걸 설득할 수 있겠다, 생각했어요."

대니가 말했다. 그녀는 살짝 당혹스러워하고 있었다.

아니, 어쩌면 그것은 실망의 표현인지도 몰랐다. 그는 자신이 한 게 아무것도 없다며 수표를 내밀었다.

"돈은 당신 집에 유령이 살고 있는 게 확실하다고 했어요. 하지만 보나마나 사기일 거예요."

그는 수표를 쥐고 대니의 입에서 그가 받아 마땅하다는 따위의 말이 흘러나오기를 기다렸다.

하지만 그녀는 그런 말이 없었다.

"당신 마음대로 해요. 그냥 찢어버려도 되고요."

잠시 후 그녀가 어깨를 으쓱이며 말했다.

폴리는 망설였다.

그가 말했다.

"지금껏 돈을 찢어본 적은 없습니다. 만 달러를 없애고 싶다면 그렇게 해요. 자."

그가 미소를 지으며 수표를 앞으로 내밀었다.

그녀가 손을 뻗자 그가 수표를 그녀 손가락 사이에 꽂아주었다. 그녀의 손끝에 수표가 닿는 순간 그의 눈을 똑바로 쳐다보고 있는 그녀의 얼굴에 미소가 머금어졌다. 폴리는 수표에서 손을 떼지 않고 있었다. 폴리는 그 미소의 의미를 알 것 같았다. 그녀는 그가 수표를 받아주기를 바라고 있었다. 그는 나중에 갚겠다고 말하고 싶었다. 잠깐, 왜 이 좋은 분위기를 망치려는 거지? 그냥 고맙다고 하고 받으면 되는 거야. 그녀도 그걸 원하잖아. 마침내 폴리가 입을 열었다.

"당신이 이겼어요."

그가 수표를 다시 주머니에 찔러 넣었다.

그녀가 말했다.

"덕분에 나도 그 이상한 배역으로부터 벗어나게 됐어요. 사실 돈에게 얘기해야 할지를 놓고 고민했었거든요. 상대를 잘 골라 털어놔야 내가 정신병자라는 헛소문이 돌지 않을 테니까요. 하지만 당신에겐 털어놔도 될 것 같았어요. 왠지 날 이해해 줄 것만 같은 기분이 들었죠. 당신은 자신이 하는 일에 별 흥미가 없는 것 같았어요. 그래서 나랑 죽이 아주 잘 맞을 거라 생각했죠. 하지만 돈은…… 가까이하기가 좀 그렇더라고요."

"돈에게는 유령 역시 당신이 꾸며낸 일이라고 했어요. 그녀가 이러더군요. '유령 얘길 꾸며냈다고 해서 그 집에 유령이 없는 건 아니에요.'"

"그녀가 그렇게 믿고 있어요?"

"그런 것 같아요."

"하긴, 우리 집 가정부들도 그렇게 믿고 있더군요. 나도 처음엔 당신이 유령 사냥꾼이라고 믿었었고요."

대니가 테이블 위로 몸을 기울이고 폴리의 눈을 빤히 쳐다보았다. 그녀가 말했다.

"뭐 찾아보면 정말 그런 일을 하는 사람들이 있긴 하겠죠."

"그 흔들의자는요?"

"그것도 정상은 아니죠."

"그러니까 과학적으로 설명이 안 된다는 얘기죠?"

"진짜 유령 사냥꾼들에게 물어봐야죠 뭐. 그건 그렇고, 연기해 보고 싶은 생각 없나요?"

그녀가 말했다. 그녀는 점점 그에게로 다가오고 있었다.

"사실 종종 연기를 해왔습니다."

폴리가 말했다.

"오, 교도소에서 말이죠? 그런 상황이 쉽게 상상되지 않아요. 악취를 풍기고, 온몸에 문신을 한 거구의 죄수들의 노리개로 살아야 하는 처지 말이에요. 그럴 땐 어떻게 하죠? 급소를 냅다 걷어차 주나요?"

"새로 들어온 놈들 중에 그런 애들이 몇몇 있죠. 난 그냥 내가 이곳에서 얼마나 유명한지 덤덤하게 알려줘요. 교도관들과도 친하다고 귀띔해 주고. 세계에서 가장 기교적인 은행 강도였다는 사실을 들려주고 나서 독방에 구십 일간 갇혀 지내고 싶지 않으면 날 귀찮게 하지 말라고 엄포를 놓죠."

"섬뜩한데요. 그 얘길 볼프강에게 들려주면 당신은 앞으로 예약 없이도 테이블을 맡을 수 있을 거예요."

"교도소 안에서도 유명했지만 FBI 요원들 사이에서도 인기가 좋은 편이에요. 일반 대중에겐 알려지지 않았지만."

폴리가 말했다. 그는 루 애덤스가 집필 중이라는, 그리고 현재 500페이지까지 진행돼 있다는 책에 대해서도 들려줄 뻔했다.

하지만 대니는 그가 중앙은행을 털어본 적이 있었는지를 알고 싶어 했다.

"아마 있을 겁니다. 기억은 나지 않지만. 하지만 저기 맞은편에 보이는 지점은 털어본 적 없습니다."

폴리가 피콜로 앞 관상용 식물 틈으로 은행 건물을 내다보며 말했다.

"여기 앉아서 저기를 털 계획을 짜보는 건 어때요?"

"여기 앉아서는 곤란해요. 차에서라면 몰라도. 노베르토가 형사들에게 얘기할 테니까요. '물론 기억합니다. 카르마노스 부인이 그러시더군요. 미국에서 가장 유명한 은행 강도라고요.' 게다가 저기 경비가 출입구 가까이에 앉아 있어서 꿈도 꿀 수 없어요."

"차에서 내리면서 봤는데 그냥 축 늘어진 노인네 같더군요."

"네, 하지만 노인네라고 얕잡아봐선 안 됩니다. 나도 그를 봤어요. 일흔 살은 넘은 것 같고, 몸무게는 60킬로그램, 제복에 흰색 양말을 신었고, 벨트엔 큼직한 38구경 권총이 꽂혀 있습니다. 총을 능숙히 다룰 줄 아는 사람 같아요. 보나마나 보안관 사무실에서 활동하다가 은퇴했을 겁니다."

"그건 그냥 추측일 뿐이잖아요."

"또 다른 이유를 들려줄까요? 지난 한 시간 동안 순찰차가 저 은행 앞을 네 번이나 지나쳐 갔습니다. 그중 한 번은 유턴 대신 주차장으로 들어가 차를 돌려 나오더군요."

"원래 비벌리 힐스는 순찰차들로 넘쳐나요. 거리를 어슬렁거리는 경관들도 많고요."

"정말 그렇더군요. 하지만 당신이 옳아요. 난 아직 이곳 경찰의 스타일을 파악하지 못했어요. 여기서 좀 더 지내다 보면 뭐 파악이 되겠죠."

계산서가 도착했다. 폴리가 잽싸게 집어들었고, 그녀는 말리지 않았다. 그는 잔액이 얼마 남지 않은 신용카드로 계산했다. 그가 영수증에 서명을 하는 동안 대니가 말했다.

"당신이 원한다면 중앙은행에 같이 가줄게요. 나한테 계좌가 있으니까 수표 입금하는 데 아무 문제 없을 거예요."

"이 중 반만 입금시키고, 나머지 반은 현금으로 받아올까 합니다. 은행에서 최소한 5천 달러를 챙겨 나오지 않으면 왠지 실패자가 된 듯한 기분이 들거든요."

폴리가 말했다.

# 21

 계좌를 만들기 위해 은행을 찾는 것. 폴리에게는 첫 경험이었다. 메모지를 앞세우고 들어가 돈을 챙겨 나올 때와는 또 다른 기분이었다. 대니는 지점장에게 폴리를 소개했다. 다정한 인상의 젊은 남자는 환히 웃으며 카르마노스 부인과 폴리의 손을 차례로 잡았다. 그리고 그들을 유리벽 뒤편에 자리한 회의실로 안내했다. 로비 맞은편에는 카운터가 놓여 있었고, 벽에는 보안 카메라가 여러 개 붙어 있었다. 총 네 개의 창구가 고객을 받고 있었고, 길게 줄을 서서 기다리는 사람들도 보였다. 카운터에는 유리 칸막이가 붙어 있지 않았다. 나머지 세 개의 창구에는 옆 창구를 이용하라는 안내문이 붙어 있었다. 그들은 회의실 테이블에 앉아 지점장이 필요한 문서를 들고 돌아올 때까지 기다렸다. 폴리는 그에게 수표의 총액 중 5천 달러를 현금화하고 싶다고 했고, 그는 100달러 지폐 오십 장을 가져오겠다고 했다. 폴리는 새 지폐도 상관없다고 덧붙였다.

 "부자 고객들은 좋군요. 저렇게 줄을 서서 기다리지 않아도 되니까."

 폴리가 말했다.

 대니는 지점장이 자신을 알고 있다는 사실을 신기해했다. 폴리는 무표정한 얼굴로 그녀를 쳐다보았다. 그녀가 말했다.

 "이상하지 않나요? 난 여기 온 적이 몇 번 없었는데."

 "일부러 미팅에 늦게 나가려고 여기서 계좌를 열었다고 했었죠?"

폴리가 말했다.

"잭, 제작자들이 보내오는 시나리오에 묻혀 사는 주연급 배우라면 제 시간에 맞춰 나가겠죠. 이유는 모르겠지만 당신을 만난 후로 다시 일로 돌아가고 싶다는 마음이 생겼어요. 내 생각엔 당신이 발산하는 에너지 때문인 것 같아요. 아주 생생히 느껴져요."

"내가 발산하는 에너지?"

"피터와 함께 작업하다가 만 〈또다시 태어나다〉를 마무리 짓고 싶어졌어요."

"돈이 그러던데, 그들이 신앙 치료사 역을 맡아줄 새 배우를 찾고 있다면서요?"

"잭, 그걸 누가 돈에게 들려줬겠어요? 난 그저 일 년 안에 할리우드로 복귀할 마음이 없다고만 했을 뿐이에요. 하지만 이젠 굳이 그럴 필요가 있나 싶어요. 전작이 크게 히트 쳤잖아요. 여기서 포기하기엔 너무 아까워요. 당신에게 줄 배역도 생각해 뒀어요. 당신은 고개를 숙인 채 무대로 올라와요. 내가 당신에게 말하죠. '날 봐요, 잭 폴리.' 당신은 내 앞에 무릎을 꿇고 앉아요. 난 두 손으로 당신의 머리를 감싸고 천장의 조명을 올려다보죠. 마치 주님으로부터 지시 사항을 전해 듣기라도 하듯. 난 계속 당신의 머리를 문질러대고, 당신의 병은 그렇게 나아버리죠. 기적을 체험한 당신은 내 다리를 와락 끌어안고, 몰려든 경비들에게 끌려 나가게 되는 거예요."

"내가 무슨 병을 앓고 있었는데요? 코가 문드러진 나병 환자라도 됐나요?"

그녀는 고개를 저으며 한 손을 살랑 흔들어보였다. 그녀의 시선이 로비 맞은편의 카운터로 돌아갔다. 그녀가 말했다.

"아뇨."

그녀가 다시 폴리를 돌아보았다. 그녀의 눈이 번뜩였다.

"당신은 은행을 털고 싶은 압도적인 욕구에 사로잡혀 있어요. 그래서 내가 그 아이디어를 당신 머릿속에서 뽑아내준 거예요. 난 오럴 로버츠(미국의 유명한 목사이자 오럴 로버츠 대학교 설립자—옮긴이)의 50년대 텐트 쇼를 연구했어요. 환자들에게 손을 얹는 그의 모습이 큰 영감을 줬죠. 그의 손에 힘이 얼마나 많이 들어갔던지 환자들의 두개골이 깨지면 어쩌나 걱정이 될 정도였어요. 하지만……."

대니가 잠시 말을 멈추고 뜸을 들였다.

"내겐 색다른 아이디어가 있어요. 난 당신을 치료하고, 당신은 내 다리를 끌어안고…… 그것보다는 내가 당신과 함께 은행을 털어보는 건 어떨까요? 물론 진지하게 하는 말이에요. 피터의 전담 작가에게 내 아이디어를 들려줄 거예요. 작품당 150만 달러씩 챙기는 거물이죠. 흥행 수익의 일부도 가져가고요. 〈여자들이 춤을 추러 나올 때〉도 그의 작품이었어요. 기가 막힌 시나리오였지만 끝내 제작되진 못했죠. 스튜디오 임원들이 스토리를 제대로 이해하지 못했대요. 그래서 그 시나리오를 묵혀두기로 했던 거죠. 난 그에게 내 아이디어를 들려줄 거고, 그는 마음에 들어 할 거예요. 그러니까 이렇게 되는 거죠. 난 믿음을 잃게 되고, 매력적인 은행 강도를 만나 그와 떠나게 되죠. 그 후로 벌어지는 일들이 이 영화의 메인 포인트가 될 거예요. 전편에서 난 새로 태어났고, 속편에서 또다시 새로 태어나게 되는 거죠."

"은행 강도를 만나 잃었던 믿음을 되찾는다고요? 그게 가능한 일입니까?"

"그건 작가가 알아서 정리해 줄 거예요."

"난 영화에 출연하고 싶지 않아요. 하더라도 나 자신을 연기하고 싶습니다."

"당신은 자신의 캐릭터를 연기하게 될 거예요. 아마 앞으로 여기저기서 오퍼를 받게 될걸요."

"또 다른 은행 강도를 연기하라고요?"

"당신이 등장하는 첫 장면에서 당신은 은행 맞은편에 세워둔 차에 앉아 있어요. 그리고 당신 앞으로 순찰차 한 대가 휙 지나쳐 가버리죠."

"난 그냥 앉아만 있고요?"

"잭, 당신은 지금 은행에 들어와 있어요. 이곳을 털 마음이 전혀 없는 상태로 말이죠. 당신 자신의 자연스러운 모습을 연기하고 있는 거라고요. 당신은 잘할 수 있을 거예요."

"이 프로젝트에 비싼 작가와 감독을 끌어들일 수 있을 만큼의 영향력을 가지고 있는 모양이군요."

"〈다시 태어나다〉는 3천만 달러 예산으로도 충분히 만들 수 있어요. 전 세계적으로 2억 달러 이상 벌어들일 수 있을 거고요. 난 피터 팬 칼라(여성복이나 아동복의 앞쪽 끝이 둥근 깃—옮긴이) 블라우스와 무릎까지 내려오는 긴 검은색 스커트를 걸칠 거예요. 그래야 무대에서 움직이기가 편할 테니까. 전편과 마찬가지로 내가 주인공이에요. 하지만 우리에겐 신선한 아이디어가 많이 필요해요. 아무도 예상하지 못한 반전 같은 것 말이죠. 이런 생각도 해봤어요. 텐트 쇼가 시작되기 전에 한 여자가 아기를 품은 채 내게 다가와요. 잭, 그 아기는 죽었고, 어머니는 제발 자기 아이 좀 살려달라고 내게 애원하는 거예요. 바로 그 순간 나는 목회를 그만둘 결심을 하게 되죠. 내가 아기에게 손을 얹었는데 아무 일도 벌어지지 않으면 더 이상 이 일을 할 수 없게 되니까요. 하지만 아예 어머니의 부탁을 거절해버린다면…… 스토리에 진전이 없겠죠."

대니가 말했다.

"하지만 당신이 아기를 품는 순간 울음소리가 들리기 시작한다면?"

그 말에 대니가 고개를 저었다.

"그건 신앙 치료사가 할 수 없는 일이에요. 관객을 잃게 될 거라고요."

"그래서 아기를 살려야 하는 거죠. 당신이 하늘을 향해 아기를 번쩍 들어 올리는 순간 아기 울음소리가 터져 나오는 겁니다. 관객들은 환호할 거고, 당신은 그렇게 위기를 넘기는 거죠."

폴리가 말했다. 그리고 잽싸게 머리를 굴려대는 그녀를 지켜보았다.

"어머니는 왜 아기가 죽었다고 믿었던 거죠?"

"그건 모르죠. 백만장자 작가에게 한 번 물어봐요. 이런 엄청난 기적을 선보이며 영화를 마무리 짓고 싶은데 어떻게 해야 하느냐고 말이에요."

"그랬다가는 잡혀갈 수도 있다고요."

"사람을 살린 죄로요?"

"사기죄로요. 사기를 쳐서 돈을 뜯어내는 일이잖아요."

"좋아요. 그럼 관객이 조용해질 때까지 기다렸다가 아이가 다시 살아났다고 차분히 알리는 건 어때요? 당신이 아기를 되살린 게 아니에요. 아기의 머리를 감싸 쥐지도 않았고. 그들은 당신의 정직함, 당신의 겸손에 감동하게 됩니다. 그리고 당신은 그것을 계기로 잃었던 믿음을 되찾게 되죠. 그 죽은 아기 문제는 좀 더 생각해 봐요. 자, 이제 이곳 경비가 어디 있는지 말해 봐요. 내가 은퇴한 형사일 거라고 했던 그 노인네 말이에요."

그가 말했다.

"그건 왜요?"

그녀가 말했다. 그녀의 시선이 은행의 유리문 쪽으로 돌아갔다.

"지금은 안 보이죠?"

"화장실에 간 모양이죠 뭐."

"나랑 내기할래요?"

╲╲╲

루 애덤스가 피콜로 파라디소 앞에 이중 주차해 놓은 시보레에서 내려왔다. 그리고 길을 건너 주차장에서 대여섯 명의 비벌리 힐스 형사들에게 에워싸여진 폴리와 카르마노스 부인에게로 달려갔다. 형사들은 모두 약속이라도 한 듯 권총집을 끌러놓은 상태였다. 루 애덤스가 현장으로 다가오자 보도를 서성이던 론 데네웨스가 불쑥 튀어나왔다.

루가 말했다.

"론, 자네 눈엔 저 여자가 은행 강도처럼 보여? 유명한 영화배우잖아."

"폴리랑 같이 있어. 저 여자가 영화배우라는 건 몰랐고. 그녀의 차 번호판을 조회하고 나서야 카르마노스 부인이란 걸 확인할 수 있었지."

"그가 총을 가지고 다니지 않는다고 했잖아. 그런데 비벌리 힐스 경찰국이 왜 이리 법석을 부리는 거지?"

"난 그냥 대기만 하라고 했어. 자네가 곧 도착할 거라고 말이야."

"그가 뭐라고 했어?"

"그냥 계좌 만들려고 왔대."

"폴리와 다니엘르 타이넌이 누구랑 대화 중이지? 저 나이 든 남자 말이야."

"은행 경비원. 타이넌…… 그녀 가명인가?"

"결혼 전 성이야. 저들이 누굴 보고 웃고 있는지 알아? 자네야, 나야?"

그들은 카르마노스 부인에게 뭔가를 얘기한 후 그녀를 경비원과 남겨두고 일어나는 폴리를 지켜보았다. 카르마노스 부인의 손은 나이 든 남자의 어깨에 살며시 얹어져 있었다. 상황 파악이 안 된 비벌리 힐스 경찰국 소속 경관들은 우왕좌왕하고 있었다. 폴리는 그들을 지나 거리로 나왔다.

루 애덤스가 론에게 말했다.

"경관들에게 철수하라고 해. 뭔가 오해가 있었다고 설명하고 나서."

"이게 내 잘못이야? 빌어먹을. 내가 왜 저놈들을 못미더워하는지 알겠어?"

론이 말했다. 그가 사라지자 폴리가 루에게 다가왔다.

"이것도 책에 써넣을 건가?"

루 애덤스는 미소를 지었다.

"50장에 말이야. '그에 대한 모든 것을 알고 있다고 자만하다가 된통 당한 날.'"

폴리가 말했다.

"모든 걸 보이는 대로만 믿어선 안 돼. 쿡 카운티 시체 공시소엔 존 딜린저의 사진이 붙어 있어. 시신은 시트로 덮여 있었는데 사타구니 부분이 30센티미터쯤 불룩하게 솟아 있지. 그 친구 물건이 무슨 텐트 기둥이라도 되는 것처럼 말이야. 전설적인 인물이라 그런지 그가 죽은 후에도 발기가 가능했다고 믿은 정신 나간 사람들도 있었다더군."

"누군가가 장난 친 건가?"

폴리가 말했다.

"아니. 시트 밑엔 손이 깔려 있었어. 네 케이스도 비슷하다고 할 수 있지. 악명 높은 은행 강도가 은행에 들어가 있는 걸 우연히 발견하고 해당 지역 법집행관들이 어떻게 된 일인지 확인하러 몰려왔을 뿐이야."

"우연히 발견한 게 아니라 날 졸졸 따라다닌 거겠지. 만약 내가 다시 은행을 털게 된다면 넌 신문에 보도되기 전까지 그 사실을 알 길이 없을 거야."

"정말 그럴까? 내기를 해보는 건 어때? 스위트하트 어쩌고 하면서 5천 달러를 챙겨 나오는 네 수법으로 은행이 털렸다는 기사가 보이면 난 경찰이나 FBI에 알리지 않을 거야. 그냥 내가 직접 널 쫓을 거라고. 예전에 다섯 살짜리 아이를 납치한 아이티 놈들을 쏴 죽이고 나서 동료들로부터 크롬 도금된 45구경 권총을 선물받은 적이 있어. 그들은 30만 달러를 내놓지 않으면 아이를 토막 내 집으로 돌려보낼 거라고 했지. 난 망설임 없이 놈들을 쏴 죽였어. 쏘고 난 후에 형언할 수 없는 쾌감이 느껴지더군. 아무튼 난 그 총을 네게 건네면서 얘기할 거야. '네가 이겼어.' 그리고 두 번 다시 널 귀찮게 하지 않을 거야. 어때?"

"아무리 그래도 소용없어. 크롬 도금된 총을 받는다고 내가 좋아할 것 같아? 더 이상 은행 터는 일에 관심 없다는 걸 왜 몰라주는지 모르겠군."

"아무래도 그건 못 믿겠어. 잭, 넌 악한들과 뒤섞여 지내고 있어. 네가 원하지 않아도 곧 다시 손을 더럽히게 될 거라고."

루 애덤스가 말했다.

# 22

 리틀 지미는 고해실에 들어가 무릎을 꿇고 창이 열리기를 기다렸다. 사제의 반대편에서는 여자의 음성이 희미하게 들려왔다. 그녀가 무슨 말을 하고 있는지는 알아들을 수 없었다. 중간 문에는 사제의 이름이 적혀 있었다. 몬시뇰(가톨릭 고위 성직자에 대한 경칭—옮긴이) 윌리엄 이스튼. 그 문을 열고 들어온 지미는 어둠 속에서 묵묵히 기다리는 중이었다. 윌리엄 이스튼. 몬시뇰의 자리에 오른 걸 보면 그가 꽤 오랫동안 사제로 활동해 왔다는 사실을 짐작할 수 있었다. 몬시뇰 다음은 주교였다. 지미는 주교가 직접 고해성사를 봐준다는 이야기를 들어본 적이 없었다. 여자의 창이 스르르 닫히는 소리가 들려왔다. 잠시 후 그의 창이 열리고 앞으로 몸을 기울인 사제의 형체가 나타났다. 손으로 머리를 받친 그는 지미 앞으로 바짝 다가와 앉아 있었지만 지미를 쳐다보지는 않았다.

 몬시뇰 이스튼이 말했다.

 "말씀하시죠."

 "나의 모든 죄를 전능하신 하느님과 신부님께 고백합니다."

 리틀 지미가 성호를 그으며 말했다.

 "고해성사를 본 지 이십칠 년 됐습니다."

 몬시뇰 이스튼이 손에서 머리를 뗐다.

 "이십칠 년이라."

"네, 신부님. 그 후로 거의 천사백 번쯤 미사를 드리지 못했습니다. 하지만 친구를 따라 가끔 성탄 자정 미사를 드리긴 했습니다. 제 고향, 쿠바에 살 땐 부활절 미사도 몇 번 드렸었고요."

몬시뇰은 리틀 지미에게 결혼을 했는지 물었다.

"아직 못했습니다. 할 마음이 생기지 않아서요."

"여자들과 어울리는 걸 좋아하지 않습니까?"

"별로요. 하지만 작년엔 여자들과 어울릴 기회가 좀 있었습니다. 제겐 새 경험이었지만 우려했던 것처럼 나쁘진 않더군요."

"그럼 지금까지 순결을 지켜왔다는 뜻입니까?"

"남자들까지 포함해서 말씀입니까, 신부님? 마음에 드는 남자가 있으면 항상 제가 먼저 접근합니다."

"그러니까 남자들과 관계를 가져왔다, 이 얘기죠?"

"일생을 그래왔습니다."

"그 사실을 고해실에서 고백한 적이 있었습니까?"

"없습니다. 그게 죄악이라고 생각하지 않기 때문입니다. 우린 그냥 서로를 즐길 뿐입니다. 싱글끼리 어울리는데 문제 될 게 뭐 있겠습니까? 누구에게도 피해가 가지 않는데요."

"그럴지도 모르죠. 어쨌든 그건 대죄입니다."

"어째서죠? 성서에도 그러지 말라는 얘기가 없지 않습니까."

"뚜렷하게 명시되진 않았죠. 하지만 암시는 돼 있습니다. 혹시 마약 거래나 다른 불법 행위는 저지르지 않았습니까?"

몬시뇰 이스튼이 말했다.

"전혀요. 마약엔 손도 대지 않습니다. 가끔 마리화나를 피우긴 하지만 그뿐입니다. 머릿속이 복잡할 때마다 피우곤 하죠. 다른 불법 행위라고 하셨나요? 글쎄요. 관리하는 자금으로 교도관들에게 뇌물을 준 적은 있습니다만 절 위한 일이 아니었습니다. 그래서 그것도 죄악으로 여기지 않았죠. 제가 모시고 있는 보스를 위해 한 일이었습니다. 그가 플로리다 교도소에 수감돼 있을 때 말입니다."

한동안 침묵이 흘렀다. 리틀 지미는 몬시뇰이 잠에 빠져들었는지도 모른다고 생각했다. 아니면, 별로 충격적이지 않은 고백에 무척 따분해하고 있는 것인지도 몰랐다. 베니스에서 오랫동안 고해성사를 봐왔다면 믿기 힘든 고백을 숱하게 접해봤을 테니까.

"왜 이십칠 년 만에 고해성사를 보러 온 거죠?"

몬시뇰이 물었다.

"마지막으로 고해성사를 봤던 건 쿠바의 교도소에서였습니다. 당시 전 누구에게도 피해를 주지 않은 범죄를 저질러 수감 중이었죠. 전 절 끔찍한 방법으로 사랑해 주러 달려드는 죄수들의 손에 죽게 될까 봐 두려웠습니다. 하지만 제 보스 덕분에 무사할 수 있었습니다. 마침 그도 콤비나도에서 수감돼 있었거든요."

"그런데 왜 지금 고백을 해야겠다고 마음먹게 된 겁니까?"

"신중을 기하고 싶어서 그렇습니다. 미사를 천사백 차례나 지나쳐버린 걸 고백해야 할 일이 생겼거든요. 오늘밤 보스의 출소를 축하하는 파티가 열립니다. 어쩌면 그는 음식 준비를 맡은 점쟁이를 시켜 날 독살하려 들지도 모릅니다."

다시 침묵이 흘렀다.

"오래전에 교도소에서 당신 목숨을 구해 줬다는 바로 그 보스 말입니까?"

"그렇습니다. 그는 음식에 독을 넣는 방법을 한 번도 쓴 적이 없습니다. 제거할 표적이 생기면 그냥 총으로 쏴 죽이죠. 하지만 그 점쟁이 여자와 함께 있으면 종종 황당한 일을 벌이곤 하더군요. 그래서 마음을 놓을 수가 없습니다. 혹시라도 내 영혼이 지은 죄가 있다면 이번 기회에 깨끗하게 떨쳐내고 싶습니다."

다시 침묵.

뜸을 들이던 몬시뇰이 입을 열었다.

"통회기도 하는 법을 기억합니까?"

"물론입니다. 하느님, 제가 죄를 지어 참으로 사랑받으셔야 할 주님의 마음을 아프게 하였사오니……"

"잠깐만요. 보속부터 받으셔야죠."

몬시뇰 이스튼이 말했다.

ㄱㄱㄱ

성수를 찍은 손으로 성호를 그으며 세인트 마크 성당을 걸어 나온 리틀 지미가 연석 앞에 세워둔 자신의 벤틀리로 다가갔다. 조로는 팔짱을 낀 채 앞펜더에 몸을 기대고 있었다. 리틀 지미가 나타나자 그는 굼뜬 동작으로 뒷문을 열어주었다.

"고해성사는 잘 보고 나오셨습니까? 그간의 일들을 전부 신부님께 들려드렸습니까?"

"전부 다."

"신부님께서 처음 듣는 것도 있다고 하시던가요?"

"아니."

"보속은요? 채찍으로 죄를 반성하라고 하시던가요?"

"생각만 해도 속이 느글거리는군. 주기도문 열 번, 성모송 열 번, 그렇게 읊고 나왔어. 그동안 신을 진노케 한 내 모든 죄가 완전히 씻겼다고."

리틀 지미가 말했다.

ᄀ ᄀ ᄀ

여섯 시, 티코는 쿤도의 집 주방에 앉아 돈과 함께 레드 와인을 홀짝이고 있었다. 평소와 다르게 그녀는 음주를 자제하고 있었다. 와인 병에는 가격 스티커가 붙어 있었다. 티코는 쿤도가 왜 15달러짜리 싸구려 와인을 사왔느냐고 물었다. 50달러, 100달러짜리 와인이 더 잘 어울릴 것 같은 사람이. 쿤도 정도의 재력가라면 최고급 와인을 어항 같은 큼직한 잔에 담아 손님들에게 내놓을 수 있을 텐데.

"원래 이렇게 구두쇠인가요? 아니, 다시 묻죠. 원래 이런 싸구려 자식인가요? 난 내 뿌리를 잊어가고 있어요. 어머니는 대도시 깜둥이들이 하는 얘길 듣자마자 아칸소를 떠나셨죠. 미시시피 튜니카에 가서 도박대에 돈 좀 뿌리고 오자는 얘길 했다더군요. 어머닌 그게 무슨 뜻인지 알고 깜짝 놀라셨대요. 어머니의 표현을 빌리자면 난 코스타리카에서 몸을 누렇게 그을리고 온 흑인이에요. 그래서 난 흑인들과 어울리며 유행하는 흑인 말투를 열심히 배워나갔죠. 그래야 '잘 지냈어, 이 친구야?', 이런 밋밋한 표현 말고 쿨하게 '요, 어때?', 이러면서 다닐 수 있을 테니까요. 아마 폴리라면 쿨한 표현을 많이 알고 있을 거예요. 세련된 백인 말투도 구사하고. 말투는 그런 사람에게 배우는 게 좋아요. 잘난 척하기 좋아하는 갱단원들의 은어도 은근히 매력 있죠. 거리를 활보하면서 총으로 아무나 쏴 갈기는 놈들 말이에요."

그들은 주방 테이블에 앉아 있었다. 깨끗하게 닦인 둥근 테이블에는 재떨이 두 개와 레드 와인 한 병이 놓여 있었다.

"뭘 그렇게 주절거리려고? 와인 때문이에요? 긴장한 건가요?"

돈이 말했다.

"내가 원래 이렇습니다."

티코가 말했다. 그는 단추를 풀어헤친 흰색 셔츠 차림이었다. 검은 곱슬머리에는 엷은 자주색 두건이 둘러져 있었다.

"내가 말이 많아졌다는 건 기분이 꽤 괜찮아졌다는 뜻이에요."

"하지만 이따 식사할 땐 이러지 말아요. 내가 쿤도랑 얘기할 때 말이에요. 난 그에게 꼭 해줄 말이 있어요."

돈이 말했다.

"성질이 개 같다고 했죠? 입도 거칠고, 툭하면 폭력을 휘두르고."

"때때로 내 뺨을 올려붙이기도 해요."

"점쟁이의 복수라. 잘될 것 같아요?"

"당신은 그냥 서빙만 잘하면 돼요. 내가 일러둔 대로만 하라고요. 쿤도의 자리에 놓은 은 접시의 뚜껑은 그냥 덮어둬야 해요. 절대 손을 대선 안 돼요."

"음식이 식지 말라고요?"

"맞아요. 내가 고개를 끄덕여 신호를 하면 그때 열어요."

"난 웨이터들을 많이 보진 못했어요. 하지만 그들보다 잘할 자신은 있어요. 그런데 쿤도는 지금 뭘 하고 있죠?"

티코가 말했다.

"잠들었어요. 아까 라 유마를 몇 잔 걸쳤거든요. 얼음 넣은 럼주 말이에요."

티코가 씨익 웃었다.

"출소했다고 아주 신났군요. 리틀 지미는요?"

"곧 도착할 거예요."

"그가 쿤도를 무척 두려워한다고 했죠? 그가 정말 와줄까요?"

"쿤도에 대해선 아무 걱정 하지 말라고 했어요. 그가 흥분하지 않도록 옆에서 잘 관리하겠다고 말이죠. 지미는 나랑 사랑에 빠졌어요. 내가 지미

인생의 첫 번째 여자라는 사실 알아요?"

"폴리는요?"

"그도 나랑 사랑에 빠져 있죠. 하지만 그것 때문에 그가 불편해하고 있어요."

"아뇨, 그걸 묻는 게 아니라, 그가 언제 나타날지를 묻는 거예요."

"유감스럽게도 잭 박사는 참석하지 않을 거예요."

"당신이 직접 요리를 준비한다는데도요?"

"그는 요즘 대니 카르마노스와 어울려 다니고 있어요. 유령 전문가가 아니라는 게 들통 난 후로는 소설 같은 과거 얘기를 들려주며 그녀를 유혹해 대고 있죠. 예를 들면, 은행을 털고 나오자마자 경찰이 들이닥쳤던 에피소드라든가 뭐 그런 이야기들 말이에요. 대니는 그런 상황에서 그가 어떻게 빠져나올 수 있었는지 무척 궁금해하고 있어요."

"어떻게 빠져나왔는데요?"

"그건 그에게 직접 들어봐요. 듣고 나면 그가 얼마나 똑똑한 사람인지 깨달을 수 있을 거예요. 그가 즐겨 쓰는 수법 하나 가르쳐줄까요? 그는 웃긴 조크를 툭 던져놓고 상대가 정신없이 웃어젖힐 때 성큼 달려들어 제압해 버려요."

"상대의 긴장을 풀어놓고 나서 순식간에 제압해 버린다는 거죠?"

"그가 키스를 하려 달려들면 대니는 완강히 거부할 거예요. 이 사기꾼 자식이 지금 뭘 하는 거지? 잭 박사는 그녀와 레벨을 맞출 수가 없어요. 그녀도 그 점을 분명히 해둘 거예요. 대니는 인기 배우고, 그는 빌어먹을 은행 강도잖아요."

"그녀가 정말 그렇게 얘기할까요?"

"아주 다정다감한 음성으로요."

돈이 말했다.

ㄱㄱㄱ

폴리는 대니에게 이런 식으로 얘기했다.

"덜미를 잡힐 뻔한 적이 있었는데 운이 아주 좋았어요. 비가 많이 내리던 날이었죠. 난 레인코트 차림으로 은행에 들어갔어요. 그리고 챙긴 돈을 접어놓은 우산에 쑤셔 넣고 밖으로 나왔죠. 문을 나서려는데 은행 앞에 서 있는 크라운 빅토리아가 한 대 보이더군요. 차에서 내린 두 제복 경관이 강도가 일을 벌이고 있는 중이라며 은행으로 들어가려는 사람들을 저지하기 시작했어요. 그들은 정문 뒤에 갇힌 우리에게 빨리 나오라고 했죠. 난 그렇게 위기를 모면할 수 있었어요. 경관들은 허둥대며 안으로 들어갔고, 난 유유히 그곳을 빠져나올 수 있었죠. 〈사랑은 비를 타고〉에 나왔던 진 켈리, 기억해요? 난 진 켈리처럼 빗물을 첨벙거리며 할리우드 대로를 걸어 나갔어요. 돈으로 가득 찬 우산을 품에 끌어안은 채로요."

폴리는 대니의 집 테라스에 앉아 라임주스를 탄 보드카를 홀짝이며 과거 이야기를 신나게 들려주고 있었다. 미소 짓는 대니의 눈이 번뜩였다. 피터도 주변 어딘가를 어슬렁거리며 그들의 대화에 귀를 기울이고 있을 것이다.

ㄱㄱㄱ

대니는 수영할 시간이라고 했다. 그녀는 땅거미가 내려앉기 시작할 즈음이 가장 적당한 시간이라고 했다.

폴리는 헐렁한 브리프(삼각 팬티—옮긴이)만 걸친 상태였다. 그는 피터의 수영복을 빌려 입고 싶지 않았다. 대니는 피터가 생전에 걸쳐본 적 없는 수영복이라고 했지만 폴리는 내키지 않았다. 그는 캘빈 클라인 광고에 나오는 세련된 브리프를 선호했다. 대니는 꽉 끼는 비키니 팬티 위로 타월을 두르고 있었다. 그 모습은 폴리로 하여금 주간지에 나오는 늘씬한 수영복 모델들을 떠올리게 했다. 그에게 수영복이란 한 손으로 뭉쳐 쥘 수 있을 정도의 천쪼가리를 뜻했다. 그는 엄지손가락을 비키니 팬티의 허리 밴드 안으로 찔러 넣고 있는 모델의 포즈를 가장 좋아했다. 그들은 아직 물에 들어가지 않고 있었다. 그냥 타월을 쥔 채 서서 우물대고 있을 뿐이었다. 폴리는 앞으로 들고 있던 타월을 어깨로 휙 넘겨 걸쳐놓았다. 할 거면 빨리 들어가자는 재촉의 제스처였다.

그들은 그녀의 캘리포니아 대저택 테라스 한쪽에 마련된 탈의실 앞에 서서 수영장을 내려다보고 있었다. 대니가 입을 열었다.

"잠깐만요. 기다려봐요."

그녀가 몸을 틀고 한 손을 눈 위에 걸친 채 태양을 올려다보았다. 잠시 후 그녀의 시선은 다시 수영장으로 떨어졌다.

"물을 잘 봐요. 태양이 완벽한 직각을 이룬 상태로 물에 떨어지는 순간 뭔가 섬뜩한 일이 벌어질 거예요. 몸이 점점 끌려가는 묘한 느낌도 받을 거고요. 저기예요! 수영장을 잘 봐요. 태양이 물에 드러누운 듯해 보이죠? 태양이 물속에 잠기기 직전에 주변이 어두워지는 거 봤어요? 이럴 때마다 몸이 오싹해져요. 봐요. 지금도 떨고 있잖아요."

날 놀리는 것인지도 모르고.

"아무 때나 눈물을 흘릴 수 있나요? 연기할 때 말이에요."

"행복에 충만한 사람이라 우는 연기는 항상 힘들어요. 행복에 겨워 우는 연기로 고쳐본 적은 있었어요. 감독님에게 그랬죠. 터프한 캐릭터이긴 하지만 내게 일어난 기적에 감동해 살짝 눈물짓는 연기라면 할 수 있을 거라고요. 사실 그런 연기가 더 재미있긴 하죠. 아무튼 어젯밤엔 불을 다 꺼놓고 수영을 했었어요."

달빛만 받으면서 수영을 했다, 이거지? 폴리는 생각했다.

"음울한 달빛, 빠르게 스쳐가는 검은 구름. 그걸 보면서 무슨 생각이 떠올랐는지 알아요?"

피터가 여기 와 있으면 어쩌지? 폴리는 생각했다.

"피터가 여기 와 있으면 어쩌지? 그런 생각을 했어요. 돈은 그의 영혼이 아직도 이 집에 머물고 있다고 했어요. 뭐 다른 사람의 영혼일 수도 있고. 사실 그녀 때문에 기가 꺾이긴 해요. 겸손한 척하면서 지적할 건 다 하잖아요. 하지만 난 그녀 주장 대부분을 믿어요. 당신도 흔들의자를 똑똑히 봤잖아요."

"거기엔 크게 신경 안 쓰고 있습니다."

"난 그 의자랑 같이 살고 있다고요."

"그냥 다른 사람에게 줘버려요. 당신만 괜찮다면 다음에 훈증 용기를 또 가져올게요. 돈은 그것만 있으면 누구의 영혼도 다 쫓아낼 수 있다고 했어요. 아니면 그에게 당당히 맞서든가요. 그렇게 유령을 내쫓는 방법도 있다고 하더군요. 그에게 당장 꺼지라고 해요. 새 출발에 걸림돌만 된다고 야단을 쳐보는 거예요."

"정말 그게 가능할까요?"

그녀가 말했다. 허리에 두른 타월을 푼 그녀가 물속으로 뛰어들었다.

영화에서 흔히 봤던 장면과 일치했다. 한 마디 툭 던지고 나서 바다로 뛰어드는 여자. 그럴 때면 상대역을 맡은 남자 배우는 그냥 잠자코 기다리거나 그녀를 따라 물로 들어갔다. 폴리는 잠시 머뭇거리다가 그녀를 따라 물속으로 뛰어들었다. 얕은 쪽 수영장 바닥에 바짝 붙어 사지를 휘젓던 그가 천천히 수면으로 올라왔다. 깊은 곳에 우아한 모습으로 떠 있는 대니가 말했다.

"이쪽으로 와서 나랑 얘기해요!"

폴리는 물에 뜬 채 대화하는 것이 어떻게 가능한지 궁금했다. 그는 솔직히 털어놓기로 했다.

"난 수영을 잘 못합니다. 내가 오랜 시간을 보낸 교도소엔 수영장이 없었거든요."

"아까 보니 다이빙은 잘하던데요. 원래 높은 데서 뛰어내리는 걸 좋아하지 않았나요?"

대니가 말했다. 그녀는 이미 그에 대해 많은 부분을 파악해 둔 모양이었다. 그의 대꾸를 기다리지 않고 그녀가 말했다.

"피터와 난 다이빙을 별로 좋아하지 않았어요. 그래서 다이빙대도 설치해 두지 않았죠. 그는 몇 바퀴 슬슬 돌고 나와서 얘기했어요. '봐, 대본을 찢어버리지 않고 끝까지 읽는 건 불가능하다고 했잖아.'"

대니가 살며시 미소를 지었다.

"그는 툭하면 손으로 대본을 북북 찢어버리곤 했었죠."

"그가 대본을 찢는 걸 본 적 있습니까?"

"아뇨. 하지만 그는 그렇게서라도 터프한 모습을 보이려 노력했었죠. 특히 장면 묘사를 지나치게 문학적으로 해놓는 작가들을 혐오했어요. 피터는 그런 대본들을 '과시용'이라고 폄하했죠. 그가 이러더군요. '코엔 형제가 쓴 〈노인을 위한 나라는 없다〉를 봐. 대충 쓴 것 같지만 있어야 할 것들을 전부 갖췄잖아. 불필요한 단어는 단 한 개도 찾아볼 수 없고.' 스튜디오가 〈다시 태어나다〉 같은 진부한 작품들을 보내오면 그는 작가와 촬영감독에게 다큐멘터리에 최대한 근접한 이미지를 담아오라고 주문했어요. 피터는 현실주의에 집착했거든요. 특히 테런스 맬릭의 작품을 좋아했어요. 피터가 가장 좋아했던 영화는 그의 〈천국의 나날들〉이었어요. 아무튼 난 그의 유령이 아직도 이 집에 살고 있다고 믿고 있어요. 그가 아니라면 다른 누군가의 유령일 거예요. 하지만 그 문제에 대해 특별히 어떤 조치를 취한다든지 그러고 싶진 않아요. 당신도 유령 얘긴 이제 지겹죠?"

그들은 나란히 수영장을 나왔다. 그녀가 말했다.

"여기서 기다려줘요. 들어가서 수영복을 벗고 가운을 걸쳐야겠어요. 괜찮겠어요? 탈의실에 음료수가 준비돼 있으니까 마음껏 꺼내 마셔요. 당신에게 입힐 마른 속옷도 찾아볼게요. 포장도 뜯지 않은 새것으로요. 피터를 위해 사둔 게 있을 거예요."

"지금 농담하는 거죠?"

그녀는 잠시 망설였다.

"입기 싫으면 안 입어도 돼요."

⁀⁀⁀

폴리는 테라스에 앉아 담배를 뻐끔거렸다. 그녀 남편의 속옷을 걸치고 다닐 생각을 하니 괜히 신경이 쓰였다. 그는 "새 출발"이라는 단어를 무심코 내뱉은 자신의 입을 질책했다. 그녀는 말했었다. "정말 그게 가능할까요?" 그것도 아주 수줍게. 그녀는 마치 대사 처리하듯 말했었다. "정말 그게 가능할까요?" 연기. 하지만 그것은 그녀의 솔직한 반응이기도 했다.

그녀는 여전히 피터의 존재를 느끼고 있을 것이다. 유령이 아닌, 머릿속 이미지로. 그녀는 아직 죽은 남편을 내보낼 준비가 돼 있지 않았다. 그녀가 시인하든 안 하든.

폴리는 자신이 먼저 찔러보기로 했다. 그녀의 눈빛이 부드러워지면 그것은 지금처럼 계속 지낼 수 있다는 뜻일 것이다. 그러다 보면 누가 먼저랄 것도 없이 사랑에 빠지게 될 것이고. 이런 화기애애한 분위기에서는 한 번 강하게 밀어붙일 필요가 있었다.

어쩌면 그녀는 이미 새 출발을 한 상태인지도 몰랐다. 이제부터는 망설임 없이 그녀 마음대로 살아도 되는 것이다. 중요한 것은 과연 그녀가 그걸 원하는지 확인하는 일이었다.

그는 피터의 속옷이 열쇠가 돼줄 거라고 믿었다. 속옷이 잘 맞지 않거나 어색해 보이면 그것은 좋지 않은 징조일 것이다.

어쩌면 그녀는 속옷을 가져오지 않을 수도 있었다.

그는 차분하게 기다렸다. 돈이 정말로 땅딸보에게 그가 좋아하는 쿠바 요리를 만들어 먹였는지 궁금해졌다. 하지만 왠지 그랬을 것 같지는 않았다.

목욕 가운을 걸친 대니가 탈의실을 나왔다. 그녀의 손에는 흰색 남자 속옷이 쥐어져 있었다.

# 23

돈은 식당의 둥근 테이블에 음식을 내려놓는 티코를 지켜보았다. 테이블 양쪽 끝에는 팔걸이 있는 의자가, 그 사이에는 팔걸이 없는 의자가 놓여 있었다. 테이블은 흰색 리넨으로 덮여 있었다.

"열 명은 앉을 수 있겠네요. 잘하면 열두 명도 가능할 것 같아요. 달랑 네 명만 이렇게 앉으면 서로 너무 떨어지게 되겠죠."

티코가 말했다.

"일부러 이렇게 배치한 거예요."

돈이 말했다.

"폴리가 나타나면 어쩔 건데요?"

"그건 전혀 그답지 않아요."

"그가 나타나면 내 자리에 앉혀요. 난 주방에 들어가 있을 테니까. 거기서 쿤도를 지켜볼게요."

"주방에선 그의 등밖에 안 보일 거예요. 쿤도는 항상 방을 향해 앉거든요. 당신은 그로부터 몇 미터밖에 떨어져 있지 않을 거예요. 하지만 명심해요. 접시를 내려놓고 뚜껑을 연 후 옆으로 물러나 있어야 해요. 주방으로 들어가진 말고요. 당신이 필요해질 수도 있으니까."

돈이 말했다.

"네, 나도 알아요. 그가 당신 얘길 듣고 어떤 반응을 보일지 모르니까.

내 권총은 어디에 뒀죠?"

"당신에겐 총이 필요 없을 거예요. 그가 흥분해 날뛰는 게 보이면 프라이팬 같은 걸로 냅다 후려쳐요. 부디 그런 일은 없어야겠지만. 참, 리틀 지미의 운전사는 어쩌죠?"

돈이 말했다.

"그 친구도 먹여야 합니까?"

"그가 어디 자리 잡을지 알고 싶어서요. 조로는 주로 차에서 기다리지 않나요?"

"모르겠어요. 차에서 자든지 동네를 어슬렁거리든지 하겠죠."

티코가 말했다.

"그래도 멀리 떨어져 있진 않을 거예요. 리틀 지미가 그를 언제 호출할지 모르니까."

돈이 말했다.

"예상보다 빨리 일어나 집으로 돌아갈지도 모르죠. 뭐가 당신을 가장 불안하게 만드는지 말해 봐요."

티코가 물었다.

"불안하지 않아요. 하지만 예기치 못한 일이 벌어지는 건 막아야죠."

돈이 말했다.

폴리의 올드 넘버 7 한 병도 테이블에 놓여 있었다. 버번 한두 잔에 흔들릴 돈이 아니었다. 그녀는 항상 냉정을 잃지 않았다.

ㄱㄱㄱ

쿤도가 샤워를 마치고 나왔을 때 티코는 긴 잔을 쥔 채 기다리고 있었다. 체리를 띄운 술은 왠지 콜린스인 것 같았다. 쿤도는 세 모금에 잔을 비워냈다. 버번으로 만든 콜린스였다. 그는 목이 마르다며 티코에게 한 잔 더 가져오라고 했다. 그런 다음, 아랫입술 밑의 잔털을 다듬었다. 지난 며칠간 길러왔던 것이었다. 그는 턱수염을 길러볼까도 생각했지만 이내 마음을 접어버렸다. 회색 털로 뒤덮인 턱은 그도 원치 않았다. 하지만 짙은 색의 소울 패치(아랫입술 바로 아래에 조그맣게 기른 수염—옮긴이)는 그의 마음에 쏙 들었다.

쿤도는 침실로 들어가 돈이 침대에 놓아둔 흰색 셔츠와 검은색 실크 바지를 걸쳤다. 지난 팔 년간 입어보지 못한 옷이었다. 그가 샌들을 신고 화장대에 앉았을 때 돈이 들어와 브러시로 그의 머리를 살살 빗어주었다. 그녀는 고무줄로 깔끔한 포니테일도 만들어주었다. 그녀가 뒤로 물러나며 거울 속 그에게 말했다.

"자, 됐어요. 완벽해요."

"이 빌어먹을 셔츠엔 주머니가 없어."

"주머니가 왜 필요한데요?"

"담배를 넣으려고."

"담배를 넣고 다니면 세련돼 보이지 않을 거예요. 내가 200달러나 주고 사온 셔츠라고요."

"200달러씩이나 주고 산 셔츠에 주머니가 없다는 게 말이 돼?"

그가 검은색 빅 라이터로 담배에 불을 붙이고 다시 거울을 들여다보았다. 그런 다음, 몸을 앞으로 살짝 기울인 채 담배 연기로 완벽한 고리를 만들어냈다.

"밖에 나갈 땐 검은색 팜 비치 정장을 걸치면 돼요. 노란색 넥타이를 매고 노란색 빅 라이터를 넣고 다니면 되겠죠."

"그래, 노란색 라이터. 하지만 넥타이는 황토색이었다고. 혹시 황토색 빅 라이터를 본 적 있어? 그런 게 있다면 당장 몇 개 사오고 싶군."

그가 흐릿해진 눈으로 거울 속 자신을 들여다보았다. 돈은 그걸 그의 침실용 눈이라고 불렀다. 그녀가 말했다.

"사람들이 당신을 어떻게 보는지 알아요?"

"사람들이라니?"

"당신에 대해 아는 사람들 말이에요. 당신은 꽤 유명해요. 마지막 코카인 카우보이잖아요. 그런 그가 다시 돌아왔어요. 그들은 숨을 죽이고 당신의 일거수일투족을 지켜보고 있어요."

"난 아무 짓도 안 할 거라고."

"그들은 그 말을 믿지 않을 거예요. 당신이 이 집에서 뭘 하고 지내는지 감시할 거라고요. 당신이 내게 차를 사주는지도 지켜볼 거고요."

"내가 듣고 싶어 하지 않는 화제로 대화를 이끌어가는군. 여기까지만 하자고. 오늘 메뉴가 뭔지나 들려줘."

"미리 알려주면 나중에 놀래줄 수 없잖아요."

"어디 보자…… 돈 나바로. 당신 몸엔 푸에르토리코인의 피가 흐르고 있지만 겉으로는 그렇게 보이지 않아. 혹시 쿠바 쌀과 콩으로 뭔가를 만든 거야?"

"아마 맞추기 힘들걸요."

"어째서지?"

"난 당신이 못 맞췄으면 좋겠어요."

"그건 그렇고, 왜 아무 냄새도 안 나는 거지?"

"아직 시작도 안 했으니까요. 모두 도착해서 술을 마실 때 시작하면 돼요. 테이블에 앉아 와인을 곁들여 식사를 할 거고 자주색 두건을 쓴 티코가 서빙을 맡을 거예요. 오늘 저녁엔 꼭 남자 에스코트 같아 보이더군요. 볼도 벌겋고. 하지만 주빈은 바로 당신이에요. 당신이 주인공이라고요. 난 아직도 옥상에서 파티를 열고 싶어요. 하지만 당신이 내켜 할 때까지 기다릴 거니까 염려 말아요."

"하긴, 내가 옥상에 기어 올라가길 좋아하긴 하지."

"난 당신이 확실히 손을 씻은 게 맞는지 궁금해요. 은퇴한 게 맞죠? 그냥 다음 한탕 때까지 잠시 숨을 고르고 있는 건 아니죠?"

"손 씻었어."

"가끔 같이 외출도 해요. 하지만 앞으로는 토니 몬타나처럼 하얀 정장 차림으로 다니진 말아요. 셔츠 단추를 풀어헤치고 다니지도 말고요. 당신은 검은 정장이 잘 어울려요. 거기에 황토색 넥타이를 걸치면 아주 세련돼 보일 거예요. 앞으로는 노란색이라고 하지 않을게요. 그리고 누가 물어보면 당신이 조용히 살기를 원한다고 전할게요."

쿤도는 여전히 화장대 앞에 앉아 있었다. 돈이 가까이 다가가 그에게 입을 맞추었다. 쿤도가 말했다.

"폴리는 자기랑 같이 코스타리카로 내려가자고 하더군."

돈이 그의 볼에 입을 맞추고 나서 허리를 폈다. 그리고 거울 속 그를 들여다보았다.

"정말요?"

"저번에 한 번 지나가는 말로 그랬었어."

ㄱㄱㄱ

그들은 거실에 앉아 보드카 마티니를 마셨다. 보드카를 넣은 이유는 진이 사람을 너무 빨리 취하게 만든다는 쿤도의 주장 때문이었다. 리틀 지미는 쿤도에게 혹시 자신 때문에 언짢은 게 있는지 물었다. 쿤도가 말했다.

"그걸 고해실에서 털어놓았다면 나도 널 용서해 줄 용의가 있어. 너의 죄를 사하노라."

쿤도가 허공에 대고 성호를 그으며 말했다.

티코는 돈을 지켜보았다. 그녀는 거실을 나간지 삼십 분 만에 다시 나타났다. 그녀가 말했다.

"자, 테이블로 와요."

티코는 그녀가 이집트 왕실의 여자들처럼 눈 화장을 했다는 사실에 주목했다.

ㅋㅋㅋ

와인을 마저 따른 그가 빈 병을 들고 주방으로 들어갔다. 테이블에는 쿤도와 리틀 지미만이 앉아 있을 뿐이었다. 돈은 두 개의 소스 냄비가 놓인 레인지 앞에 서 있었다. 그녀가 말했다.

"새 와인을 가져와요. 바게트(가늘고 긴 프랑스 빵—옮긴이)도 테이블로 가져가야 해요. 버터도 잊지 말고요. 그건 냉장고에 있어요."

요란한 눈 화장과는 어울리지 않는 나긋나긋한 음성이었다.

티코는 문을 열고 다시 식당으로 나갔다. 그는 빵과 버터 접시를 테이블 중앙에 내려놓고 냅킨을 어깨에 얹은 후 구두쇠 쿤도가 사왔다는 십오 달러짜리 와인을 땄다. 쿤도와 지미는 포인트 스프레드(두 팀의 점수 차이에 돈을 거는 도박—옮긴이)에 대해 의견을 나누고 있었다.

그는 다시 주방으로 들어갔다. 소스 냄비들은 뚜껑이 열린 상태였다. 그 옆에는 짧은 다리가 붙은 큰 접시와 은 뚜껑이 놓여 있었다.

"아무 말도 하지 말아요."

돈이 말했다.

티코는 초조해졌다. 그가 양옆으로 살짝 튀어나온 작은 손잡이를 잡고 큼직한 은 접시를 들었다. 티코는 그 안에 무엇이 담겨 있는지 알고 있었다. 하지만 돈이 무엇을 테이블로 가져올지는 몰랐다.

그녀는 티코를 따라 움직였다. 티코는 그녀가 먼저 나갈 수 있도록 몸으로 문을 잡아주었다. 그는 쿤도 앞 테이블에 접시를 내려놓고 돈을 흘끔 돌아보았다. 그녀는 자신의 접시를 반대편 끝에 내려놓고 있었다. 티코는 그녀의 접시에도 같은 요리가 담겨 있을지 모른다고 생각했다. 돈은 팔걸이 있는 자신의 의자에 앉았다. 그녀가 테이블 옆에 서 있는 티코에게 고개를 끄덕여 신호했다. 티코는 접시의 뚜껑을 열었고, 그녀는 쿤도의 반응을 살폈다. 뚜껑을 쥐고 물러난 티코도 쿤도를 지켜보았다.

쿤도는 접시에 담긴 마카로니와 치즈를 빤히 쳐다보았다. 녹은 치즈 밖으로 삐쭉삐쭉 튀어나온 마카로니는 전혀 먹음직스러워 보이지 않았다. 꼭 모조품을 보는 듯했다. 실제로 그런 게 있는지는 모르지만.

돈은 쿤도가 자신을 돌아보기를 기다렸다.

ㄱㄱㄱ

그는 미소를 짓지 않았다.

그녀가 말했다.

"이게 웃기지 않아요?"

티코가 웃음을 터뜨렸다. 리틀 지미도 씨익 웃고 있었다. 쿤도는 돈을 응시했고, 테이블은 다시 조용해졌다.

"내가 얘기했었죠? 전갈자리의 지배 행성은 명왕성이라고. 당신이 음흉하고, 감정적인 이유예요. 난 목성이에요. 그래서 늘 낙천적이고, 재수가 좋은 거죠. 당신에게도 내가 항상 쾌활해 보이지 않았나요? 그뿐 아니라 난 사람들에게 봉사하는 걸 좋아해요. 우린 색깔이 비슷한데 당신은 진홍색, 난 심홍색이죠. 파라오 시절부터 그랬어요. 나일 강 상하류를 지배

했던 하트셉수트로 살았을 때부터. 당신을 상징하는 전갈은 비밀이 많고, 치명적이죠. 하지만 몸에서 전갈자리가 지배하는 부위는 바로 생식기예요. 사실 우린 그 덕분에 신나게 즐길 수 있었어요. 침대에서 난 당신의 기분 좋은 파트너였고, 당신은 짐승이었죠."

돈이 쿤도에게 말했다.

그녀는 담배에 불을 붙이는 쿤도를 지켜보았다.

티코가 다가와 재떨이를 그의 앞으로 밀어내주었다.

"전갈자리는 벌레들을 지배하고, 궁수자리는 말들을 지배하죠. 서로 연결고리가 없어요. 하지만 나는 살면서 잘 맞춰보기로 했어요. 당신은 완고하고, 난 태평스럽죠. 당신은 나 같은 스타일을 좋아하지만 당신이 집에 없을 때 나 혼자 재미를 보러 다니는 건 절대 용납하지 못해요. 잘 생각해 봐요, 쿤도. 우리는 감정적으로 서로 맞지 않아요. 내가 요리를 하지 않을 때면 당신은 내게 무조건 당신 비위를 맞춰줄 것을 강요하죠. 항상 내게 성녀처럼 살고 있느냐고 묻잖아요. 기억해요? '날 위해 성녀처럼 살고 있어?' 난 한없이 가벼운 마음으로 섹스에 임하지만 당신은 침대에서도 날 지배하려 애써요. 아마 가능하다면 날 당신의 우리에 가둬놓고 평생을 살려 할걸요. 잘 생각해 봐요. 지난 팔 년간 당신을 기다리면서 난 그 누구와도 시시덕대지 않았어요. 무려 팔 년 동안 말이에요, 쿤도. 그게 짧은 시간인 줄 알아요?"

"잭 폴리와 같이 잤지? 그렇지?"

쿤도가 말했다.

"그래서 날 때렸잖아요. 그 정도로는 화가 풀리지 않나요? 폴리는 천칭자리예요. 그의 지배 행성은 금성이죠. 그가 사교적인 건 천성이에요. 난 전갈자리 상대를 조심해야 하죠. 잘못하면 독침에 쏘이니까요. 문제는 당신이 날 구속하는 데 재미가 들렸다는 사실이에요. 하루 종일 가둬두고 잘

때만 꺼내주잖아요. 난 더 이상 그렇게 살고 싶지 않아요."

"진심이야?"

쿤도가 말했다.

그가 리틀 지미를 돌아보았다.

"지금 이 상황이 믿어져?"

지미는 고개를 끄덕이지도 입을 열지도 않았다. 그냥 멍한 얼굴로 지켜보고 있을 뿐이었다.

쿤도가 티코에게 말했다.

"넌 뭐야? 너도 이 년이랑 재미를 본 거야?"

"누구요? 저요?"

티코가 말했다. 그는 여전히 실실 웃고 있었다.

"결국 믿을 사람은 지미밖에 없다는 건가? 맙소사. 혹시 이 친구와도 같이 침대에서 뒹굴었나? 지금껏 날 사랑한다고 했던 말은 다 거짓이었어?"

쿤도가 수북이 쌓인 마카로니와 치즈에 담배를 푹 꽂아 넣은 후 돈을 쳐다보았다.

돈은 흔들림 없이 자기 자리를 지키고 있었다. 그녀가 앞에 놓인 접시의 뚜껑을 열고 티코의 권총을 집어들었다. 잘빠진 발터 PPK였다. 그녀는 소음 장치가 끼워진 권총으로 쿤도를 겨누었다.

"맙소사. 날 떠나고 싶으면 그렇게 해. 붙잡지 않을 테니까."

쿤도가 말했다.

"난 떠나지 않을 거야. 당신이 나 대신 떠나줄 테니까."

돈이 말했다. 그녀는 주머니 없는 쿤도의 흰색 셔츠에 권총을 겨누고 방아쇠를 세 번 당겼다. 소음 장치 덕분에 BB총만큼의 소음밖에 나지 않았다.

"앞으로는 저 땅딸보 자식이랑 침대에서 뒹굴지 않아도 되겠군요."

돈이 말했다.

↘ ↘ ↘

 티코는 쿤도의 머리채를 움켜쥐고 살짝 들어보았다. 마치 전리품을 다루듯이. 티코가 말했다.
 "아직 살아 있는 것 같은데요."
 "아닐 거예요."
 돈이 말했다. 다시 의자에 앉은 그녀는 담배를 피우며 냅킨으로 총에 묻은 지문을 닦아내고 있었다.
 "그의 눈꺼풀을 닫아놔요. 그럼 그가 당신을 지켜보고 있다는 생각이 안 들 거예요. 의자 등받이는 어떤가요?"
 "깨끗합니다. 총알이 관통되지 않았어요. 아직 이 친구 몸에 박혀 있습니다. 잘 됐죠. 닦아낼 피가 없으니까."
 티코가 말했다.
 "하지만 식탁보엔 조금 튀었잖아요. 빨리 벗겨서 식초 몇 방울 탄 찬물에 담가놔야 해요."
 티코가 씨익 웃었다.
 "주부 구단인데다가 총까지 잘 쏘는군요. 난 아직도 내 눈을 의심하고 있어요. 접시에서 총을 집어들고…… 탕 탕 탕! 순식간에 이 친구를 저 세상으로 보내버렸잖아요. 저승으로 간 땅딸보가 보이나요?"
 "아직요. 입장 허락을 못 받고 있는 모양이에요."
 그녀가 말했다. 그녀의 시선이 테이블 옆에 서서 쿤도를 내려다보고 있는 리틀 지미에게로 돌아갔다.
 "이것 좀 치워줄래요? 마카로니와 치즈를 주방으로 가져가 버려줘요. 쿤도가 담배를 쑤셔 넣어놨잖아요. 이 맛있는 음식에 그런 짓을 하다니."
 티코는 주방으로 향하는 지미를 지켜보았다.

"넌 나간 사람 같아 보이는군요."

"열심히 머리를 굴려대고 있을 거예요. 내가 어떻게 이런 상황에 처하게 됐을까?"

돈이 말했다.

"그는 쿤도보다 당신을 더 두려워하는 것 같아요. 맙소사, 당신처럼 대담한 여자는 처음 봅니다. 모든 게 믿어지지 않아요. 쿨하게 한 마디 내뱉고 나서 방아쇠를 당기는 모습이 꽤 인상적이었어요. 탕 탕 탕."

티코가 말했다.

"당신 총이라 더 의미가 있지 않나요? 이걸로 삭스에서 점원을 쐈다고 했었죠?"

돈이 말했다. 나긋나긋한 음성이지만 그것은 협박이 분명했다.

"붙잡히면 이게 내 총이라고 할 건가요? 그랬다간 나중에 크게 후회하게 될 겁니다."

티코가 실실 웃으며 말했다.

"달링 보이, 당신은 내 파트너예요. 당신이 아니었으면 나 혼자 이렇게 일을 벌이지 못했을 거라고요."

그때 지미가 식당으로 돌아왔다. 그녀가 말했다.

"지미, 우리 세 사람은 이제 파트너가 됐어요. 이제부터는 서로 의지해야 한다고요. 이 일로 어떤 소득이 생기든 우린 공평하게 나눌 거예요. 더 이상 쿤도는 걱정할 거 없어요. 앞으로 이 사람에게 시달릴 일은 없을 거예요. 하지만 조로에겐 우리가 무슨 짓을 했는지 들려주지 말아요. 그는 우리 편으로 끌어들이지 않을 거니까. 알겠어요? 약속할 수 있어요?"

리틀 지미가 고개를 끄덕였다.

"오늘 일에 대해 누구에게도 발설하지 않겠다고 하늘에 맹세할 수 있어요?"

"네. 약속할게요."

지미가 말했다.

"조로에게도 들려줘선 안 되고요."

"맹세합니다."

"하늘에 두고요?"

"네, 하늘에 두고 맹세해요."

그녀는 같은 식으로 자신에게 성녀처럼 지내고 있는지 귀찮게 묻던 쿤도를 떠올렸다.

돈이 앞으로 손을 내밀자 지미가 그녀에게 다가왔다. 그는 몸을 숙였고, 그녀는 그에게 입을 맞춘 후 그의 볼을 살살 매만져주었다.

"장부는 내일 보기로 하죠. 네? 우선 집들을 내놔야겠어요. 그 후의 일들은 차차 생각해 보기로 하고요. 어때요?"

지미는 말없이 고개를 끄덕인 후 뒷문으로 나가버렸다.

티코가 말했다.

"저 친구가 걱정되진 않아요?"

"못 미더운 구석이 있긴 해요. 하지만 그렇다고 그를 가둬둘 순 없어요. 조로가 알아버리면 지미를 협박해 돈을 뜯어내려 들지도 몰라요."

"조로라면 내가 알아서 처리할 수도 있는데요."

"정말요?"

그녀는 어느새 연약한 여자의 모습으로 돌변해 있었다. 거침없이 쿤도를 쏴 죽였을 때의 대담함은 더 이상 찾아볼 수가 없었다. 티코가 미소를 지었다.

"식은 죽 먹기죠. 내 총을 돌려줘요."

그가 말했다.

권총은 그녀 앞 테이블에 놓여 있었다. 그녀가 말했다.

"폴리도 문제예요. 쿤도가 어디 있는지 묻겠죠."

"저녁 때 나타나면 어쩌죠?"

"그들이 세상에서 사라진다고 슬퍼할 사람은 없을 거예요. 출소한지 얼마 안 되는 전과자들이니."

돈이 말했다.

"폴리도 쏠 건가요?"

"아무래도 그래야겠죠?"

"할 수 있을 것 같아요?"

그녀가 화장을 짙게 한 눈으로 그를 응시했다.

"당신이 대신 해줄래요?"

그녀가 담배를 한 모금 빨고 연기를 길게 내뿜었다.

"얼음은 사왔어요?"

"열여섯 봉지 사왔습니다. 차고 냉동고에 넣어뒀어요. 차는 냉동고 앞으로 바짝 붙여놨고요."

그녀가 고개를 저었다.

"쿤도부터 넣고 그 위에 얼음을 깔아야 해요. 공간이 부족하면 담을 수 있을 정도만 뿌려놔야죠. 며칠 안에 집이 팔리면 그를 꺼내 바다에 버릴 거예요."

티코가 씨익 웃었다.

"당신을 보면 어머니가 생각납니다."

"많이 닮았나요?"

"말투가요. 유머 감각도 비슷하고요. 내 쿨한 어머니, 시에라와 묘하게 닮았어요. 미스터 FBI는 내가 자기에서 협조하지 않으면 마약 밀매 혐의로 어머니를 잡아넣겠다고 했어요. 아주 악랄한 친구죠. 하는 수 없이 협조하겠다고 했고, 어쩌다 보니 여기까지 오게 됐네요."

돈이 고개를 돌려 쿤도를 쳐다보았다. 그의 머리는 의자 등받이 뒤로 꺾여 있었다.

"아까 눈을 감겨주지 않았나요?"

"감겨줬는데요. 다시 열린 모양이죠?"

"맥은 짚어봤고요?"

"당신이 죽었다고 했잖아요."

"당연히 그랬을 거라 생각했죠. 빨리 밖으로 끌어내야겠어요. 하지만 난 저 사람에게 손을 대고 싶지 않아요."

돈이 말했다.

"내가 끌고 나갈게요. 아기처럼 번쩍 들고 나가죠 뭐."

티코가 말했다.

"내 사랑, 연지는 근육질의 당신과 어울리지 않아요."

돈이 테이블에서 냅킨을 집어들고 혀끝으로 살짝 침을 묻혀 그의 볼을 닦아주기 시작했다. 그녀가 말했다.

"빨리 이 원숭이부터 끌어내죠. 여기 뒷처리도 해야 하니까."

티코는 자신의 얼굴을 매만지는 그녀의 손길이 좋았다. 이집트 스타일로 화장한 그녀의 눈도 꽤 마음에 들었다. 한편으로는 섬뜩하기도 했지만.

# 24

테라스에 앉아 대니 카르마노스를 기다리는 폴리는 그녀와 잘 엮일 수 있는 가능성을 헤아려보았다. 만약 그녀가 비탄을 떨쳐내고 새 출발을 할 각오를 다진다면 의외로 그와 쉽게 엮일 수도 있을 것이다.

그녀가 조만간 비탄에서 헤어 나오지 못한다 해도 그와의 관계를 진지하게 받아들이고 있다면 그 또한 문제될 게 없었다.

그에게 그녀는 무척 쉬운 표적이었다.

하지만 그녀에게서 진심이 느껴지지 않는다면, 그저 비탄을 떨쳐내기 위해 그를 이용하고 있을 뿐이라면 그도 더 이상 그녀에게 집착할 마음이 없었다. 그것은 쿨하지 못한 일이 될 테니까. 아무리 능청스러운 연기 중에 예기치 못한 불꽃이 튄다 해도.

목욕 가운 차림으로 나타난 그녀의 손에는 흰색 속옷이 쥐어져 있었다. 그녀가 축축한 캘빈 클라인 브리프를 걸친 폴리에게 속옷을 건네며 말했다.

"탈의실에서 갈아입어요."

폴리는 고맙다고 한 후 탈의실로 향했다. 내가 먼저 갈아입고 나올걸 그랬어. 그는 생각했다. 그런데 뭘 하기 전에 말이지? 그녀는 들어가서 수영복을 벗고 가운을 걸쳐야겠다고 했었다. 그리고 자신의 말처럼 가운 차림으로 다시 나타났다. 어쩌면 알몸에 가운만 두르고 나왔는지도 몰랐다. 하지만 그가 고맙다고 했을 때 그녀는 눈빛으로 어떠한 신호도 보내지 않았다. 그는 젖은 캘빈 클라인을 벗고 새 속옷을 입었다. 엉덩이 부분이 너무 헐렁해 허리 밴드를 배 위까지 끌어올려야 했다. 피터의 속옷이라는 생각에 기분이 찜찜했다. 그는 허리에 타월을 두르고 테라스로 나왔다. 왠지 그녀가 속옷이 마음에 드는지, 몸에는 잘 맞는지 물어볼 것 같았다.

예상과 달리 그녀는 아무 질문도 던지지 않았다. 그는 대니가 있는 테이블로 다가가 앉았다. 폴리의 시선이 조명 켜진 어둠 속 수영장을 천천히 훑었다. 그녀가 말했다.

"생각을 좀 해봤어요. 내가 새 출발을 위해 너무 서두르고 있는 건 아닌가 하는 생각이 들더군요."

괜히 먼저 갈아입고 나오지 못한 걸 후회했군.

그가 그녀를 돌아보며 말했다.

"그렇군요."

그는 고개를 끄덕이며 자신이 얼마나 신중하고, 인내심 있는 사람인지 보여주었다. 그는 나중에 기회가 또 찾아들 거라 믿고 느긋이 기다리기로 했다. 그가 말했다.

"이해합니다."

그는 서두를 이유가 전혀 없다고 했다. 일이 어떻게 진행되든 그냥 지켜만 보자고. 서로 호감을 가지고 있으니 언젠가는 크게 불꽃이 튀는 순간이 올 거라고. 그가 사용한 정확한 표현은 바로 이거였다.

"언젠가 우리 사랑을 마음껏 표현할 수 있는 날이 올 겁니다."

그는 이내 "우리 사랑을 마음껏 드러내 보일 수 있는 날"이라고 하지 못한 것을 후회했다. 어차피 그 표현도 마음에 들어 하지 않았겠지만. 그냥 미소를 지으며 다 잘 될 테니 걱정하지 말라고 했어야 했다. 그는 나중에 자신의 과거가 그들의 발목을 잡을 수도 있다고 경고했다. 그렇게 되면 자신과 엮인 걸 후회하게 될지도 모른다고. 그녀는 그를 이렇게 소개할 수도 있었다. "제 좋은 벗이에요. 전과자이고, 유명한 은행 강도죠." 하지만 그녀와 가까운 사람들은 이미 그가 전과자라는 사실을 알고 있을 것이다. 《내셔널 인콰이어러》에 실린 그에 대한 기사를 읽게 될 테니까. 대니 타이넌의 마음을 훔친 은행 강도.

"누구에게도 알릴 필요는 없어요."

"우리 관계를 비밀로 해두겠다고요? 아무리 꽁꽁 싸매놔도 사람들은 날 알아볼 텐데요."

바로 그게 문제였다.

"난 매주 컨트리클럽에서 골프를 칠 마음이 없어요. 그곳 회원들도 나랑 무규칙 농구 시합을 하려 들지 않을 거고요. 그냥 나중에 기회 봐서 은행이나 털어야겠어요."

"그렇게까지 할 필요는 없어요."

"부디 그 말이 맞았으면 좋겠네요."

ㄱㄱㄱ

그는 자정이 가까운 시간에 집으로 돌아왔다. 그는 대니와 〈다시 태어나다〉를 함께 보았다. 예상과 달리 나쁘지 않았다. 영화를 보고 나서는 오랫동안 대화를 나누었고, 굿나잇 키스를 했다. 폴리는 나중에 전화하겠다고 했다. 그녀가 말했다.

"약속해요?"

그는 약속한다고 했다. 그녀는 촉촉이 젖은 눈을 번뜩이며 그를 쳐다보았다. 행복에 겨워 눈물 짓는 연기였다. 그녀에게는 자연스러운 현상인 모양이었다.

운하 건너편으로 아래층 조명이 환히 켜진 집이 보였다. 그는 쿤도를 찾아가 저녁식사 초대에 응하지 못해 미안하다고 말하고 싶었다. 볼일이 좀 있어서 시간을 내지 못했다고. 쿤도는 이렇게 대꾸할 것이다. 그래, 그 과부랑 같이 있다 온 거지? 폴리는 그냥 같이 영화를 봤을 뿐이라고 대답할 것이다. 그럼 쿤도는 이렇게 말할 거고. 혹시 그거 포르노 영화 아니었어? 예전에도 많이 봤었잖아. 여자들이 십오 분, 이십 분 동안 끊임없이 오, 오, 오, 신음만 토해내는 영화. 숨을 거칠게 몰아쉬면서 말이야. 쿤도는 그런 얘기를 주절대며 화제를 돌릴 것이다. 그가 카르마노스 부인과 뭘 하며 시간을 보냈는지는 더 이상 캐묻지 않을 것이고. 폴리도 가벼운 대화를 계속 이어갈 것이다. 네가 본 포르노 중에서 뭐가 최고였지? 돈이 저녁으로 뭘 만들어줬어? 파티엔 누구누구 왔었지? 리틀 지미는 당연히 참석했을 거고, 또 누가 왔었어? 쿤도는 새벽 두 시 전에 자는 법이 없었다. 그는 밤늦도록 술을 마시며 잡담을 늘어놓기를 좋아했다. 가끔 쿠바 음악을 들으며 잠에 빠져들 때도 있었다.

ㄱㄱㄱ

돈은 그를 쏘기 위해 팔 년을 기다려왔다. 매년 그의 돈 10만 달러를 써가면서. 그녀에게는 총신 짧은 38구경 권총이 있었다. 호신용으로 쓰기 위해 면허를 받아놓은 것이었다. 티코가 발터를 가지고 나타나자 그녀는 이미 살인 사건에 사용된 그의 총을 빌려왔다. 연습을 위해 두 발을 쏴보기도 했다. 소음 장치 덕분에 가능했던 일이었다. 그녀는 저녁상이 차려진 파티에서 무리 없이 쿤도를 명중시킬 자신이 있었다. 마침내 거사 일이 찾아왔고, 그녀는 뛰는 가슴을 애써 진정시킨 후 접시에 숨겨둔 권총으로 그를 세 번 쐈다. 그녀의 오른쪽 자리에 폴리가 앉아 있었다면 그녀는 그부터 먼저 쐈을 것이다. 그는 쿤도보다도 위험한 인물이었다. 발터로 그들에게 각각 두 발씩 먹인 후 누구라도 다시 일어나면 나머지 세 발로 확실하게 끝내버리면 되는 일이었다.

아무튼 그녀는 폴리를 제거해야 했다.

사람을 써서 처리하든지.

그의 동료와 함께 냉동고에 쑤셔 넣어야 한다.

그녀는 오늘을 위해 팔 년을 기다려왔다. 쿤도가 폴리에 대해 들려주었을 때 그녀는 그가 바로 자신이 찾던 사람이라고 확신했다. 빈손으로 출소해 한탕거리를 찾고 있는 사람. 그들은 쿤도를 죽이고 그의 재산을 차지하자고 의견을 모았지만 그 방법에 대해서는 의논해 본 적이 없었다. 돈은 폴리가 먼저 이렇게 말해 주기를 바랐다. "그냥 쏴 죽이죠. 달리 방법이 없지 않습니까." 그녀는 심령의 눈으로 그를 쳐다보려 했지만 단 일 분도 그를 한 곳에 붙잡아둘 수 없었다. "마지막으로 여자랑 같이 옷을 벗어본 게 언제였죠?" 그녀는 몇 년 됐을 거라 예상했다. 하지만 그의 얼굴을 빤히 들여다보던 그녀는 잽싸게 마음을 바꾸고 말했다. "정말 닷새밖에 안 됐나요?" 그의 대답은 이랬다. "나흘 됐습니다."

그녀의 심령의 눈은 정상이 아니었다. 왜 이리 속을 들여다보기가 힘든 거지? 그녀는 처음 만난 쿤도에게 그가 곧 플로리다로 돌아가 제2급 모살로 법정에 서게 될 거라고 했다. 그가 체포되기도 전의 일이었다. 또한 그녀는 그가 죽을 날짜와 시간까지 알려주었다. 그는 그녀에게 사기 치지 말라고 했다. 하지만 그것은 분명 그녀의 머릿속에 떠오른 정보였다. 그녀가 극적 효과를 위해 눈을 감고 말했다. "3월 3일. 오후 세 시." 두 달 후.

그들은 그가 세 시 이십 분에 사망했다고 했다. 돈이 말했다.

"세 시 이십 분은 당신이 시계를 올려다본 시간이에요. 그가 사망한 시간은 정각 세 시였고요."

그는 그녀가 알려준 바로 그날 사망했다. 과연 그녀는 마녀인가? 신문

특집기사는 그녀를 그렇게 불렀다. 그런 황당한 얘기를 하면서도 진지함을 잃지 않다니. 사실 그녀도 마녀라고 불리는 게 싫지 않았다. 예언, 액운, 그리고 저주 따위를 믿는 단순한 사람들은 금세 그녀의 팬이 돼버렸다. 덕분에 그녀는 미래를 알고 싶어 하는, 돈과 호기심 많은 이들의 부름을 자주 받게 됐다. 언제부터인가 사람들은 그녀를 돈 목사라고 부르기 시작했다.

지금 그녀 머릿속은 온통 폴리를 제거할 생각뿐이었다.

누군가를 쏴 죽일 생각은 그녀와 전혀 어울리지 않았다. 그녀는 진짜 점쟁이였다. 하지만 가끔 사기를 쳐야 할 때도 있었다. 그냥 정직하게만 살아왔다면 아마 아직까지도 라 시에네가 가의 가게 위 원룸 아파트를 벗어나지 못했을 것이다. 만약 다른 점쟁이가 그녀에게 머지않아 누군가를 총으로 쏘게 될 거라는 예언을 들려주었다면 그녀는 웃기지 말라며 웃어 넘겨버렸을 것이다. 물론 지독한 범죄자, 쿤도를 쏴 죽이고 싶다는 생각은 가끔 들었다. 하지만 그녀가 직접 나설 필요는 없었다. 어차피 거래 과정에서 누군가가 그를 대신 제거해 줄 테니까. 구제불능 전과자, 폴리 역시 마찬가지였다. 그들이 언제 싸늘한 시체로 발견된다 해도 전혀 놀랄 일이 아니었다. 물론 그들의 시체가 끝내 발견되지 않는다면 더 좋겠지만.

문제는 그가 코스타리카로 내려갈 계획을 세워두었다는 사실이었다.

안 돼. 내가 이 순간을 얼마나 벼러왔는데. 그녀는 폴리를 만난 지 이틀째 되는 날에 그가 흔들리고 있다는 걸 눈치 챌 수 있었다. 그는 교도소에서 삼 년 이상을 함께 지낸 쿤도를 등쳐먹을 마음이 전혀 없는 듯했다. 그는 그녀의 파트너로서 이번 일에 끼어들었지만 여전히 많은 부분에서 중심 노릇을 했다. 그녀는 그를 제거할 수밖에 없었다. 생각이 너무 많아지면 할 수 없는 일이었다. 그가 인도교를 건너올 때를 노려야 했다. 그것도 밤에. 그녀는 우거진 열대 식물 뒤에 숨어 있다가 권총을 앞세우고 그의 앞에 불쑥 나타나 이렇게 말할 것이다. "잘 가요, 잭." 그리고 그에게 총알을 박아 넣을 것이다. 아마 이런 식이 되지 않을까? 잘 가요, 잭. 이 짧은 한마디는 그녀 마음에 쏙 들었다.

열한 시. 조명 없는 밤거리는 무척 어두웠다. 그녀는 장전된 발터를 CD 플레이어가 놓인 테이블 서랍에 넣어두었다. 그녀는 쿤도가 좋아했던 곡 몇 개를 골라 틀었다. 〈칸델라(Candela)〉, 〈뜨거운 공간(El Rincón Caliente)〉, 그리고 모두가 좋아하는 〈찬찬(Chan Chan)〉. 그녀가 볼륨을 살짝 높였다. 부디 이 흘러간 쿠바 음악이 그를 유혹해 주기를 바랐다.

ㄱㄱㄱ

작전은 성공이었다.

그녀가 폴리에게 말했다.

"그는 부에나 비스타 소셜 클럽(다섯 명의 멤버로 이루어진 쿠바의 대표적인 아프로 쿠반 재즈 그룹—옮긴이)을 들으면서 잠에 빠져들었어요. 난 그를 깨워 침실로 들여보냈죠."

그들은 거실에 앉아 있었다. 작은 테이블에는 CD 플레이어가 놓여 있었다. 그녀가 CD 플레이어 앞으로 다가가 볼륨을 살짝 줄였다.

"우리랑 저녁식사를 같이 했더라면 좋았을걸 그랬어요. 내가 뭘 만들어 내왔는지 알아요?"

"내가 한번 맞춰볼까요?"

폴리가 말했다.

"마음대로 해요."

순간 그의 머릿속에 바퀴벌레와 쌀밥 이미지가 빠르게 스쳐지나갔다. 그가 말했다.

"마카로니와 치즈."

그녀의 얼굴이 멍해졌다.

"그걸 어떻게 알았죠?"

"쿤도는 그걸 죽을 만큼 싫어하죠."

"그냥 농담이었어요."

"그럼 뭘 만들어 먹였는지 들려줘요."

"그것뿐이었어요. 마카로니와 치즈."

"농담하지 말아요."

"그걸 내오니 모두의 얼굴에 미소가 머금어지더군요. 딱 그 용도였어요."

"그가 화를 내진 않던가요?"

"살짝 실망하는 눈치였어요. 하지만 금세 원래 무드로 돌아가 버렸죠."

"쿤도가 집으로 돌아온 후로 당신과 대화를 통 못했네요. 어떻게 지냈어요? 좋은 아이디어를 떠올려봤나요?"

폴리가 말했다.

"아직요. 완벽한 방법이 떠오를 때까지 내 땅딸보 달링을 잘 섬겨야죠. 조만간 큰돈을 챙겨 멀리 도망가야 할 텐데 말이에요. 좋은 말로 달래보면 의외로 지갑을 열어줄지도 모르고요. 당신은 어떻게 지냈나요?"

돈이 말했다.

"만 달러……"

"수표를 챙겼죠? 그럴 줄 알았어요."

"난 코스타리카로 내려갈 겁니다."

그 말에 그녀가 흠칫 놀랐다.

"언제요?"

"해변의 작은 집을 살 수 있을 만큼의 돈을 모으면요."

"그 수표를 차마 돌려줄 수 없었던 거죠? 그렇죠?"

"대니 카르마노스가 이러더군요. '원하지 않으면 그냥 찢어버려도 돼요.' 난 그럴 수 없다면서 그녀에게 수표를 내밀었어요. 내가 말했죠. '만 달러를 날려버리고 싶으면 당신이 직접 찢어요.' 하지만 그녀는 끝내 받질 않더군요."

"아슬아슬했겠는데요. 운이 좋았어요. 안 그래요? 당신은 그녀가 수표를 찢어버리지 않을 거라는 걸 알고 있었을 거예요. 아무튼 출발이 좋군요. 이대로만 나가면 곧 코스타리카로 내려갈 수 있겠는데요. 물론 난 회의적이지만."

"집중해 봐요. 내 미래에 모래사장이 보이지 않나요?"

그녀는 잠시 그의 얼굴을 빤히 쳐다보았다.

"아뇨······."

그녀가 미간을 찌푸렸다. 그의 미래가 잘 읽히지 않는 모양이었다. 돈이 미소를 지으며 말했다.

"오늘밤엔 잘 안 보이네요. 너무 피곤해요. 쿠바 노인네들 연주나 좀 들을까요? 무슨 곡 좋아해요?"

"〈그런데 당신, 뭘 한 건가요(Y tú qué has hecho)〉(부에나비스타 소셜 클럽의 곡 제목—옮긴이) 있을 것 같은데."

그녀가 테이블 쪽으로 몸을 틀었다.

"네, 아마 있을 거예요. 내가 그걸 찾는 동안 주방에 들어가서 올드 넘버 7 좀 가져올래요?"

"난 됐어요. 아까 많이 마셨거든요."

폴리가 말했다.

"Y tú······ 여기 있네요."

"나도 이만 가서 자야겠어요."

폴리가 열린 문을 향해 걸음을 옮기려다가 멈칫했다.

"파티에 누구누구 왔었죠?"

"티코와 리틀 지미와 나, 이렇게 셋뿐이었어요."

"그리고 쿤도."

"네, 쿤도도 있었고요. 주빈이었죠."

그녀가 말했다. 그녀는 폴리를 응시하며 다시 그의 생각을 읽어보려 애썼다.

"그에게 내일 오겠다고 전해 줘요."

폴리는 그녀에게 자신의 생각을 읽을 시간을 조금 더 내준 후 집을 나왔다.

ㄱ ㄱ ㄱ

그녀가 서랍에서 소음 장치가 붙은 발터를 꺼내왔을 때 폴리는 이미 사라져버린 후였다. 그녀는 그를 뒤따라가 총알을 몇 발 먹인 후 운하로 떠밀어 버리고 싶었다. 그렇게서라도 빨리 그를 제거해 버리고 싶었다.

경찰은 운하에서 그의 시신을 건져낼 것이고, 그녀는 형사들의 질문 세례를 받게 될 것이다. 충분히 가능한 시나리오였다. 그녀는 그를 잘 모른다고 잡아뗄 작정이었다. 이곳에 온 지 며칠 되지 않은 사람이라고. 레이 씨가 출소해 집으로 돌아온 후 처음 본 사람이라고. 교도소는 언급하지 않겠지만 그들은 이미 알고 있을 것이다. 어쩌면 그녀를 덫에 빠뜨리려 할지도 몰랐다. 그냥 레이 씨의 집 가정부라고 할까? 그럼 벽에 도배된 내 사진들은 어떻게 해명하지? 젠장. 알리바이를 만드는 건 상대의 마음을 읽는 것보다 힘들었다. 어떻게 폴리가 운하나 시체 공시소에 누워 있는 걸 못 볼 수 있었는지 물으면 어쩌지? 그녀는 방금 전 거실에 앉아 있었던 그의 모습을 떠올렸다. 그녀가 그의 생각을 읽어보려고 했을 때. 하지만 그는 어딘지 모르게 달라 보였다. 뭔가가 이상했다. 그들은 쿤도를 완벽하게 처리해야 했다. 내일 밤 티코는 보트에 쿤도를 싣고 바다로 나가게 될 것이다.

아니에요, 형사님, 그가 어디에 있는지 저도 알 길이 없어요. 뭐 물어보면 대충 이렇게 대답하면 될 거고.

집을 나오는 그녀의 머릿속에는 온통 그런 생각뿐이었다. 지금쯤이면 그는 인도교를 건너 핑크색 집으로 향하고 있을 것이다. 하지만 그는 보이지 않았다. 어둠이 내려앉은 거리는 고요했다. 그녀는 운하를 따라 나 있는 보도를 걸어 나갔다. 그리고 핑크색 집 맞은편에 서서 주변을 유심히 살펴보았다. 어둠 속에서 눈을 가늘게 뜬 그녀는 왠지 아까운 시간을 허비하고 있는 듯한 기분을 느꼈다. 대체 어디로 간 거지?

그녀는 인도교 쪽으로 천천히 시선을 돌려보았다. 순간 운하 너머 델 가에 서 있는 그가 그녀의 눈에 들어왔다. 폴리는 다리가 시작되는 부분에 서 있었다. 그가 분명했다. 그때 또 다른 형체 하나가 나타나 난간을 잡고 그에게로 다가가는 게 보였다. 폴리도 형체를 향해 천천히 이동하기 시작했다.

# 25

 어젯밤 폴리는 델 가 다리에 서 있는 아이에게 다가가 보았다. 흑인 아이였는데 열네 살쯤 돼보였다. 그가 아이에게 물었다.

"내가 누군지 알아?"

아이는 야구 모자를 삐딱하게 눌러썼고, 흰색 티셔츠와 벨트가 엉덩이까지 내려온 검은색 청바지를 걸치고 있었다. 폴리는 아이가 티셔츠 안 허리춤에 권총을 숨겨놓았다는 사실을 대번에 알 수 있었다. 아이도 그것을 감추려고 애쓰는 눈치는 아니었다.

아이가 말했다.

"당신이 그 은행 강도 맞죠?"

"그래. 네가 감시해야 하는 사람. 내가 뒷문으로 나왔으면 넌 날 보지 못했을 거야."

"집 뒤편에도 감시자가 있어요. 그건 그렇고, 은행을 몇 군데나 털어봤죠?"

아이가 말했다.

"이백 곳 정도. 이름이 뭐지?"

"티비(T.B.)예요."

아이가 말했다.

"교도소에 티지(T.G.)라는 친구가 있었어. 다 큰 친군데도 꼬맹이 갱스터라는 별명으로 불렸었지. 티비, 넌 별명이 뭐야? 꼬마 베이비? 꼬맹이 소년? 아니야. 꼬맹이 조폭이지? 아직 어리지만 조폭만큼 악랄할 것 같아서 말이야. 누굴 죽여본 적 있어?"

아이가 고개를 끄덕였다.

"그 정도면 다 컸잖아. 그런데도 꼬맹이라는 별명이 좋아? 아니면 선택의 여지가 없어서 그래?"

"오지(O.G.)가 지어준 별명이에요."

"늙은 갱스터. 롬폭 시절 오지라는 친구를 알고 지냈었지. 그 늙은 갱스터는 스물다섯 살이었어. 난 그 친구와 종종 농구를 했지. 꽤 실력 있는 친구였어. 그건 그렇고, 총은 왜 지니고 다니는지 얘기해 봐."

"이게 있어서 아무도 날 건드리지 못하는 거예요. 누구라도 내 앞에서 거슬리게 하면 이걸로 쏴버리는 거죠."

"루 애덤스 못 봤어?"

"그런 사람 몰라요."

"그가 네 총을 압수할 거야. 넌 지금 FBI를 위해 일하고 있어. 보나마나 넌 몰랐겠지만. 넌 누구에게 보고해야 하지? 티코? 그 친구는 지금 어디 있어?"

"그걸 내가 어떻게 알아요? 내가 FBI를 위해 일하고 있다는 게 무슨 소리죠?"

"몰랐으면 신경 쓸 거 없어. 그 총이나 내놔."

"총은 왜요?"

"소년원에 들어가고 싶지 않으면 시키는 대로 해. 내 말 잘 들으면 유명한 은행 강도가 될 수 있도록 코치해 줄게."

"정말 코치해 줄 거예요?"

아이가 휴대폰과 글록을 꺼내 폴리에게 넘기며 말했다.

↘ ↘ ↘

 다음날 아침, 폴리는 아침을 먹고 열 시쯤 큰 집으로 향했다. 그는 쿤도와 커피나 한 잔 마시고 올 생각이었다. '흰색 집'이라고 부르면 왠지 부시 뒤치다꺼리에 바쁜 오바마 대통령이 보이는 것만 같았다. 그는 어제 하루 종일 쿤도를 만나지 못했다. 벌써부터 그 땅딸보 쿠바인 친구가 그리워졌다. 그는 태어나 처음 느껴보는 기분에 흠칫 놀랐다.

 돈은 숙취를 이기지 못한 쿤도가 아직까지 잠에서 헤어나지 못하고 있다고 했다. 폴리는 쿤도답지 않다고 했다. 쿤도는 지금껏 단 한 번도 숙취에 시달려본 적이 없다고 입버릇처럼 말해 왔었다.

 "그건 거짓말이에요. 찬 맥주 한 잔 마시더니 눈을 번쩍 뜨고 화장실로 달려가더군요. 설사를 하고 구토도 했어요. 어젯밤 저녁 먹은 게 탈이 난 모양이에요."

 폴리는 나중에 다시 오겠다고 했다.

 "난 아직도 옥상 파티에 미련을 버리지 못하고 있어요. 달링은 마음대로 하라더군요. 대신 자기 손가락 하나 까딱 안 할 테니 그렇게 알라고 했어요. 난 티코에게 풍선과 파티 조명을 걸어놓으라고 할 거예요."

 돈이 말했다.

 폴리가 손목시계를 들여다보았다.

 "폭스바겐 열쇠가 아직 내게 있어요. 차를 계속 써도 되나요?"

 그녀는 좋을 대로 하라고 했다.

 "기름이 충분한지 확인부터 해요."

 "멀리 가진 않을 거예요."

 그녀는 멀어지는 그를 지켜보며 서랍에 넣어둔 발터를 떠올렸다. 하지만 지금은 때가 아니었다. 밖에 나와 있는 이웃들을 생각해야 했다. 옆집 남자는 유리로 덮인 집의 창문을 박박 닦아대고 있었다. 우선 땅딸보 쿤도를 바다에 버리고 와야 했다. 수장(水葬). 그것은 티코가 할 일이었다. 그녀는 그에게 재목 저장소에서 시멘트 벽돌 몇 개를 가져오라고 시켰다. 또한 밧줄도 빼놓을 수 없었다. 또 뭘 해야 하지? 그녀는 오늘 리틀 지미를 만나볼 생각이었다. 그에게 집 명의를 자신에게 돌려놓으라고 할 참이었다. 그것만 마무리되면 그녀는 곧바로 집들을 내놓을 수 있을 것이다. 폴리 문제도 해결해야 했다. 그를 제거하는 일. 그가 발발거리며 싸돌아다니지만 않는다면 그 문제는 쉽게 해결할 수 있을 것이다. 그녀는 그가 아직 아무 낌새도 느끼지 못하고 있다고 확신했다. 나중에 그가 들르면 쿤도가 아직도 구토 증세에 시달리고 있다고 둘러댈 생각이었다. 지켜보기도 괴로울 정도라고. 카오펙테이트(복통과 구역질 치료제―옮긴이)도 먹여봤지만 아무 소용이 없다고. 보나마나 저녁식사로 나온 빌어먹을 음식 때문일 거라고. 하지만 언제까지나 폴리를 그런 방법으로 막아낼 수는 없는 일이었다. 모든 게 영화처럼 진행돼 가고 있었다.

잠시 후, 그녀는 총을 쓰지 않고도 폴리를 제거할 수 있는 방법을 찾아내는 데 성공했다. 자신도 위험에 빠질 염려가 없고. 기가 막힌 아이디어였다.

그를 옥상으로 끌어들이는 것. 티코와 함께.

그녀는 티코에게 전화를 걸었다.

티코가 말했다.

"마리나 델 레이에 보트를 가지고 있는 친구에게 연락해 봤어요. 500달러만 내며 보트를 빌려주겠다는군요."

"굉장히 싸군요."

"내가 누군가를 바다에 던져버리려 한다는 걸 눈치 챈 것 같아요."

"염려 말아요. 돈은 내가 줄 테니까. 그가 쿤도를 버리고 오는 일에 적극 협조할 것 같나요?"

"그것까지 부탁하려면 최소한 5천 달러는 줘야 할 겁니다. 그 후로는 그 친구 입단속까지 신경 써야 할 거고요."

"그건 당신이 알아서 처리해 줘요. 네? 시간 끌 것 없이 오늘밤에 끝내 버리죠. 그 왜 손님방에 깔린 까칠까칠한 융단 있죠? 오렌지색과 갈색으로 된 것 말이에요. 거기에 쿤도를 둘둘 말아 시멘트 벽돌 몇 개를 매달아 놔요. 어려울 거 없어요."

"사람을 바다에 던져본 적이 없어서 좀 긴장되네요."

"낚싯대와 미끼 챙겨가는 거 잊지 말아요. 돌아올 때 저녁거리를 잡아 오면 좋잖아요. 깨끗한 물고기 잡는 법을 알고 있는진 모르지만. 참, 당신에게 부탁할 일이 또 생겼어요. 난 폴리에게 옥상 파티를 곧 열 거라고 했어요."

"정말이에요?"

"쿤도의 출소를 축하하는 파티 말이에요."

"그런데요?"

"이따 오후에 쿤도를 만나러 폴리가 들를 거예요. 당신은 여기서 기다리고 있다가 그가 나타나면 내가 쿤도를 병원으로 데려갔다고 얘기해요. 그런 다음엔 풍선과 파티 장식이 얼마나 필요한지 알아봐야 한다면서 옥상 면적을 재러 올라가봐야 한다고 해요."

"그러니까 날더러 옥상에서 그를 처치해 버리라 이거죠?"

"그냥 확 떠밀어버리기만 하면 돼요."

"옥상에서요? 그것도 대낮에? 누가 보면 어쩌려고요?"

"우리 두 집은 이 동네에서 가장 높아요. 날 믿으라고요. 아무도 못 볼 거예요. 참, 티코?"

"네?"

"그를 집 뒤편으로 밀어야 한다는 거 명심해요. 그래야 그가 벽돌 깔린 테라스 바닥에 떨어질 수 있을 테니까요. 대나무가 둘러져 있어 이웃들이 들여다보지 못할 거예요."

"그런 다음엔요? 폴리도 쿤도랑 같이 바다에 던져버려야 하나요?"

"한꺼번에 해치워버리면 두 번 수고하지 않아도 되겠죠."

돈이 말했다.

# 26

 조로는 3층에 자리한 자기 방에 틀어박혀 역사 채널을 보고 있었다. 그는 TV 프로그램을 통해 UFO 사냥꾼, 육군 저격팀, 금문교 건설, 다이아몬드 채굴 등 많은 것을 배울 수 있었다. 또한 그는 《내셔널 인콰이어러》를 훑으며 어떤 스타들이 해변에 나와 통통해진 몸매를 드러냈는지, 또 어떤 스타들이 마약 혐의로 잡혀 들어갔는지 확인했다.

 얼마 전, 쿤도가 전화를 걸어와 그에게 지미의 벤틀리를 훔치라고 했다. 그런 다음, 쿤도는 지미에게 전화를 걸어 그의 차가 사라졌으니 확인하라고 했다. 돌려받기를 원한다면 돈을 좀 써야 할 거라면서. 그것은 쿤도의 경고였다. 그는 지미가 벤틀리를 사들일 만큼 많은 돈을 횡령해 왔다는 사실을 진작부터 알고 있었다. 지미는 쿠바에서도 횡령죄로 교도소 신세를 져야 했었다. 그때 쿤도가 아니었다면 그는 다른 죄수들의 성적 노리개로 살다 죽었을 것이다. 쿤도는 리틀 지미가 쉬운 표적이 될 것이고, 어떻게든 늑대 같은 놈들로부터 그를 지켜내야 한다고 생각했다. 물론 쿤도 자신의 탐욕으로부터도. 조로는 쿤도에게 어떻게 응징할 계획인지 물었다. 쿤도가 말했다.

 "그냥 겁을 좀 줄 거야. 몽크는 이십칠 년간 내게 충성해 왔어."

 오늘 그는 모처럼 지미의 사무실에 들어가 보았다. 언뜻 보기에도 지미는 무엇인가로부터 강한 압박을 받고 있는 것 같았다. 어제 늦은 밤, 집으로 향하는 내내 그는 입을 열지 않았다. "좋은 시간 보냈습니까?" 무응답. "저녁식사는 좋았고요?" 여전히 무응답. 조로는 그에게 무엇이 문제인지 묻고, 가능하다면 자신도 돕고 싶다고 했다. 지미는 미안하지만 아무것도 알려줄 수 없다고 했다. 하지만 사업 문제는 아니라고 했다. 사업은 쑥쑥 성장 중이라나? 조로는 뭔가 심상치 않은 일이 벌어졌다는 것을 짐작할 수 있었다. 보나마나 지미는 그 일에 대해 절대 입을 열지 않겠노라고 누군가와 약속을 했을 것이다. 어기면 목숨을 내놓기로. 그는 앉아 있지 않았다. 계속 창가를 맴돌기만 할 뿐이었다. 전화가 와도 응답하지 않았다. 전화벨이 끊어지지 않자 조로가 대신 받아 지미가 외출 중이라고 했다. 폴리의 전화였다. 그는 지미가 어디 갔는지 물었다. 조로는 그냥 나갔다고만 했다. 조로는 지미가 코카인에 코를 박고 있을 때도 그런 식으로 전화를 받았다. 조로는 무엇이 문제인지 알면 지미를 도울 수 있을 거라 믿었다.

쿤도에게 협박을 받았나?

아니면 과거의 무언가가 그의 발목을 잡은 걸까? 지미의 배신을 알아챈 쿤도가 진노했는지도 몰랐다. 그가 지미를 전기톱으로 토막 내 바다에 내버리려 하고 있는지도 모르고. 정말 쿤도는 지미를 내치려고 하는 걸까?

ㄱㄱㄱ

조로는 계단을 올라오는 폴리를 막아섰다. 그의 두 손은 폴리의 티셔츠에 얹어져 있었다.

"지미는 오늘 혼자 있고 싶다고 했습니다."

"무슨 일이죠? 어디 아픈 겁니까? 쿤도도 누워 있다던데. 쿠바 음식을 먹고 식중독에 걸린 모양입니다. 지미도 그런가요? 그들이 어디서 뭘 먹었는지 궁금하네요. 그걸 알아야 나도 거길 피할 테니까."

"지미는 나가서 먹지 않았습니다. 내가 쿤도의 집에서 데려왔어요."

"쿤도는 나가서……."

"난 모릅니다. 저번에 당신이 그랬죠? 지미에게 무슨 일이 벌어지는 걸 원치 않는다고."

"그건 내가 그의 편이라는 뜻으로 했던 말입니다. 그에게 무슨 일이 벌어지는 걸 원치 않는다고 했을 때 당신은 이렇게 대꾸했었죠. '그런 일은 없을 겁니다.' 내가 당신을 믿어주기를 바란다면 당신부터 날 믿어줘야 해요."

"솔직히 말하면 그는 자신에게 무슨 일이 벌어질까 봐 두려워하고 있어요. 그런데 문제가 뭔지 말을 안 하는군요. 성총(聖寵) 받은 상태로 죽고 싶다면서 고해성사까지 하고 왔어요. 그는 내가 그에게 겁을 주는 놈을 찾아가 죽이게 될 거라는 걸 알고 있어요. 평소와 달리 오늘은 책상에 온갖 서류가 수북이 쌓여 있더군요."

"법률 관련 서류들인가요?"

"모르겠어요. 어쩌면요. 아니면 재산 양도 증서인지도 모르고요. 그는 그냥 피곤하다고만 했어요. 그래서 난 들어가서 쉬라고 했죠. 하지만 그는 잠이 부족해서 피곤한 게 아니라고 했어요."

"대체 어젯밤에 무슨 일이 있었던 겁니까? 돈은 장난으로 마카로니와 치즈를 만들어 내놨다고 하던데요. 그리고 돈과 티코는 쿤도를 데리고 쿠바 레스토랑에 갔었다더군요. 거기서 뭘 먹고 왔는지 쿤도는 단단히 탈이 나서 아직까지 누워 있어요. 돈의 설명에 따르면 말이죠."

폴리가 말했다. 그는 조로의 얼굴을 빤히 쳐다보았다. 오십 대로 보이는 조로의 작은 콧수염은 여우를 연상케 했다.

"들어가 보죠. 같이 가서 그 친구 입을 한번 열어봅시다."

폴리가 말했다.

〜〜〜

리틀 지미는 책상 뒤에 서서 창밖을 내다보고 있었다. 오늘 하늘은 회색으로 덮여 있었다. 그는 길 건너의 술집을 내려다보는 중이었다. 며칠 전 누군가가 드라이버에 찔려 숨진 곳이었다. 폴리와 조로가 들어오자 그가 고개를 홱 돌렸다. 그들은 천천히 대리석 책상 앞으로 다가갔다. 리틀 지미는 창가에 얼어붙은 채로 서 있었다.

"신경 쇠약에 걸렸다고요? 어제 과음해서 그런 거예요?"

폴리가 말했다.

"당신과 할 말 없습니다."

지미가 말했다.

"누가 나랑 말을 섞지 말라고 했습니까?"

"당신은 날 설득해 내가 해야 할 일을 못하게 할 겁니다."

"그래도 나한테는 털어놓고 싶잖아요. 안 그렇습니까?"

"집들과 이 건물, 모든 재산을 돈 나바로의 명의로 돌려놔야 합니다."

그가 조로를 돌아보았다.

"당신이 브루하라고 부르는 그 여자 말이야."

그는 다시 폴리를 돌아보았다.

"그녀는 이 친구에게 우리가 보통 사이가 아니라는 걸 알고 있다고 했습니다. 내가 왜 이 친구를 가까이 두고 있는지도 안다고 했고요."

"이해가 안 되는군요. 정말 그녀가 당신이 명의를 돌려놓지 않으면 당신과 조로가 그렇고 그런 사이라고 모두에게 소문을 낼 거라고 협박했습니까?"

"우린 정말 그런 사이가 아닙니다. 그냥 그녀 혼자 난리치고 있는 거죠.

조로는 독실한 가톨릭 신자입니다. 그녀가 그런 헛소문을 퍼뜨리고 다니면 이 친구가 가만히 있지 않을 겁니다."

"그럼 뭐가 문제죠? 돈이 재산을 갖는 게 못마땅하면 안 주면 되잖아요. 모든 문서는 당신에게 있죠? 아닌가요? 쿤도가 그러던데요."

"그래요. 하지만 그녀가 집들을 내놓으라고 하면 거절하지 못할 것 같습니다."

"그러니까 그녀의 요구를 거절한 후의 일들이 걱정이라는 거죠? 그녀가 당신에게 저주라도 걸어놓았습니까? 집들을 넘기지 않으면 당신을 게이 요정으로 만들어놓기라도 하겠대요? 마술 지팡이로요?"

폴리가 말했다. 그가 미소를 짓자 지미도 씨익 웃었다.

지미가 말했다.

"그녀는 깜짝 놀랐을 거예요. 내가 순순히 그녀에게 명의를 돌려줄 줄 알았겠죠."

"이건 쿤도의 아이디어가 아니죠?"

폴리가 말했다.

"아니에요."

지미가 말했다. 그는 잠시 뜸을 들이다가 그럴 리 없을 거라고 덧붙였다.

"그녀에겐 그럴 권리가 있어요. 내연의 처라서요."

"관습법적으로 그렇다는 거죠?"

폴리가 말했다. 그는 창문 쪽으로 다시 몸을 트는 지미를 지켜보았다. 지미는 회색 하늘을 올려다보았다.

"당신이 들려준 얘기가 어떻게 들리는지 알아요?"

지미가 폴리를 돌아보았다.

"글쎄요. 어떻게 들리는데요?"

"쿤도가 죽었다고 얘기하는 것 같아요."

지미는 폴리를 응시했다. 폴리는 묵묵히 대꾸를 기다렸다. 하지만 지미는 말없이 창밖으로 시선을 돌렸다.

"내 말이 맞습니까?"

폴리는 다시 기다렸다.

"어젯밤에 무슨 일이 있었죠?"

그는 계속 기다렸다.

"저녁식사 때 말이에요."

지미가 고개를 저었다.

"쿤도도 같이 있었죠? 그렇죠?"

"당신에겐 할 말이 없습니다."

"언제든 도망칠 수 있잖아요. 라스베이거스에 가서 쿤도의 돈을 뿌려대도 되고. 아니면, 여기 남든지."

"그녀에겐 아무것도 줄 수 없다고 하고요."

조로도 거들었다.

"쿤도는 집들을 돈의 명의로 돌려놓지 않겠다고 확언했습니다. 그는 그녀가 혹시 내게 무슨 말을 하지 않았는지 묻더군요. 그래서 내가 그랬습니다. '아니. 하지만 그녀가 너 몰래 집들을 팔고 도망칠 거라는 데 1달러를 걸지.' 쿤도가 이러더군요. '아니, 집들은 리틀 지미의 명의로 남아 있을 거야.' 원한다면 공증을 받아놔요. 내가 서명해 줄 테니까."

폴리가 말했다.

조로가 팔꿈치로 그를 쿡 찔렀다.

"왜 그녀를 두려워하는 거죠? 당신에겐 조로가 있지 않습니까. 조로가 당신에게 충성을 맹세하지 않았나요?"

폴리는 조로의 시선이 자신에게 꽂혀 있음을 감지할 수 있었다.

"조로라면 당신을 잘 보호해 줄 겁니다. 돈이 아는 사람을 보내 당신을 제거하려 들지 몰라요. 지미, 이번만큼은 남자답게 대처해 봐요."

"여자 한 명 때문에 쪼는 겁니까?"

조로가 말했다.

"그녀에겐 총이 있다고."

지미가 말했다.

"총이 있어도 여자는 여자일 뿐입니다."

"지미, 그녀가 누구 총을 가지고 있죠? 그녀 본인 것인가요? 항상 그걸 지니고 다녔어요?"

폴리가 말했다.

"모르겠어요. 누구 총이든 그게 무슨 상관입니까? 중요한 건 그녀에게 총이 있다는 사실이죠."

"날 봐요. 지미, 무슨 일이 있어도 그녀에게 재산을 넘겨선 안 돼요. 아무것도 주지 말라고요."

그는 다시 창밖을 내다보았다.

"그렇게 줘버리면 여길 떠나버릴지도 모르죠."

지미가 말했다.

## 27

 폴리는 폭스바겐을 차고 안 냉동고 가까이에 붙여놓았다. 냉동고에서는 윙윙 소리가 흘러나왔다. 뒤편 테라스를 가로질러 주방으로 향하는 그는 안으로 들어가야 할지를 놓고 잠시 고민에 빠졌다. 쿤도 혼자 있다면 망설일 필요가 없을 것이다. 돈이 혼자 있어도 마찬가지일 거고. 하지만 지금은 상황이 많이 달랐다. 그는 집을 돌아 현관으로 나갔다. 그리고 열린 문틈으로 안을 들여다보았다. 이곳 사람들은 모두 그렇게 문을 열어놓고 살았다. 그렇게 해도 벌레나 파리 한 마리 찾아보기 힘들었다. 폴리는 그것도 이해가 되지 않았다. 오늘 오후에는 안에서 아무 소리도 흘러나오지 않았다. 부에나 비스타 소셜 클럽의 노래도 들리지 않았다. 쿤도는 틈날 때마다 그들의 음악을 감상하는 것으로 유명했다. 폴리는 문틈으로 쿤도의 이름을 불러보았다.

 티코가 2층 발코니로 불쑥 나왔다.

 "아직도 많이 아픈가 봐. 구토 증세도 전혀 나아지지 않았고. 돈이 UCLA 병원으로 데려갔어."

 "언제 출발했는데?"

 "얼마 안 됐어. 이봐, 지금 좀 한가하면 올라와서 옥상 사이즈 재는 것 좀 도와주겠어? 돈이 풍선과 조명을 얼마나 준비해야 할지 모르겠다고 해서 말이야."

티코가 말했다.

폴리가 고개를 젖히고 티코를 올려다보았다.

"줄자는 있고?"

"당연하지. 하지만 끝을 붙잡아줄 사람이 필요해. 올라와서 좀 도와줘. 이따 맥주 한 병 내줄게."

폴리는 잠시 머리를 굴렸다. 티코와 단 둘이 옥상에 올라가는 게 과연 현명한 일일까?

그래. 설마 무슨 일 있겠어?

폴리는 티코를 따라 3층으로 올라갔다. 한쪽 구석에 금속 계단이 붙어 있었다. 옥상으로 통하는 비상계단인 모양이었다. 티코는 배구공을 챙겨 들고 올라갔다.

"미카사 컴피티션이야. 49달러 99센트짜리지. 아는 여자를 시켜 이걸 셔츠 안에 넣고 나오게 했어. 구 개월 된 임산부처럼 보이게끔 말이야. 난 해변에 공을 가지고 나가서 도전해 오는 놈들을 모조리 상대해 줬지."

그들은 타르와 자갈이 깔린 옥상으로 나왔다. 머리 위로는 회색 하늘이 펼쳐져 있었다.

"내가 돈에게 말했어. '옥상 파티 때 네트도 쳐놓는 게 어때요? 이웃들 모아놓고 배구나 하게요.' 그녀는 별 관심이 없더군. 하지만 막상 네트를 가져다놓으면 다들 우르르 몰려들걸."

그가 폴리에게 공을 휙 던졌다. 그리고 자신은 뒤로 몇 걸음 물러났다.

"어떻게 생각해?"

폴리는 공을 바닥에 몇 번 튕겨보았다.

"뭐 그럴지도 모르지."

그가 한쪽 발로 툭 쳐 공을 허공에 띄운 다음 반대쪽 발로 떨어지는 공을 받았다. 그리고 다시 툭 차서 티코에게로 넘겼다.

"제법인데."

그가 공을 쥔 한 손을 앞으로 길게 뻗어낸 후 어깨를 들썩였다. 공은 그의 어깨를 타고 반대쪽 팔로 넘어갔다.

"이건 어때?"

그가 다시 몇 걸음 물러났다. 그는 옥상 끝에서 얼마 떨어지지 않은 지점에 다다라 있었다.

폴리가 말했다.

"돈이 마카로니와 치즈 얘길 들려줬어."

티코가 씨익 웃었다.

"쿤도는 그 조크가 재미 없었나 봐. 피우던 담배를 마카로니 더미에 푹 꽂아버리던데."

"버럭 화를 냈어?"

"그냥 장난 좀 쳤을 뿐인데."

폴리는 다시 미소가 떠오르려 하는 그의 얼굴을 빤히 쳐다보았다.

"그래서 외식을 하게 된 거야?"

폴리는 대답을 기다렸다.

"그랬지. 우리는 쿠바 레스토랑에 갔었어."

"대체 뭘 먹었는데 그렇게 탈이 났지?"

"아마 카마론이었을걸. 새우 말이야."

"네가 그를 집으로 데려왔어?"

"그래. 데려와서 그를 침대에 뉘었어. 곧바로 뻗어버리더군."

여기서부터 티코의 음성이 진지해졌다. 그가 말했다.

"이봐, 나랑 게임 하나 해보는 건 어때? 루프 볼 게임. 코스타리카 사람들이 하는 게임이야."

그가 몸을 돌리고 옥상 끝으로 걸어갔다. 밑으로 벽돌 깔린 테라스 바닥이 보였다. 그가 다시 폴리를 돌아보며 말했다.

"사실 술에 얼큰히 취한 상태로 뛰어야 하는 건데. 한 명이 여기 이렇게 서 있는 거야. 옥상 끝을 등진 상태로. 뒤에 아무것도 없다는 느낌이 들도록 말이지. 내가 먼저 해볼게. 이미 여기 서 있으니까. 넌 날 향해 공을 던지거나 발로 차야 해. 기회는 세 번. 첫 번째는 다섯 걸음, 그러니까 5미터쯤 떨어져서 하는 거야. 두 번째는 3미터, 그리고 마지막엔 2미터. 어때? 생각 있어?"

"어떻게 해야 이기는 거지?"

"상대가 안정적으로 공을 처리하지 못하면 이기는 거야."

"그러다가 옥상에서 추락한 사람은 없었어?"

"떨어져도 지는 거야. 이봐, 이건 진지하게 임해야 하는 게임이라고. 할 거야, 말 거야?"

"일단 공을 주고받으면서 몸부터 풀자고."

티코는 좋다고 한 후 폴리에게 공을 던졌다. 티코는 왼손잡이였다. 그렇게 일 분쯤 몸을 푼 후 폴리가 말했다.

"준비됐어."

"그 자리가 딱 좋아."

티코가 그에게 공을 던지며 말했다.

ㅋㅋㅋ

폴리는 언더핸드로 공을 가볍게 던졌다. 그가 말했다.

"네가 쿤도를 태우고 집으로 돌아왔다고?"

티코는 허공을 올려다보다가 공을 잡기 위해 앞으로 이동했다.

"이렇게 날아오는 공은 처음이야. 내가 쉽게 이기는 법을 가르쳐줄까?

공을 높이, 그리고 힘껏 던지는 거야. 상대의 머리를 향해서. 그걸 잡으려고 두 손을 번쩍 쳐들다가 중심을 잃는 경우가 많거든."

"돈이 그를 간호했어?"

"뭐?"

"집에 돌아와서 말이야."

"그랬지. 약을 먹이고 재웠어."

"네가 해줬는 줄 알았는데."

"그녀와 같이 해줬어. 자, 이번엔 조금 더 다가와서 던져. 그래, 거기가 딱 좋아."

그가 고개를 끄덕이며 말했다.

폴리는 티코의 발을 향해 힘껏 공을 던졌다.

티코는 춤을 추듯 폴짝 뛰며 공을 걷어찼다.

"공을 못 잡았잖아."

"그냥 안정적으로 처리하면 되는 거야."

폴리는 2미터쯤 떨어져서 공을 위로 힘껏 쏘아 올렸다. 티코의 고개가 뒤로 젖혀졌다. 그는 공의 낙하 지점을 찾아 허둥대다가 멈춰 서서 공을 잡았다.

그가 말했다.

"좋아, 이젠 내 차례야. 이쪽으로 와서 가장자리에 서 있어."

ㄱㄱㄱ

폴리는 잠시 스트레칭을 했다. 그가 몸을 비비 꼬아대는 동안 티코는 공을 겨드랑이에 낀 채 묵묵히 기다렸다.

"이봐, 준비됐어?"

"그런 것 같아."

"가장자리에 섰어? 발뒤꿈치가 벽에 닿아야 해."

"가장자리에 서 있잖아."

티코가 공을 바닥에 한 번 튕긴 후 폴리를 향해 힘껏 걷어찼다. 폴리는 몸을 구부리며 복부를 향해 맹렬히 달려드는 공을 잡았다. 그가 한 손으로 공을 쥐고 티코에게 휙 던졌다.

티코가 말했다.

"골골대는 노인네인 줄 알았는데 제법이군."

티코는 검은색 타르와 자갈이 깔린 바닥에 하얀 공을 두 번 튕긴 후 한쪽 발로 멈춰 세웠다. 그가 뒤로 물러났다가 공을 차려는 순간 폴리가 말했다.

"오늘 쿤도 좀 살펴봤어?"

갑작스러운 질문에 티코가 휘청거렸다. 그 바람에 제대로 맞지 않은 공이 폴리에게 쪼르르 굴러왔다.

"기회 두 번이 이렇게 끝나버렸군."

폴리가 말했다.

"무슨 소리야? 이번 것은 무효야."

"분명 공을 찼잖아. 그건 그렇고, 내가 물어본 건 대답해야지. 오늘 쿤도 좀 살펴봤어?"

"너무 바빴어."

그가 짜증 섞인 음성으로 말했다.

"돈이 네게 날 옥상으로 불러들여 같이 작업하라고 했을 때 넌 집에 없었어?"

"그녀가 내게 부탁했을 때? 있었지."

"그때 쿤도를 못 봤단 말이야?"

"그는 그녀의 차에 오르고 있었어."

"상태가 어떤 것 같았지?"

"지금 내게 반칙을 하려는 거야? 그럼 세 번째 공격을 해주지."

"그의 상태가 어땠는지 물었잖아."

"당연히 아파 보였지."

그가 발로 공을 톡톡 건드리다가 가느다란 갈색 신발의 끝으로 툭 쳐올려 손으로 잡았다. 그리고 폴리를 향해 냅다 공을 던졌다. 폴리는 잽싸게 두 손을 올려 날아드는 공을 쳐냈다. 공은 다시 티코에게로 굴러갔다.

"이번엔 안정적으로 처리하지 못했어. 내가 다시 던져야 해. 이번엔 어느 쪽으로 날아갈 것 같아? 응?"

티코는 공을 던지는 척하며 씨익 웃었다.

"그쪽은 아니야."

그는 다시 한 번 페인트 모션을 취한 후 두 손으로 폴리를 향해 공을 던졌다. 폴리는 고개를 홱 젖혔고, 공은 그를 지나 아래 테라스로 떨어졌다.

"공을 잡아야지. 네가 가서 가져와."

티코가 말했다. 그가 폴리의 앞으로 성큼 다가갔다. 손을 뻗으면 닿을 정도로 가까운 거리였다. 그가 폴리의 가슴에 손을 얹었다.

"계단으로 내려가겠어? 아니면 내가 좀 도와줄까?"

티코가 말했다. 그가 손가락으로 폴리의 가슴을 콕 찔렀다.

"어떻게 할까? 결정했어?"

"거짓말이지? 돈이 쿤도를 병원으로 데려갔다는 것 말이야."

폴리가 말했다.

"오, 정말 그렇게 생각해?"

티코가 말했다.

"분명 그는 죽었을 거야. 돈이 그를 총으로 쏘거나 둔기로 내리쳤을 것 같진 않아. 네가 몰래 접근해 일을 벌였겠지? 그녀가 그러라고 시킨 거야?"

티코가 그를 어깨로 떠밀기 위해 몸을 천천히 틀기 시작했다. 폴리는 자신의 가슴에 얹어진 티코의 손가락을 붙잡고 힘껏 비틀었다. 티코의 쩍 벌어진 입에서 비명이 터져 나왔다. 폴리는 그 틈을 놓치지 않고 몸을 숙여 티코의 다리를 끌어안았다. 그런 다음 회색 오후의 허공으로 휙 던져버렸다. 추락한 티코는 테라스 바닥에 떨어지는 순간 비명을 멈추었다.

폴리는 옥상의 가장자리를 단단히 붙잡고 아래를 내려다보았다. 티코는 테라스 바닥에 누워 옥상을 올려다보고 있었다. 폴리는 그가 숨졌음을 대번에 알 수 있었다.

╭╮╭╮╭╮

그는 티코 옆에 무릎을 꿇고 앉아 피 맺힌 그의 눈을 내려다보았다. 그리고 목에 손을 얹어 맥도 짚어보았다. 맥은 느껴지지 않았다. 코스타리카 출신 젊은 친구, 과거에 창을 잘 던지는 마야인 전사였던 그는 그렇게 저세상으로 떠나버렸다. 그의 머리에는 얇은 자주색 두건이 둘러져 있었다. 폴리는 그의 눈꺼풀을 닫아줄까 고민하다가 그냥 멍하니 허공을 올려다보도록 내버려두기로 했다.

╭╮╭╮╭╮

운하 너머의 집으로 돌아온 그는 지미의 사무실로 전화를 걸었다. 조로가 응답했다.

"그녀가 방금 들렀다 갔습니다."

"그녀 혼자 왔어요?"

폴리가 말했다.

"혼자 왔어요. 난 지미가 외출 중이고, 그가 어디 있는지 모른다고 했어요. 아마 어딘가에서 점심을 먹고 있을 거라고만 했죠."

"잘했어요. 그녀는 계속해서 그를 찾아 헤맬 거예요."

그는 조로에게 티코와 루프 볼을 했던 얘기를 들려주었다.

조로가 말했다.

"와우, 그런 게임이 다 있었군요. 난 한 번도 못해 봤는데. 아무튼 그 친구 시신 옮기는 데 손이 필요하면 언제든 불러요."

"그는 우리가 신경 쓸 필요가 없어요. 돈이 알아서 처리하겠죠 뭐."

폴리가 말했다.

# 28

 돈은 차를 몰고 집으로 돌아갔다. 사브는 차고 안 폭스바겐 옆에 세워놓았다. 폴리가 돌아온 모양이었다. 순진한 티코가 그를 옥상으로 불러올리는 데 성공했을까? 그녀는 티코가 아직 집에 남아 있기를 바랐다. 돈은 안에서 술을 홀짝이고 있을 그에게 어떻게 됐는지 묻고 싶었다. 한 번만 제대로 잘 밀면 큰 문제 하나가 사라지게 되는 것이었다. 폴리는 지금쯤 그의 친구, 쿤도와 함께 냉동고 안에서 얼어가고 있을 것이다. 그녀는 그런 잭 박사의 모습을 보고 싶지 않았다. 냉동고에는 자물쇠가 채워져 있었다. 열쇠는 주방에 보관돼 있을 것이다. 그녀는 화장실이 급했다. 한때 꿈에 그리던 파트너였던 폴리의 모습은 나중에 들여다봐도 상관없었다. 그녀는 먼저 술을 한 잔 만들어 마시고 K. D. 랭의 음악을 크게 틀어놓을 것이다. 돈은 그녀의 자연스럽고 꾸밈없는 스타일을 좋아했다. 돈은 푹신한 의자에 앉아 담배도 피울 것이다. 폴리와의 관계가 원하는 대로 풀리지 않았던 것은 유감이었다. 전과자 친구와 지나치게 가까운 폴리는 애초부터 섭외 대상에서 제외시켰어야 했다.
 이제 남은 문제는 리틀 지미뿐이었다. 그날 그를 돌려보내는 게 아니었다. 이제 그 빌어먹을 자식은 거짓말쟁이 경호원만 남겨놓은 채 어딘가에 숨어 있었다.
 조로에게 미리 호감을 사놓지 못한 것도 그녀의 실수였다. 긴 코와 몽환적인 눈을 가진 그는 무척 고지식한 사람이었다. 그녀는 기회가 주어졌을 때 그의 눈을 들여다보며 그가 누구인지, 그가 무엇에 흔들리는지 꼼꼼히 알아두었어야 했다. 그와 지미는 게이 커플이 아니었다. 그것은 그녀가 둘러댄 거짓말이었다. 결혼은 했을까? 알 수는 없지만 그런 건 아무래도 상관없었다. 그는 그녀를 마녀라고 불렀었다. 그가 그렇게 믿었다면 오히려 잘 된 일이었다. 잘하면 그 믿음을 역이용할 수도 있을 테니까. 그녀는 그의 점을 봐주며 그의 눈이 점점 빛을 발하는 것을 지켜볼 수도 있을 것이다. 그를 곁에 잡아두는 건 나쁜 아이디어가 아니었다.

리틀 지미는 그날 무슨 일이 벌어졌는지 발설하지 않겠다고 하늘에 맹세했다. 당분간은 안심해도 되겠지만 그가 영원히 그 약속을 지키리라고는 기대할 수 없었다. 쿤도의 재산 명의가 그녀에게로 돌려지고 나면 그는 영원히 사라져줘야 했다.

그리고 티코.

그 코스타리카인은 일이 이렇게 진행되는 걸 꽤 만족해하는 눈치였다. 하지만 그녀가 무엇을 제안하든 군말 없이 받아들이지 않는다면, 그리고 함께 손에 넣은 수익의 절반을 요구한다면 그녀는 또 다른 문제에 봉착하게 될 것이다.

땅딸보의 재산을 손에 넣기 위해 무려 팔 년에 걸쳐 머리를 짜내왔던 그녀였다. 그녀는 묵묵히 기다렸다. 폴리를 파트너 후보에서 제외시키고, 그 자리에 티코를 앉혀놓았다. 오랫동안 구상해 온 쿤도를 쏴 죽이는 아이디어를 주저 없이 실행에 옮겼다. 그것도 티코의 총으로. 그 사실도 잊어선 안 되었다. 너무 간단한 일이었고, 그녀는 빨리 매듭짓고 싶어 안달하고 있었다. 그녀는 실패 가능성과 쉽지만은 않을 뒷처리에는 아무 관심이 없었다. 아니, 관심은 있지만 그 깊이가 얕다는 데 문제가 있었다. 그녀는 오래전부터 폴리를 제거할 결심을 해왔다. 나머지 장애물들은 차차 해치우면 될 것이다. 그녀에게 충분한 자신감이 없었다면 여기까지 오지도 못했을 것이다.

벽돌 깔린 테라스 곳곳에 얼룩이 남아 있었다.

완전히 마르려면 시간이 더 필요할 것 같았다.

돈은 위를 올려다보았다. 옥상에서 떨어졌으면 엄청나게 많은 피가 뿌려졌을 텐데. 물론 어떻게 떨어져 어디를 부딪쳤는지에 따라 차이는 있겠지만. 보나마나 티코가 물로 테라스를 닦아놓았을 것이다.

돈은 문을 열고 주방으로 들어갔다.

왜 여기서 자고 있는 거지?

그는 축 늘어진 채 의자에 앉아 팔을 베고 엎드려 있었다. 돈은 문간에 서서 그의 정수리를 빤히 쳐다보고 있었다.

"티코? 취한 거예요? 부랑자 같아 보이네요."

그는 움직이지 않았다.

"제발 술에 취해 곯아떨어진 거라고 얘기해 줘요. 네? 맙소사."

그녀가 불안 섞인 음성으로 말했다. 그녀는 테이블로 다가가 그의 팔과 얼굴을 내려다보았다. 그의 피맺힌 눈이 그녀를 응시하고 있었다.

그때 주방 카운터에서 전화벨이 울렸다.

감시당하고 있을 리는 없는데. 하지만 그것이 폴리의 전화임을 알 수 있었다.

한 가지 궁금한 것은 과연 그가 어디까지 알고 있는지였다. 분명한 것은 그가 노련한 전과자이며 경찰에 신고하면 자신에게 이로울 게 없다는 걸 알 정도의 머리를 가지고 있다는 사실이었다.

그녀는 벨소리를 몇 번 더 듣고 나서 수화기를 집어들었다.

ㄱㄱㄱ

폴리는 꼬맹이 조폭에게 전화번호가 적힌 50달러 지폐를 쥐어주며 쿤도의 집으로 보냈다. 그는 아이에게 사브가 차고로 들어서는 게 보이면 자신에게 연락해 달라고 했다. 그는 돈에게 티코의 상태를 살펴볼 시간을 주고 싶었다.

그녀는 신호음이 아홉 번 흐르고 나서 응답했다.

"잭 박사님, 무슨 일이시죠?"

"당신 친구가 옥상에서 떨어졌더군요."

"나도 봤어요. 중심을 잃었나 보죠?"

"루프 볼에서 진 거죠. 그 친구는 당신이 알아서 처리해요."

"사고였던 모양이군요. 경찰에 그렇게 진술할 건가요?"

"돈…… 쿤도는 어디 있습니까?"

돈은 잠시 뜸을 들였다.

"어젯밤, 저녁을 먹으면서…… 당신까지 끌어들이고 싶진 않았어요. 내가 쿤도에게 뭘 만들어줬는지 들었죠? 쿤도는 그걸 장난으로 받아들이지 않았어요. 술이 좀 들어간 상태라 분위기가 심상치 않았죠. 난 참지 못하고 웃음을 터뜨렸어요. 티코와 리틀 지미도 같이 웃었고요. 하고 많은 메뉴 중에서 하필…… 쿤도는 내가 만든 요리에 담배를 쑤셔넣었어요. 그리고 벌떡 일어나 날 때리기 시작했죠. 그는 이성을 완전히 잃은 상태였어요. 보다 못한 티코가 그를 총으로 쐈죠. 날 구하겠다고 말이에요."

체념한 듯한 음성이었다. 잠시 침묵이 흘렀다.

"가슴에 대고 세 발 쐈어요."

"정말입니까? 저녁 식탁에서요?"

폴리가 믿어지지 않는다는 투로 말했다.

"쿤도는 죽었어요, 잭. 날 죽일 것처럼 두들겨 팼다고요. 티코는 그를 막으려면 어쩔 수 없었다고 했어요."

"총알 세 발을 박아넣는 방법밖엔 없었다고요?"

"그는 아직 애송이예요. 그냥 충동적인 총질이었다고요. 아마 분위기에 휩쓸려서 그랬을 거예요."

폴리는 아무 말도 하지 않았다.

"티코의 총이었어요. 예전에 범행에 쓴 적이 있었다더군요. 단서만 잡히면 오 분 안에 수사를 재개할 수 있는 사건이라나요?"

"쿤도는 어디 있죠?"

그녀는 다시 망설였다.

"냉동고에 넣어두었어요. 차고에 있는 냉동고. 잭, 난 티코가 경찰과 거래를 할까 봐 두려웠어요. 어떻게든 날 이 사건과 엮으려고 할까봐요. 잭, 쿤도는 이성을 잃었었어요. 아마 티코는 이런 일을 여러 번 겪어봤을 거예요. 하지만 내겐 쿤도의 시신이 있어요. 티코의 총에서 발사된 총알이 아직도 박혀 있죠."

"총은 어디 있는데요?"

"잭, 당신은 알 필요 없어요."

"어디 있느냐고요."

"숨겨놨어요."

"그건 어떻게 손에 넣었죠?"

"티코에게 내가 숨겨놓겠다고 했어요. 보나마나 형사가 총을 왜 진작 내놓지 않았냐고 묻겠죠. 하지만 그럴 수밖에 없잖아요. 티코가 살아 있는 한 난 이 공포에서 헤어날 수 없었을 거라고요. 잭, 당신에겐 아무 문제 없을 거예요. 난 루프 볼이 뭔지 모르지만 당신은 그냥 티코가 잘난 척하다가 중심을 잃고 추락했다고만 하면 되잖아요. 옥상 가장자리에서 알랑거리다가 발을 헛디뎠다고 말이에요. 원했다면 그를 붙잡아보려 할 수도 있었다고 진술해도 돼요. 하지만 나라면 그렇게 오버하지 않겠어요. 그냥 추락했다고만 하면 깔끔하게 정리될 문제니까요. 그건 그렇고, 우리 한 번 만나야죠?"

"글쎄요. 모르겠습니다."

"우리가 챙길 돈엔 변동이 없어요. 지미에게 모든 재산을 내 명의로 돌려놓으라고 할 거예요. 원한다면 당신 명의로 해놔도 되고요. 난 상관없어요. 난 당신을 믿거든요, 잭."

"모든 게 그렇게 간단한가요?"

"집들을 팔고 사라지면 되는 거예요. 건물과 사업은 지미에게 넘기고요. 나랑 같이 해요. 네? 잭, 쿤도랑 지내는 동안 단 한 순간도 두려움에 떨지 않았을 때가 없었어요. 하지만 내가 당신에게 아무 말도 하지 않았던 건 당신이 쿤도에게 달려가 모든 걸 털어놓을까 봐 두려웠기 때문이에요. 게다가 그는 우리가 바람을 피우고 있다고 의심하고 있었어요. 난 그가 사람을 시켜 당신을 죽이려 할지도 모른다고 생각했어요. 그에겐 전화 한 통이면 해결될 간단한 문제라고요. 우리가 계속 붙어 다녔으면 아마 지금쯤 이렇게 멀쩡히 살아 있지 못했을걸요. 우린 너무 뜨거웠잖아요, 잭. 기억하죠?"

폴리는 한동안 침묵을 지켰다.

"생각할 시간을 줘요. 내가 아는 두 남자가 죽었어요. 난 출소한 지 얼마 되지 않았고요. 더 이상 깜짝 놀랄 일은 원치 않아요."

"지금 건너와요. 나랑 머리 맞대고 의논해요."

"일단 내 상황부터 분석해 봐야겠어요. 나중에 전화할게요."

폴리는 전화를 끊었다.

그는 카운터 앞에 서서 쿤도를 떠올렸다. 지난 삼 년간 하루도 빠지지 않고 그와 시간을 보낸 친구였다. 지미에게 쿤도가 죽은 것 같다고 전해야 할 것 같았다. 하지만 쿤도가 죽었다는 사실은 아직도 실감이 나지 않았다.

ㄱㄱㄱ

이제 문제는 총을 가지고 있는 돈 나바로였다.

루 애덤스는 폴리가 묵고 있는 집 뒤편 좁은 골목을 어슬렁거리는 꼬맹이 조폭에게 다가갔다. 그가 말했다.

"날 위해 일하는 거야, 그를 위해 일하는 거야?"

"차이가 있다면 그를 위해 하는 건 심부름이죠. 돈을 받고 하는 거니까."

"내가 뭐랬어? 이번 일만 잘 풀리면 두둑한 보상이 있을 거라고 했잖아. 그런데 나 몰래 부업을 해? 대체 누구랑 일하는 놈이야?"

"당신을 위해 일하는 거예요."

티비가 말했다.

"그런데 왜 네가 감시해야 할 놈의 심부름을 해준 거지?"

"저 집 여자가 들어오면 알려달라고 해서 그렇게 해줬을 뿐이에요. 그 대가로 돈도 받았고요."

"아주 큰일 날 녀석이군."

루가 말했다.

그는 집을 돌아 나와 현관문으로 들어갔다. 어둠이 내리지 않았는데도 거실 램프는 켜져 있었다.

"폴리!"

그가 큰 소리로 불러보았다. 그렇게 몇 번 부르자 티셔츠와 리바이스 청바지 차림의 폴리가 바깥 계단을 내려와 문간에 섰다.

"무슨 일이야?"

루가 현관으로 나왔다.

"내가 밖에 세워놓은 꼬마에게 50달러 쥐어주면서 돈 나바로가 들어오는 게 보이면 알려달라고 했다며?"

"그런데?"

"저 아이는 날 위해 일하고 있는 거야. 네 심부름 하려고 대기하고 있는 게 아니라고. 알아듣겠어?"

"하지만 녀석이 감시해야 할 대상은 나잖아. 대체 뭐가 문제라는 건지 모르겠군. 저 녀석은 내가 어디 있는지 알고 있었어. 나랑 통화를 했으니까. 그건 그렇고, 넌 그걸 어떻게 알았지?"

"보고 전화가 없길래 직접 나와서 확인했지."

"루, 당신은 내가 출소한 날부터 감시팀을 가동시켰어. 그리고 난 지금 이렇게 당신과 대화를 나누고 있고. 이게 이치에 닿는다고 생각해? 처음엔 좋은 아이디어라고 생각했겠지. 당신은 내가 또 은행을 털 거라고 믿었어. 지금도 그 확신엔 변함이 없나?"

"네가 할 줄 아는 건 그것뿐이잖아."

"돈이라면 충분히 있어. 은행을 털 이유가 없다고. 그날 은행에서 날 봤잖아. 계좌를 열고 돈을 인출했을 뿐이야. 젊은 여자와 같이 나와 보니 당신이 기다리고 있더군. 그거 알아? 당신은 많이 피곤해 보였어. 많이 따분하지? 언제 한 번이라도 당신 고집대로 밀어붙이면서 만족스러운 결과를……"

"지금 내 관심을 다른 데로 돌리려 하는 거야? 내가 방심할 때 일을 벌이려고?"

"더 이상 은행엔 관심이 없어. 당신도 이제 특별 수사관 자리로 복귀하는 게 어때? 나도 은퇴 기념으로 뭔가 생산적인 일들을 구상해 볼 테니까.

그게 서로에게 좋지 않겠어? 더 이상 동네 불량배들 모아놓고 이런 유치한 짓 좀 벌이지 마. 그놈들 놔주고 진짜 악당이나 추적하라고."

루 애덤스는 말없이 폴리를 응시했다. 여전히 피로에 지친 모습이었다.

"주방으로 들어가지. 맥주나 마시자고. 집필 중이라는 그 책 얘기도 좀 듣고."

"손 씻고 착하게 살아. 내가 원치 않는 결말을 달라고."

"기다려봐. 당신이 떠올린 것보다 훨씬 멋진 결말을 안겨줄 테니까."

폴리가 말했다.

# 29

폴리에게 그의 친구가 냉동고에 갇혀 있다고 털어놓은 것은 실수였다. 어쩌면 그는 쿤도가 죽었다는 걸 알고 있으면서 능청스럽게 연기를 해왔는지도 몰랐다. 자칫하다가는 살인 사건 용의자로 지목받게 될지도 모르지만 영리한 폴리는 그런 덫에 쉽게 빠질 사람이 아니었다. 그에게는 할 말과 하지 말아야 할 말을 구분할 줄 아는 능력이 있었다. 모든 건 서서히 유야무야돼버릴 거야. 구름이 지나가면 해가 다시 나와 이 난처한 처지에 빛을 비춰줄 거야. 돈은 생각했다. 문제는 이거지. 집들을 팔아 손에 넣은 돈의 절반을 폴리에게 넘길 수는 없어. 무슨 수를 써서라도 그를 없애버려야 해.

하지만 그 전에 그를 시켜 시신들을 처리토록 해야 했다. 그녀는 티코의 시신을 질질 끌고 나가 차고의 냉동고에 집어넣었다. 공간 확보를 위해 얼음 봉지들을 모두 꺼낸 후 두 구의 시신을 꾹꾹 눌러 담았다. 그런 다음, 봉지를 뜯어 얼음을 그 위에 뿌려놓았다. 또 한 구의 시신을 넣을 공간은 없었다. 운명은 그렇게 그녀의 인생을 다시 망쳐놓으려 하고 있었다. 어쨌든 그녀는 팔 년을 기다려 손에 넣게 된 재산의 반을 폴리에게 나눠주고 싶지 않았다. 게다가 그는 이번 일에 아무런 보탬도 돼주지 못했다. 오히려 그 여자 배우와 시시덕거리느라 바빴을 뿐이었다. 그 두 사람을 엮어놓는 것은 쉬운 일이 아니었다. 유령을 끌어들인 것이 실수였다. 그녀는 폴리를 다른 전문가로 만들어놓았어야 했다. 단순 저주를 다루는 사람 정도로.

그녀는 생각했다. 그에게 200만 달러짜리 집을 내줄까? 난 450만 달러짜리를 차지하고.

내가 왜 그래야 하지? 그는 아무것도 한 게 없잖아. 난 바보같이 폴리의 설득에 넘어가 버렸어. 그것도 같이 침대에서 뒹굴면서. 그는 얕잡아볼 상대가 아니야. 내 일에 순순히 협조만 해줘도 그를 스타로 만들어주었을 텐데.

아니면 또 다른 누군가를 스타로 만들든지. 600만 달러는 확실히 400만 달러보다 나았다. 그녀는 피의 맹세를 한 리틀 지미에게 건물과 쿤도의 모든 사업을 넘겨주었으니, 조로를 끌어들여 시신 두 구를 바다에 던져버리게 할까도 생각해 보았다. 시신이 없으면 더 이상 발목 잡힐 일도 없을 것이다. 법정에 불려나갈 일도 없을 거고. 가장 간단하게 폴리를 없애는 방법은 그냥 총으로 쏘는 것이었다. 그런 다음에는 운하에 던져버리면 될 것이다. 쿤도의 집들 사이를 흐르는 운하에는 말고. 운하들을 가로지르는 거리에서 그를 쏘면 될 것 같았다. 시신 세 구를 각각 다른 운하에 던져버리는 것도 한 방법이었다. 경찰도 무척 난감해질 것이다. 흠…… 이 시신들은 서로 관련이 있을까? 시신 세 구. 그중 둘은 총에 맞아 숨졌고, 하나는 추락사였다.

소음 장치가 끼워진 발터는 여전히 서랍 안에 보관돼 있었다. 하지만 그녀는 그를 위해 쿠바 음악을 틀어놓을 생각이 없었다. 그가 제 발로 와줄지는 모르지만. 그녀는 권총을 주방 카운터 서랍에 넣어둘까도 고민했다. 술이나 한 잔 하자면서 그를 유인하기가 쉬울 테니까.

아니면 그를 침대로 끌어들일 수도 있었다. 벽에 자신의 누드화를 걸어놓고서. 그가 섹스 후 담배를 즐기고 있을 때 서랍을 열고…… 탕. 아니, 핑. 커버로 시신을 덮고 질질 끌고 나와 차에 싣는 것이다.

팔 년 전 그녀는 이런 일을 육체노동으로 여기지 않았다. 다리에 올라가 시신 세 구를 던져버리고 라스베이거스에서 경찰의 확인 전화를 받는 것. 아니면 한밤중에 네바다 보안관의 방문을 받는 것. 뭐라고요? 그들이 익사했다고요?

아니야. 그보다는 그들을 바다로 데려가 던지고 오는 편이 나을 거야. 그러면 수사를 피할 수 있을 테니까. 그녀는 서둘러 그럴 듯한 아이디어를 떠올려야 했다. 애인 세 명을 차에 싣고 마리나 델 레이로 가볼까? 그녀의 지인 중에 보트를 소유한 이가 있었다. 아니면 사막에 던져놓고 올까? 그들은 모두 전과자였고, 적이 많다는 공통점이 있었다.

비가 부슬부슬 내리기 시작했다. 밖은 빠르게 어두워져 가고 있었다.

그녀는 차분히 앉아 폴리의 전화를 기다릴 수도 있었다. 아니면 주머니 깊은 쿤도의 레인코트를 걸치고 그를 만나러 가든지.

ㄱㄱㄱ

폴리와 루 애덤스는 거실에 앉아 맥주를 마시고 있었다. 그들은 루의 책이 어떤 결말을 담아야 할지를 놓고 의논 중이었다. 폴리는 그에게 현재 수사 중인 케이스에 대해 물었다. 어쩌면 자신이 아는 케이스일 수도 있다면서.

"우리가 어떤 증거를 입수했는지 궁금해?"

"그보다는 체포에 더 관심이 가는데. 상황이 많이 난처하지? 예전에도 그랬었잖아. 내가 은행에 들어가 있을 때. 누군가가 버튼을 눌렀고, 출동한 경찰은 출입구를 봉쇄해 버렸지. 들어오는 사람들을 막고, 나오려는 사람들을 내쫓았어."

폴리가 말했다.

"그 바람에 너도 5천 달러가 담긴 우산을 품고 무사히 나올 수 있었잖

아. 경찰은 우산을 들고 다니는 은행 강도 얘기를 들어본 적이 없었을 거야. 한심한 놈들. 내가 현장에 있었다면 유명한 잭 폴리, 아니, 악명 높은 잭 폴리를 대번에 짚어냈을 텐데."

"그 얘기 알고 있었어?"

"네가 턴 은행 리스트를 작성하던 중에 들었지. 난 확인이 가능한 곳들을 알려달라고 했고 넌 곧바로 입을 닫아버렸어."

"지금 몇 페이지까지 진행됐지?"

"얘기했잖아. 오백에서 육백 페이지 사이라고."

"당신은 날 만나러 건 클럽으로 찾아왔지. 빅 이지에서 왔다면서 말이야. 내가 당신과 같은 뉴올리언스 출신이라는 사실을 상기시키면서 수사에 협조해 달라고 했었잖아."

"책에 써넣게 알려줘. 두 번 다시 묻지 않을 테니까. 정확히 몇 곳이나 털었지?"

"백일흔여섯 곳."

"맙소사. 이십오 년간?"

"그중 교도소에서 보낸 십오 년은 빼야지. 아마 십일 년 반쯤 될 거야. 크리스마스, 독립기념일, 성축일도 빼야 하고. 그걸 다 합하면 한 달 가까이 될걸. 한 달에 5천 달러씩. 가끔 액수가 더 클 때도 있었고. 난 주로 해변에서 시간을 보냈어. 하지만 결혼 생활을 원만히 못했던 건 아직도 후회가 돼. 행복한 가정을 꿈꿨었는데. 이렇게 된 건 다 내 탓이었어. 그땐 둘 다 너무 어렸었지. 지금 다시 기회가 주어진다면 확 바뀐 삶을 살 수도 있을 텐데. 어떻게 생각해? 뭐 아무튼 당신은 내가 턴 은행에 한 번도 나타나지 않았어. 아무리 위험해도 수사관이 그렇게 몸을 사리면 어떻게 해? 총 맞는 게 그렇게 두려웠어?"

"그런 위험천만한 상황은 수도 없이 겪어봤어. 무장한 정신병자를 체포하러 투입된 적도 있었고. 우린 그의 여자친구의 집 주방에서 대치했었지. 그녀 이름은 루이즈였어. 녀석이 서랍을 열고 뒤적거리더군. 식칼이 든 서랍 같았어. 난 그에게 빌어먹을 서랍에서 손을 빼라고 소리쳤지. 그러자 그가 말했어. '티슈를 꺼내려는 거야. 코 좀 풀려고.' 서랍에서 나온 그의 손엔 정말로 크리넥스가 쥐어져 있더라고. 아니, 퍼프라는 브랜드였을 거야."

폴리는 그의 말이 이어지기를 기다렸다.

"그의 다른 손은 바지에 꽂혀 있는 스미스 앤 웨슨 권총을 향해 슬금슬금 이동하고 있었어. 그는 결국 코를 풀지 못했어."

"아슬아슬하게 총을 본 모양이군."

"그를 쓰러뜨리고 옷을 수색해 봤지."

그가 폴리를 흘끔 쳐다보았다.

"정말로 총이 꽂혀 있었어."

"나도 그런 케이스를 한번 체험해 보고 싶은데. 하지만 난 총을 쓰지 않아. 내가 총으로 금전 출납계원을 위협했다는 소문이 한두 번 돌긴 했었어. 하지만 난 지금껏 총을 앞세우고 일을 벌여본 적이 없었다고. 아무튼 당신이 어떤 결말을 써넣게 될지 궁금하군."

루 애덤스가 자리에서 일어났다. 그가 말했다.

"두 번 다시 은행을 털지 않겠다고 약속해. 그럼 네 앞에서 영영 꺼져줄 테니까."

"그건 못하겠어. 내가 늙고, 빈털터리가 되려면 앞으로 많이 기다려야 하거든. 당신도 그때까지 기다려줄 수 있겠어?"

폴리가 말했다.

"그럼 관둬. 결말은 내가 알아서 써넣을 테니까."

그 말을 남기고 루는 밖으로 나갔다.

폴리는 빈 맥주병과 담배꽁초 수북한 재떨이가 놓인 테이블에서 일어났다. 그리고 전화기 앞으로 다가가 지미 리오스에게 전화를 걸었다. 조로가 응답했다.

"사랑스러운 돈 나바로를 만나러 갈 겁니다. 티코는 죽었어요. 지미는 더 이상 공포에 떨지 않아도 됩니다. 아무 일도 없을 테니까요. 그는 영영 그녀를 보지 못할 겁니다. 그렇게 전하고 지미를 바꿔요."

폴리가 말했다. 그는 바깥 날씨를 확인하며 기다렸다. 안개를 동반한 어둠이 서서히 내려앉고 있었다.

지미의 음성이 말했다.

"잭, 돈을 만나서 어쩌려는 거죠?"

사실 폴리는 아무 계획도 가지고 있지 않았다.

"그것보다 우선 그날 밤에 무슨 일이 있었는지 말해 줘요."

ㄱㄱㄱ

돈의 두 손은 쿤도의 레인코트 주머니에 감춰져 있었다. 그녀의 오른손은 소음 장치를 떼 발터를 쥐고 있었다. 소음 장치까지 끼우면 주머니에 다 들어가지 않았다. 소음 장치가 없어도 돈은 상관없었다. 이번만큼은 총성을 똑똑히 듣고 싶었기 때문이다. 혹시 모른다는 생각에 챙겨온 소음 장치는 주머니 속 그녀의 왼손에 쥐어져 있었다.

무릎까지 내려오는 쿤도의 검은색 레인코트는 단추가 모두 채워진 상태였다. 돈은 침실에 붙은 전신 거울 앞에 섰다. 검은색 코트는 그녀의 짙은 색 머리, 그리고 이집트 스타일의 눈화장과 잘 조화됐다. 부활한 하트셉수트를 보는 듯했다. 왕이 된 여왕. 거울 속 돈이 말했다

"안녕, 잭, 근처를 지나다가 생각이 나서 들렀어요."

"지금 장난해? 생각이 나서 들렀다고? 그냥 빌어먹을 총을 뽑아들고 그

를 쏘라고."

그녀가 말했다.

그녀는 곧바로 그럴 생각이 없었다. 그 전에 그와 재미를 좀 보고 싶었다. 그를 흥분시켜도 보고.

총은 준비됐지?

그녀는 점검에 들어갔다. 장전된 총은 발사를 기다리고 있었다.

코트에서 꺼내보지도 않았잖아.

그녀가 권총을 꺼내려는데 공이가 주머니에 살짝 걸렸다. 그녀는 조심스레 공이를 젖히고 발터를 꺼냈다. 좋아. 걸리지 않게만 주의하면 돼. 그녀는 공이를 젖히지 않은 채로 방아쇠를 당길 생각이었다. 하지만 그에게 마지막으로 들려줄 말이 떠오르면 극적 효과를 위해 공이를 젖히게 될지도 몰랐다. "잘 가요, 잭, 그동안……."

즐거웠다고?

짜릿했다고?

비록 짧은 시간이었지만 알고 지내 좋았다고?

"알고 지내 좋았어요."

"함께 샤워했을 때도 좋았고요."

그녀는 불필요한 고민에 빠져 있었다. 아무 생각 없이 그냥 쏘면 될 것을. 이건 어떨까? "사랑해요, 잭. 하지만 당신은 600만 달러의 사나이가 아니에요." 나쁘지 않았다. 그러면 이해할 것이다.

그녀가 거울 속 자신에게 말했다.

"당신이 너무 탐욕스럽다는 생각은 안 해봤어요?"

"전혀."

"당신이 너무 냉정한 사람이라고 생각해 본 적은 없었고요?"

"때에 따라선 그런 연기도 필요하지. 하지만 난 원래 냉정한 사람이 아니야. 당신은 그렇게 여겼나 보지? 아무래도 혼자 8년이라는 세월을 견뎌 왔으니…… 딱한 사람."

"그건 사실이에요. 8년을 기다렸지만 아무 일도 벌어지지 않았고, 결국 내가 이렇게 직접 나서야 했죠."

"정말로 딱한 사람."

"닥쳐요."

"준비됐지?"

"그래, 가자고."

ㅋㅋㅋ

현관문을 통해 밖으로 나온 그녀는 두 손을 주머니에 찔러 넣었다. 한 손은 발터, 또 한 손은 소음 장치를 꽉 쥐고 있었다. 인도교로 향하기 위해 보도로 올라서는 순간 그녀의 걸음이 멈춰졌다. 형체 하나가 운하를 따라 다리를 향해 이동하고 있는 게 보였다. 불빛으로 들어선 볼품없는 코트의 남자. 폴리. 분명…….

"잭?"

순간 그녀는 자신이 실수했다는 사실을 깨달았다. 그는 그녀를 미처 못 보고 지나쳐가던 중이었다.

그가 걸음을 멈추었다. 잠시 후 그가 말했다.

"돈? 그 옷 뭐예요? 못 알아볼 뻔했잖아요."

소음 장치만 끼워져 있었어도……. 하지만 좌절하기에는 아직 일렀다. 그녀가 말했다.

"쿤도의 레인코트예요. 걸쳐보니 잘 맞더라고요."

그녀가 모델이라도 된 듯 제자리에서 빙 돌았다. 그리고 티 나지 않게 소음 장치를 발터 총구에 끼웠다. 그녀는 발터를 뽑아들고 그를 응시했다. 로스앤젤레스 국제공항으로 내려앉는 비행기의 소음을 기대했지만 끝내 들을 수 없었다. 이곳에서는 지겹도록 비행기 내려앉는 소리를 들을 수 있었다. 공항은 베니스로부터 남쪽으로 11킬로미터 떨어진 곳에 자리하고 있었다. 그녀가 말했다.

"어디 가는 길이에요?"

"당신 만나러요."

마침내 기다렸던 비행기 소음이 들려왔다. 그녀는 그 틈을 놓치지 않고 발터를 앞으로 밀어냈다. 돈이 말했다.

"난 당신을 만나러 가던 참이었는데."

그리고 방아쇠를 당겼다. '팝' 하고 BB탄 소리가 났다. 순간 그의 몸이 휙 틀어졌다. 그녀는 움찔하는 그의 모습 너머로 집을 바라보았다.

그가 말했다.

"무슨 소리죠? 유리 깨지는 소리를 들었는데."

집의 불은 전부 꺼져 있었고, 사람 그림자는 보이지 않았다.

돈이 말했다.

"난 아무 소리 못 들었는데요."

어둠 속에서, 그것도 자욱한 안개 속에서 그를 맞추는 건 쉽지 않은 일이었다. 20미터 떨어진 곳에서 발사된 총알은 그를 빗나가 버리고 말았다.

그녀가 말했다.

"집으로 가서 얘기해요."

그녀는 소음 장치를 떼고 원래 계획대로 일을 처리하기로 했다. 그의 몸을 달아오르게 한 후 쏘는 것.

ㄱㄱㄱ

 폴리는 내려앉는 비행기의 요란한 소음을 생각했다. 그리고 함께 들려왔던 유리 깨지는 소리도 떠올려보았다. 아무리 생각해 봐도 총성 같았다. 돈이 티코의 권총에 소음 장치를 끼고 그를 쏜 것이었다. 소음 장치가 아니었다면 운하에 사는 모든 이가 총성을 똑똑히 들었을 것이다. 빗나간 총알은 뒤편의 집 유리창을 부숴놓았다.
 그에게도 총이 있었다. 꼬맹이 조폭에게 받아온 글록. 이걸 어떻게 설명하지? 자신을 죽이려던 여자를 쏴 죽인 무장한 전과자.

ㄱㄱㄱ

 그녀가 그의 이름을 불렀다. 그는 잭 다니엘 한 병과 짧은 잔 두 개를 들고 주방을 나왔다. 그의 한쪽 어깨에는 행주가 걸쳐져 있었다. 그가 문간에서 기다리고 있는 공손한 여자에게 말했다.
 "검은색이 아주 잘 어울리는군요."
 "먹음직스러울 만큼 내가 매력적인가요?"
 "업무차 온 게 아니라면 코트를 줘요."
 "괜찮아요. 오래 걸리지 않을 거예요."
 그녀가 주머니에서 손을 빼고 코트의 단추를 풀어나가기 시작했다. 폴리는 두 개의 잔을 더블로 채웠다. 돈이 다가와 잔 하나를 집어들고 단숨에 반을 비웠다. 그녀가 다시 잔을 테이블에 내려놓았다.
 폴리가 말했다.
 "FBI가 왔었어요."
 그 말에 그녀가 흠칫 놀랐다.

"정말요?"

"루 애덤스가 감시팀을 해체했습니다. 난 그의 책에 담을 결말을 구상하고 있어요."

단추를 모두 푼 돈이 다시 주머니에 두 손을 찔러 넣었다. 폴리는 코트 안으로 드러난 그녀의 팬티와 배꼽을 살짝 덮은 티셔츠 쪽으로 시선을 돌렸다. 그가 말했다.

"여자들의 배꼽엔 뭔가 특별한 게 있는 것 같아요. 남자들의 시선을 확 잡아끌거든요."

"그런가요? 놀이터 바로 중심에 붙어 있어서 그런 걸까요? 그런데 전화는 왜 안 했죠? 연락이 없어서 당신과도 이걸로 끝이구나 생각했어요. 하지만 당신이 끼지 않겠다면 내가 집 두 채를 모두 차지할 수밖에 없어요, 잭."

"명의 문제는 해결됐습니까?"

"리틀 지미는 날 사랑해요. 내가 요구하면 들어줄 거예요."

"이번엔 안 그럴걸요."

"잭, 날 믿어요. 네?"

"지미는 바뀌었어요."

폴리가 말했다. 그가 그녀의 잔을 집어들고 그녀의 왼손에 쥐어주었다.

"당신은 쿤도의 재산을 챙길 수 없을 겁니다."

"당신은 그를 몰라요. 리틀 지미는 내게 집들을 넘길 거고, 난 그에게 빌딩을 넘길 거예요."

"쿤도가 살아 있었다면 이 문제에 대해 뭐라고 했을까요?"

돈은 남은 술을 마저 비우고 폴리에게 빈 잔을 넘겼다. 그녀는 코트 안 허리에 두 손을 얹고 폴리를 자극했다.

"난 그의 법정 상속인이에요, 잭. 난 그를 위해 팔 년을 기다렸다고요.

그런데도 출소하자마자 내게 손찌검을 했어요."

"지미의 법정 상속인이 돼야죠. 모든 게 그의 손에 있으니까."

폴리는 그녀에게 다가가 그녀의 어깨에 손을 얹었다. 순간 뻣뻣해졌던 어깨에서 서서히 힘이 빠져나갔다.

"아까 당신은 날 쏘려 했어요. 빗나간 총알은 누군가의 집 유리창을 부숴놓았고요."

"내가 변상해야 할까요?"

"그보단 사격 연습을 먼저 해야 할 것 같아요. 날 죽이고 싶다면."

순간 불쑥 내밀어진 총구가 그의 배에 닿았다.

"당신은 날 쏴야 할 이유가 전혀 없어요. 이제 당신의 표적은 지미가 돼야 한다고요. 그는 당신이 쿤도를 죽이는 걸 지켜봤다고 했어요. 나중엔 그에게 테이블을 치우라고 했다면서요? 그는 당신과 한 약속을 어겼지만 전혀 개의치 않는다고 했어요. 조로는 당신이 마녀라 약속을 지킬 이유가 없다고 하더군요. 원하면 날 쏴요. 하지만 날 죽인다고 해서 지미가 당신에게 협조하진 않을 거예요. 아무리 몸으로 유혹해도 그는 끝내 집들을 내주지 않을 거라고요. 그는 자기가 먼저 죽을 거라고 했어요. 당신은 뭐라고 했었죠? 결국 그렇게 될 거라고 하지 않았었나요?"

"아뇨. 당신이 옥상에서 티코를 던져버리는 걸 봤다고 했죠."

"이런 얘기 해서 미안하지만 이제 당신은 끝이에요."

폴리가 말했다.

"잭, 설마 진심으로 하는 말은 아니겠죠?"

그녀의 음성은 차분했다.

"내가 변호사 하나 소개해 줄게요. 그녀가 여기까지 와서 케이스를 맡아줄지는 모르겠지만. 당신은 지난 팔 년간 쿤도를 없앨 궁리만 해왔어요. 하지만 메건이라면 이십오 년에서 종신형 사이로 마무리 지어줄 수 있을 거예요. 지미는 저녁 식탁에서 당신이 난동을 부렸다고 했어요. 당신이 무슨 꿍꿍이셈인지 전혀 알 길이 없었다더군요."

폴리가 덤덤하게 말했다.

"잭, 내게 이러지 말아요."

그가 그녀의 어깨에서 레인코트를 살짝 걷어내렸다. 코트는 그녀의 등 뒤로 스르르 흘러내렸고, 주머니에 담긴 권총이 둔탁한 소리를 내며 바닥에 떨어졌다. 그가 뒷주머니에서 꼬맹이 조폭의 글록을 뽑아들고 칵테일 테이블에 내려놓은 후 담뱃갑을 집어들었다. 돈이 한 개비 뽑아 입에 물었고, 폴리는 성냥을 켜 그녀 앞으로 내밀었다.

"난 당신을 쏠 수 없어요. 그냥 겁만 주려고 했을 뿐이에요."

돈이 말했다.

"겁이 나긴 하더군요."

"그렇게 하면 당신이 날 도와줄 것 같았어요. 사실 난 당신의 머리 위를 겨누고 쐈어요."

"내가 당신을 어떻게 돕길 바라죠? 도주?"

그녀는 그가 무심코 내놓은 아이디어를 냉큼 낚아채 갔다.

"네. 같이 사라져주길 바랐어요."

"뭐 배운 거 없습니까?"

"내가 너무 서둘렀던 것 같아요."

그녀가 애원의 눈빛으로 그를 올려다보았다.

"잭, 우린 생각이 같잖아요. 변장을 하고 같이 도망쳐요."

"턱수염도 기르고요?"

"우린 심령술사인 척하면 돼요. 가명도 짓고요. 폴리보다 훨씬 이국적인 이름으로요. 돈이라면 충분히 있어요. 한 10만 달러쯤 될걸요. 같이 코스타리카로 내려가요. 가서 뭘 하며 살지 의논해 봐요. 은행. 난 은행을 털어본 적이 없어요. 금전 출납계원 말고 아예 금고를 노려보는 건 어때요? 그렇게 스케일 크게 놀면 짜릿할 것 같지 않나요?"

돈이 미소를 지으며 말했다.

그는 소파 깊숙이 파고든 그녀의 흰색 팬티를 내려다보았다. 그녀는 올드 넘버 7을 집어들고 빈 잔을 채워나가고 있었다. 꼬맹이 조폭의 권총은 테이블 위 가까운 곳에서 뒹굴고 있었다.

폴리도 그 사실을 알고 있었다. 그가 말했다.

"내 옛 파트너, 버디와 나도 스케일을 키워볼 생각을 해봤어요. 둘이서 금고로 쳐들어 가보고 싶었죠. 버디가 그러더군요. '안에 들어가서 모두에게 엎드리라고 소리칠 거야? 금고문이 열릴 때까지 시계만 들여다볼 거고? 정말 그런 무모한 일을 벌이고 싶어?' 난 그에게 좋은 지적이라고 했어요. 그리고 우린 쿨하게 그 야심찬 계획을 접어버렸죠."

"잭, 그런 큰일을 벌일 땐 최대한 치밀하게 계획을 짜둬야 해요. 은행을 몇 번 답사하고 나면 기막힌 아이디어가 떠오를 거예요."

"단순 강도로 보기엔 스케일이 너무 큰 거 아닌가요?"

"난 진지하게 하는 말이에요."

"당신은 집들을 팔아 600만 달러를 손에 넣으려고 했어요. 그리고 날 그 양아치에게 넘겼죠. 덕분에 옥상에 올라가서 루프 볼이란 걸 처음 해볼 수 있었어요. 대체 왜 그랬죠? 나랑 돈을 나누기가 아까웠나요? 날 그렇게밖에 생각 안 했어요? 난 당신에게 모든 걸 걸어볼 각오였어요. 원래 마음이 좀 약하거든요. 하지만 당신은 그깟 집 두 채를 손에 넣으려고 쿤도를 죽였어요. 그건 내 스타일이 아니에요."

"당신이 왜 그를 그렇게 챙기는지 이해가 안 됐어요. 당신은 그와 전혀 다른 사람이라고요. 내가 얘기했었죠? 쿤도 보기를 당신이 털 은행 보듯 하라고."

"우리는 교도소에서 삼 년간 친구로 지냈습니다. 그는 내가 자신의 뒤를 봐주고 있다고 믿었어요. 그런데 난 유령 전문가인 척하면서 싸돌아다니기만 했죠."

"하지만 그는 당신과 어울리지 않았어요. 그는 사악한 살인자예요. 툭하면 내게 손찌검을 해댔고요."

"예상했던 일이잖아요. 난 그럴 줄 알았는데. 그는 언제라도 우릴 쏘고 흐뭇해할 수 있었어요. 하지만 그러지 않았죠. 그냥 당신에게 가볍게 화풀이하고 나서 툭툭 털어버렸다고요."

"그게 남자다운 방법이었다고요? 당신들이 친구라는 게 난 아직도 믿어지지 않아요. 정말 말이 안 되는 일이라고요."

"그가 어떤 인간이었는지는 중요하지 않아요. 우린 교도소 뜰을 산책하며 서로의 뒤를 봐주는 사이였단 말입니다."

그녀는 여전히 이해를 못하는 듯했다. 아마 영영 이해가 안 될 것이다. 그래서 그는 화제를 돌리기로 했다.

"지미를 내치는 게 쉬울 줄 알았나요? 당신은 그를 너무 과소평가했어요."

"그게 무슨 뜻이죠? 지금 내게 경고하는 건가요?"

돈이 말했다. 그녀가 쥐고 있던 잔을 테이블에 내려놓았다. 그런 다음 글록을 집어들고 폴리에게 겨누었다.

그가 말했다.

"경고라…… 언젠가 당신이 물었었죠. 우리 일을 일러바칠 거냐고. 난 절대 그럴 일 없을 거라고 대답했어요. 지금껏 밀고라는 걸 해본 적이 없었다고 말이에요."

돈이 두 손으로 쥔 글록을 그의 가슴에 겨누었다.

"날 쏘려고요?"

"그러고 싶진 않아요. 하지만 당신이 내 아름다운 은퇴를 방해하도록 내버려둘 순 없어요. 당신이 아니라도 골치 아픈 일은 많다고요, 잭."

"그게 장전된 총이라고 생각해요?"

그녀가 총을 들어 그의 얼굴을 겨눈 후 그의 눈을 뚫어져라 들여다보았다.

"장전된 총이라면 내가 테이블에 아무렇게나 놓아두었을까요?"

그녀는 혼란스러워졌다. 그의 머릿속을 들여다보는 건 여전히 쉽지 않았다.

"여기서 내가 뭘 할 수 있겠어요? 그냥 내려놓을까요? 내가 먼저 쏘지 않으면 당신이 날 쏠 거잖아요. 그래서 이렇게 쿨한 척하고 있는 거 아닌 가요?"

돈이 말했다. 그녀가 총구를 그의 티셔츠로 내린 후 연습해 온 대사를 읊었다.

"잘 가요, 잭."

그는 움직이지 않았다. 그녀가 방아쇠를 당겼지만 그는 몸을 숙이지도, 돌리지도 않았다. 총에서는 아무 소리도 터져 나오지 않았다. 그저 경쾌한 찰칵거림만 들릴 뿐이었다. 그녀가 슬라이드를 당겼다가 다시 방아쇠를 당겼다. 찰칵. 그녀는 몇 번 더 당겨보았다. 돈이 말했다.

"젠장."

그녀가 쿠션 위로 풀썩 주저앉았다.

"당신이 믿어주지 않을 줄 알았어요. 이젠 어쩔 거죠? 머리를 빨갛게 염색하고, 선글라스를 쓰고 다닐 건가요? 당신 마음대로 해요. 경찰에 신고하지 않을 테니까. 이제 당신에겐 신경을 끊을 겁니다."

폴리가 말했다.

"잭⋯⋯?"

그녀가 말했다.

"이 세상 어딘가에 당신을 숨겨줄 수 있는 친구가 있습니까? 아니면, 다들 죽었나요? 영적 세계로 들어갈 수 있으면 교도소에서 죽은 여자들을 만나봐요. 그들과 얘기를 나누다 보면 교도소 생활이 어떤지 대충 알 수 있을 겁니다."

"잭, 그냥 날 도와주면 안 되나요? 내가 여길 무사히 뜰 수 있게만 도와줘요. 물론 보답은 할게요."

"얼마나 줄 건데요?"

"만 달러."

"유령들과 잠깐 노닥거리기만 해도 그만큼은 벌 수 있습니다."

"잭, 이러지 말아요. 제발 도와줘요."

"방금 전에 당신이 뭐라고 했었죠? '잘 가요, 잭.' 당신은 날 죽이려 했어요. 대체 그런 대사는 어디서 들은 겁니까? 영화에서 봤나요? 장전이 안 됐다고 알려줬잖아요. 그냥 날 믿어주기만 하면 됐는데. 돈, 당신은 점쟁이에요. 총이 비어 있다는 걸 어떻게 모를 수가 있었죠?"

"알고는 있었어요. 하지만 아무리 생각해도 말이 안 되더라고요. 당신이 왜 빈 총을 지니고 다니겠어요?"

"당신에겐 총이 있었고, 마음만 먹었으면 난 그걸 빼앗을 수 있었어요. 하지만 내겐 총이 필요 없었습니다. 이 주 전, 난 죄수였어요. 당연히 총을 멀리할 수밖에요. 이해가 됩니까? 지금 당신은 교도소행을 면하기 위해 날 매수하려 하고 있어요."

"그러면 안 되나요?"

"하긴, 그럴 수밖에 없겠죠. 누구든 교도소에 들어가면 미쳐버리니까."

"그러니까 도와달라는 거예요. 당신의 미래가 궁금하지 않아요? 우리의 미래를 알고 싶지 않냐고요. 이제 곧 우리 인생에 황금기가 올 거예요. 코스타리카의 해변에서 말이에요."

"나중에 기회가 오면 잠들어 있는 날 총으로 쏠 거잖아요. 내가 본 당신 미래를 들려줄까요? 레이저 와이어(면도날 같은 네모난 쇳조각이 달린 둘러치는 철선—옮긴이)가 얹어진 높은 울타리. 가지고 놀 어린 죄수를 찾아 뜰을 어슬렁거리는 육중한 여자들."

폴리가 말했다.

"장난 그만 쳐요."

돈이 말했다. 그녀가 잠시 뜸을 들이다가 힘겹게 몸을 일으켰다.

"이게 내 최후인가요?"

"운명입니다. 받아들여요."

폴리가 말했다.

# 30

 경찰이 시신들을 내주었고, 쿤도와 티코는 산타모니카의 장례식장으로 옮겨졌다. 그들은 각각 다른 장의장에서 조문객들을 맞았다. 지미 리오스는 증인석에서 쿤도의 살인 사건에 대해 진술했다. 그는 잭 폴리가 친구를 만나러 비벌리 힐스에 가 있는 동안 돈 나바로가 쿤도를 총으로 쏴 죽였다고 했다. 그리고 폴리의 미망인 친구가 유명한 영화배우라는 사실도 덧붙여 진술했다. 그녀도 지미의 진술이 사실이라고 확인해 주었다.

"만약 잭이 함께 있었다면 쿤도는 그렇게 죽지 않았을 겁니다. 제겐 아버지와도 같았는데……."

지미가 말했다.

티코 샌도벌은 쿤도를 위한 옥상 파티를 준비하던 중 발을 헛디뎌 추락사한 것으로 결론지었다.

시신들을 냉동고에 넣어둔 돈 나바로는 쿤도 레이 살인 사건의 유력한 용의자로 지목됐다. 범행에 쓰인 권총은 집 앞 운하에서 발견됐다.

소식을 듣고 한걸음에 달려온 시에라 샌도벌은 관 속에 누운 티코를 물끄러미 내려다보았다. 티코는 목에 옅은 자주색 스카프를 폭이 넓은 넥타이처럼 두르고 있었다. 시에라는 한 시간 동안 장례식장에 남아 티코에게 작별인사를 하겠다며 몰려온 친구들을 지켜보았다. 시에라는 그들 중 한 명이 옥상에서 게임을 하다가 티코를 떠밀었을지도 모른다는 의심을 거

두지 않았다.

마이크 네시도 장례식에 참석했다. 그의 왼팔은 깁스로 덮여 있었고, 오른손은 밖으로 삐져나와 있었다. 그의 팔은 테이프로 몸에 단단히 고정돼 있었다. 그가 폴리에게 말했다.

"나한테 빚진 거 있지? 병원비 900달러. 그리고 쿠바인 구두쇠에게 받아야 할 200달러."

폴리와 조로는 그를 장례식장 정문 밖으로 내던져버렸다.

폴리와 지미 리오스의 사진은 냉동고에서 시신들이 발견됐다는 기사와 함께 《로스앤젤레스 타임스》에 실렸다. 그는 캐런 시스코가 그걸 보고 연락해 올지도 모른다고 생각했다. 그는 묵묵히 기다릴 뿐이었다. 그가 먼저 연락하고 싶지는 않았다.

루 애덤스와 론 데네웨스도 와주었다. 루는 관 속의 쿤도를 한동안 들여다보았다. 마치 그렇게 응시하고 있으면 언젠가는 그의 눈이 뜨이거나 입술이 떨어질 거라고 믿는 듯이. 그가 쿤도로부터 듣고 싶어 한 것은 폴리가 그의 죽음에 연루돼 있다는 딱 한 마디였다. 그는 자신의 책에 담을 멋진 결말을 원하고 있었다. 수갑 찬 폴리를 질질 끌고 나가는 것보다 멋진 결말이 또 있을까? 루는 계속 기다렸지만 쿤도는 눈 한 번 깜빡여주지 않았다.

루가 폴리에게 다가와 말했다.

"난 마이애미로 돌아갈 거야. 넌 이제 자유라고. 기회가 오면 또 신나게 은행을 털어대겠지? 천성은 바뀌지 않을 테니까. 어디 네 마음대로 해봐. 난 더 이상 네 문제에 신경 쓰고 싶지 않아."

"책에 담은 결말은 어떻게 됐지?"

"아직 모르겠어. 널 기다리기도 지쳤다고. 머리를 더 굴려봐야지."

"이건 어때? 당신의 집요함에 못 이겨 내가 은행 터는 일에서 손을 떼는 거야. 영원히."

루의 눈이 가늘어졌다.

"기도의 힘을 의심하지 마. 난 신에게 앞으로 깨끗하게 살 수 있게 해달라고 빌었어. 정상적인 직업을 가질 수 있게 도와달라고도 했고. 그 다음 날 지미가 집을 내주겠다며 자기가 관리하는 집들 중 하나를 골라보라고 했어. 돈의 사진과 그녀의 누드화로 도배된 흰색 집을 갖든지 핑크색 집을 갖든지 마음대로 하라더군."

"그가 네게 100만 달러짜리 집을 공짜로 줬다고?"

"나한테 마음의 빚을 졌다나? 그가 이러더군. '잭, 고마워요. 당신은 내 집들을 빼앗고, 날 죽이려 들기까지 했던 나쁜 년으로부터 날 구해 줬어요. 어느 집으로 할래요?' 난 450만 달러짜리 핑크색 집을 골랐어. 그 집이 더 마음에 들었거든."

폴리가 말했다.

"내 집요함 덕분에 네가 구원을 받은 셈이로군. 나쁘지 않은 결말인데."

루가 말했다.

지미는 삼십 분에 한 번씩 듣기 좋게 늘어지는 〈달 만큼 높이(Alto como la luna)〉를 틀어주었다. 쿤도 레이가 생전에 가장 좋아했던 곡이었다.

관 옆에 무릎을 꿇은 여자들이 쿤도를 들여다보고 있었다. 그들은 성호를 긋고 손끝에 살짝 입을 맞추었다. 그들 중 몇몇은 손가락을 그의 입술에 가져가 대보기도 했다. 쿤도를 보기 위해 찾아온 여자들은 폴리가 상상했던 것보다 훨씬 많았다. 폴리는 주변을 찬찬히 훑으며 염색한 머리에 짙은 색 선글라스를 쓴 여자를 찾아보기 시작했다.

**옮긴이의 말**

　엘모어 레너드가 거치지 않은 장르는 없다. 범죄 소설, 서부 소설, 역사 소설, 탐정 소설. 그의 소설은 하나만 읽어보면 나머지 작품들까지 일일이 찾아 읽게 만드는 묘한 매력이 있다. 그는 최신작 『로드 독스』를 통해 진정한 "쿨(cool)함"이란 무엇인지 제대로 보여주고 있다. 그의 과거 작품들에서 얼굴을 내보인 적 있는, 공통점이라고는 하나도 없는 세 명의 캐릭터가 서로 얽히고설키면서 한치 앞도 예측할 수 없는 흥미진진한 이야기가 전개되고 있다. 『표적』의 잭 폴리, 『라브라바』의 쿤도 레이, 『라이딩 더 랩』의 돈 나바로. 만약 엘모어 레너드가 가수였다면 『로드 독스』는 그의 베스트 앨범에 해당될 것이다.

　뜨겁고 축축한 날씨. 마르지 않는 술통. 어떤 결말을 가져올지 모르는 음모. 모두가 모두를 속이느라 바쁘고, 보이는 건 전부가 아니다. 문제는 누가 최후까지 살아남을지가 아니라, 과연 최후까지 살아남을 사람이 있을지다.

　『로드 독스』는 오래됐지만 입어 보면 한없이 편한 청바지 같다. 살짝 닳아 해진 듯해 보여도 그 느낌은 여전히 살아 있다. 왜 요즘은 레이먼드 챈들러와 대쉴 해멧 같은 작가가 나오지 않느냐고 투덜대는 당신에게 『로드 독스』를 강력히 추천한다.

2010년 여름
최필원

# 로드 독스

초판 1쇄 발행 2010년 8월 9일

지 은 이 | 엘모어 레너드
옮 긴 이 | 최필원
펴 낸 이 | 정상준
펴 낸 곳 | ㈜그책

기　　획 | 정상준 김혜진
편　　집 | 김경림
마 케 팅 | 박종우
관　　리 | 최혜원
디 자 인 | ㈜꽃피는봄이오면
종　　이 | ㈜타라유통
인쇄·제본 | 영신사

출판등록 | 2008년 7월 2일 제322-2008-000143호
주　　소 | 서울시 강남구 논현동 30-6
전자우편 | thatbook@thatbook.co.kr
전화번호 | 02) 3444-8535
팩　　스 | 02) 3444-8534

ISBN 978-89-94040-09-7  03840

* 책값은 뒤표지에 있습니다.
* 잘못된 책은 바꾸어 드립니다.
* 이 책의 전부 또는 일부 내용을 재사용하려면 반드시
  사전에 ㈜그책의 서면에 의한 동의를 받아야 합니다.